山西文華·著述編

吳昌齡 于伯淵集

元 吳昌齡 于伯淵 ◎ 著　張繼紅 ◎ 校注

《山西文華》編纂委員會 編

山西出版傳媒集團
三晉出版社

圖書在版編目(CIP)數據

吳昌齡 于伯淵集 / 張繼紅校注. —太原：三晉出版社，2017.11

ISBN 978-7-5457-1623-8

Ⅰ. ①吳… Ⅱ. ①張… Ⅲ. ①雜劇—劇本—作品集—中國—元代 Ⅳ. ①I237.1

中國版本圖書館CIP數據核字(2017)第294875號

吳昌齡 于伯淵集

校 注 者：	張繼紅
責任編輯：	薛勇强
封扉設計：	山西天目·王明自
出 版 者：	山西出版傳媒集團·三晉出版社（原山西古籍出版社）
地　　址：	太原市建設南路21號
郵　　編：	030012
電　　話：	0351-4922268（發行中心）
	0351-4956036（總編室）
	0351-4922203（印製部）
網　　址：	http://www.sjcbs.cn
經 銷 者：	新華書店
承 印 者：	山西人民印刷有限責任公司
開　　本：	700mm×1000mm　1/16
印　　張：	18.75
字　　數：	260千字
版　　次：	2017年11月　第1版
印　　次：	2017年11月　第1次印刷
書　　號：	ISBN　978-7-5457-1623-8
定　　價：	82.00圓

版權所有　翻印必究

《山西文華》編纂委員會

主　任　樓陽生
顧　問　廉毅敏
副主任　張復明
委　員　李福明　李　洪　郭　立
　　　　閻潤德　李海淵　武　濤
　　　　劉潤民　雷建國　張志仁
　　　　李中元　閻默彧　安　洋
　　　　梁寶印

編纂委員會辦公室
主　　　任　安　洋(兼)
常務副主任　連　軍

《山西文華》學術顧問委員會

李　零　李文儒　李學勤　袁行霈
唐浩明　梁　衡　張　頷　張光華
葛劍雄　楊建業

《山西文華》分編主編

著述編　劉毓慶　渠傳福
史料編　張慶捷　李晉林
圖錄編　李德仁　趙瑞民

出版説明

　　山西東屏太行，西瀕黄河，北通塞外，南控中原，是中華民族的主要發祥地之一。中華文明輝煌燦爛，三晋文化源遠流長。歷史文獻豐富、文化遺産厚重，形成了兼容並包、積澱深厚、韵味獨特的晋文化。山西省政府决定編纂大型歷史文獻叢書《山西文華》，以彙集三晋文獻、傳承三晋文化、弘揚三晋文明。

　　《山西文華》力求把握正確方向，尊重歷史原貌，突出山西特色，薈萃文化精華，按照搶救、保護、整理、傳承的原則整理出版圖書。叢書規模大，編纂時間長，參與人員多，特將有關編纂則例簡要説明如下。

　　一、《山西文華》是有關山西現今地域的大型歷史文獻叢書，分"著述編""史料編""圖録編"。每編之下項目平列；重大系列性項目，按其項目規模特徵，制定合理的編纂方式。

　　二、"著述編"以1949年10月1日前山西籍作者（含長期在晋之作者）的著述爲主，兼收今人有關山西歷史文化的研究性著述。

　　三、"史料編"收録1949年10月1日前有關山西的方志、金石、日記、年譜、族譜、檔案、報刊等史料，以影印爲主要整理方式。

四、"圖錄編"主要收錄1949年10月1日前有關山西的文化遺產精華,包括古代建築、壁畫、彩塑、書畫、民間藝術等,兼收古地圖等大型圖文資料。

五、今人著述采用簡體漢字橫排,古代著述采用繁體漢字橫排。

《山西文華》編纂委員會

《張天師斷風花雪月雜劇》插圖

《張天師斷風花雪月雜劇》插圖

《花間四友東坡夢雜劇》插圖

花間四友東坡夢雜劇

元　吳昌齡撰
明吳興臧晉叔校

第一折

〔外扮蘇東坡上詩云〕隱隱胸中蟠錦繡飄飄筆下走龍蛇自從生下三蘇後一望眉山秀氣絕小官眉州眉山人姓蘇名軾字子瞻別號東坡乃老泉之子弟曰子由妹曰子美嫁秦少遊者是也小官自登第以來屢蒙擢用官拜端明殿大學士今有王安石在朝當權亂政特舉青苗一事我想道青苗一出萬民不勝其苦甚為害無窮小官屢次移書諫阻因此王安石與俺為讎一日天子遊御花園見太湖石摧其一角安石奏言此乃蘇軾是蘇軾不堅乃天子問為何太湖石摧其一角安石奏言此乃於詩後續兩句道昨宵風雨過園林吹落黃花滿秋花金菊黃花菊花也菊花從來不謝於待漏院見蘇軾所作一首詩題俺赴宴出歌者數人見一女子擎杯良久不見其手俺伴言道小娘子金釵墜也安石出其手押其髻乘官皆發大笑安石令俺為賦一詞小官走筆賦滿庭芳一闋誰想那女子那女子出嫁與天下道俺不合吟詩嘲戲大臣之妻以此貶就是安石的夫人到次日安石將小官的滿庭芳獨謝一時失言翻成大怨如今來到這濬陽驛琵琶亭有一故友乃是賀方回在此為守留俺飲宴酒酣之次出一歌妓乃白樂天之後小字牡丹不幸落在風塵之中此女甚是聰慧莫說頂真續麻折白道字恢諧嘲謔便

出版前言

吴昌齡、于伯淵是元代前期有影响的晉籍雜劇作家。據元人鍾嗣成《録鬼簿》記載，吴昌齡爲西京人，即今大同人，于伯淵是平陽人，即今臨汾人，但是，他們的生平事迹却語焉不詳。吴昌齡有雜劇十部，今存《張天師斷風花雪月》《花間四友東坡夢》《唐三藏西天取經》（殘存二折），另存套數一部；于伯淵作雜劇六部，均佚，今存套數一部。可知，在元代雜劇大盛的時代，吴、于二人在群星之中很是閃亮，其劇作幾乎涉及元雜劇所有的類型，祇是隨著時間的烟雲，逐漸不爲人知了。因此，現代人對他們的研究很不充分。

一九九〇年，山西人民出版社古籍部主任孫安邦先生，主持山西古籍整理出版規劃，將元雜劇作家關漢卿、白樸、鄭光祖等晉籍作家群的文集列入其中，並將主要任務交付山西師範大學戲曲文物研究所。其時，所長黄竹三先生承擔了《石君寶集》，馮俊傑先生承擔了《鄭光祖集》，他們的在讀研究生景李虎、延保全、張繼紅，分別承擔了李壽卿、李行甫、吴昌齡等人的文集的整理任務。

這套書是有元曲以來，學術界首次整體上整理、研究一省元曲作家的文集，並整體上一次推出其文集，產生了廣泛的影响。不久以後，河北、河南分別整理出版"全元曲"，以黄竹三先生爲首的學術團隊，在其中起了重要作用。

張繼紅先生具體負責《吴昌齡劉唐卿于伯淵集》的整理，歷時三年有餘。主要做了以下工作：其一，搜集了相關元曲家的所有版本，並予以校勘；其二，對所有雜劇及套曲按現代漢語標准，作了標點；

其三,對原文作了詳細注釋;其四,收録了有關作者生平及作品的原始資料和研究資料;其五,對雜劇存目作了考釋。

一九九三年,此書由山西人民出版社出版,迄今已歷二十四年,經過時間考驗,證明符合學術規範,而且爲迄今最爲全面的,學術價值較高的文集。因此,與《石君寶集》《鄭光祖集》等,一起入選《山西文華·著述編》,成爲整體上反映晉籍元曲作家實力的文集之一。同時,承擔此次學術整理,對於整理者深入了解古籍整理,並從事古籍出版,起了相當重要的作用。

鑒於技術原因,本文集中劉唐卿部分歸入《李壽卿狄君厚集》。

此次出版,原作學術架構未變,衹是作了進一步的校改,使之成爲一個更加完善的版本,以便於學者使用。

三晉出版社

前　言

　　本書是元代山西雜劇作家吳昌齡、于伯淵二人作品的合集，共收入其雜劇三部（其中《唐三藏西天取經》爲殘本）、套曲兩部。除對其進行校勘、注釋外，還對兩位作家的雜劇存目進行匯考，並匯輯了有關作家及作品的研究資料。在此，對兩位作家及其作品作一評介。

　　據元代鍾嗣成《錄鬼簿》載，吳昌齡、于伯淵二人均屬"前輩已死名公有樂府行於世者"，他們都是元代前期作家。又據元末賈仲明在《錄鬼簿》爲二人補作的〔凌波仙〕吊詞以及各自留傳的散曲來看，他們都爲沉迹下僚，混迹於歌舞妓館、紅巾翠袖之間的文人。這種相近的生活地域、生活年代和生活經歷，使他們在作品的思想內容方面也具有一定相似性，即在宣揚隱居樂道、神仙道化思想的同時，透露出對元代黑暗社會的深惡痛絶和譏刺針砭，反映出對人生情義的執著追求。在題材方面，他們所撰雜劇有較廣覆蓋面：明初朱權《太和正音譜》將元代雜劇分爲十二科，而他們的作品幾乎每科都有。就其現存三部雜劇看，《張天師斷風花雪月》寫道述情，《東坡夢》《西天取經》宣揚色空，可謂佛、道、儒面面具備，因而有一定代表性。至於這些雜劇各自的獨到之處，如吳昌齡之寫西游故事，寫回回戲，在元曲中，乃至整個戲曲史上都有特殊意義。鑒於多年來他們的作品被冷落，所以對其進行校注，並作全面深入的研究，必有助於進一步把握元曲全貌，促進更深入地認識我國的戲曲發展史。

一、吴昌龄及其作品

吴昌龄是元代多产杂剧作家之一,据《录鬼簿》和《太和正音谱》著录,共有十一种杂剧。传于今世者有明代臧晋叔《元曲选》中的《张天师断风花雪月》和《花间四友东坡梦》,以及孙楷第先生考证出的《西天取经》二折残剧。他还有一〔正宫·端正好〕套曲,是思念其远在千里之外的情人的,为研究吴昌龄生平及生活态度的重要依据。

籍贯生平。据《录鬼簿》载,吴昌龄为西京人。我国古代有数地曾称西京,按朝代顺序为:长安、凤翔(唐代);太原(五代);洛阳(宋代);大同(辽、金二代)。至元代,改西京为大同路。但元人仍习称大同为西京,所以吴昌龄为山西大同人。又据《录鬼簿》中吴昌龄吊词,称他是"西京出屯俊英杰",《元史·屯田志》中也有至元二十九年(1292)发汉军四千人从西京赴红城(今呼和浩特市附近)屯田的记载,则吴昌龄无疑是西京(今大同)人。

"西京出屯"之后,吴昌龄又任过婺源(今江西婺源县)知州。孙楷第先生称其见过北大图书馆藏《张提点寿藏记》拓本,碑文由当时大文人曹元用撰,"奉议大夫婺源知州兼管本州诸军奥鲁劝农事吴昌龄书丹篆额",后题"延祐七年(1320)二月二十二日弟子佟道安等立石"。查清康熙、嘉庆二本《婺源县志》,均不载这位知州吴昌龄,故孙先生只是怀疑他就是剧作家吴昌龄。我以为,这个怀疑是可以落实的。因为出屯的吴昌龄是从事军屯的"俊英杰",应该就是屯田的军官;而婺源知州吴昌龄又是"兼管本州诸军奥鲁劝农事",与军屯职业完全一致。应该说出屯时为青壮年,任知州是中老年。在如此相近的条件下,可以肯定这个吴昌龄知州即剧作家吴昌龄。

综上所述,吴昌龄是今山西大同人,年轻时从事军屯,后又任婺源知州。其主要活动年代大致在元至元至延祐年间(1264—1320),此时,正为元杂剧繁盛时期。

《張天師斷風花雪月》雜劇

該劇現存於明臧晉叔《元曲選》和趙琦美脈望館鈔校本《古今雜劇》。前者屬吳昌齡，後者屬"古今無名氏"。劇情述書生陳世英救月中桂花仙子，仙子感而下凡，與之歡會於中秋之夜。陳世英相思成疾，張天師設壇勘攝風花雪月諸仙，並交長眉仙斷遣桂花仙子思凡之罪。題目正名作"長眉仙遣梅菊荷桃，張天師斷風花雪月"（脈本將"荷"作"蓮"）。據《錄鬼簿》（天一閣本），吳昌齡名下有《辰鈎月》一目，題目正名作"文曲翁搭救太陰星，張天師夜祭辰鈎月"；《太和正音譜》亦題簡名《辰鈎月》。據《元曲選目》，《風花月雪》名下注曰："一作《辰鈎月》。"可見《風花雪月》與《辰鈎月》實爲一劇。然而，因兩副題目正名完全不同，歷來有懷疑《風花雪月》非《辰鈎月》者，如清人姚燮、黃應暘，今人嚴敦易、邵曾祺等。但認爲二者實爲一劇者也很多，如清人梁廷柟、焦循，近人王國維、青木正兒（日本）、鄭振鐸，今人孫楷第、王季思、譚正璧、劉蔭柏等（兩種意見詳見本劇的附錄材料）。我認爲，《風花雪月》即《辰鈎月》。因爲從天一閣的題目正名看，"文曲翁搭救太陰星"實即陳世英搭救桂花仙子，"張天師夜祭辰鈎月"即本劇第三折張天師設壇勘斷風花雪月之事。所謂"辰鈎月"，本喻難見到的事物，又喻久別相思。《西廂記》三本二折："他爲你夢裏成雙覺後單，廢寢忘餐……似這等辰鈎空把佳期盼。"故此劇"辰鈎月"即代表陳世英盼望與月中桂花仙子中秋節再會。本據第三折張天師云："半滅半明，乍盈乍闕，忽嫦娥之感動，思凡世而降臨。私離瑤臺，誤干天運。混仙凡而爲患，錯躔舍以成灾。請命道流，立壇究治。"可見這裏所指的正是"辰鈎月"的關目所在。至於《辰鈎月》之所以換成《風花雪月》，或因此劇承自宋雜劇、金院本之《風花雪月》故事。又"風花雪月"代指風情之事在當時爲世人熟知，所以，此劇傳之久遠，演出者便索性將《辰鈎月》改之爲《風花雪月》，以應觀衆耳目之習俗，《辰鈎月》的原名反被逐漸忘掉了。但是，《辰鈎月》的劇名至少明初尚存，因爲明初周憲王朱有燉作了此劇的翻案劇《張天師明斷辰鉤月》，其中情節竟大多相似於今傳本《風花雪月》。至明中葉，大文學家王世貞《藝苑卮言》也云："今世所演習者，北曲《西廂記》出王實甫……《東坡夢》《辰鉤月》出吳昌齡。"可知至那時《辰鉤月》之名尚存，且在"今世演習"。臧晋叔與王世貞爲熟交，其《元曲選·序二》又稱見過王世貞《藝苑卮言》之《論曲》，故而他斷定《風花雪月》即《辰鉤月》定有根據。至於文曲翁乃指陳世英，太陰星乃指桂花仙子，陳世英搭救桂花仙子，正應古人以科舉及第比作步蟾宮折桂的傳說，吳昌齡將嫦娥改作桂花仙子，這也符合元人用典不拘程式的習慣。又明末祁彪佳《遠山堂曲品》稱明傳奇《月桂記》爲"桂仙下嫁言生，此是古《辰鉤月》劇，劇詞極綺麗"，明確《辰鉤月》的女主角爲桂仙。可見，今存《風花雪月》即《辰鉤月》。

　　至於脈望館本《風花雪月》歸"古今無名氏"，大概是因爲其出自內府演出本，傳演久之，失了作者姓名。現在比較現存二本，除人物脚色不盡一致外，"脈本"曲詞較"臧本"少十支，而賓白較繁，顯係一個演出的鈔本。

　　如上所述，本劇應承自宋雜劇及金院本之《風花雪月》，然金院本已佚，無從確考。元雜劇中寫仙人相會者，多爲才子佳人陳套的翻版。僅本劇提及者，即有巫女宋玉陽臺夢，封陟罵上元，牛女七夕相會，天孫會董永，劉阮天台會桃花女，裴航遇雲英，秋月蕊珠宮等等。這顯然爲吳昌齡創作此劇的動機之一。此外，歷代筆記，甚至傳說中多有以桂仙與書生相會，喻科舉及第者。如宋代《夷堅志》有"漢卿丹桂"條，言書生應取，卧於客館，夢桂仙持瓶，貯丹桂三枝，付其一。漢卿即秋試預薦，明年登科。然作者創作的真正動機，概因元時科舉不興，文人了無出路，因寫陳世英遇桂仙而後思之成疾，終不及第，實乃元時文人悲劇的寫照。

　　本劇較確鑿的本事，是關於張天師的記載。劇中張天師自稱"祖傳道法，戒籙精嚴；三十七代，輩輩流傳"。天師道創自漢人張道陵,確曾傳於後代雌雄劍、降妖印。至其五世孫張盛來,即移居江西信州龍虎山。宋元時,道教熾盛,元世宗曾召其三十六代孫張宗演,賜銀印,令領江南道教,三十七代張與棣襲之。《曲海總目提要》稱劇中張天師名道玄,概取自天師弟子吳全節之號"崇文弘道玄德真人"。朝廷如此好道,民風好道之熾烈也可想而知,所以,元劇中神仙道化劇最多。直接寫張天師斷遣者尚有同時石君寶的《張天師斷歲寒三友》。《録鬼簿》中有賈仲明爲石君寶作的〔凌波仙〕挽詞,稱"歲寒三友……與吳昌齡,么末相齊"。則二人的張天師劇有相似之處,就二劇的題目相較,則"歲寒三友"和"風花雪月"當指同一類型的風情故事。由此可見,吳劇《辰鈎月》原另有《風花雪月》之名。劇中第三折張天師的斷詞正是此劇關目:"剪除他梅菊荷桃,斷送了風花雪月。"

關於此劇的思想藝術特色,歷來評之甚少,却有兩種近乎相反的看法。清梁廷枏《曲話》云:"吳昌齡《風花雪月》一劇,雅訓中饒有興致,吐屬亦清和婉約,帶白能使上下串連,一無滲漏;布局排場,更能濃淡疏密相間而出,在元人雜劇中最爲全璧,洵不多覯也。"青木正兒也以爲此劇"爲元人雜劇中放一異彩的作品",屬於杰作一類。與此相反,王季思先生認爲梁廷枏所評"不知元劇長處在獷悍,在姿肆,在樸野,在帶蒜酪氣。斯劇曲詞關目俱平平,而特喜掉書袋,斯或正梁氏之所謂'雅訓有韵致'乎?"(詳見本劇附録)嚴敦易先生對此劇也有頗多微詞,以爲"實在餖飣堆砌,毫無意味",結構上則有"喧賓奪主"之嫌。

以上兩種觀點主要評論該劇的詞曲、結構、風格等藝術方面的優劣,所以形成對立,乃在評論的出發點不盡相同。前者以風情劇觀之,後者以神頭鬼面劇觀之;前者側重表演,後者側重閱讀。我以爲分析此劇,前者的角度更合理些,因爲此劇名《風花雪月》,是寫男女風情的,仙凡私會,爲道統不容,所以要勘攝。立正這個角度,方好作確評。梁氏所評雖過譽,評及曲白、結構、吐屬、連帶,却頗爲中

肯。其曲詞雖有掉書袋之嫌,却也非"平平",而具有元劇慣有的撲辣味,如第三折:

〔倘秀才〕我爲甚先吐了這招承的口詞?常言到明人不做那暗事。則俺這閉月羞花絕代姿,到如今自做出,自當之,裝甚的謊子。

〔上小樓〕你休那裏便伶牙俐齒,調三千四,説人好歹。許人曖昧,損人行止。你可便道這個,道那個,做的不是,都揣與這個廣寒宮宵奔的卓氏。

至於此劇的結構,確實較嚴謹,惟有一不足,乃第四折似屬多餘。所以寫這一折,可能與當時道教中長眉仙的地位有關。至於説此劇述諸仙太多,以致喧賓奪主,不切主題,似評之不妥。因爲,此劇承自院本《風花雪月》,本應有《風花雪月》諸仙的出場;元劇重於表演,突出場面。故從觀賞的角度講,衆仙有秩序地出場,統一由張天師調度,主次清晰,逐漸將衝突引嚮高潮。

在元代戲劇舞臺上,風情劇所寫,多爲團圓結局。吳昌齡寫了風情劇《風花雪月》,而且使劇情從喜劇性的開始走向悲劇性的結尾,乃是一種創新和超越。在劇情敘述中,作者始終對陳世英、桂花仙子抱着同情的態度。桂仙因感恩而降臨凡世,主動勸解陳世英:"秀才,我道你來年登虎榜,總不如今夜抱蟾宫。"(第一折〔金盞兒〕曲)當其被執於壇前,則稱明人不做暗事,自做自當,實在是一位重義而勇敢的女性。這顯然是一幅元代世俗風情圖,祇是披了宗教和神靈的外衣,是元代文人潦倒轉爲激奮的真實寫照,具有了批判現實的意義,故青木正兒稱此劇爲杰作是合乎情理的。

《花間四友東坡夢》雜劇

此劇著錄於《録鬼簿》《太和正音譜》,現存於《元曲選》,題吳昌齡撰。述蘇東坡因反對青苗法,又作〔滿庭芳〕詞輕薄王安石夫人,故被貶黃州。路得妓女白牡丹,欲以其魔障好友佛印還俗,同登仕路,却被佛印遣花間四友反魔障東坡,使之頓悟色空佛理,白牡丹也被佛印度脱。題目正名爲："雲門一派老婆禪，花間四友東坡夢。"而天一閣本《録鬼簿》祇注此劇正名："雲門五派老婆禪。"二者僅"一派"與"五派"微異，應視爲一致。天一閣本雖不注題目，但其劇目爲《東坡夢》，二本題目的一致也應無疑。故《元曲選》本所存《東坡夢》即爲《録鬼簿》所録《東坡夢》。但是，嚴敦易先生在《元劇斟疑》中懷疑現存本《東坡夢》爲楊景賢的《佛印燒猪待子瞻》。主要理由是《待子瞻》的題目正名是"牡丹嬌風魔禪衲，佛印燒猪待子瞻"。這與《東坡夢》的情節很近似。嚴先生此説貌似合理，其實理由不足。因爲不僅《録鬼簿》與《元曲選》的《東坡夢》題目正名一致，而且《東坡夢》這個題目與其内容主旨也一致。它的主旨就是以色相魔障的對比（白牡丹魔障佛印和四友魔障東坡），説明色空的佛理。

《東坡夢》的本事較爲複雜，可概略分爲三個系統。一爲東坡著作與正史系統，如《宋史》中的《蘇軾傳》《王安石傳》《蘇東坡全集》《東坡志林》《仇池筆記》以及傳爲東坡所著的《東坡問答録》等。二爲宋元時有關東坡的筆記及話本。如宋代惠洪《冷齋夜話》、錢愐《錢氏私志》等，更重要的如《清平山堂話本》所收的《五戒禪師私紅蓮》。三爲院本雜劇系統。如金院本中之《白牡丹》《佛印燒猪》，元雜劇之《蘇子瞻風雪貶黄州》（費唐臣撰）、《蘇子瞻醉寫滿庭芳》（無名氏撰）、《蘇子瞻醉寫赤壁賦》（趙善慶撰）。以上豐富的本事資料大致爲：東坡反對青苗法，與王安石產生矛盾，遂因"烏臺詩案"被貶黄州，此爲一類。第二類爲東坡與佛印頻繁交往、參禪論道之事的記載，其中有佛印燒猪待子瞻事："東坡喜食燒猪，佛印住金山寺，每燒猪以待其來。一日，爲人竊食，東坡戲作小詩云：'遠公沽酒飲陶潛，佛印燒猪待子瞻。采得百花成蜜後，不知辛苦爲誰甘？'"（見曹綉君《游戲文學叢刊》下《嘔噱詩話》引《調諧篇》）又《錢氏私志》有佛印勸東坡拋棄功名，遁入空門，歸還自我的記載，皆爲本劇重要關目。第三類爲附會創作。如菊花詩之爭乃歐陽修與王安石之間的事，白牡丹形象乃源自杭州妓女琴操與東坡參禪而悟色空之理，即削髮爲尼。又佛印住潤州(今江蘇鎮江)金山寺,曾與東坡相會,並未在廬山東林寺做住持。作者將這一類移於劇中,顯示了他的想象創造力。

本劇的意旨如前所述,在於宣揚放棄功名,感悟色空的道理。究其根源,乃是元代士人普遍沉鬱激憤的精神現象和鍾情山水、重視自我的審美意趣的表現。正如焦循《劇說》所云:"蓋當時,臺省元臣、郡邑正官,及雄要之職,中州人多不得爲之,每沉抑下僚,志不得伸。……於是以其有用之才,而一寓之乎聲歌之末,以抒其怫鬱感慨之懷,所謂不得其平而鳴焉者也。"吳昌齡身爲下層官僚,他從蘇軾的多難經歷中看到了自己的影子,感到了人生的疲乏,所以要鼓勵人們放棄功名,悟色空之理。在《東坡志林》中,東坡自述至惠州嘉祐寺,"縱步松風亭下,足力疲乏,思欲就林止息,望亭宇尚在木末,意味是如何得到?良久,忽曰:'此間有甚麼歇不得處!'由是如挂鈎之魚,忽得解脱"。劇中的東坡從熱衷功名到感悟色空,正是這個現實東坡的真確寫照。從此,看出東坡與吳昌齡思想的感通。所以,此劇在頓悟解脱的喜劇性結局中,透露着矛盾最終不易解決的悲劇性意義。

表現這種藝術思想的主要手法,是以色亂人,以功名利祿誘人。初始,東坡與佛印處於思想對立的兩面,展開衝突,既而達到矛盾的暫時解決。在這場衝突中,佛印不爲色所動,東坡則戀色難舍,形成現實與虛幻的強烈對比,最終使東坡自我否定,達到人生的頓悟。這種以幻化否定現實的手法,從藝術哲理上是可通的,它來自南柯夢、黃粱夢等反映的佛老思想,但因爲東坡的特殊經歷,便顯得劇情的結局真切可信。可以說,此劇是元代夢幻雜劇中很成功的一種。

《唐三藏西天取經》雜劇

此劇著錄於《錄鬼簿》《太和正音譜》及《元曲選目》。天一閣本《錄鬼簿》注其正名曰:"老回回東樓叫佛,唐三藏西天取經。"《元曲選目》於《西天取經》的簡名下注曰"六本"。則吳昌齡的《西天取經》似爲六本長劇。明代萬曆四十二年(1614)勾吳蘊空居士出版《楊東來先生批評西遊記》,署吳昌齡撰,也爲六本,共二十四折。但題目爲"《西遊記》",題目正名與天一閣本《錄鬼簿》所注不同。明末至清代,人們似乎沒有注意到這些歧異,皆不疑此劇爲吳昌齡所作。清初時此劇尚存,後即佚失。一九二八年,日本宮內省圖書寮發現《傳奇四十種》,其中即有楊評《西遊記》。鹽谷溫先生將其出版。傳到大陸,學者皆以爲吳昌齡《西遊記》再現,以至盧冀野先生《元人雜劇全集》又按《錄鬼簿》將劇名改作《西天取經》。一九三九年,孫楷第先生發表《吳昌齡與雜劇〈西遊記〉》一文,斷定這六本的《西遊記》應爲明末楊景賢所作,吳昌齡的《西天取經》,現僅存二折而已。其理由爲:一、六本的《西遊記》沒有老回回東樓叫佛的事。而明末止雲居士的《萬壑清音》收集了四折的《西游記》,除兩折《擒賊雪仇》《收伏行者》與今存六本《西遊記》中的二出相同外,另二折不同。其中"回回迎僧"一折恰好寫了"老回回東樓叫佛"的事。另一折"諸侯餞別"則與"回回迎僧"風格相似。故孫先生斷定這二折乃吳昌齡《唐三藏西天取經》的二折。其全劇至多不過五六折。二、《錄鬼簿續編》在楊景賢名下錄了一部《西遊記》雜劇的名。而明代大劇作家、藏書家李開先在其傳是樓舊鈔本《詞謔》中錄了今本《西遊記》的《雙調·新水令》套曲,題作:"《玄奘取經》第四齣,楊景夏作。"孫楷第以爲,楊景夏應爲楊景賢之誤。所以,今存本《西遊記》實爲元末楊景賢所作。孫楷第先生這一考證非常詳細,證據亦較有力,故基本得到學術界同行的認可。所以,隋樹森先生《元曲選外編》收錄六本《西遊記》,即題楊景賢撰,而趙景深先生《元人雜劇鈎沉》又據《昇平寶筏》輯錄了吳昌齡《西天取經》的二折殘劇。故本集祇收《西天取經》的二折殘劇,歸之於吳昌齡名下。

　　現存《西天取經》二折殘劇的本事主要來自兩方面:一爲唐史及《大唐西域記》等有關玄奘取經的記載。二爲筆記小說、院本、話本等西遊故事。如南宋《大唐三藏取經詩話》,金院本《唐三藏》。三爲有關尉遲恭勤王救駕和信佛好道等史料及雜劇,如《新唐書·尉遲敬德傳》:"敬德晚節,謝賓客不與通……又餌雲母粉,爲方士術延年。"

吳昌齡另有八種雜劇存目,本集附錄中有詳考。至於其套曲《正宮·美妓》,則文采煥然,情思感人,格律嚴謹,爲元代述情散曲中的杰作,顯示出作者深厚的文學修養。

綜上所述,可見吳昌齡的雜劇至少有以下共同點:首先,現存雜劇是否屬吳昌齡在戲劇史上均有爭議,而以《西天取經》最爲複雜。因而吳昌齡是元代前期雜劇作家中較爲複雜的雜劇作家。其次,善寫神佛雜劇及風情雜劇,並很好地將二者相結合。《張天師》寫道述情,存目《哪吒太子眼睛記》亦顯然與道教相關。而《東坡夢》《西天取經》皆爲佛家雜劇。其三,吳昌齡爲元雜劇中最突出的回回戲專家,現存劇目有《老回回探胡洞》《浪子回回賞黃花》,以及《西天取經》中的《回回迎僧》一折,是元代第一個全力作回回戲的劇作家。吳昌齡是今大同人,又從"西京出屯"到今内蒙古和林一帶少數民族聚居的地方,因而對其生活習俗、宗教信仰等非常熟悉,成爲他寫作回回戲的重要原因。從其回回戲劇目及存折來看,皆不脱滑稽戲謔,乃歷史上回回戲的定格。也許,吳昌齡回回戲的這種格調又對後來回回戲的創作起了一定的引導作用。其四,吳昌齡在中國戲劇史以及整個文學史上的最大貢獻,在於其首先全力寫作唐三藏取經故事的雜劇。西遊故事的演變經歷了史實、評話、戲文、院本、雜劇、小説等許多藝術創造的階段,到吳承恩集大成,寫出了不朽名著《西遊記》長篇小説。在這個演變過程中,吳昌齡《西天取經》雜劇使西游故事形成舞臺形象,因而擴大了觀衆範圍,刺激了西游故事在民間的進一步創造發展。他又作了《鬼子母揭鉢》《哪吒太子眼睛記》(見存目),均對元末楊景賢《西遊記》雜劇有直接影響。而且,從"《西天取經》,行用全別"(《録鬼簿》中賈仲明爲吳昌齡所作的吊詞)來看,本劇確是一部創造性很强的雜劇,主要特點應是無孫悟空等唐僧徒弟的形象，其主旨在於宣揚消灾滅罪、普救衆生的佛理。其五，吳昌齡的雜劇曲詞雅致本色，重於述情，結構嚴謹，在藝術表現上也較有成就。可以説，吳昌齡雜劇在題材內容、風格體勢方面都具有鮮明特點，在我國戲劇發展史上占有相當的地位，故應予以充分研究和高度評價。

二、于伯淵及其作品

據《録鬼簿》載，于伯淵，平陽人，生活在元代前期，從其吊詞看，是一個風流不羈又十分潦倒的文人。他的作品僅存一〔仙吕〕套曲，描寫婦人之美極其濃重華艷，也可見其生活的態度。其雜劇有六種存目，爲《珍珠旗》《斬吕布》《鬼風月》《餓劉友》《武三思》《小秦王》，可知他是一個善寫歷史題材的雜劇作家。

三、本集體例介紹

本集對吳昌齡、于伯淵二人的全部作品作了校注，並匯集了有關作家及其作品的研究資料。二位作家按其作品多寡排列，因爲他們皆屬元初人，却很難斷定誰較年長。每位作家的內容編排順序爲：一、作品；二、注釋；三、校記；四、附録。現將四方面的內容介紹如下：

作品。鈔録用繁體橫排，新式標點，曲文不論正襯一律用同號字，齊欄。説白另起一段，低曲文兩格，用仿宋體，以便區別；曲文之間的帶白等賓白，亦用仿宋體，但與曲文連排，不另起行。各劇原有斷句不清或未斷句者，則據曲譜定格或文意校訂、斷句，並標點。文字顯然訛誤，或用異體字者，不作校記，徑爲改正。

注釋。兼注音、義、本事、出處。如係方言俗語，先釋義，後舉例証之；曲文中一句或數句中多處詞義不明或整句不明者，則先釋句意及出處，後分釋詞義；如屬用典，則注明出處、本事，適當引用原文，説明其原義及引用後義；劇中引文，均注明出處，必要者引其原文的上下文並作簡要説明。有關雜劇名稱於最先出處注明,曲牌名祇注另有名稱和借用其他宮調者。

校勘。因現存作者的作品多寡不一,其校勘方法區别而行。《張天師》有二本,以《元曲選》較完整而作底本,"脈本"爲參校本;《東坡夢》祇有《元曲選》本,故祇作自校;《西天取經》(殘本)則以《萬壑清音》中的《諸侯餞别》《回回迎僧》二折爲校勘底本,以《北詞廣正譜》《納書楹曲譜》《綴白裘》《昇平寶筏》等有關部分作參校本。此外,二位雜劇作家的散曲在《全元散曲》中隋樹森先生已作詳校,故從之,祇將其校記順序重新安排,並改正個别校記失誤、漏缺等。雜劇校記附於各劇之後,以使全劇面目保持完整。校記範圍包括:入校本與底本相異處,同時訂正字訛,一般不改定底本文字,但有時底本文字更符合文意,亦斟情改動。《西天取經》因爲是殘本,一律不動底本文字,如覺底本文字不妥,則於注釋中説明。此外,在特殊情況下,補入參校本有底本無的一些文句,且於校記中説明理由。底本文字知其訛而無法訂正者,或疑訛而未能立斷者,概於校記中存疑。底本之假借字,徑爲改回,入校説明。科介中相同文字先後多次重復出現,爲避免重復,一般於最先出現處校出,並於校記中説明。《元曲選》中諸本後有音釋,爲臧晋叔所加,校中略去。

附録。分别附於每個作家全部作品之後,附録體例依每人情況而定,詳見目録。所匯輯資料屬同類者,按時間順序排列。

由於學識有限,校注中錯誤和缺陷在所難免,附録資料也未能盡録,懇請專家和讀者指正。在此書整理校注期間,得到恩師黄竹三教授的多方指導,謹致以深摯的謝意!

張繼紅
1990 年 5 月於臨汾

目　錄

出版説明 …………………………………………… 一
出版前言 …………………………………………… 一
前言 ………………………………………………… 一

吳昌齡·雜劇

張天師斷風花雪月雜劇 ……………………………… 三
花間四友東坡夢雜劇 ………………………………… 七八
唐三藏西天取經雜劇（殘本）……………………… 一一八

吳昌齡·套曲

〔正宮·端正好〕美妓 ……………………………… 一三九

附録　吳昌齡及其作品研究資料彙輯

一　關於吳昌齡研究資料彙輯 ……………………… 一四七
二　關於《張天師》本事和研究資料彙輯 ………… 一五八
三　關於《東坡夢》本事和研究資料彙輯 ………… 一八一
四　關於《西天取經》本事和研究資料彙輯 ……… 二〇七
五　關於〔正宮〕套曲的研究資料 ………………… 二四八
六　吳昌齡雜劇存目彙考 …………………………… 二四八

于伯淵·套曲
　　〔仙吕·點絳唇〕憶美人 …………………………… 二五五

附録　于伯淵及其作品研究資料彙輯
　　一　關於于伯淵研究資料彙輯 …………………………… 二六五
　　二　關於〔仙吕〕套曲的研究資料 …………………………… 二六七
　　三　于伯淵雜劇存目彙考 …………………………… 二六七

吳昌齡・雜劇

張天師斷風花雪月雜劇①

第一折②〔一〕

（冲末扮陳太守領張千上③）（陳太守詩云④〔二〕）農事已隨春雨辦，科差猶比去年稀⑤。小窗睡徹遲遲日〔三〕，花落閑庭燕子飛⑥。老夫姓陳，雙名全忠。由進士及第⑦，隨朝數載。謝聖恩可憐⑧，所除洛陽太守之職⑨〔四〕。老夫有一姪兒，乃是陳世英，現在西洛居住⑩，數年不見。聞知上朝應取，須打此處經過⑪，必然來拜見老夫〔五〕。張千，門首覷者⑫。若孩兒到來〔六〕，報復我知道。（張千云）理會得〔七〕。（正末扮陳世英上⑬，云〔八〕）小生西洛人氏〔九〕。姓陳，雙名世英。仗祖父餘庇⑭，頗能讀書。雪案螢窗⑮，辛勤十載⑯。淹通諸史⑰，貫串百家⑱。今要上朝，進取功名〔一〇〕，從此洛陽經過〔一一〕。有我叔父在此爲理⑲。小生且進城去拜見了叔父〔一二〕，便索長行⑳。可早來到也。張千，報復去，道有陳世英求見〔一三〕。（張千云）報得相公得知㉑〔一四〕：有陳世英在於門首。（陳太守云〔一五〕）老夫語未懸口㉒，我那孩兒早到了也。張千，快着他過來㉓。〔一六〕（張千云）着秀才過去㉔〔一七〕。（陳世英見科㉕，云）叔父，您孩兒多時不見尊顔㉖，請受您孩兒一拜咱㉗〔一八〕。（做拜科）（陳太守云）孩兒也，遠路風塵，免禮波㉘。孩兒，我且問你：此一來爲何〔一九〕？（陳世英云）叔父，您孩兒一來進取功名，二來探望叔父〔二〇〕。（陳太守云）孩兒也，試期尚遠㉙，且就在我書房中安下，溫習經書。住幾日去，可不好那㉚〔二一〕？（陳世英云）您孩兒依着叔父，住幾日去。但恐早晚取擾，不當穩便㉛〔二二〕。（陳太守云）自家骨肉，説甚麽取擾！孩兒也〔二三〕，今日是八月十五，中秋節令〔二四〕，俺和您後園中飲酒去來〔二五〕。（詩云）早安排異品奇珍，與侄兒權且拂塵。值中秋正當玩月，休辜負美景良辰㉜〔二六〕。（同下）（陳世英重上，云〔二七〕）小生蒙叔父相留在此。原來書房就在後園裏面，花木清幽，頗堪居止㉝〔二八〕。今日是八月十五，中秋節令，適纔叔父賜過酒宴，已散了也〔二九〕。你看金風淅淅㉞〔三〇〕，玉露泠泠，銀河耿耿㉟，皓月澄澄㊱〔三一〕，是好一片蟾光㊲〔三二〕！着小生對此佳景，怎好便去就寢，且待我作詩一首〔三三〕。（詩云〔三四〕）碧漢無雲夜欲沉㊳，天香桂子色陰陰㊴。素娥應悔偷靈藥，獨守瑶臺一片心㊵〔三五〕。吟罷這詩〔三六〕，且進這書房門來〔三七〕。我關上門〔三八〕，焚上一炷香，取出這張琴來〔三九〕，試彈一曲，自飲三杯悶酒咱〔四〇〕。（搽旦扮封姨同旦兒桃花仙上㊶〔四一〕）（封姨云）妾身封十八姨的便是〔四二〕。這是桃花仙子〔四三〕，俺二人在這碧雲之上㊷。有桂花仙子與下方陳世英有思凡之心㊸。俺二人在此等候〔四四〕。待桂花仙子到來，看個端的㊹。（桃花仙云）十八姨〔四五〕，你看那香風過處，兀的桂花仙子不來了也㊺？（正旦扮桂花仙上㊻，云〔四六〕）妾身乃月中桂花仙子。今因八月十五日，有羅睺、計都纏擾妾身㊼。多虧下方陳世英一曲瑶琴㊽〔四七〕，感動妻宿㊾，救了我月宫一難㊿，我和他有這宿緣仙契(51)。今日直至下方，與陳世英報恩答義去也〔四八〕。（封姨云）你若不棄嫌呵〔四九〕，俺兩個伴着你同到下方走一遭去〔五〇〕。（正旦云）好波，就此同往〔五一〕。（桃花仙云）仙子〔五二〕，咱去來。（正旦云）是好月色也呵。（唱）〔五三〕

【仙吕·點絳唇】(52)〔五四〕夜色溶溶(53)，桂花風動，天香送(54)。萬里長空，是誰把銀盤捧(55)？

（封姨云）俺趁着這月色行動些咱(56)〔五五〕。（正旦唱〔五六〕）

【混江龍】俺可便急忙行動,怕的是五雲樓畔日華東㊼。(桃花仙云)俺和您私離天宮之上〔五七〕,早來到人間了〔五八〕。(正旦唱〔五九〕)俺如今偷臨凡世〔六〇〕,私下天宮。這其間風弄竹聲穿戶牖〔六一〕,更那堪月移花影上簾櫳㊽。(封姨云)仙子,則俺三個在這月明之下㊾〔六二〕,又無甚跟隨的使數㉿〔六三〕,怎生是好㉛〔六四〕?(正旦唱)俺本是冰魂素魄不尋常㉜,要什麼金童玉女相隨從!㉝〔六五〕(帶云㉞)〔六六〕十八姨,你祇跟着我者〔六七〕。(唱)又沒甚幽期密約㉟〔六八〕,祇不過明月清風㊱〔六九〕。(封姨云)你看下方景致,是比俺那仙界不同也〔七〇〕。(正旦唱)

【油葫蘆】俺和您回首瑤臺隔幾重㊲〔七一〕,早來到書院中,怕甚麼人間天上路難通〔七二〕。(云)封家姨也〔七三〕,則不俺思凡㊳。(封姨云)可再有何人思凡哩〔七四〕?(正旦唱)想當日那天孫和董永曾把瓊梭弄㊴〔七五〕。(桃花仙云)可再有何人〔七六〕?(正旦唱)想巫娥和宋玉曾做陽臺夢㊵。(封姨云)姐姐,你此一去報恩〔七七〕,可是如何?(正旦唱)他若肯早近傍㊶,我也肯緊過從㊷。拚着個賺劉晨笑入桃花洞㊸〔七八〕。(桃花仙云)不知劉晨別後,可曾得再會來〔七九〕?(正旦唱)到後來天台山下再相逢㊹。

(桃花仙云)仙子,這也有何為證〔八〇〕?(正旦唱)

【天下樂】却不道流出桃花片片紅㊺〔八一〕。(桃花仙云)這桃花是我家的故事。你此去敢被那生折下桂花來也㊻〔八二〕?(正旦唱)則你個嬌也波容㊼,可便將人厮調哄㊽〔八三〕。我則爲報德酬恩要始終㊾〔八四〕,不索你這個咕那個喂㊿〔八五〕。(封姨云)仙子,我曾敢說甚麽來〔八六〕?(正旦唱)哎,祇你個十八姨口是風㊛〔八七〕。

(云〔八八〕)可早來到後園也〔八九〕。二位且在這書房門首略等一等〔九〇〕,我自過去。(封姨云)仙子請過去,俺兩個自有分曉㊜〔九一〕。(正旦見陳世英科,云)秀才萬福㊝。(陳世英驚科,云)啐㊞〔九二〕!怎麼燈直下看見一個如花似玉的女人〔九三〕,莫不是我眼花麼?(做揩眼科,云)待我仔細再看咱。(正旦唱)〔九四〕

【鵲踏枝】[九五]則見他不惺松⑧⑤,假朦朧⑧⑥,却待要挂眼睁睛⑧⑦。覓迹尋踪⑧⑧。莫非他錦陣花營不會厮哄⑧⑨,險教咱風月無功⑨⑩。

(陳世英云)這女人是從那裏來的[九六]?必然是妖精鬼怪[九七]。嗤⑨①[九八]!你説的是[九九],萬事全休;説的不是,你見我這床頭寶劍麽[一〇〇]?我將你一劍揮之兩段[一〇一]。(正旦唱[一〇二])

【河西後庭花】我祇道他喜孜孜開笑容⑨②,怎麽的顫欽欽添怕恐⑨③[一〇三]。不思量携素手歸羅帳⑨④,劃地要斬妖魔仗劍鋒⑨⑤[一〇四]。似這等怒吼吼⑨⑥[一〇五],好着我急難陪奉⑨⑦[一〇六]。秀才也,你敢是那罵上元的也姓封⑨⑧[一〇七]?

(陳世英云)兀的不唬殺我也⑨⑨。靠後[一〇八]!(正旦云)秀才休驚莫怕。我乃月中桂花仙子。今因八月十五日,有羅睺、計都纏繞妾身,多虧你這一曲瑶琴,感動婁宿,救了我月宮一難[一〇九]。我和你有宿緣仙契,一逕的報恩而來⑩⑩[一一〇]。秀才留便留,不留呵,我自回去也[一一一]。(陳世英云)住住[一一二]。我那裏知道,你原來是桂花仙子,有如此般好意[一一三]。小生一時間錯怪了你⑩①[一一四]。便好道:既來之,則安之⑩②。仙子請坐[一一五],容小生遞一杯酒咱[一一六]。仙子滿飲此杯。(正旦云)秀才請。(陳世英云)仙子請。(正旦飲酒科)(陳世英云)小生也飲一杯。看着仙子千般體態[一一七],萬種妖嬈,不知小生福分生在那裏,得遇今夜[一一八]。待與仙子飲個盡醉方歸[一一九],有何不可!(正旦唱[一二〇])

【一半兒】⑩③[一二一]祇見他高燒銀燭影搖紅⑩④,滿炷名香寶鼎中⑩⑤。全不似初見時恁般喬面孔⑩⑥,殷勤地捧金鐘,原來是一半兒裝呆一半兒懂。

(陳世英云)小生有一件事,動問小娘子咱。(正旦云)秀才有甚麽話説[一二二]?(陳世英云)小生學成滿腹文章,欲待進取功名去。我這一去,可是得官也不得官?(正旦唱[一二三])

【金盞兒】我本待鸞鳳配雌雄,你祇想雕鶚起秋風。怎知我月中丹桂非凡種。(陳世英云)念小生凡胎濁體,怎敢和仙子陪奉?你祇説小生來年應舉,果是如何?(正旦唱)你問我來年春動有甚麼吉和兇,則你那文章千卷富。(陳世英云)便有了文章,也要命運哩。(正旦唱)怕不的命運一時通。(陳世英云)若得如此,小生早則喜也。(正旦唱)秀才,我道你來年登虎榜,總不如今夜抱蟾宮。

(陳世英云)多承仙子厚意,再飲幾杯,怕做甚麼?(封姨云)桃花仙子,我和你過去相見咱。(做見科)(封姨云)仙子,天色明了也,咱回去來。(陳世英云)呀,怎麼又有兩個小娘子來了也?(正旦云)秀才勿怪。這兩個都是我的姨姨、妹妹。(陳世英云)既是你姨姨、妹妹,容小生都也奉一杯兒酒咱。(正旦唱)

【醉扶歸】俺和他一去蕊珠宮,同戲百花叢。報與你個二月春雷魚化龍,飲了那三杯御酒珍珠瓮,四下裏旌旄簇擁,準備着五花驄,緩向天街鞚。

【醉中天】六印掌元戎,七縱顯英雄,向八座裏氣昂昂列上公。穩請受着九重天雨露恩和寵,也不枉了十年間苦功,到今朝享用。是必休忘了我這報前程仙女淳風。

(云)天色明了也,咱回去來。(陳世英云)仙子此一去,可不知幾時還得相會也?(正旦云)秀才,你牢記者:妾身此一相別,直到來年八月十五日,再與秀才相見。(陳世英云)仙子,你道定着,小生也不進取功名去,專等來年此夜,在書房中拱候仙子,是必休失信也。(正旦唱)

【賺煞尾】你若有十分的至誠心,我怕沒有九轉丹相送。(陳世英云)小生來年八月十五日,專候仙子來也。(正旦唱)到來年又怕你八月中秋事冗。(陳世英云)既蒙仙子相許,小生怎敢負了此心?但仙子非同織女,小生非比牽牛,怎麽也要一年一會,做這老遠的期約也㉛[一五〇]。(正旦唱)那七夕會牛女佳期[一五一],你可也休賣弄㉜。(陳世英云)仙子若果有心於小生,便不到的來年,怕做甚麽那[一五二]?(正旦唱)我則怕六丁神告與天蓬㉝[一五三]。(陳世英云)那六丁縱是天上神位,料仙子也不怕他[一五四]。(正旦唱)更怕的是五更鐘,催别匆匆㉞[一五五]。祇落的四眼相看泪珠涌。(陳世英云)仙子,您直恁般慌速㉟[一五六],便再停止一會兒也好[一五七]。(正旦唱)兀的不三星在東[一五八]。(陳世英云)仙子此一去,休忘了今宵歡會也[一五九]。(正旦唱)[一六〇]正照着俺二人情重[一六一],一般瀟灑月明中㊱[一六二]。(同二旦下)

(陳世英云)嗨,誰想小生遇着月中桂花仙子,歡會了一宵。親記的臨别之時,説到來年八月十五日[一六三],再來與小生相會。天那,我幾時盼得來年這一日也[一六四]。(詩云㊲)宿世姻緣定有因,暫時歡會又離分。且温經史書窗下,專等來年月下人[一六五]。(下[一六六])

【注釋】

① 張天師斷風花雪月雜劇　本劇爲元初吴昌齡所作的一部旦本雜劇,述洛陽太守陳全忠之侄陳世英赴京城應考,路過洛陽,拜見叔父。以試期尚遠,遵叔父之命居後園温習經書。值中秋佳節,世英對景煩悶,遂賦詩撫琴。適逢月中桂花仙子爲羅睺、計都二星纏擾,被世英一曲瑶琴釋其月宫之難。因此,桂花仙子下凡報恩,與世英飲酒歡會一夕。臨别,相約來年中秋之夜再會。世英苦熬一年,相思成疾,而桂花仙子終未赴約。世之病愈重,求醫難愈。此時,道人張天師回龍虎山,過訪陳全忠府上。知世英爲花妖所擾,即設壇遣將,勾來荷、菊、梅、桂諸花仙和風、雪二神至臺前,勘問桂花仙子思凡之事。終於逼其招認,並斷發至西池長眉仙處定罪。長眉仙攝至諸仙質對,觀其情有可原,乃以薄責桂花仙子,不問諸仙之罪而結束全劇。張天師:東漢天師道創始人張道陵後裔的封號。元至元十三年(1276),命其三十六代孫張宗演爲輔漢天師。而本劇第三折張天師自述:"祖傳道法,戒籙精嚴。三十七代,輩輩流傳。"則本折張天師當屬張道陵三十七代孫張與棣(見《元史·釋老傳》)。而劇中稱張天師名道玄,當係杜撰。一見黄文暘《曲海總目提要》。張天師是否確指張與棣,現在也不宜武斷,詳見本劇《附記》及《前言》。風花雪月:在此指荷、菊、梅、

雪、月及桂花仙子,又代指桂花仙子與陳世英之間的風情之事。雜劇:戲曲名稱,有許多種類,在此指元雜劇,也稱元曲,元代用北曲演唱的戲曲形式。金末元初產生於我國北方,是元代最有成就的文學藝術。劇本一般分爲四折,每折用同一宮調的若干曲牌組成。必要時另加"楔子"。脚色有正末、正旦、净等。一劇基本上由正末或正旦一種脚色唱到底。正末主唱者稱"末本",正旦主唱者稱"旦本"。今知有記載的元雜劇作家約一百二十人,現存作品有一百五十種左右。

② 折　雜劇名詞術語,劃分雜劇場次的單位。即伶人演劇前,將曲詞抄於紙上,按情節、宮調等折成數折,以便温習,後即成爲劃分元曲情節、區分場次的單位。元雜劇一般分爲四折,按情節展開和矛盾衝突,四折依次爲開頭、發展、高潮和結局。折也是樂曲的自然單元,一折一般演唱一個宮調裏的一套曲子。

③ 冲末　元雜劇脚色名。雜劇中男脚色叫做"末",冲末應是僅次於正末的末類脚色。故明朝王驥德稱"冲末即正末"(《曲律·論部色第三十七》)。冲末可扮演正面或反面人物,一般在全劇開場時首先出場。但有些劇本作"冲末外扮"(如《陳母教子》中的寇準)、"冲末净扮"(如《孤兒尋母》中的陳雄),則冲末非專職脚色名。　張千　我國古代小説戲曲中對官府公差人的統稱。

④ 詩云　戲曲表演程式之一。戲曲人物上場時所用。一般是上場之初念四句詩,内容大抵是介紹規定情境,故稱定場詩(用於主要人物上場時)或上場詩(用於次要人物上場時)。吟詩後有一段獨白,大抵是介紹姓名、籍貫、身世、家庭情況及當時情況、事件過程等,稱定場白(用於主要人物上場時)或上場白(用於次要人物上場時)。於下場時的"詩云"則稱下場詩。於劇中出現的"詩云"則主要用以抒發情感、復述情節等,不屬戲曲程式。

⑤ "農事"二句　此二句爲官人角色上場時所述的一種套語,表政績不凡。科差:歷代徵收錢物以代役的税課,又稱"差科""差税"。始於唐代,元代的科差包括絲料、包銀、俸鈔三項,主要行於北方。在此泛指賦税差役。

⑥ "小窗"二句　寫爲官者公餘,閑適自在的情態。閑庭:安静的庭院。

⑦ 進士及第　科舉應試,中選進士。進士:本指可以進授爵禄之人。隋代大業中以進士爲考試科目,唐宋兩代因之。然歷代標準不盡相同,進士亦隨之稱中選此科的士人。及第:指科舉應試中選。宋高承《事物紀原·學校貢舉》:"漢之取士,其射策中者謂之高第,隋唐以來,進士諸科遂有及第之目。"

⑧ 謝聖恩可憐　感謝皇恩顧及。可憐:愛惜,照顧。

⑨ 所除洛陽太守之職　陞任洛陽太守之職。除:除授。陞任。洛陽:即今河南洛陽市。周朝曾爲東都,名王城。後有數朝也於此建都,故古小説戲曲中多以洛陽代指都城。太守:官名。秦設郡守,漢景帝時更名爲太守。宋以後改郡爲府或州,郡守、太守已非正式官名,但仍習稱知府、知州爲太守。

⑩ 西洛　古劇中常指洛陽。據今人張燕瑾考,唐開元中,以河南府爲西京,治洛陽縣,故後世習稱洛陽爲西洛,如王實甫《西厢記》中張生即西洛人,而又稱其爲洛陽人。該劇第五本第三折中鄭恒説:"我在京師看榜來,年紀有二十四五歲,洛陽張拱,夸官遊街三日。"據此,則西洛即洛陽。然此劇中陳世英自稱西洛人,且路過洛陽,上京趕考,則洛陽既非西洛,也非京都,故疑西洛爲洛陽西部地面的泛稱。近人嚴敦易於其《元劇斟疑·張天師》注云:"西洛似是指洛陽之西而言之。如作洛陽解,即有疵謬。"

⑪ 打　俗語,從、向之意。

⑫ 覷者　窺視,集中精力看。在古小説戲曲中爲照看、瞭望意。者:句尾祈使語氣助詞。

⑬ 正末　元雜劇脚色行當名稱。扮演劇中主要男性人物。有時稱爲"末尼",或簡稱"末"。元雜劇正末主唱到底的劇稱末本,故正末每折皆須出場,但在四折中可扮演不同人物。旦本戲中有時也有正末出場,但祇説不唱。

⑭ 餘庇　即福蔭。舊時指長輩留給後代的官職、財物等。

⑮ 雪案螢窗　指在書房裏刻苦學習。雪案:雪光映照的几案。相傳晉朝孫康家貧無燭,常映雪讀書。元有《孫康映雪》雜劇。螢窗:相傳晉朝車胤家貧無油點燈,夏夜輒捕螢火蟲置於囊中照書而讀。後即以螢窗代指書房。

⑯ 辛勤十載　舊時泛指書生爲應試長久苦讀。

⑰ 淹通　貫通。

⑱ 貫串百家　貫通許多古人的文章。百家:本指戰國時諸子百家之文,在此泛指古人之文。

⑲ 爲理　即做官。理:古代本指法官,後也泛稱官名。在此代陳全忠任太守之職。

⑳ 索　應該。董解元《西厢記》卷三:"秦白起,燕孫武,若比這個將軍,兵書戰策,索拜做師父。"

㉑ 相公　舊時多尊富家子弟,也稱有地位的人。本指丞相。

㉒ 懸口　離口。元鄭光祖《倩女離魂》楔子:"我語未懸口,孩兒早到了。道有請。"

㉓ 着　教,使。無名氏《紅梨花》第一折:"劉太守云:'謝金蓮是甚麽人?'張千云:'好着相公知道,這謝金蓮是一個上廳行首。'"

㉔ 秀才　本指士人之有異才者。漢朝始以秀才爲舉士科目,凡中此科者即稱秀才。至宋時,凡應舉者皆稱秀才,在此即指後者。

㉕ 見科　表示二人相見時問候、拜見等動作。科:傳統戲劇中脚色動作之稱。元雜劇特作"科汎",包括劇中人動作、表情或其他方面的舞臺提示,如笑科、打科,

拜科等。凡表示打諢性質者稱爲"科諢"。

㉖ 您　同"你"。元時二字混用。

㉗ 咱　句尾語氣助詞,多表示祈求。《降桑椹》第一折:"正末云:'……詩中之意倘有不周,望衆位長者教訓咱。'"

㉘ 波　句尾語氣詞。相當於"吧""呢"等語氣助詞。元鍾嗣成〔醉太平〕《失題》之一:"將乞兒携手上陽臺,設貧咱波,奶奶。"

㉙ 試期尚遠　古時應試一般爲一年兩次。春天考試名"春闈",秋天考試名"秋闈"。據該劇陳世英第一折云:"你衹說小生來年應舉,果是如何?"則陳世英爲參加第二年之春闈。唐代科舉禮部考試定在春末夏初,而秋闈定在八月,故陳全忠說試期尚遠。

㉚ 那　句尾語氣助詞,同"哪",元雜劇均作"那"。

㉛ 不當穩便　不太妥當和方便。

㉜ 美景良辰　原作"良辰美景"。語出南朝謝靈運《擬魏太子鄴中集詩八首序》:"建安末,余時在鄴宮,朝游夕燕,究歡愉之極。天下良辰美景、賞心樂事四者難並,今昆弟友朋二三諸彦共盡之矣。"

㉝ 居止　居住休息。

㉞ 金風淅淅　秋風吹動,淅淅作響。金風:古代稱一年四季爲"和炎金朔","金"代指秋天,故稱金風。淅淅:風聲。

㉟ 銀河耿耿　銀河顯得很明亮。銀河:宇宙中的一大恒星系。因晴天夜晚,天空中呈現出一條明亮的光帶,夾雜着許多閃爍的小星,看去似一條銀白色大河,故稱銀河,通稱天河。耿耿:明亮貌。

㊱ 皓月澄澄　明月清澈如水。

㊲ 蟾光　即月光。古神話中謂月中有蟾蜍,故稱月爲蟾。唐李賀《感諷》詩五:"岑中月歸來,蟾光掛雲岫。"

㊳ 碧漢　河漢,即天河,在此代指天空。

㊴ 天香　舊時多代指花,唐李正封有《咏牡丹花》詩:"國色朝酣酒,天香夜染衣。"在此代指桂花。天香桂子合稱代指月中桂樹。

㊵ "素娥"二句　語出唐李商隱詩《嫦娥》,原句爲:"雲母屏風燭影深,長河漸落曉星沉。嫦娥應悔偷靈藥,碧海青天夜夜心。"言嫦娥每當夜裏感到孤悶時,便應悔恨當初偷不死靈藥奔向月宮。嫦娥:古代傳說中的月神,因月光潔白,也稱素娥。相傳爲夏代有窮國君后羿之妻。后羿從西王母處得不死靈藥,嫦娥竊之奔月,遂成月神。瑶臺:古神話中泛指神仙居住之處。在此指月宮。

㊶ 搽旦　元雜劇脚色名,旦脚的一種。當由於這類脚色面部搽成醜怪形狀而得名。有些劇中由净脚扮演,均寫作"净搽旦"。如《燕青博魚》中的王臘

梅。 封姨 神話傳説中的風神,又稱封十八姨。 旦兒 元雜劇脚色名。旦脚的一種,多扮演青年女性。 桃花仙 傳説中的桃花神。詳見《博異記》。

㊷ 碧雲 仙人所駕的祥雲。

㊸ 桂花仙子 即月神嫦娥。本劇第三折張天師云:"你引誘嫦娥,輒入五姓之家,纏攪良家子弟。勾至壇前,有何理説?"作者所以用桂花仙子之名出現,概以折桂喻科舉及第。唐人詩:"桂花香處同高第,領取嫦娥攀取桂。"又本折中桃花仙子云:"仙子此一去敢被那生折下桂花來?" 下方 即下界,神仙對人世間之稱呼。 思凡之心 思念凡世之心,主要指萌動色欲等凡念。

㊹ 端的 究竟。《京本通俗小説·錯斬崔寧》:"夫人到京便知端的,休的憂慮。"

㊺ 兀的 那。也表示加重或驚訝等語氣。用於後者,往往加"不"字,作"兀的不"或"兀的……不……"

㊻ 正旦 元雜劇脚色名,劇中扮演主要脚色的旦角。一般有正旦的元雜劇即由正旦主唱,稱旦本。

㊼ 有羅睺、計都纏擾妾身 舊時指羅睺、計都二星過犯月亮,形成月蝕。而神話傳説中以羅睺、計都二星爲惡星,月中有月神,故月蝕時,嫦娥即稱被二星纏擾。羅睺、計都:舊時星命家所稱十一曜之二星。日月五星炁孛皆同轡而行,唯羅睺、計都與之反軌道運行,故有時即與其他九星相掩襲,因之又稱二星爲蝕神。其實,羅睺並不是星名,而是白道和黄道的昇交點,計都也非星名,而是白黄二道的降交點,由於日月蝕總是發生在黄白二道的交點附近,故羅睺、計都被稱爲食(蝕)神。

㊽ 瑶琴 飾玉之琴。在此指琴曲。

㊾ 婁宿 星名,二十八宿之一,西方白虎七宿之第二宿,有星三顆。古神話傳説中,二十八宿皆神靈。婁宿星明則郊祀得禮,天子有福,多子孫,臣忠子孝。

㊿ 月宫 月神居住之宫,在此代指月亮。

(51) 宿緣仙契 舊有的非凡緣分。宿緣:佛教謂前世的姻緣。仙契:人仙相交之契。

(52) 仙吕·點絳唇 古代戲曲音樂名詞。仙吕:即仙吕宫。元周德清《中原音韵》:"大凡聲音各應於律吕,分於六宫十一調……仙吕調清新綿邈。"點絳唇:仙吕宫曲牌名,一般爲此宫第一曲牌。據《九宫大成譜》所載,北曲有八十一首,連曲成套方式如:〔點絳唇〕—〔混江龍〕—〔油葫蘆〕—〔天下樂〕—〔那吒令〕—〔鵲踏枝〕—〔寄生草〕—〔賺煞〕,以故稱套曲或散套。元雜劇第一折大多用"仙吕"套曲,而"楔子"一般用〔仙吕·賞花時〕。

(53) 溶溶 寬廣安閑貌。

(54) 桂花風動,天香送 桂花仙子隨風飄動,花香隨風傳送。相傳杭州靈隱寺可拾得月中飄落桂子。唐代詩人宋之問因之有詩:"桂子月中落,天香雲外飄。"見唐孟棨《本事詩》,該句似從宋詩化來。

㊺ 銀盤　喻月亮。

㊻ 行動　在此意為趕路。

㊼ 怕的是五雲樓畔日華東　擔心太陽東昇,難回月宮。古人以為鬼神皆不能白日而行。五雲樓:五色祥雲之中的樓閣。當在太陽東昇之處,《雲笈七籤》:元洲有絕空之宫,在五雲之中。當即指五雲樓。日華:太陽。

㊽ "這其間"二句　此二句描寫仙子下凡情態。上句謂仙風過處,竹葉扇動,風聲穿過百姓家窗户;下句寫花影隨月動而移上窗户,以喻時間之快。此二句暗含"風月"二字,以喻桂花仙子思凡之心。更那堪:更承受不了,反映仙子急切行動之情。户牖:門和窗。簾櫳:此指窗户。櫳,本指窗格。

㊾ 則　衹,僅。如本折後文正旦云:"則不俺思凡。"

㊿ 使數　僕人。

㉛ 怎生　怎麼,怎樣。

㉜ 冰魂素魄　也作冰魂雪魄。指非凡人。南宋陸遊詩:"廣寒宫裏長生藥,醫得冰魂雪魂歸。"(《北坡梅……忽放一枝戲作》)可見,冰魂素魄一般指月神,又喻高品不凡,如冰如雪。

㉝ 金童玉女　多指跟隨神仙的童男女。元末賈仲明有《度金童玉女》雜劇。

㉞ 帶云　元雜劇戲曲名詞。即在演唱之中兼帶簡短的賓白,與唱詞語法關係密切。

㉟ 幽期密約　男女幽會。

㊱ 明月清風　喻此去凡世,僅為報恩答義,乃光明正大之事。

㊲ 瑤臺　謂仙人所居之處。

㊳ 則不　不衹,疑問句詞首。劉唐卿《降桑椹》第三折正末云:"則不小生行孝,想古者多有行孝之人也。"

㊴ 想當日那天孫和董永曾把瓊梭弄　想當初天孫和董永曾以織布結為夫妻。相傳東漢末年,千乘人(今屬山東)董永少年喪母。後兵亂喪父,無以為殮,乃賣身代錢以葬之。道遇一女子,求為其妻。永遂與之俱往債主家為奴。債主令織縑三百匹償債,永妻織十日而畢。既而辭永,自謂本天上織女,奉天帝之命助永償債。言訖,凌空而去。天孫:天帝之孫,織女。瓊梭:玉梭,對織女所用梭子的美稱。

㊵ 想巫娥和宋玉曾做陽臺夢　遙想巫娥和宋玉曾做陽臺歡會之夢。巫娥:神話傳說中的巫山女神。宋玉:戰國楚人,曾為楚頃襄王大夫。有楚辭《九辯》傳世,又有屬其名下的《高唐賦》《招魂》等辭賦入《文選》。陽臺:傳說中的高臺名,宋玉《高唐賦》稱楚襄王遊雲夢臺館,夢婦人自稱巫山女,云:"妾在巫山之陽,高丘之岨,

旦爲朝雲,暮爲行雨,朝朝暮暮,陽臺之下。"後世即稱男女歡會爲陽臺夢。按,宋官本雜劇有《夢巫山彩雲歸》,當本宋玉《神女》《高唐》二賦,即演襄王陽臺會神女事。據考,宋賦中夢會神女者實爲宋玉自己,因"王""玉"二字古相似,遂致誤讀。宋姚寬《西溪叢話》與沈括《夢溪筆談》中都有文專辨此事。元雜劇中演此事者也多指宋玉和巫山女。

⑦ 近傍　本指靠近,常代指男女依傍。《張協狀元》第二十出:"貧女那賤人……自家不因灾禍,誰肯近傍你。"

⑫ 過從　親昵。南宋史祖達《南歌子》詞:"舊歡一晌可過從,試鳥鴛鴦新杏,簡春風。"

⑬ 拼着個賺劉晨笑入桃花洞　不顧一切禁忌,把凡人劉晨賺入桃花洞。相傳東漢永平年間,浙江剡縣人劉晨、阮肇入天台山採藥,迷不得返。忽遇桃花樹,揀桃而食,得以充飢。又見山腹中有新鮮蕪菁葉(即大頭菜)及胡麻飯糝隨溪水流出,遂涉水順流而上。遇二美女,呼之如舊,至家中作酒食相待,留之歡會。二女實乃桃花洞中仙女,設計賺劉阮二人入洞。後劉阮思家而歸,已得七世孫。拼着個:也作"拼却",宋元時俗語,謂無所顧忌,豁出去等意。如北宋晏幾道《臨江仙》詞:"彩袖殷勤捧玉鐘,拼却當年醉顏紅。"

⑭ 到後來天台山下再相逢　此句所述,當爲猜度。南朝劉義慶《幽明録》記此事一文之後二句爲:"(劉阮)忽復去,不知何所。"

⑮ 却不道流出桃花片片紅　豈不見傳説桃花洞裏流出的溪水中有桃花瓣。在此以劉、阮二人在桃花洞折下桃花,比喻其與洞中桃花仙女再度相逢歡會之事。

⑯ 你此去敢被那生折下桂花來也　指桂花仙子下凡報恩,與陳世英交歡。但折桂一事又有出典。《晉書》卷五二《郤詵傳》:"武帝於東堂會送,問詵曰:'卿自以爲何如?'對曰:'臣舉賢良對策,爲天下第一,猶桂林之一枝,崑山之片玉。'帝笑。"後人即以折桂喻應試登科。湯式〔雙調·對玉環帶清江引〕《閨怨》:"墜却青雲志,烟花惹夢魂,風月關心事,便那裏步蟾宫折桂枝?"敢:疑問副詞,難道。

⑰ 嬌也波容　即嬌容,代指桃花仙。"也波"爲襯字,以便演唱。

⑱ 廝調哄　即廝哄,打哄,取笑。

⑲ 始終　意即有頭有尾,不半途而廢。

⑳ 這個咕那個噥　即咕噥,本指含糊其詞地自言自語,在此指取笑桂花仙子。

㉑ 口是風　指言語風快,不饒人。封姨本爲風神,故這句又爲雙關語。

㉒ 分曉　常指明白、清楚,在此引申爲有主張,有辦法。

㉓ 萬福　舊時婦女見人問好之禮,兩手在衿前合拜,口稱"萬福"。

㉔ 啐　斥責聲。

㉕ 惺忪　指剛醒來眼睛模糊不清貌。

⑧⑥ 假朦朧　裝作不清楚貌。

⑧⑦ 拄眼　指坐在桌前以手拄眼而擦。

⑧⑧ 覓迹行踪　在此指因迷惑不清而四處觀看。

⑧⑨ 莫非他錦陣花營不會廝哄　指桃花仙子懷疑陳世英不懂男女風情。錦陣花營：代指男女廝混的風月場。《對玉梳》第一折："賣花人賣花唇，休入俺花營錦陣。"

⑨⑩ 險教咱風月無功　險些教桂花仙子下凡酬情不成。"風月"，在此雙關風、月、桃三仙下凡事和月神與陳世英調情事。照應前面"風弄竹聲穿户牖""月移花影上簾櫳"及"祇不過明月清風"等所述。

⑨① 嘟(dóu)　喝斥聲。

⑨② 祇道　祇以爲。

⑨③ 顫欽欽　同"戰兢兢"。《鴛鴦被》第三折："元來是明晃晃月射小窗紗，早唬的我戰欽欽不住心頭怕。"

⑨④ 不思量携素手歸羅帳　意爲想不到與仙子羅帳交歡。

⑨⑤ 划(chàn)地　宋元俗語，平白地，無故地。《救風塵》第三折："我好意來尋你，你划地將我打罵。"

⑨⑥ 怒吒吒　宋元時俗語，也作"怒烘烘"等，盛怒狀。《灰闌記》第一折："想當日你怒烘烘的挺一身，急煎煎的走四方。我則道你怎生發迹身榮旺。"

⑨⑦ 好著我急難陪奉　好使我著急，深感難於相廝守。

⑨⑧ 你敢是那罵上元的也姓封　你難道是那責罵上元夫人的封陟？封陟罵上元故事出自唐裴鉶《傳奇》中的《封陟》篇。稱唐代寶曆年間，有少室山秀才封陟勤勉讀書。忽一夜午時，有女子自稱上仙，至封陟室中，願爲其妻。封陟嚴辭相拒。後七日又來，封陟再拒之。隔七日又來，封陟遂怒斥之，自言心如鐵石，不爲妖惑。此即罵上元一事。後封陟染疾而終，魂爲鬼符押至幽府。幸逢上元夫人至泰山，念及舊情，延其壽命十二年。封陟醒後追悔往事，惟慟哭自咎而已。在此，桂花仙子以陳世英比封陟，言其不懂男女之情。上元夫人：據班固《漢武帝内傳》，稱其爲統領十萬玉女名籙的仙女，三天上元的官。

⑨⑨ 兀的不　同"兀的"，在此表驚訝。

⑩⓪ 一逕的　宋元俗語，也作"一逕"，在此爲"專程""專意"之意。《望江亭》第三折："媳婦孝順的心腸，將著這尾金色鯉魚，一逕的來獻新。"

⑩① 一時間　目前，一時之間。《裴度還帶》第一折："嘆窮途年少客，一時間命運乖。"

⑩② 既來之，則安之　本指既招徠遠人，則應使之得以安撫。在此指既然來了，即應安心順境。

⑩③ 一半兒　北曲〔仙吕宮〕詞牌名，以詞中有"一半兒"之詞得名。

⑭ 銀燭　置於銀燭臺之上的蠟燭。

⑮ 寶鼎　對銅香爐的美稱。

⑯ 全不似初見時恁般喬面孔　全然不似初見時那種驚怪的面孔。恁般：這般，那般。《董西廂》卷六："早晚時分，迤逗得鶯鶯去，推探張生病，恁般閑言語，教人怎地信？"喬：宋元語言中有多義，在此爲古怪、呆頭呆腦之意。

⑰ 金盞兒　北曲〔仙呂宮〕詞牌名，又名"醉金錢"。

⑱ 我本待鸞鳳配雌雄　我本來等待與你交結成歡。鸞鳳：傳說中的神鳥。

⑲ 雕鶚起秋風　代指應舉成功。雕、鶚皆善飛之鳥，秋風最雄健，故以雕鶚起於秋風喻人才雄健，應舉如意。

⑳ 凡胎濁體　意即凡人。凡人的軀體、氣質，與仙風道骨相對。

㉑ 陪奉　在此爲匹配成歡意。

㉒ 春動　即指春闈。古代科舉考試時間之一。一般在春末舉行。

㉓ 文章千卷富　喻科舉應試得意。

㉔ 怕不的　俗語，豈不，難道不。以反問表肯定語氣。也作"怕不""怕不待"等。《秋胡戲妻》第二折："怕不待要請太醫看脈息，着甚麼做麼藥錢調治。"

㉕ 虎榜　古代進士榜俗名龍虎榜，簡稱虎榜。

㉖ 抱蟾宮　指與桂花仙子歡會。蟾宮：指月宮，月神所居之地。

㉗ 蕊珠宮　道家傳說天上上清宮内有蕊珠宮，爲神仙所居，又省作"蕊宮"。在此承上句意，應指月宮。

㉘ 同戲百花叢　暗喻陳世英與桂花歡會之事。

㉙ 報與你個二月春雷魚化龍　意即報答陳世英來年春試成功。二月春雷魚化龍：唐李肇《國史補》卷下："舊言春水時至，魚登龍門，有化龍者。"後人即以魚化龍謂凡輩變成傑出人物。在此則指春試得意。

㉚ 飲了那三杯御酒珍珠瓮　指舊時中舉者皇上賜與御酒，以示殊榮。珍珠瓮：盛名酒之器。

㉛ 五花驄　駿馬名。唐時把馬鬃剪成三簇叫三花，五簇叫五花。一說指馬的毛色斑駁稱五花。驄：青白雜毛之馬，在此泛指好馬。

㉜ 緩向天街鞚　指騎馬在京都街上緩緩而行。以上數句寫應試成功，受皇帝恩賜，按例在京都街上炫耀。天街：京都之地。鞚：馬勒，在此指勒馬而行。應試成功而得官，夸官於京都街上之事唐時即有。唐高適《酬裴員外以詩代書》詩："自從拜郎中，列宿煥天街。"《西廂記》也述張生應試後得官，夸官三日。

㉝ 六印掌元戎　佩六國相印，掌握軍權。六印：六國相印之簡稱。元戎：泛指兵權。戰國時蘇秦遊說六國，爲合縱長，受六國相印，使共同抗秦。在此喻陳世英中舉必得大官。

⑭ 七縱顯英雄　指蘇秦合縱六國,在戰國七雄相争中顯示英雄本色。在此喻陳世英得顯官後當有所作爲。

⑮ 向八座裏氣昂昂列上公　謂陳世英可以位居中書令一類的高官。八座:東漢至唐代一般以尚書令、僕射、五曹或六曹(部)尚書爲八座。

⑯ 穩請受着九重天雨露恩和寵　意即備受皇恩。九重天:在此代指天子。請受:指官吏所領薪金錢糧。在此指承受。

⑰ 淳風　指淳樸之風俗。風:信息。俗語"透風"即透露信息。此句謂桂花仙子向陳世英報信純屬報恩答義,正應前句"祇不過明月清風"。

⑱ 賺煞尾　省稱"賺煞",屬北曲〔仙吕宫〕,都用在套曲中,作爲套曲的末曲。

⑲ "你若有"二句　指陳世英雖然至誠地愛桂花仙子,桂花仙子却憂愁没有九轉靈藥使之成仙,一同奔月而去。九轉丹:一名九還藥,道家所煉靈藥。在此指不死靈藥。

⑳ 事冗　在此當爲在朝爲官而無暇。冗:古代宫室屏門之間,爲帝王視朝時站立之處。

㉑ "既蒙仙子相許"六句　謂陳世英要求桂花仙子來年中秋勿負期約,至少不能少於一年一會。織女:即織女星,天琴星座中最亮的一顆星。牽牛:即牽牛星,天鷹星座中最亮的一顆星。二星隔銀河相對。古代有許多關於牛郎織女的傳説,指織女爲妻,牛郎爲夫,每年農曆七月初七由喜鵲於銀河上搭橋使之相會,故稱"七夕會牛女"。

㉒ 賣弄　即向人夸耀,告訴他人此事。脈本於此處作:"(唱)七夕會牛郎,休賣弄。(陳世英云)小生怎肯與人説那。"

㉓ 我則怕六丁神告與天蓬　此句稱桂花仙私離月宫與凡人相會,已違天戒,故懼怕天蓬水神責怪。相傳月爲太陰之精,屬水。天蓬爲水神。《西游記》第十九回豬八戒自云:"敕封元帥管天河,總督水兵稱憲節。""元帥"即天蓬元帥。可見天蓬可管作爲太陰之精的桂花仙子。六丁,火神,道教中常爲差使及護法之神。

㉔ 更怕的是五更鐘催别匆匆　此謂桂花仙子因屬神仙,不能在白日活動,故臨近天明時的五更,便須歸去。五更鐘:五更時打鐘。五更,舊時把一夜分爲甲乙丙丁戊五段,故稱五更。亦單指第五段戊。

㉕ 直　竟然。《水滸傳》第二回:"端王聽罷,笑道:'姐夫直如此掛心。'"　恁般　那樣。

㉖ "正照着"二句　此二句指二人相别於明月之下,顯得别有一番凄楚之味。瀟灑:凄楚,凄清。王修浦〔鬥鵪鶉〕套曲:"西風夜送簾纖雨,清燈一點,知人瀟灑,相伴影兒孤。"此曲〔賺煞尾〕順次嵌十至一數字,名爲"大揩小"體。前二曲〔醉扶歸〕及〔醉中天〕順次嵌一至十數字,爲"小揩大"體。元雜劇如《金綫池》《倩女離

魂》等皆有此體,且例在第一折末數曲。

⑬ 詩云　元雜劇術語名,分上場詩與下場詩,在此爲下場詩的提示語。

【校記】

〔一〕第一折　脈本作"頭折"。

〔二〕詩云　脈本作"云"。脈本在此劇多無"詩云"之提示,祇幾處作"詩曰",下同處不復校出。

〔三〕小窗　脈本作"矮窗"。

〔四〕"由進士及第"四句　臧本將"由"作"繇"。"繇"爲"由"的通假字,改之爲"由"。又脈本於此四句處作:"幼年進士及第,累蒙擢用;隨朝數載,頗有名聲。謝聖恩可憐,所除洛陽太守之職。"其中"職"字錯抄,下同處不復校出。

〔五〕"須打"二句　脈本作:"路打此洛陽經過,今日要來拜見老夫。我無甚事,在此私宅中閑坐。"

〔六〕若孩兒到來　脈本作:"孩兒若來呵。"

〔七〕理會得　得,脈本作"的"。下同此處,不復校出。

〔八〕正末扮陳世英上云　正末,脈本作"外"。又,脈本於此提示後,有"外"所吟四句上場詩:"頗看詩書廣用文,胸藏錦綉隱經綸。國家開放今春選,須當平步上青雲。"

〔九〕小生西洛人氏　氏,脈本作"也"。

〔一〇〕"仗祖父餘庇"八句　脈本於此八句處作:"習孔孟之遺書,究諸子之經典;學成滿腹詩書,今欲要上朝,進取功名去。"

〔一一〕從此洛陽經過　脈本作:"來到此洛陽。"

〔一二〕小生且進城去拜見了叔父　脈本作:"小生拜見了叔父。"

〔一三〕道有陳世英求見　求見,脈本作"在於門首"。

〔一四〕報得相公得知　脈本於此句前有"理會的"一句。

〔一五〕陳太守云　脈本作"官人云"。下同處不復校出。

〔一六〕"老夫語未懸口"四句　脈本祇作"着孩兒過來"一句。

〔一七〕着秀才過去　脈本於此句前有"理會的"一句。

〔一八〕"您孩兒"二句　脈本於"不見"後無"尊嚴"二字,於"受"字前無"請"字。

〔一九〕"孩兒也"六句　脈本於此六句作:"孩兒也,請起請起,遠路風塵也,此一來爲何?"

〔二〇〕"您孩兒"二句　脈本於此二句前有"叔父"二字。

〔二一〕"孩兒也"六句　脈本於此六句作:"孩兒也,則今日就在我書房中安下,温習經書,住幾日去,可不好也。"

〔二二〕"但恐"二句　脈本作:"且在書房中早晚温習經史,來日慢慢的長行。"

〔二三〕孩兒也　脈本於此句前有"自家骨肉,説甚麼取擾"二句。

〔二四〕中秋節令　臧本將"節令"作"令節",恐誤。因臧本後文此句也作"節令",故從脈本,改臧本之"令節"爲"節令"。

〔二五〕俺和您後園中飲酒去來　脈本此句作:"俺同去後園中飲酒去也。"

〔二六〕"早安排"四句詩　脈本將此四句詩作:"排佳肴異品奇珍,與侄男權此拂塵。玩中秋正當賞月,莫辜負美景良辰。"

〔二七〕陳世英重上云　脈本無"重"字。

〔二八〕"小生蒙叔父相留在此"四句　脈本此處作:"小生陳世英,自從到叔父家中,着我在後園中書房内居止。"臧本於第二句中"原"字,原作"元",乃"原"字的通假字,故改"元"爲"原"。下同處不復校出。

〔二九〕"適纔"二句　脈本於此二句處作:"天色晚了也,是好秋景也。"

〔三〇〕你看　脈本作:"你看那。"

〔三一〕皓月澄澄　臧本將"皓"作"浩"。脈本作"皓"。"浩"同"皓","浩"爲"皓"的通假字,故改臧本之"浩",從脈本作"皓"。

〔三二〕是好一片蟾光　脈本作:"是好蟾光也!"

〔三三〕"着小生"三句　脈本於此三句處作:"小生何不作詩一首?"

〔三四〕詩云　脈本作"詩曰"。

〔三五〕"碧漢"四句詩　脈本於此四句詩處作:"燦燦蟾光徹九天,輝輝皓皓望空懸。時遇中秋宜令節,今宵歡會月團圓。"

〔三六〕吟罷這詩　脈本作:"小生吟罷詩也。"

〔三七〕且進這書房門來　脈本將"且進"作"我進的"三字。

〔三八〕我關上門　脈本於"門"前有一"這"字。

〔三九〕"取出這張琴來"句　脈本於上句前有"這"字,無下句"試彈一曲"。

〔四〇〕自飲三杯悶酒咱　脈本無"咱"字,並於此句下有"看有是麼人來"一句。

〔四一〕搽旦扮封姨同旦兒桃花仙上　脈本此句作:"孟婆同桃花仙子上。"舊俗稱風爲孟婆。脈本以孟婆爲風神,故下文出現孟婆處,不復校出,皆從臧本,以封姨爲風神。"桃花仙":脈本作"桃花仙子",下同此處不復校出。

〔四二〕"妾身"句　脈本作:"妾身乃孟婆的便是。"

〔四三〕這是桃花仙子　脈本於"是"字下有一"的"字。

〔四四〕"俺二人"三句　脈本於此三句處祇作一句:"俺二人在此等候桃花仙子咱。"

〔四五〕十八姨　脈本作"姐姐",下同此處不復校出。

〔四六〕正旦扮桂花仙上,云　脈本作:"正旦上云。"

〔四七〕"多虧"一句　脈本於此句中無"一曲瑤琴"四字。"救了我月宮一難",脈本將"宮"字作"苦",當爲"宮"字之誤抄。

〔四八〕"與陳世英"句　脈本將此句作二句:"與陳世英報恩,走一遭去。"脈本於此句之下尚有數句:"(做見科云)原來是兩個妹子在此處。(孟婆云)敢問姐姐何往?(正旦云)我實不相瞞,今因八月十五日,有陳世英救了我月苦之難,我和他有宿緣仙契。今日直至下方與陳世英報恩答義去也。"

〔四九〕你若不棄嫌呵　脈本作:"姐姐不棄呵。"

〔五〇〕"俺兩個"句　脈本作:"俺兩個妹子同與姐姐下方走一遭去。"

〔五一〕好波,就此同往　脈本於此處作:"好波,俺同往下方報恩答義,走一遭去。"

〔五二〕仙子　脈本作"姐姐"。下同此處不復校出。

〔五三〕唱　脈本無。

〔五四〕點絳脣　脈本此曲文字與臧本小同大異。其詞爲:"則這素魄冰魂暗香浮動,蟾光涌萬里長空,我則見高把銀盤捧。"

〔五五〕"俺趁着這月色"句　脈本於此句首有"姐姐"二字。

〔五六〕正旦唱　脈本無。

〔五七〕俺和您私離天宮之上　脈本此句作:"俺離了天宮之上。"

〔五八〕早來到人間了　脈本作:"早來到塵世之中也。"

〔五九〕正旦唱　脈本作"唱"。下同此處不復校出。

〔六〇〕偷臨凡世　"偷",脈本作"降"字。

〔六一〕風弄竹聲穿户牖　脈本此句作:"風透綉簾穿户榻。"

〔六二〕三個　脈本作"三人"。　月明之下　下,脈本作"中"。

〔六三〕"又無甚"句　脈本於句末有一"也"字。

〔六四〕怎生是好　脈本無此句。

〔六五〕"俺本是"二句　脈本於此二句處作:"量着那使數的成何用?又無甚金童玉女。"

〔六六〕帶云　脈本作"正旦云"。

〔六七〕十八姨,你祇跟着我者　脈本將"十八姨"作"孟婆",於第二句"你"字後有"祇"字,並於此二句後有:"(孟婆云)姐姐,您妹子理會的。"

〔六八〕"又没甚"句　脈本無。

〔六九〕祇不過明月清風　脈本同,並都將"祇"作"止"。"止"爲"祇"的通假字,故改之爲"祇"。

〔七〇〕"你看下方景致"二句　脈本此二句作："姐姐,俺到此下方,比俺那仙境不同也。"並於此數句後有："(正旦云)俺同來到下方,是好景致也。"

　　〔七一〕"俺和您"句　脈本作："俺自下瑤臺同步行。"

　　〔七二〕"怕甚麼"句　脈本作："我這裏細尋思秋月蕊珠宮。"

　　〔七三〕封家姨也　脈本作"妹子"。

　　〔七四〕可再有何人思凡哩　脈本於句尾無"哩"字。

　　〔七五〕"想當日"句　脈本於此句處作："想當日那瓊姬和那子高是這良媒送。"

　　〔七六〕可再有何人　脈本於此句前有"姐姐"二字。　想巫娥和宋玉曾做陽臺夢　脈本作："想當日巫娥宋玉陽臺夢。"

　　〔七七〕此一去報恩　去,脈本作"遭"。

　　〔七八〕"他若肯"三句　脈本於此三句處作："他若是忒志誠,我可也無怕恐。想當日劉晨誤入桃源洞。"

　　〔七九〕"不知"二句　脈本於此二句處作："劉晨可在那裏相逢來?"

　　〔八〇〕"仙子"二句　脈本作："姐姐,當時劉阮的故事有何爲證也?"

　　〔八一〕却不道　脈本作："偏不的他。"

　　〔八二〕"這桃花"二句　脈本於此句處作："姐姐,今夜當可報恩去也。"

　　〔八三〕"則你個"二句　脈本無第一句,第二句作："你可休將人可便厮和哄。"

　　〔八四〕"我則爲"句　脈本作："我可便知恩報恩訪那生。"

　　〔八五〕咕　脈本作"言"。

　　〔八六〕"仙子"二句　脈本作："姐姐,我也不曾敢説是麽。"

　　〔八七〕你個十八姨口是風　"十八姨"一詞脈本作"孟婆神"。

　　〔八八〕云　脈本作"正旦云"。

　　〔八九〕可早來到後園也　脈本無。

　　〔九〇〕"二位"句　脈本作："二位妹子,您且在這門首。"

　　〔九一〕"仙子請過去"二句　脈本作："俺兩個且在這書房門首等候,你自過去。"

　　〔九二〕啐　脈本作："呸呸呸。"

　　〔九三〕"怎麼"句　脈本作"燈直下一個如花似玉的女人。"

　　〔九四〕"莫不是"句至"正旦唱"　脈本無。

　　〔九五〕〔鵲踏枝〕曲　脈本無。又臧本此曲中"厮哄"之"哄",原作"共"。據本折〔天下樂〕曲中"厮調哄"一詞,可知"共"字實爲"哄"之音假,故稱"共"爲"哄"。

　　〔九六〕(陳世英云)這女人是從那裏來的　脈本無。

〔九七〕"必然是"句　脈本同。此句接〔鵲踏枝〕前"如花似玉的女人"句。

〔九八〕哦　脈本無。

〔九九〕你　脈本無。

〔一〇〇〕"你見"句　脈本作："你見我這手中的太阿寶劍麼？"

〔一〇一〕我將你一劍揮之兩段　脈本無"將你"二字。

〔一〇二〕正旦唱　脈本無。

〔一〇三〕"我祇道"二句　脈本作："我這裏喜孜孜添笑容，他那裏顫欽欽添怕恐。"

〔一〇四〕"不思量"二句　脈本作："譃的我差慘慘低了胭頸，他那裏惡恨恨的仗着劍鋒。"

〔一〇五〕"似這等怒吼吼"　臧本於"似"字之下多一"這"字，脈本此句作二句："假古懺，有誰同。"

〔一〇六〕"好着我"句　脈本此句作："我這裏急慌忙的倍奉。"

〔一〇七〕"秀才也"二句　脈本作："秀才也，你比那罵上元的不姓丰。"

〔一〇八〕靠後　脈本作"靠後些"。

〔一〇九〕"多虧"三句　脈本作："多虧秀才，救了我月苦一難。"

〔一一〇〕報恩而來　脈本無"而"字。

〔一一一〕我自回去也　脈本無"自"字。

〔一一二〕住住　脈本多一"住"字。

〔一一三〕有如此般好意　"意"字脈本作"心"字。

〔一一四〕一時間　脈本無"一"字。

〔一一五〕仙子請坐　脈本作"小娘子請"。陳世英於此劇中稱桂花仙子，臧本皆作"仙子"，脈本皆作"小娘子"。故下同處皆從臧本，不復校出。

〔一一六〕"容小生"句　脈本此句無"容"字。

〔一一七〕看着　脈本作"看了"。

〔一一八〕"不知"二句　脈本無此二句。

〔一一九〕"待與"句　脈本作："與小娘子今夜盡醉，有何不可。"脈同。並於此句下有："（正旦云）量妾有何德能也。"

〔一二〇〕正旦唱　脈本無此三字。

〔一二一〕〔一半兒〕曲　脈本無此曲。

〔一二二〕秀才有甚麼話説　"甚"字，脈本作"是"。

〔一二三〕正旦唱　脈本無此三字。

〔一二四〕"我本待"三句　脈本於此三句處作："你則待配雌雄，指下按秋風。我怕是麼廣寒宮裏琴三弄。"

〔一二五〕"念小生"二句　脈本無此二句。

〔一二六〕"你祇説"句　脈本無"你祇説"三字。

〔一二七〕果是如何　果，脈本作"可"。

〔一二八〕有甚麼吉和兇　脈本作："問是麼吉和兇。"

〔一二九〕則你那文章千卷富　脈本"千卷富"爲"無近遠"。

〔一三〇〕"便有了"二句　脈本於此二句處作："不知小生命運如何？"

〔一三一〕怕不的命運一時通　"怕不的"，脈本作"你"。脈本又於此句下有："(陳世英云)不知小生得官不得官？"

〔一三二〕"秀才"三句　脈本於此三句處作："秀才，你來年爲狀元，今夜抱蟾宫。"

〔一三三〕多承仙子厚意　"仙子"，脈本作"小娘子"，並於此句之上有"小娘子與小生歡會了一宵"。

〔一三四〕怕做甚麽　"甚"字，脈本作"是"。下同此處不復校出。

〔一三五〕呀　脈本作"呀呀呀"。

〔一三六〕怎麼又有兩個小娘子來了也　脈本作："又是兩個小娘子來了也。"

〔一三七〕秀才勿怪　"怪"，脈本作"罪"。

〔一三八〕"這兩個都是我的姨姨、妹妹"至"正旦唱"數句　脈本無。

〔一三九〕〔醉扶歸〕曲　脈本無。

〔一四〇〕〔醉中天〕曲　脈本無。又〔醉中天〕曲中"穩情"之"情"，臧本作"請"。"請"在此爲"情"之音假，故改之爲"情"。

〔一四一〕(云)天色明了也　脈本無此二句，而是承上文"秀才勿罪"作"兩個妹子"。

〔一四二〕此一去　脈本作："此一去呵。"

〔一四三〕"可不知"句　脈本作："再幾時相會也。"

〔一四四〕專等來年此夜　脈本作："到來年今夜。"

〔一四五〕在書房中拱候仙子　脈本作："在此書房中專候小娘子。"

〔一四六〕〔賺煞尾〕　脈本作"尾聲"。

〔一四七〕"你若"二句　脈本作："十遍家得相逢，久遠成鸞鳳。"

〔一四八〕專候小娘子來也　"候"，脈本作"待"。

〔一四九〕到來年又怕你八月中秋事冗　脈本作："到來年八月中秋月影。"

〔一五〇〕"陳世英云"至"老遠的期約也"　脈本作："(陳世英云)小娘子此一去，則是休負了小生也。"

〔一五一〕"那七夕會牛女"句　脈本作："七夕會牛郎休賣弄。"

〔一五二〕"仙子若果有心與小生"三句　脈本祇作："小生怎肯與人説那。"

〔一五三〕我則怕六丁神告與天蓬　脈本作"我則怕"爲"則怕這"。

〔一五四〕"那六丁縱是天上神位"二句　脈本作："小娘子再飲幾杯,怕做是麼?"又臧本將"縱"字作"總"。"總"爲"縱"的通假字,故改之爲"縱"。

〔一五五〕"更怕的是"二句　脈本於此二句處作："我怕的是五更風吹散那雨約雲踪,四個人相逢在此院庭。"

〔一五六〕您直恁般慌速　"您",脈本無。

〔一五七〕便再停止一會兒也好　脈本作："再停止一會,怕做是麼?"

〔一五八〕兀的不三星在東　脈本作："俺怕的是三更夜永。"

〔一五九〕"仙子此一去"二句　脈本此句移後,在此處作："小娘子則是休負了小生也。"

〔一六〇〕唱　脈本無。

〔一六一〕正照着俺二人情重　"正照着",脈本無。並於此句之下有："小娘子此去,休忘了今宵歡會也。"

〔一六二〕一般瀟灑月明中　脈本於句首有"這的是"三字。

〔一六三〕"親記的"二句　二句脈本作："他說來年八月十五日,再來與小生相會。"

〔一六四〕我幾時盼得來年這一日也　脈本無"這一日也"四字,於此句後有三句："天色明了也,我前廳上看叔父,走一遭去。"

〔一六五〕專等來年月下人　脈本作："來年專等月中人。"

〔一六六〕下　臧本無。據脈本補上。

第二折

（陳太守引張千上,云）老夫陳太守[一]。留我侄兒在後園書房中。本意要他溫習經書,去應科試[二],不想染下一場疾病[三],一卧不起[四],服藥不效。老夫欲待親自探望孩兒去,爭奈衙門中適有一件要緊公事①[五],不得餘暇。張千,説與嬤嬤知道[六],着他到書房中看覷小哥病體若何[七]？小心在意,看了時來回我的話。左右②,將馬來。老夫衙門中辦事去也[八]。（同張千下[九]）（陳世英抱病上,云[一〇]）小生陳世英。便好道三十三天離恨天最高,四百四病相思病最苦③。兀的不害殺小生也[一一]！自從去歲八月十五日,與月中桂花仙子在這書房中飲了幾杯酒去[一二],害的我一病不起[一三],朝則忘餐,夜則廢寢,看看致死[一四]。但合眼便見那桂花仙子在前[一五]。他說到今年八月十五日再來相會。今日正是中秋節令[一六],我祇得挣扎病軀[一七],到此後花園中等候[一八]。便怎麼這早晚還不見來④[一九]。仙子,則被你想殺我也! 天也,每番家小生要做些兒功課,不曾拿起筆來[二〇],可又早淹淹的晚了⑤。今日小生害些兒拙病,他百般的不肯就晚[二一]。且待我吟詩一首[二二]。(詩云[二三])金烏振翼上扶桑⑥,何故遲遲畫景長。可嘆書生情意迫,老天偏不下斜陽[二四]。呀,這早晚還是午時也⑦[二五]。我央及你波。我與你唱諾⑧[二六],怎生不動;我與你下跪,又不動;我與你下拜,也不動。釘子釘着你哩[二七],潑毛團,是好無禮也⑨[二八]! 小生不才殺者波,也是國家白衣卿相⑩,你則道我不認得你哩。想當初堯王時有十個日頭,被后羿在崑崙山頂上,射落九烏,止留的你一個⑪[二九]。你曉來夜去,催逼了多少好人。你若是歡喜呵,腆着你那紅馥馥的臉兒;你若惱了呵,雲生四野,霧罩八方。你則道我不認的你哩。你聽者:(詩云[三〇])無端三足烏⑫,團團光閃爍[三一]。安得后羿弓,射此一輪落。便好道[三二],人有所願,天必從之,頭裏未曾鬧時[三三],還是午時;方纔鬧了,他[三四]可早交酉時了⑬[三五]。罷罷罷,熬定心腸,且再耐着些兒[三六]。仙子,則被你想殺小生也。(正旦扮嬷嬷上,云)老身是這陳太守家中嬷嬷。爲因陳世英在書房中染病,奉太守的言語,着老身探望,走一遭去。我想這秀才每多有害着這等症候的也呵⑭[三七]。(唱[三八])

【南呂·一枝花】⑮可不道既讀孔聖書⑯,那裏也必達周公禮⑰。你今日相思容易得,豈不聞飽病可兀的最難醫。他從來老老實實,忒軟善忒溫克⑱。近新來陡恁的⑲,他待學遇雲英乞玉的裴航⑳,賦《洛神》采珠的曹植㉑[三九]。

【梁州第七】[四〇]翻笑着不風流閉門的顔叔㉒,假乖張拍案的封陟〔四一〕。他不肯去筆尖上挣閙個名和利㉓〔四二〕,兀的不辱抹殺題橋的才思㉔,擲果的容儀㉕〔四三〕。直這般無廉鮮耻㉖〔四四〕,亂作胡爲。三餐飯並不曾想喫,五車書並不肯攻習㉗〔四五〕。他他他則待要美甘甘傍玉軟香温㉘〔四六〕,是是是則待要悄促促在星前月底㉙〔四七〕,等等等則待要喜孜孜赴燕約鶯期㉚〔四八〕。奉相公省會㉛,教老身直到那書房内,在左右看詳細〔四九〕。祇他這廢寢忘餐可也因甚的〔五〇〕,要一個明白消息〔五一〕。

（云〔五二〕）無人報復,我自過去。（陳世英云）仙子,你來了也。（正旦云）是我。（陳世英云）吓！害得我眼花了,兀的不羞殺小生也。原來是嬭嬭。你來此怎的〔五三〕？（正旦云）哥哥,你害的甚麼病？你明白對我説知〔五四〕,怕做甚麼〔五五〕？（陳世英云）我害的是病。（正旦云）怕不是病,却是從那裏起的〔五六〕？你對我説,好回相公的話〔五七〕。（陳世英云）你老人家没正經〔五八〕,則管裏絮絮叨叨的㉜,你也須知,病體誰耐煩説話。（正旦云）哥哥,你不對我説也罷,祇是你這病體看看日沉日重,誰救你來〔五九〕。（陳世英云）嬭嬭,實不相瞞〔六〇〕。自從去歲八月十五日,有月中桂花仙子〔六一〕,在我這書房中飲了幾杯酒,歡會了一宵去了。他説今年八月十五日再來相會〔六二〕,我在此等候,不見到來,所以憂憶成病〔六三〕。眼見的覷天遠〔六四〕,入地近,無那活的人也〔六五〕。仙子,則被你想殺我也。（正旦唱〔六六〕）

【牧羊關】則見他憨憨的説就裏㉝,不由我冷笑微微〔六七〕。你是個濁骨凡胎〔六八〕,他須是冰肌的這玉體〔六九〕。（陳世英云）仙子〔七〇〕,你好失信也。（正旦唱）你敢要攀月桂,諧連理㉞〔七一〕,可不似指畫餅,待充飢。常言道杳茫神鬼事〔七二〕,哥哥也,知他在那裏〔七三〕？

（云）哥哥〔七四〕,你敢不等那月中桂花仙子麼〔七五〕？（陳世英云）我不等桂花仙子等誰？（正旦云）祇怕等着崔鶯鶯那㉟〔七七〕。（陳世英云）哎〔七八〕,我等那崔鶯鶯怎的？我祇等着桂花仙子哩〔七九〕。（正旦唱〔八〇〕）

【罵玉郎】[八一]莫不是崔鶯鶯害了你這張君瑞㊱？祇指望西廂下暗偷期㊲，把鏡中花生扭做蟾中桂㊳。現在你瘦巖巖病怎支㊵？他虛飄飄去不歸，知甚日重歡會？

（陳世英云）仙子，則被你想殺小生也。（正旦唱[八二]）

【感皇恩】怪不着你正是遙授夫妻㊵[八三]，你可甚步步相隨㊶？更做道秀才每忒上緊，忒着迷㊷。你伴的是琴書度日，怎想着那廣寒宮竊藥的仙姬㊸[八四]？專等待三更後[八五]，纔斗轉，恰星移㊹。

（陳世英云）我在這月明之下[八六]，好歹要等那仙子來也[八七]。（正旦唱）

【采花歌】㊺想的你意兒痴，望的你眼兒疲[八八]，祇待五言詩作上天梯㊻[八九]，但得個一夕鴛鴦配成對㊼[九〇]，那裏也還記得十年身到鳳凰池㊽[九一]。

（陳世英云）老人家不曉事[九二]，耳根邊祇管聒絮㊾[九三]，可知我染病哩[九四]。（正旦唱[九五]）

【三煞】㊿[九六]我越勸着越妝出風風勢㊿，則說是病在心頭那個知。怎麼耳邊傍不住相嘲戲，百般的話不投機。待着我早些回避。我可道不關親不耽干係㊿。就也着冷眼兒來看你，且看你直等的月色沉西。

（陳世英云）嬤嬤，我不耐煩哩[九七]，你則回叔父話去[九八]，可怎生不着個太醫來看我一看㊿[九九]？（正旦唱[一〇〇]）

【二煞】[一〇一]你道叔父他怎不將醫藥來調治？這的是心病還從心上醫。便有那倉公、扁鵲成何濟㊿？也無過草樹根皮，怎比得玉天仙知心着意㊿？祇要他今夜裏休貪睡，重向書幃敘別離，敢勝似百補參茋㊿。

（云[一〇二]）哥哥[一〇三]，你保重將息，我回老相公話去也。（陳世英云）仙子，這早晚還不見來，兀的不害殺小生也[一〇四]。（正旦云）哥哥，你則聽我勸者。（唱[一〇五]）

【黃鐘尾】[一〇六]我勸你好將息這不存不濟千金體㊿，再休想那無影無形百媚姿[58]。自去年到今日，曾有甚爲盟記？祇管裏苦思憶，直等得佛出世[59]，可不得干着你[60]。這相思無盡極，倒不如早收拾[61]，將一段雲雨幽期，都付與高唐夢兒裏[62]。

（同下[一〇七]）

【注釋】

① 適 正好。

② 左右 在此指兩旁侍立的隨從。

③ "便好道"二句 此二句極言别離相思之苦。並出佛經内典。《法華經》："若持不殺不盗，得生三十三天。"《維摩經》："是身爲灾，百一病惱。"僧肇注："一大增損，則百一病生；四大增損，則四百四病同時俱作。"

④ 這早晚 即這時候。

⑤ 淹淹的 也作"淹的"，快速貌。本劇第四折："淹的呵下瑶階，將兩步做步驀。"

⑥ 金烏振翼上扶桑 指日從東方昇起。金烏：即太陽。《淮南子·精神訓》："日中有踆烏，而月中有蟾蜍。"高誘注："踆，猶蹲也。謂三足烏。"以此烏沐陽光成金色，故名金烏。扶桑，神木名，相傳日出其下。屈原《九歌·東君》："暾將出兮東方，照吾檻兮扶桑。"

⑦ 午時 即中午十二點前後。舊時把一天按十二地支分爲十二時辰，每個時辰兩個小時。從半夜算起，半夜十一點到一點是子時，稱子夜。中午十一點到一點是午時，稱中午。

⑧ 唱諾 古時行禮方式之一。下屬對上級、晚輩對長輩行禮作揖時，揚聲致敬。

⑨ 潑毛團 本是對飛禽走獸的貶稱，因謂日爲金烏，故於此稱之爲潑毛團。《漢宫秋》第四折："（雁叫科）（漢元帝云）則被那潑毛團叫的凄楚人也！"

⑩ 白衣卿相 唐人特重進士，宰相多由進士擔任，故推重進士爲白衣卿相，言身爲白衣之士，而有卿相之資。

⑪ "想當初"四句 堯王時，后羿射日之事。見《楚辭·天問》等書。堯王：傳説中的古帝王名，在夏朝之前，又稱唐堯。后羿：堯王時善射的武士，相傳是帝俊派他到地上拯救人類的天神。當時有十日，人類難熬酷熱。后羿即射落其中九日。一説后弈爲夏太康時夷族首領。太康沉湎遊樂，羿即推翻其統治，自立爲王，號有窮氏。見《書·五子之歌》等書。

⑫ 無端三足烏 即太陽。無端：無首。當爲因陽光閃爍，看不清頭。

⑬ 酉時　即傍晚五點到七點。北方中秋的酉時,天色近黄昏。

⑭ 每　同"們"。

⑮ 南吕·一枝花　南吕:古代樂音宫調之一。元周德清《中原音韻》:"南吕宫感嘆悲傷。"據《九宫大成譜》載:北曲有三十三隻。其聯套方式如〔一枝花〕—〔梁州第七〕—〔牧羊關〕—〔四塊玉〕—〔罵玉郎〕—〔玄鶴鳴〕—〔烏夜啼〕—〔煞尾〕。〔一枝花〕往往爲聯套中第一曲牌,又名〔占春魁〕。

⑯ 孔聖　即孔子(前551—前479年),名丘,字仲尼。春秋魯國陬邑(今山東曲阜)人,是我國古代偉大的思想家、教育家,儒家學派的創始人。

⑰ 周公禮　西周周公制定的禮法。周公:姓姬名旦,周文王子,輔其兄周武王滅商建周。封於魯。武王死,輔幼主成王,攝政,爲穩定周朝統治作出重要貢獻。相傳,周朝禮樂制度皆爲周公主持制定,故稱周公禮。孔子崇奉周禮,故後世儒學中禮法多周禮成分,且習慣地以周禮爲至高典範加以學習。

⑱ 忒(tuī)軟善忒温克　特别軟弱和善且不外露。温克:藴藉自持以勝外物。《詩·小雅·小宛》:"人之齊聖,飲酒温克。"

⑲ 陡恁的　突然這樣,突然。《董西廂》卷六〔雙調·倬倬戚〕:"陡恁地精神偏出跳。"

⑳ 他待學遇雲英乞玉的裴航　指陳世英欲要像裴航乞玉杵求仙女雲英爲妻那樣追求桂花仙子。裴航事出自唐傳奇故事,述唐代長慶年間,下第秀才裴航游於湘漢,同船有樊夫人贈其詩一首:"一飲瓊漿百感生,玄霜搗盡見雲英。藍橋便是神仙窟,何必崎嶇上玉清。"後裴航經藍澤橋,因渴求漿,於茅屋見美少女名雲英,憶樊夫人詩句,求爲妻。雲英母約以百日,使其得玉杵即可娶雲英。後裴航至京城,買得玉杵,爲夫人搗藥百日,終得雲英爲妻。後見樊夫人,乃雲英之姊。裴航遂與雲英入玉峰洞修煉,終成上仙。

㉑ 賦洛神采珠的曹植　述漢末曹操次子曹植寫《洛神賦》事。相傳,曹植與兄嫂甄氏相善。甄后謝世,曹植感傷而作此賦,述其追求麗人而不得的苦悶。洛神:即洛水之神宓妃。相傳爲伏羲之女,溺死洛水,即成洛水之神。採珠一事不知何指,當以於河邊採珠喻追求麗人。

㉒ 不風流閉門的顔叔　顔叔子,春秋魯人,嘗獨處一室。夜大雨鄰舍屋壞,有女子趨投之。叔子使其執燭於手。燭盡,焚燎(火炬)至明,終不二其心。翻:反而。

㉓ 他不肯去筆尖上挣閣個名和利　即不肯去應試争取名利。挣閣:亦作"挣揣",挣扎,争取。

㉔ 題橋的才思　喻胸懷大志。相傳漢司馬相如自蜀初入長安,城北有昇仙橋及送客觀。相如題詞其門曰:"不乘赤車駟馬,不過汝下也。"韋莊《東陽贈别》詩:"去時此地題橋去,歸日何年佩印歸?"關漢卿有《昇仙橋相如題柱》雜劇(已佚)。

㉕ 擲果的容儀　指美男子潘岳,實指陳世英容貌出衆。擲果:典出《世說新語·容止》,"潘安妙有容姿,好神情。少時挾彈出洛陽道,婦人遇者莫不連手共縈之"。注引《語林》:"安仁(潘岳字)至美。每行,老嫗以果擲之滿車。"

㉖ 直這般無廉鮮恥　竟如此不知羞恥。

㉗ 五車書　指很多書。語出《莊子·天下》,"惠施多方,其書五車。其道舛駁,其言也不中"。因爲春秋時書籍以竹簡編成很多卷,出門輒需車載,後亦以五車書喻學問廣博。在此當指本義。

㉘ 傍玉軟香溫　與女子相依傍交歡。玉軟香溫,也作"温香軟玉",形容年輕漂亮的女子。關漢卿《魯齋郎》第二折正末唱:"他(魯齋郎)少甚麽温香軟玉,舞女歌姬!"

㉙ 悄促促　靜悄悄狀。也作"悄蹙蹙"。《黑旋風》第四折:"他兩個笑吟吟成雙做偶,背地裏悄促促設計施謀。"

㉚ 燕約鶯期　喻男女幽會之期。

㉛ 省會　吩咐。

㉜ 則管裹　祇管。《漁樵記》第二折:"他那裏斜依定門兒,手托着腮紅,祇管哩放你那狂乖。"

㉝ 則見他懨懨的說就裏　祇見他無精打采地述説事情的原因經過。懨懨:精神不振貌。王實甫《西廂記》第二本第一折:"懨懨瘦損,早是傷神,那值殘春。"就裏:本指"內情"。在此指陳世英與桂花仙子交往的事。

㉞ 你敢要攀月桂,諧連理　你難道要與桂花仙子結成配偶嗎?攀月桂:指追求桂花仙子。諧連理:代指男女成偶。連理,即連理枝,比喻男女相愛。詳見晉干寶《搜神記》中《韓憑夫婦》一篇。

㉟ 祇怕等着崔鶯鶯那　指懷疑陳世英等着崔鶯鶯式的凡人,而非月仙。崔鶯鶯:唐元稹《鶯鶯傳》中主要人物。曾與秀才張君瑞在西廂下私會。金代董《西廂》及王《西廂》均詳演此事。崔張相會於西廂便成爲男女幽會的代稱。

㊱ 莫不是崔鶯鶯害了你這張君瑞　難道是崔鶯鶯那樣的女子害得你像張君瑞一樣得了相思病?

㊲ 祇指望西廂下暗偷期　祇期待在西廂下幽會。

㊳ 把鏡中花生扭做蟾中桂　謂把不可能的事硬做成追求的對象。鏡中花:喻虚幻之事。生扭做:硬變成。蟾中桂:月中桂樹。

㊴ 瘦岩岩　身體消瘦軟弱狀。董解元《西廂記》卷七:"悶厭厭的心緒如麻,瘦岩岩的病體如柴。"

㊵ 怪不着你正是遙授夫妻　怪不得你倆正是遙遠相成的夫妻。此句表示對陳世英所述事的驚異。

⑪ 你可甚步步相隨　你可爲甚要緊緊把她追隨？

⑫ 更做道　兼之，況且。《救風塵》第三折："你則是忒現新，忒忘昏，更做道你眼鈍。"　忒上緊　追求得很起勁。上緊：積極、起勁。

⑬ 廣寒宮竊藥的仙姬　即指月神嫦娥，在此指桂花仙子。廣寒宮：舊題漢郭憲《洞冥記》："冬至後，月養於廣寒宮。"後人即指月神所居之宮。

⑭ 纔斗轉，恰星移　即正好星轉斗移，形容與陳世英相會，時間過得很快，天即將明時。

⑮ 采花歌　北曲曲牌名，又名"楚江歌"。

⑯ 祇待五言詩作上天梯　祇希望陳世英應試及第，在朝作官。《東坡夢》第二折〔牧羊關〕曲："舌爲安國劍，詩作上天梯。"

⑰ 但得個一夕鴛鴦配成對　祇落得與桂花仙子歡會一夕。

⑱ 十年身到鳳凰池　即苦讀多年及第，在朝做官。鳳凰池：宮中池名，中書省所在地。後來人們以鳳凰池代指朝廷。

⑲ 聒絮　又作"絮聒"，嘮叨不休。《曲江池》第二折："我本懶的去。爭奈我這虔婆聒絮殺人，無計奈何，須索跟他走一遭。"

⑳ 三煞　曲牌名"煞"的重復形式之一。"煞"即煞止意。北曲常用宮調多有煞曲。字數定格不盡一致，都用在套曲結尾部分。在末一曲"尾聲"或"煞尾"之前，可祇用一曲，也可重復到十餘次。重復使用，則依其末曲倒着往前數"二煞""三煞"等。

㉑ 風風勢　瘋瘋癲癲，糊裏糊塗貌。也作"風張風勢"。《度柳翠》楔子："你這和尚，風張風勢，說謊調皮，沒些兒至誠的。"

㉒ 不關親不耽干係　不連親則無關重要。耽干係：事關重要。《後庭花》第四折："刑案裏喚該房司吏，別公事且勿行提，祇那樁最耽干係。"

㉓ 太醫　本指御醫或指朝中醫官。在此指一般醫生。

㉔ 倉公、扁鵲　古代的兩個名醫。倉公：漢代臨淄人，名淳於意，曾爲齊太倉長，故稱倉公。扁鵲：戰國時勃海郡鄭人，名秦越人，以其醫術高明，如同上古名醫扁鵲，故稱其爲扁鵲。

㉕ 玉天仙　在此指桂花仙子。

㉖ 百補參芪　具有多種補身作用的中藥。

㉗ 不存不濟　不得生存，無着落。在此指陳世英疾病纏身，心神不定。《王粲登樓》第三折："不爭你死喪之威，越問得我不存不濟。"

㉘ 百媚姿　姣好的身段。唐白居易《長恨歌》："回頭一笑百媚生，六宮粉黛無顏色。"

㉙ 佛出世　指佛祖再世，比喻難辦到的事。

⑥⓪ 干着　白白使得。《凍蘇秦》第二折："你不曾爲官呵,着我做甚麽大官人?干着我買了個唐帽在家,安了許多時。"

⑥① 收拾　擺脱,解除。

⑥② "將一段"句　意即把那些相思之情都化在高唐夢一樣的夢幻中去吧,不要想那不切實際的事。

【校記】

〔一〕老夫陳太守　脈本於"守"字後有"是也"二字。

〔二〕"留我侄兒"三句　脈本於此三句處作"陳世英到老夫家中"一句。

〔三〕不想染下一場疾病　脈本無"一場"二字。

〔四〕一臥不起　脈本於"臥"字後有一"兒"字。

〔五〕適有一件要緊公事　脈本作"公事忙"。

〔六〕説與嬤嬤知道　脈本無"知道"二字。"嬤嬤"二字脈本作"姆姆"。下同處不復校出。

〔七〕着他到書房中看覷　脈本作"着他看"三字。

〔八〕老夫衙門中辦事去也　脈本此句作："老夫衙門中辦事,走一遭去。"

〔九〕同張千下　二本皆作"下"。臧本於本折此後張千不再有戲,可知張千已下。脈本下文提示曰:"陳世英抱病同張千上云。"可知張千已下而復上。故於臧本改"下"爲"同張千下"。

〔一〇〕陳世英抱病上云　脈本作："陳世英抱病同張千上云。"

〔一一〕"四百四病"二句　脈本作："四百四病,則被這相思病害殺小生也。"

〔一二〕在這書房中飲了幾杯酒去　脈本於此句"在"字後有一"我"字,在"去"字後有一"了"字。

〔一三〕害的我一病不起　脈本作："我一臥兒不起。"

〔一四〕看看致死　"致"字脈本作"至",並於此句下有"不久身亡"一句。

〔一五〕桂花仙子在前　脈本無"在前"二字。

〔一六〕今日正是中秋節令　脈本作："今日是八月中秋節令。"

〔一七〕我祇得挣扎病軀　脈本無此句。

〔一八〕到此後花園中等候　脈本作："我在後花園中等候。"臧本原無"候"字,疑爲脱去。據脈本增之。

〔一九〕"便怎麽"句　脈本作："不見到來。"並於此句之後爲臧本所無,"我且看幾行書咱。天那,有甚麽心腸看書!這早晚不知多早時候,我出門去看天色咱。呀,才辰時也"。

〔二〇〕不曾拿起筆來　脈本同。並於此句下有"一張做不曾寫了"一句。

〔二一〕不肯就晚　脈本作："不肯那動他那身子。"

〔二二〕且待我吟詩一首　脈本作："我何不作詩一首。"

〔二三〕詩云　脈本作"詩曰"，以下所錄詩及數句賓白爲臧本所無："讀書繼晷怕黃昏，不覺西沉又掩門。欲赴海棠花下約，太陽何是強生根。我鬧了他幾句，可早巳時也。還早里，我且回書房中，再看幾行書去咱。天那，我有甚心腸看這書！小娘子也，則被你想殺我也。這一會可晚了也？我再看一看去。我出的這門來，天那，還是巳時里，不甫能小生害些兒拙病，他百般的不肯挪動他那身子，兀的不氣殺我也！何不再作詩一首。詩曰。"

〔二四〕"金烏振翼上扶桑"四句　脈本作："飆輪飛玉上扶桑，盍爲遲遲晝景長。可嘆書生情意迷，老天不肯下夕陽。"

〔二五〕呀，這早晚還是午時也　脈本作："呀，可早午時也。"並於此句下有數句爲臧本所無："可也還早里，且回書房中再看幾行書咱。天那，我有甚麼心腸看這書！桂花小娘子，你好失信也！則被你想殺我也。這早晚好歹晚了也，我出去看一看咱。天那，可怎生還是午時里。"

〔二六〕我與你唱諾　"諾"字，脈本誤作"惹"。

〔二七〕釘子釘着你哩　脈本將"釘着"作"定着"。"哩"作"里"。"哩"字脈本皆作"裏"，下同處不復校出。

〔二八〕是好無禮也　"是好"二字，脈本作"好是"。

〔二九〕止留的你一個　脈本將"個"作"人"，句末有"而已"二字。

〔三〇〕詩云　脈本無此二字。

〔三一〕團團　脈本作"團圓"。

〔三二〕便好道　脈本同，並於此句前有"呀"字。

〔三三〕未曾鬧時　脈本於"鬧"後有"他"字。

〔三四〕他　脈本於"他"字後有"呀"字。

〔三五〕可早交酉時了　脈本無"早"字，"酉"字處作"卯"字。

〔三六〕"熬定心腸"二句　脈本無此二句，於此處作："還書房中再看幾行書咱。"

〔三七〕多有害着這等症候的也呵　脈本無"着"字。臧本將"症"字作"證"，據脈本改過。下同處不復校出。

〔三八〕正旦唱　脈本無此三字。

〔三九〕"他待學"二句　脈本作："他待學盜虎皮課賦的崔生，不學那罵上元的夫人封職。""的"字當在"夫人"之後。

〔四〇〕梁州第七　脈本無"第七"二字。

〔四一〕"翻笑着"二句　脈本作："枉笑煞守門的這柳下惠，兀的不辱抹殺秉燭顔回。"

〔四二〕個　　脈本作"一個"。

〔四三〕"兀的不"二句　　脈本作："柱了他萬事精細，所事兒伶俐。"

〔四四〕直這般無廉鮮恥　　脈本祇作"無廉無恥"。

〔四五〕"三餐飯"二句　　脈本作："七言詩並不曾題，九經書並不曾溫習。"

〔四六〕美甘甘傍玉軟香溫　　脈本作："悄促促雨迹雲踪。"

〔四七〕悄促促在星前月底　　"悄促促"，脈本作"静悄悄"。

〔四八〕燕約鶯期　　脈本作"暗約偷期"。

〔四九〕在左右看詳細　　脈本作："重審問聽個端的。"

〔五〇〕祇他這廢寢忘餐可也因甚的　　脈本無"祇他這"三字及"可"字。

〔五一〕要一個明白消息　　脈本作："我到那裏別個真實。"

〔五二〕云　　脈本作"正旦云"。

〔五三〕你來此怎的　　脈本作："你此一來爲何？"

〔五四〕你明白對我説知　　脈本作："你和我説。"

〔五五〕怕做甚麽　　脈本於此句下有數句藏本無，"（陳世英云）我害的是病。（正旦云）可是甚麽病？"

〔五六〕"怕不是病"二句　　脈本作："可是甚麽病？"

〔五七〕相公　　脈本作"太守"。

〔五八〕你老人家　　脈本無"你"字。

〔五九〕"你也須知"句至"誰救你來"　　脈本無。

〔六〇〕嬷嬷，實不相瞞　　脈本此二句接上文"絮絮叨叨的"。

〔六一〕有月中桂花仙子　　"有"字，脈本作"與"。

〔六二〕他説　　脈本作"他説道"。

〔六三〕所以憂憶成病　　脈本無此句，於此句處作："我所以上朝則忘餐、夜則廢寢。"

〔六四〕眼見的　　脈本作"我遠病"。

〔六五〕無那活的人也　　脈本於此句前有"眼見的"。

〔六六〕正旦唱　　脈本無。

〔六七〕"則見他"二句　　脈本作："他那裏才言罷，説就裏。"

〔六八〕你是　　脈本作"你須是"。

〔六九〕冰肌　　脈本作"玉體"。

〔七〇〕仙子　　脈本作"桂花小娘子"。

〔七一〕"你敢"二句　　脈本作："他待和你成連理，你則待步步緊相隨。"

〔七二〕杳茫　　脈本作"杳杳"。

〔七三〕"哥哥也"句　脈本作："秀才也可不道冥冥的知他便在那裏?"

〔七四〕哥哥　脈本作"秀才"。

〔七五〕"你敢"句　脈本於此句末有一"麼"字。

〔七六〕正旦云　脈本作"云"。

〔七七〕祇怕等着崔鶯鶯那　脈本作："你敢等崔鶯鶯麼?"

〔七八〕哎　脈本作"天那"。

〔七九〕我祇等着桂花仙子哩　脈本作："我等着桂花小娘子里。"

〔八〇〕正旦唱　脈本無此三字。

〔八一〕"罵玉郎"曲　脈本此曲文字與臧本不盡相同，兹録於下："你待學西廂待月張君瑞，我這裏聽言罷，不由我笑微微。我想那前賢治下傍州例，你在這人世間，他在那月殿裏，你兩個待成佳配。"

〔八二〕正旦唱　臧本誤作"正唱旦"，改之。脈本無此三字。

〔八三〕遥授　"授"，脈本作"受"，不從。

〔八四〕"怎想着"句　脈本無此句，於此句處作："錯猜做月艷巫姬。"

〔八五〕專等待　脈本作"你則待"。

〔八六〕月明之下　"下"字，脈本作"中"。

〔八七〕仙子　脈本作"桂花仙子"。

〔八八〕"想的你"二句　脈本作："你向那月明内，不肯道看文集。"

〔八九〕祇待　脈本作"你則待"。

〔九〇〕"但得個"句　脈本作："每思量鴛鴦會。"

〔九一〕"那裏"句　脈本作："那裏也十年身到鳳凰池。"

〔九二〕不曉事　脈本於"事"字後有"也"字。

〔九三〕耳根邊祇管聒絮　脈本作："則管裏絮絮叨叨的。"

〔九四〕可知　"知"字，脈本作"説"。

〔九五〕正旦唱　脈本無此三字。

〔九六〕〔三煞〕曲　脈本無此曲。

〔九七〕(陳世英云)嬷嬷，我不耐煩哩　脈本無此三句。

〔九八〕你則回叔父話去　脈本于此句下有"可説我染病里"一句。

〔九九〕着個太醫來看我一看　"太醫"，脈本作"良醫"。並於此句下有"正旦云"。

〔一〇〇〕正旦唱　脈本無。

〔一〇一〕〔二煞〕曲　脈本無。

〔一〇二〕云　脈本無。然脈本於前已有"正旦云"三字。

〔一〇三〕哥哥　脈本作"秀才"。

〔一〇四〕"仙子"三句　脈本於此三句處作:"姆姆,你慢去。"

〔一〇五〕(正旦云)哥哥,你則聽我勸者。(唱)　脈本俱無。

〔一〇六〕〔黄鐘尾〕曲　脈本於此處作"尾聲",其曲詞與臧本之〔黄鐘尾〕完全不同,兹錄於下:"〔尾聲〕你不肯十年身得登科證,九載寒窗曉夜習,八節登高有甚遲,七夕牛郎得歡會,六意凡夫人怎知。你不肯五句詩章記在心内,你則待四更初却赴期,你也則是三心得這二意,要相逢呵,則除是一枕南柯夢兒裏。"

〔一〇七〕同下　二本皆作"下"。因此處爲嬤嬤與陳世英同下,故改"下"爲"同下"。

楔　子①〔一〕

(陳世英抱病,張千扶上,云)天色明了也。枉着我扶病等了這一夜②。仙子,則被你奚落殺小生也③。覺的這病勢越越沉重。張千,你快去尋一個太醫來者〔二〕。(張千云)理會得。出的這門來,串長街,驀短巷④,此間正是〔三〕。太醫在家麽?(净扮太醫上⑤,云〔四〕)誰叫太醫?太醫不在家⑥。(張千云)不在家,可往那裏去了?(净云)太醫兵馬司裏去了⑦。(張千云)敢是去看病那〔五〕?(净云)不是看病〔六〕,醫殺了人〔七〕,那裏坐牢哩。(張千云)咄⑧〔八〕!太守衙裏請去來〔九〕。(净云)請我做甚麽〔一〇〕?(張千云)有個相公染病〔一一〕,請你看一看〔一二〕。(净云)你那病人不好幾日了?(張千云)不好七日了。(净云)我太醫八日不曾出汗哩〔一三〕。(張千云)咄!(净云)老哥〔一四〕,你着那患子來我看⑨〔一五〕。(張千云)他染病,怎麽走得動〔一六〕!(净云)着他騎個驢兒來。(張千云)他騎不得驢兒。(净云)哦,祇抓個机兒擡將來⑩〔一七〕。(張千云)也擡不將來〔一八〕。(净云)這等一發叫他好了來⑪〔一九〕。(張千云)好了又要你看甚麽〔二〇〕!(净云)既然他來不得〔二一〕,倒擡了我去罷〔二二〕。(净做拿住張千把脈科⑫〔二三〕,云)一肝二膽。(張千云)咄!我沒病。(净云)你沒病?我看着你這嘴臉⑬,有些黄甘甘的。(張千云)不要歪厮纏⑭,衙裏久等着哩[二四]。(净云)老哥[二五],等我囑咐家裏小的咱[二六]。丁香奴[二七]!(張千云)你家有什麽丁香奴[二八]?(净云)老哥不知,但是我家的小的每,都是生藥名⑮。(張千云)這個我不知道[二九]。(净叫云)丁香奴!(内應科⑯[三〇])有!(净云)你丸藥來不曾?(内云)我丸藥來。(净云)你丸了多少藥?(内云)我丸了八囤半。(净云)老哥[三一],我那囤子裏是囤糧食的[三二],四五個人圍不過來[三三]。這小的每貪耍[三四],一日喫了三頓飯,則丸了八囤半⑰。(張千云)這也够了[三五]。(净云)有誰討藥來[三六]?(内云)有姑娘家討藥來⑱。(净云)與了多少藥錢?(内云)與了一兩藥錢。(净云)你與了他多少藥?(内云)我與他七囤半。(净云)弟子孩兒⑲!親眷上門,你怎麽不多與他些[三七]?曾說藥引子來麽⑳?(内云)不曾説藥引子。(净云)快趕上去説與他[三八],要生薑兩船[三九],棗兒五擔[四〇],水要十桶,着他做一服兒喫。(張千云)怎麽喫得這許多[四一]!(净云)再有誰討藥[四二]?(内云)有史千户家討藥來㉑[四三]。(净云)與了多少藥錢?(内云)與了五兩銀子[四四]。(净云)五兩銀子!你與他多少藥[四五]?(内云)我與了他兩丸藥[四六]。(净云)五兩銀子與了他兩丸藥。我這藥是偷來的,與他許多去[四七]。(張千云)還少麽[四八]?(净云)你與他甚麽藥去[四九]?(内云)我與他一丸紅丸兒[五〇],一丸黑丸兒。(净云)老哥,你不知道。與他紅丸兒則與他紅丸兒,與他黑丸兒則與他黑丸兒。紅丸兒喫了是活藥,黑丸兒喫了是死藥。他都喫了,着他死又死不得,活又活不得[五一]。(張千云)咄!行動些[五二]。早來到了也[五三]。你在此站一站[五四],等我報復去[五五]。秀才,太醫在門首。(陳世英云)着他過來。(張千云)着過去[五六]。(净做拿包袱打陳世英科)(陳世英叫云[五七])哟[五八]!(張千云)他是患子,你怎麽打他?(净云)醫的醫的㉒[五九]。打着他,還知疼痛哩[六〇]。(净做拿藥與陳世英喫科[六一],云)你喫這藥。(陳世英云)這藥不好,我不喫。(净云)這般好藥,你嫌不好?你不喫,我替你喫。(净喫藥[六二],做戰倒科)(張千做慌科,云)可怎麽了[六三]?(做扶净起身科)(净做蘇醒科[六四],云)你這裏有紙筆麽?(張千云)要他何用?(净云)趁我蘇醒着,傳與你這個方兒。(張千云)哇!油嘴花子㉓,快出去[六五]。(打下)(陳世英云)太醫去了也。我想那桂花仙子好生失信[六六]。你當此一夜,祇説報恩而來,弄的我一個身子七死八活。仙子,你那裏是報恩,分明害殺小生也[六七]。(唱[六八])

【仙吕·賞花時】[六九]强扶策懨懨病裹身㉔,空凝望盈盈月下人。我和他曾把酒結情親,早隔了一年時分,兀的不愁殺我也桂花新㉕。(下)

【注釋】

① 楔子　元雜劇術語。相當於序幕或過場戲。楔子原指一種頭尖底平的小木片,用以塞於木器縫隙之間,使之穩固。雜劇楔子,起交代劇情(用於劇首)或連結劇情(用於劇中)作用。但也有的楔子兼有插入戲謔場面以活躍場面的功能。元雜劇楔子一般祇唱一二隻小曲,曲牌多用〔仙吕·賞花時〕或〔正宫·端正好〕。

② 扶病　支持病體帶病行動。

③ 奚落　捉弄,戲弄。《董西厢》卷四:"適來恁的把人奚弄!"

④ 驀(mó)　大步跨越。在此爲大步快走意。

⑤ 净　古戲曲脚色名。一般扮演脾性惡劣或性情滑稽的人物,相當於京劇裏的大花臉、小花臉,净的次要脚色叫"次净"和"副净",故净有時也稱"正净"。如《降桑椹》中的太醫宋了人即由正净扮演。

⑥ 太醫不在家　此爲謊話,用於打諢。後面醫殺了人在兵馬司坐牢也是謊話。

⑦ 兵馬司　古代主管京都治安的機構,始建於元代。

⑧ 咄　呵叱語。

⑨ 患子　病人的俗稱。

⑩ 杌兒　宋元時坐具,即小圓櫈子。

⑪ 這等　這樣,在此有"既然如此"之意。《水滸傳》第三十五回:"燕順跳起身來便道:'這等淫婦,問他則甚!'"　一發　索性、乾脆,《鴛鴦被》第三折:"他説的正是我。我如今一發問他咱。"

⑫ 把脈　抓住手腕號脈。

⑬ 嘴臉　模樣,面目,多爲貶人之詞。《裴度還帶》第一折:"看了你這般嘴臉,一世不能够發迹!"

⑭ 歪厮纏　無理取鬧,糾纏不清。

⑮ 生藥　採來未製作的中藥。

⑯ 内應科　在劇場後臺答應或對答的科汛。

⑰ 則　意同"祇"。

⑱ 姑娘家　即姑姑家的人。

⑲ 弟子孩兒　罵人的話。即罵人是妓女的孩子。弟子:妓女的别稱。《合汗衫》第三折:"我對那老的説去,着他打這弟子孩兒。"

⑳ 藥引子　中藥藥劑中另加一些藥物,能加强藥劑的藥力。

㉑ 史千户　姓史的一户人家。千户:金、元時千夫之長的衛所武官,隸於萬户府。《調風月》第一折:"夫人言語:道有小千户到來,教燕燕伏侍去。"

㉒ 醫的　即此病還可醫治。

㉓ 油嘴花子　罵人語,即油腔滑調的叫花子。

㉔ 扶策　指由别人扶着走。《五侯宴》第五折:"把淚眼揉開,走向前來,急慌忙扶策。"

㉕ 兀的不愁殺我也桂花新　此句中"桂花新"所指不明。據上下文意,可理解作"中秋新月"的代稱。則全句似可解作:又過了一年,對中秋新月,真要愁殺我了!

【校記】

〔一〕楔子　脈本無此二字,茲從臧本。"陳世英抱病,張千扶上,云"至"這病勢越越沉重",脈本無此數句。臧本中"奚落"之"奚"原作"傒",爲"奚"的音假,改之。

〔二〕"你快去"句　脈本作:"與我尋個太醫來者。"

〔三〕此間正是　脈本作:"可早來到太醫門首。"

〔四〕净扮太醫上云　脈本無"扮"字。

〔五〕敢是去看病那　脈本作:"敢是那裏看病去了。"

〔六〕不是看病　脈本作"不是"二字。

〔七〕醫殺了人　脈本作:"醫殺人。"

〔八〕咄　脈本作"得也麽"。下同處不復校出。

〔九〕太守衙裏請去來　脈本作"請請請"三字。

〔一〇〕請我做甚麽　脈本作:"你叫太醫做是麽?"

〔一一〕有個相公　脈本作:"是我相公。"

〔一二〕請你看一看　"你",脈本作"先生"。

〔一三〕我太醫　脈本無"我"字。

〔一四〕老哥　脈本無此二字。

〔一五〕你着那患子來我看　脈本作:"着你那患子來。"

〔一六〕"他染病"句　脈本作:"他染病哩,他走不動。"

〔一七〕哦,祇抓個杌兒擡將來　脈本無"哦"和"祇"字。

〔一八〕也擡不將來　脈本作:"擡不將他來。"

〔一九〕這等　脈本無此二字。

〔二〇〕"好了"句　脈本作:"得也麽,他坐不的。"

〔二一〕既然他來不得　脈本作:"他坐不的也。"

〔二二〕倒擡了我去罷　脈本同,並於此句下有:"(張千云)得也麽!(净云)來也來也!"

〔二三〕净做拿住張千　脈本誤作:"張千拏住張千。"

〔二四〕"不要歪廝纏"二句　脈本作"得也麽"一句。

〔二五〕老哥　脈本作"老兄"。下同處不復校出。

〔二六〕等我囑咐家裏小的咱　脈本將"小的咱"三字作:"的小的每咱。"

〔二七〕丁香奴　脈本同,並於此句下有"你丸藥來也不曾"一句。

〔二八〕"你家"句　脈本作:"先生,怎麽是丁香奴?"

〔二九〕這個我不知道　脈本作:"哦,我不知道。"

〔三〇〕内應科　脈本將"内"作"外"。

〔三一〕老哥　脈本作:"老兄,你不知道。"

〔三二〕我那囤子　脈本無"我"字。

〔三三〕四五個人圍不過來　脈本於句尾有"的囤子"三字。

〔三四〕貪耍　脈本作"貪玩"。

〔三五〕這也够了　脈本作:"得也麽,也勾了。""够"字二本皆作"勾"。"勾"爲"够"的通假字,故改之爲"够"。

〔三六〕討藥來　脈本作:"來討藥來。"

〔三七〕些　脈本作"些兒"。

〔三八〕快趕上去說與他　脈本作:"趕上姑娘說與他。"

〔三九〕要生薑兩船　脈本無"要"字,"船"字作"舡"。

〔四〇〕擔　脈本作"石"。

〔四一〕怎麽喫得這許多　脈本作:"得也麽,喫不了。"

〔四二〕再有誰討藥　脈本作:"再有誰來討藥來?"

〔四三〕有史千户家　脈本作:"某人來。"
〔四四〕五兩銀子　脈本無此句。
〔四五〕你與他　脈本作:"你與了他。"
〔四六〕與了他　脈本作"與他"。
〔四七〕與他許多去　"去"字脈本作"的"。
〔四八〕還少麼　脈本作:"得也麼,還少?"
〔四九〕甚麼藥去　"去"字脈本作"來"。
〔五〇〕我與他　脈本作"我與了他"四字。
〔五一〕"着他"二句　臧本二句之"得",脈本皆作"的"。
〔五二〕咄,行動些　脈本作:"得也麼。"
〔五三〕早來到了也　脈本作:"可早來到門首也。"
〔五四〕你在此站一站　脈本無此句。
〔五五〕等我報復去　脈本此句無"等"字。
〔五六〕着過去　脈本作:"理會的,過去。"
〔五七〕叫　脈本作"叫科"。
〔五八〕喲　脈本作:"哎喲,哎喲。"
〔五九〕醫的醫的　脈本作:"醫的哩。"
〔六〇〕還知疼痛哩　脈本同,並於此句下有:"(張千云)得也麼,不知疼痛怎了!"
〔六一〕拿藥　脈本作"挐藥"。
〔六二〕净喫藥　脈本作"净喫藥科"。
〔六三〕可怎麼了　脈本將此句重復一遍。
〔六四〕净做蘇醒科　二本同。並皆作"蘇"爲"甦"。"甦"爲"蘇"的通假字,改之爲"蘇"。
〔六五〕哇!油嘴花子,快出去　脈本作:"不要他也罷,去了罷!"
〔六六〕我想那桂花仙子好生失信　脈本作:"小娘子你好失信也。"並於此句下有數句爲臧本所無:"天色明了也,我挣閣我這身軀看叔父走一遭去。(下)"
〔六七〕"你當此一夜"至"害殺小生也"　脈本無。
〔六八〕唱　脈本無。
〔六九〕〔仙呂·賞花時〕曲　脈本無。

第三折

（陳太守領張千上，云）老夫陳全忠[一]。今日張真人回信州龍虎山修行去①[二]，要來作別[三]。張千，門着覷者[四]，若真人來時[五]，報復我知道。（張千云）理會的。（外扮天師引道童上②[六]，詩云[七]）鼎內丹砂變虎形③[八]，匣中寶劍作龍聲④。法水灑來天地闇⑤[九]，靈符書動鬼神驚⑥[一〇]。貧道姓張，雙名道玄⑦。祖傳道法⑧，戒籙精嚴⑨。三十七代⑩，輩輩流傳。驅使遍三界神祇⑪，剿除盡八方鬼怪⑫[一一]。布袍拂動[一二]，須臾地動天驚[一三]；草履平挪[一四]，頃刻星移斗轉⑬[一五]。雲遊天下⑭，普救眾生⑮。來到此洛陽，幸遇陳太守[一六]，十分的管顧貧道。所贈衣糧，無不精潔[一七]。今回信州龍虎山去，辭別太守，便索長行。早來到衙門首也[一八]。左右報復去[一九]，道有張道玄特來拜辭。（張千云）理會的。報相公[二〇]，有張道玄特來拜辭哩[二一]。（陳太守云[二二]）道有請。（張千云）請進[二三]。（天師做見科，云）相公，貧道回山中修行去，特來拜辭。（陳太守云）真人，管待不周[二四]，幸恕老夫之罪[二五]。（天師云）相公，貧道在此，多有攪擾[二六]。據貧道看來[二七]，相公衙中莫不有染病之人麼[二八]？（陳太守云）我有個侄兒是陳世英，現染病哩[二九]。（天師云）在那裏？（陳太守云）在後花園中書房中安下[三〇]。（天師云）我試去看咱[三一]。（做望科，云[三二]）貧道已知道了[三三]。你侄兒陳世英是花月之妖⑯，攪纏成病[三四]。待貧道結一壇場⑰[三五]，剿除妖怪，相公意下如何⑱？（陳太守云）若得如此[三六]，多謝真人[三七]。（天師云）道童，將法衣來⑲[三八]。相公，壇場之上[三九]，不能攀話，請回避者[四〇]。（太守下）（天師請神科，云）道香德香⑳[四一]，無爲香㉑，清淨自然香㉒[四二]，妙洞真香㉓，靈寶惠香㉔，朝三界香[四三]。吾乃統攝玄門㉕，恢弘至道㉖,咒司九主㉗〔四四〕,宣課威儀㉘,醮法列壇㉙,無不聽命㉚〔四五〕。恭惟玉清聖境㉛〔四六〕,元始天尊㉜〔四七〕,左輔右弼之星官㉝,武職文班之聖衆㉞,雷公電母㉟,風伯雨師㊱,瑶宫寶殿天王㊲,紫府丹臺仙眷㊳。五福十神㊴,四司五帝㊵,日宫月宫神位㊶〔四八〕,南斗北斗星君㊷〔四九〕;斗布五方㊸〔五〇〕,星分九曜㊹;東華南極㊺,西靈北真㊻,十二之星辰㊼,四七之躔度㊽。三臺華蓋㊾,九天帝君㊿;三界直符使者(51),十方從駕威靈(52)。當境土地龍神(53),諸處城隍社廟(54)。幽冥列聖(55),遠近至真(56),以此真香(57)〔五一〕,普同共養(58)。伏以(59)陰靈耀景,環六合以開光(60);素魄迎情〔五二〕,犯十花而育物(61)。今者時遇中秋〔五三〕,偶逢月蝕。羅計纏於黑道(62)〔五四〕,婁宿聞此顯威〔五五〕,夢入蟾宫,敵戰惡星而退度(63),救此月蝕,元光再顯於寥天(64)。半滅半明〔五六〕,乍盈乍闕(65)。忽嫦娥之感動〔五七〕,思凡世而降臨〔五八〕。私離瑶臺(66)〔五九〕,誤干天運(67)〔六〇〕,混仙凡而爲患(68)〔六一〕,錯躔舍以成災(69)。請命道流(70),立壇究治(71)。臣敢不啓奏玄空(72),招接天庭(73)〔六二〕,奉行攝勘(74)。今年今月今日今時,奉道弟子張道玄仰感聖力(75),隨其萬處周流〔六三〕,不誤一真清净(76)〔六四〕。稽首拈香(77),無極大道(78),不可思議功德(79)。(擊令牌科(80),云)一擊天清(81),二擊地靈(82),三擊五雷(83),速變真形(84)。天圓地方,律令九章(85)。金牌響處〔六五〕,萬鬼潛藏〔六六〕。(咒水科,云)水無行止,以咒爲靈(86),在天爲雨露,在地作源泉〔六七〕。一噀如霜,二噀如雪(87),三噀之後,百邪俱滅〔六八〕。(執劍科,詩云〔六九〕)老君賜我驅邪劍,離火鍛成經百煉;出匣紛紛霜雪寒〔七〇〕,入手輝輝星斗現(88)。先請東方青帝青神(89),啣符背劍,入吾水中;後請南方赤帝赤神(90),啣符背劍,入吾水中;又請西方白帝白神(91),啣符背劍,入吾水中;再請北方黑帝黑神(92),啣符背劍,入吾水中。又請中方金帝金神(93),啣符背劍,入吾水中。(詩云)吾持此水非凡水,九龍吐出静天地(94)。太乙池中千萬年(95),吾今將來静妖氣〔七一〕。謹請年值〔七二〕、月值、日值、時值(96),當日功曹(97),值日神將,攪海大聖(98),翻江大聖(99),驅雷大聖(100),撒雲大聖(101),吾今用你壇前仗劍等待〔七三〕,休錯吾一時半刻。吾奉太上老君急急如律令攝(102)。(直符上,云〔七四〕)小聖乃雷部下聽令直符使者是也(103)〔七五〕。真人呼喚小聖,有何法旨(104)〔七六〕?(天師云)有勞當日神將,值日功曹,直去花苑中,勾將桂花仙子來者(105)〔七七〕。(直符云)得令〔七八〕。桂花仙子安在〔七九〕?疾(106)!怎生無有桂花,是有誰〔八〇〕?(内應科,云〔八一〕)止有荷花。(直符云)報知真人,止有荷花〔八二〕。(天師云)有勞當日神將,值日功曹,直至太華峰頭(107)〔八三〕,東林寺裏(108)〔八四〕,勾將荷花來者。(直符勾荷花科,云)荷花仙當面(109)〔八五〕。(天師云)兀那荷花〔八六〕,你知罪麽〔八七〕?(荷花云)我不知罪。(天師云)你引誘嫦娥,輒入五姓之家(110),纏攪良家子弟,勾至壇前,有何理説?(荷花云)我這荷花:(詩云〔八八〕)體出青泥不染埃,也曾獨步上蓮臺(111)。(天師云)噤聲(112)!(詩云)翠荷影裏鴛鴦戲,太液池中並蒂栽(113)。你不知情誰知情?(荷花云)有菊花知情。(天師云)小鬼頭,可早攀下來也(114)。且一壁有者(115)。有勞當日神將,值日功曹,直至甘谷水旁(116),淵明宅畔(117)〔八九〕,勾將菊花仙來者(118)〔九〇〕。(直符勾菊花上科,云〔九一〕)菊花仙當面。(天師云)兀那菊花〔九二〕,你知罪麽?(菊花云)我不知罪〔九三〕。(天師云)你引誘嫦娥,輒入五姓之家,纏攪良家子弟。勾至壇前,有何理説?(菊花云)我這菊花〔九四〕。(詩云)冷淡東籬傲古今(119),西風誰識歲寒心(120)〔九五〕?(天師云)噤聲!(詩云)東坡昔貶黄州道,吹落黄花滿地金(121)〔九六〕。你不知情誰知情?(菊花云)有梅花知情。(天師云)一壁有者。有勞當日神將,值日功曹,直至大庾嶺邊(122),霸陵橋外(123)〔九七〕,勾將梅花仙來者〔九八〕。(直符勾梅花上科,云)梅花仙當面〔九九〕。(天師云)兀那梅花〔一〇〇〕,你知罪麽?(梅花云)我妾身不知罪〔一〇一〕。(天師云)你引誘嫦娥,輒入五姓之家,纏攪良家子弟。勾至壇前,有何理説?(梅花云)我這梅花〔一〇二〕:

（詩云）玉骨冰肌誰可匹[一〇三]？傲雪欺霜奪第一。（天師云）嗏聲！（詩云）江南曾爲贈遊人[124][一〇四]，一枝露泄春消息[125]。你不知情誰知情？（梅花云）有桃花知情[一〇五]。（天師云）一壁有者。有勞當日神將，值日功曹，直至度索山前[126]，玄都觀裏[127]，勾將桃花仙子來者。（直符勾桃花上科，云）桃花仙當面。（天師云）兀那桃花，你知罪麽？（桃花仙云）我不知罪。（天師云）你引誘嫦娥，輒入五姓之家，纏攪良家子弟。勾至壇前，有何理説？（桃花仙云）我這桃花：（詩云）海上千年一度開[128]，曾教仙子赴瑶臺[129]。（天師云）嗏聲！（詩云）劉阮當時成配偶[130]，暗隨流水出天台[131]。你不知情誰知情？（桃花仙云）有封十八姨、雪天王知情[132]。（天師云）一壁有者。有勞當日神將，值日功曹，與我勾將封十八姨、雪天王來者。（直符勾封十八姨、雪天王上科，云）封十八姨、雪天王當面。（天師云）兀那封姨，你知罪麽？（封姨云）我不知罪。（天師云）你引誘嫦娥，輒入五姓之家，纏攪良家子弟，勾至壇前，有何理説？（封姨云）真人，我乃天地之正氣，有甚麽罪來？（詩云）我本無影無形風颺颺，萬里浮雲一掃休。（天師云）嗏聲！（詩云）顛狂柳絮隨風舞，輕薄桃花逐水流[133]。雪天王近前。你知罪麽？（雪神云）吾神不知罪。（天師云）你引誘嫦娥，輒入五姓之家，纏攪良家子弟。勾至壇前，有何理説？（雪神云）此乃桂花仙子思凡，做出這等勾當[134]，干吾神甚事！（詩云）三冬寒氣最嚴凝，曾伴如來大道成[135]。（天師云）嗏聲！（詩云）謾夸積雪深千丈，不及滹沱一片冰[136]。且一壁有者。有勞當日神將，值日功曹，直至望鵠臺西[137]，清虛府內[138]，勾將桂花仙子來者。（直符勾桂花仙上科，云）真人法旨，快走動些。（正旦唱）

【正宮·端正好】[139]則被你催逼得我兩三番[一〇六]，喝撥得我十餘次[140][一〇七]。我不合暗約私通[141]，怎當那驅邪院一夥天兵至[142]，狠惡的忒如此[一〇八]。

（桃花云）桂花仙子[一〇九]，祇爲你思凡[一一〇]，今日連累的我也[一一一]。（正旦云）你也來了。（唱）

【滾綉球】我祇見桃花離了武陵[一一二]。（荷花云）爲你呵，將我也勾攝在此[一一三]。（正旦唱）荷花離了沼沚。（菊花云）你今日連累着我，却是爲何[一一四]？（正旦唱）哎！菊花也[一一五]，你莫不是初西風斷送了一秋事？（梅花云）你怎麼連累着我來[一一六]？（正旦唱）哎！梅也，兀的不折倒盡你這玉骨冰肌。（雪神云）小鬼頭，你思凡，干吾神甚事！（正旦唱）你看那雪天王綳着一個冷臉兒[一一七]。（封姨云[一一八]）祇爲你[一一九]，連我也勾將來了[一二〇]。（正旦唱）十八姨顯出那惡性子[一二一]。（封姨云）祇被你累的我苦也[一二二]。（正旦唱）俺正是聞風而至，你則待和桂花仙打一會官司[一二三]。今日個風花雪月相逢日，抵多少龍虎風雲聚會時。咱須索見天師[一二四]。

（正旦見跪科[一二五]）（直符云）桂花仙當面[一二六]。（天師云）兀那桂花[一二七]，是你思凡來麽？（正旦云）是我思凡來。（天師云）這小鬼頭，你可早招了。（正旦唱[一二八]）

【倘秀才】我爲甚先吐了這招承的口詞[一二九]？常言道明人不做那暗事。則俺這閉月羞花絕代姿[一三〇]，到如今自做出，自當之，裝甚的謊子[一三一]。

（天師云）我想陳世英爲色事所迷，在那病患之中。不看見這個景象，怎得瘥可！我如今將法力攝他魂魄前來，與桂花仙子相見者。疾！（陳世英冲上，做見正旦科，云）仙子[一三二]，則被你想殺我也。（正旦唱[一三三]）

【叫聲】見放着正名師，不是，不是胡攀指。誰教你隱藏下這個可喜的女孩兒[一三四]。

（天師云）疾！（陳世英下）（天師云）封姨，這一樁公事[一三五]，敢都是你搠的來麽？（封姨云）這是桂花仙子思凡[一三六]，干我甚麼事？（正旦云）嗉聲！（唱[一三七]）

【上小樓】你休那裏便伶牙俐齒，調三斡四[一三八]，說人好歹[一三九]，訐人曖昧⑱[一四〇]，損人行止⑲。你可便道這個[一四一]，道那個，做的不是[一四二]，都揣與這廣寒宮宵奔的卓氏⑳[一四三]。

（天師云）莫不是你桃花打合的他來麼㊶[一四四]？（桃花云）桂花仙子[一四五]，你自思凡[一四六]，我可爲甚的來，却牽連着我那[一四七]？（正旦唱）偏你無過犯哩㊷[一四八]。（唱[一四九]）

【石榴花】當日個天台流水泛胭脂㊸[一五〇]，誰引逗的劉晨、阮肇至於斯[一五一]？（天師云）荷花，你可怎生不近前來折辯㊹[一五二]？（荷花云）桂花仙子[一五三]，你認了罪罷[一五四]。（正旦唱）你可也要推辭[一五五]，那並頭蓮就是你過犯公私㊺[一五六]。（天師云）菊花，你近前與他質對者㊻[一五七]。（菊花云）桂花仙子，你思凡干俺甚事[一五八]？（正旦唱）想當日陶潛爲你可便辭榮仕㊼[一五九]，在東籬下滿飲金卮㊽。（天師云）梅花，你也上前對詞來[一六〇]。（梅花云）桂花仙子，你何不早早認了罪也，要累我做甚麼[一六一]？（正旦云）偏你無過犯那？（唱）你道你梅花孤潔全終始㊾[一六二]，我祇問那孟浩然騎的瘦驢兒㊿[一六三]。

【鬥鵪鶉】你逼得他大雪裏尋梅，險將他逡巡間凍死㊿。（梅花云）論我瘦影疏枝，亭亭獨立，有那個狂蜂浪蝶敢近的我⓿[一六四]？（正旦唱）偏是你瘦影疏枝，不受那蜂媒蝶使⓿[一六五]。哎[一六六]，這一場月色風聲⓿[一六七]，非同造次。你也合三思⓿[一六八]，休祇管說短論長[一六九]，賣弄殺花兒的這葉子⓿[一七〇]。

（天師云）封姨[一七一]，你近前與他折證⓿[一七二]。（封姨云）兀那桂花仙子[一七三]，你聽者：爲你思凡，將吾神勾至壇前，吾神春則吹花擺柳，夏則驅暑生涼[一七四]，秋則飄枝墜葉[一七五]，冬則糝雪飛沙[一七六]，順四時不失其序[一七七]，與天地並奏其功⓿[一七八]，我豈有塵凡之心？做下這等淫邪之事[一七九]。（詩云）青萍一點微微發⓿，萬樹千枝和根拔。則你桂花何不早招承，把我風雪無端連累殺⓿[一八〇]。（正旦唱）偏你無那過犯來[一八一]？（唱[一八二]）

【滿庭芳】你也合心中暗思,你待把強言折證,不辯個雌雄⁽¹⁾⁽一八三⁾。祇你那風亭月館書名字⁽¹⁾⁽一八四⁾,可不是招伏下親筆情詞⁽¹⁾⁽一八五⁾。原來你全無那風流情思⁽一八六⁾,也枉耽着一個風月的這名兒⁽一八七⁾。(風神云⁽一八八⁾)我有什麽過犯在那裏⁽一八九⁾?(正旦唱)你道你便無譏刺⁽一九〇⁾,常記得杜少陵吟下詩⁽¹⁾⁽一九一⁾。(封姨云)杜詩上怎麽⁽一九二⁾?你祇管説⁽一九三⁾,真人在此⁽一九四⁾,我也不賴⁽一九五⁾。(正旦唱)可不道風雨夜來時⁽¹⁾。

(天師云)雪天王⁽一九六⁾,你近前與他折證⁽一九七⁾。(雪神云)小鬼頭,我有何公私過犯?真人在此⁽一九八⁾,你説。(正旦云)我説你那過犯⁽一九九⁾,你則休賴也。(唱⁽二〇〇⁾)

【紅綉鞋】⁽¹⁾你守得個映雪的孫康苦志⁽¹⁾⁽二〇一⁾,你逼得個袁安在雪内横屍⁽¹⁾⁽二〇二⁾;賺得個王子猷⁽二〇三⁾,山陰雪夜上船時⁽¹⁾。(雪神云)也祇爲老天忒慈善些兒⁽二〇四⁾。(正旦唱)你道你便忒性慢⁽¹⁾,忒心慈⁽二〇五⁾,你則問那藍關前韓退之⁽¹⁾。

(天師云)雪神,快與我招了者⁽二〇六⁾。(雪神云)真人問誰要招?(天師云)要你招⁽二〇七⁾。(雪神云)吾神則知其功,不知其罪⁽二〇八⁾。(天師云)這老匹夫則知其功,不知其罪。你有甚麽功在那裏⁽二〇九⁾?(雪神云)真人差矣,吾乃天地正神⁽¹⁾⁽二一〇⁾,豈比那桂花思凡,做這等淫邪之事⁽二一一⁾。風神管的是春風夏雨,吾神管的是秋霜冬雪。調和鼎鼐⁽¹⁾,燮理陰陽⁽¹⁾。滋五穀,潤百草⁽二一二⁾,壓瘴氣⁽¹⁾,兆豐年⁽二一三⁾,於民有益,爲國有功⁽二一四⁾。(詩云)我本親承帝旨把天門⁽¹⁾,今朝被你勾攝至壇前折辨真。若要誤犯天條招伏狀⁽¹⁾,怎到的玉潔冰清白雪神⁽¹⁾⁽二一五⁾。(天師云)囔聲!你道我管不得你!天仙管得你麽?(雪神云)管不得。(天師云)地仙管得你麽?(雪神云)管不得。(天師云)貧道管得你麽?(雪神云)你更是管不得哩⁽二一六⁾。(天師云)囔聲!吾非濁骨,本是仙胎⁽二一七⁾。祖公留下三件法寶⁽二一八⁾:信香一瓣⁽¹⁾,雌雄劍兩口⁽¹⁾,降妖印一顆⁽¹⁾。專管天上天下三界仙精鬼怪,魍魎邪魔[20],量你是一塊雪,我管不得你,怎管天上許多神將!吾今宣召天上火[二九]、地下火、山頭火、霹靂火[二二〇]、爐中火,將你圍在中間,立化一池黃水[二二一]。老匹夫,看你是招也不招!(雪神做慌科,云)真人,小神招伏則便了[二二二]。(正旦唱[二二三])

【快活三】你今日雪消也下流澌[20][二二四],花落也顯枯枝[二二五]。猛想起賈島破風詩[20],和那掃雪的陶學士[20][二二六]。

【鮑老兒】"風光好"題成絕妙詞[20][二二七],都則爲月殿裏霓裳事[20],端的這雪月風花四件[二二八],是那個偏無瑕疵[二二九]?(桃花云)祇被你連累殺我也。(正旦云)是我帶累你來。(唱[二三〇])我可也從頭識破[20],都付與冷笑孜孜[20][二三一]。却不道一般兒根生土長,開花結子,帶葉連枝[二三二]。

(天師云)一行人休少了一個,發往西池長眉仙處定罪施行[20]。(斷云)忙差遣天丁帝揭[20][二三三],展手將情詞寫徹[20][二三四]。桂花仙一念思凡,衆神將都遭縲紲[20],惡哏哏後擁前推[20],雄糾糾橫拖倒拽。剪除他梅菊荷桃[二三五],斷送了風花雪月[二三六]。(正旦云[二三七])謝真人勘問成了也。(唱[二三八])

【煞尾】[二三九]謝真人勘問我赴西池對會詞[二四〇],拼的個盡場兒訴出心間事[20][二四一]。都向那蟠桃會上聽仙旨[20][二四二]。(衆同下)

(陳太守上,云[二四三])有勞真人如此費心[二四四]。(天師云)相公勿罪[二四五],陳世英的病症,不日便當痊可。貧道則今日拜辭了相公[二四六],回山中修煉去也[二四七]。(下。陳太守云)真人去了也[二四八]。張千,排着果桌[二四九],直至十里長亭[20],與真人送行,走一遭去來[二五〇]。(詩云)白雲日日鎖嵩山[20],仙客可更乘風還。羽蓋霓旌看不見[20],唯留法水在人間[二五一]。(同張千下)

【注釋】

① 張真人　即張天師。真人:在此指道家所謂存養本性的得道之人,後代王朝

常以真人作道士的尊稱。　信州龍虎山　道教山名,在江西省貴溪縣西南八十里。兩峰相對,如龍昂虎踞,因名。相傳漢朝道教始祖張道陵修煉於此。而其子孫世居於兩山之間上清宫,俗稱張天師。信州:唐乾元元年置,舊治在今江西上饒市。貴溪縣舊屬上饒地區。

②外　即"外末"。元雜劇脚色名,正末之外的次要末脚,《元曲選》本作"外"。　道童　服侍道人的童子。

③鼎内丹砂變虎形　指道人煉丹爐中的丹藥變成虎的形狀。此句含一"虎"字,下句含一"龍"字,表示龍虎山修煉之地。又"龍虎"爲道家話,代指水火,爲天地之精氣,乃道家陰陽思想之反映。

④匣中寶劍作龍聲　指劍匣中的降妖劍不時發出龍吼般的聲音,形容正氣威嚴。

⑤法水灑來天地闇　指道家能把蕩滌邪魔污垢的法水灑開,使得天地之間爲之昏闇,意謂道法威力無窮。法水:在此指道教能驅趕邪魔的靈水。將符籙燒成灰溶於水中,用於驅邪。

⑥靈符書動鬼神驚　書寫着靈符,使鬼神驚怕。靈符:道家用以驅邪治病的秘密文書。

⑦道玄　此名當屬虛構。

⑧祖傳道法　指其道法爲先祖張道陵所傳。

⑨戒籙　指戒律和道家經典。戒:佛、道教徒遵守的法規。道教有五戒、十戒、一百八十戒等類。籙:本指道教秘文,在此泛指道教典册。

⑩三十七代　自道教創始人張道陵起,至元朝張與棣,已三十七代。

⑪三界神祇　在三界的各種神靈。在此爲道家術語,指上天、人間、陰間三界。

⑫八方　四方和四隅之合稱。

⑬"布袍拂動"四句　謂道法無邊。布袍:即道袍,在此與草履相聯,以示道家樸素自然的風度。星移斗轉:在此形容行走之快。

⑭雲遊天下　指道人在世間行蹤不定。

⑮普救眾生　即以拯救各種生靈爲己任。

⑯花月之妖　傳説唐朝武則天之兄武三思有姬素娥,實爲花月妖。在此指月宫桂花仙子。

⑰壇場　舊時舉行祭祀、繼位、盟會的場所。在此指遣調神將,驅除妖邪的高臺,道人在上施行法術。

⑱意下如何　祈使語,認爲怎麼樣。

⑲法衣　佛、道教徒在主持宗教儀式時穿的衣服。

⑳道香德香　此爲壇前祈禱之語,即道德香。道德:老子爲道家所奉始祖,著

有《道德經》。據此,"道德"應指道教經義。香:祭壇前所頌贊美之詞。

㉑ 無爲　在此指道教教義,即順應自然,不求有所作爲。

㉒ 清净　在此指道家教義,即心地潔净,不受外界干擾。

㉓ 妙洞真　此句無確解。妙:精微,深徹。洞:道家常謂其教徒所居之洞,或指洞府,神仙所居之地。真:道教教義之核心,謂真一。即保持本性,自然無爲。據此,"妙洞真"當解爲"精深的道家真一之義"。

㉔ 靈寶惠　長生之法的恩惠。靈寶:道教謂長生之法。又道教三寶尊之一的上清靈寶天尊稱靈寶君(見《雲笈七籤》)。則"靈寶惠"當解作"靈寶君的恩惠"。

㉕ 統攝玄門　統管道家各門。玄門:即道教。《老子》:玄之又玄,衆妙之門。

㉖ 恢弘至道　發揚至高無上的道家經義。

㉗ 咒司九主　即主持祭祀禮義,祈禱九主。咒:禱告。司:主持禮義。九主:九類君主的總稱。所説不一,其一爲法君、專君、授君、勞君、等君、寄君、破君、國君、三歲社君(見《史記·殷本紀》裴駰集解引劉向《别錄》)。

㉘ 宣課威儀　此句無確解。當解作"以占卜、禱告於神靈,以宣示道家法術之威力"。宣:宣示。課:占卜。威儀:莊嚴的容貌舉止。當代指神靈。如解作"禮儀""儀仗"等,整句應解作"設立祭壇、準備儀仗以占卜於神靈",當以後解爲妥。

㉙ 醮(jiào)法列壇　設立祭壇作法事,以祈福消災。醮:這裏指設壇祈禱。

㉚ 無不聽命　諸神都須聽命。

㉛ 恭惟　祭文發語詞,表示恭敬意。"惟"乃虛詞。　玉清聖境　道教謂玉清、上清、太清三境,皆天帝所居,在人天兩界之外。

㉜ 元始天尊　道教稱居於三清(上清、玉清、太清)天的教主,爲道教最高天神,以生於太元之先,故稱"元始"。

㉝ 左輔右弼之星官　指天帝左右的星神。左輔右弼:本指天子的輔佐重臣,後指天帝居凌霄殿前左右兩尊天神。星官:即天神。古代觀察星象以官名命名衆星,如將相輔弼之類。

㉞ 武職文班之聖衆　指天帝左右的文武神靈。

㉟ 雷公電母　傳説中司雷電之神。

㊱ 風伯雨師　傳説中主司風雨之神。風伯:一説字飛廉,一説即天上箕星,俱能興風。雨師:一説爲屏翳,一説爲二十八宿之畢星。

㊲ 瑶宫寶殿天王　居住於上天華麗宫殿的神將。天王:此泛指神將,如《西游記》中即有托塔李天王。

㊳ 紫府丹臺仙眷　泛指上天仙族。紫府、丹臺:皆神話傳說中神仙所居之處。

㊴ 五福十神　舊時指五福等十個神位。五福爲壽、富、康寧、攸子德、考終命(見《書·洪範》)。十神:《石林燕語》:"太平興國中,司天言太乙式有五福,大遊、

小遊、四時、天一、地一、真符、辰縈、民縈、臣縈凡十神。"又《宗史·禮志》："……今十神皆用素饌,而九宮異薦羊豕,似非禮儀。"

㊵ 四司五帝　四司指代不明,五帝所說不一。在此當指緯書中所指上天五方之帝:東方蒼帝,名靈威仰;南方赤帝,名赤熛怒;中央黃帝,名含樞紐;西方白帝,名招拒;北方黑帝,名汁光紀(見孫谷《古微書》九《春秋文耀鈎》)。

㊶ 日宮月宮神位　即日月之神。　神位:祭神的牌位。

㊷ 南斗北斗星君　即南斗北斗之神。南斗:即斗宿,有六星。北斗:即天罡。在北天排列成斗勺形狀的七顆星。名稱爲:天樞、天璇、天璣、天權、玉衡、開陽、瑤光。

㊸ 斗步五方　星相家指天上分布的五斗,即東斗四星、西斗五星、南斗六星、北斗七星、中斗十二星。

㊹ 九曜(yào)　指日月五星(金、木、水、火、土)和羅睺、計都。

㊺ 東華南極　"東華"指東極清華大帝,即太乙救苦天尊。蓋係東極青華帝君之化身,因東方青玄上帝居於東極清華宮而名。"南極"爲星名,即老人星,道家稱之爲南極長生大帝,總御萬靈,俗稱南極星君。《觀象玩占》:"南極老人星主壽考。"

㊻ 西靈北真　"西靈"當指西皇少昊。《離騷》:"詔西皇以涉予。"王逸注:"西皇,帝少昊也。""北真"應指北方無極至真大帝,也稱"北方無極無量品延劫保世至真大帝"。

㊼ 十二之星辰　所指未詳。星辰:本爲衆星之總稱,據此,當指中斗十二星。

㊽ 四七之躔度　指二十八宿,本是古代天文學家爲了觀察日月運行,把黃道,即太陽、月亮運行所經天區的恒星,分成二十八個星座。並以東南西北四方位和蒼龍、白虎、朱雀、玄武四動物形象相配,把二十八宿分爲四組,每組七宿,故稱"四七"。後來人們將它宗教化而稱爲星神。躔度:用以表示日月星辰在天空運行的度數。以二十八宿可表示日月運行,故稱之爲"躔度"。

㊾ 三臺華蓋　在此代指天神靈中的高官。三臺:官名,漢因秦制,設尚書爲中臺,御史爲憲臺,謁者爲外臺。華蓋:指帝王、貴族所用傘蓋。按:"華蓋"又爲星名,有七星,在紫微宮中,蔭帝座,古指星神,故"三臺華蓋"應指星宿神位。

㊿ 九天帝君　高居上天皇宮的帝君。九天:有多解,因上句爲"三臺",故此解相應解爲極深的皇宮。帝君:對神的尊稱,在此應指上帝。

㊼ 三界直符使者　在神仙三界執符傳令之神。直,值也,值勤。

㊽ 十方從駕威靈　指天帝出行時周圍守護之神。十方:八方相加上下二方。從駕:跟隨、守護皇輿。威靈:威嚴的神靈,指守護神。

㊾ 當境土地龍神　本境內的土地神和龍神。土地:土地神。舊時人們將土地爲祭祀之神,以求年豐歲熟。龍神:即興雲降雨之神。

㊼ 城隍社廟　即廟中城隍神。一説道教所傳守護城池之神；一説爲祈晴雨，禳災禍之神。《禮·郊特牲》中"天子大蜡八"所言爲蜡祭之神，其七爲水庸，相傳即後之城隍。社廟：即廟。因舊時多於廟院中舉行娛神活動，故名社廟。

㊽ 幽冥列聖　陰間各位神靈。

㊾ 至真　在此泛指一切修仙得道的真君。宋曾慥《類説》引《真誥》云："至真者，紛華不能散其正氣。男言之務光之行，女言之宋金潭女是也。"

㊿ 真香　道家之香。

58 普同共養　意爲一起來享用。

59 伏以　祭祀文或禱語開首陳述事情之前的套語。伏：伏地以示請罪，或以示尊敬。以，爲，表陳述原因，或僅爲連詞。

60 陰靈耀景，環六合以開光　所指未詳。概指太陽閃耀光輝，使天地四方均有光明。六合：在此指天地四方。

61 素魄迎情，犯十花而育物　此句似爲應上句，講孕育萬物事。素魄：即月亮或月光。南朝鮑照《煌煌京洛行》二："夜輪懸素魄，朝天蕩碧空。"整句大意爲月亮應太陽之光，也展示其陰柔的光輝，一陰一陽，多次變化，創造萬物。"犯"應爲"凡"；"十花"應爲"十化"。

62 羅計纏於黑道　日月運行的軌道之一，古謂日月運行各有九道，即黃道一、青道二、赤道二、白道二、黑道二。羅計二星纏於黑道，遂有日月蝕，迷信以爲不祥。故有"黑道日"之説。

63 "婁宿聞此顯威"三句　指婁宿救月神事。夢入蟾宫：當指婁宿於夢中進入月宫。婁宿：脈本《張天師》第三折稱其爲"婁宿太守"，則應指陳全忠。夢中敵戰事在古代流傳頗廣，如《永樂大典》載元話本《西游記》有《魏徵夢斬涇河龍》一章。退度：如"退舍"，指羅睺、計都移動位置，月食消失。

64 元光再顯於寥天　指月亮的元光現於廣闊的天空。元光：本來的光芒。

65 半滅半明，乍盈乍闕　指月亮脱離月蝕時明滅閃爍的狀態。在此又喻月神感激起伏的神情。

66 瑶臺　本指神仙所居之地，在此指月宫。

67 誤干天運　錯擾天體運行。指月神下凡，冒犯天規。

68 混仙凡而爲患　仙靈凡人交歡，釀成禍害。

69 錯躔舍以成災　顛倒了天體運行軌道而造成災禍。實指月神與陳世英歡會，犯天條而爲上天不容。

70 請命道流　即邀請道人。道流：本指道家派别，在此代指張天師。

71 立壇究治　設立壇場追究懲治此事。

72 玄空　本指道教之道。道體無形迹，故名空。

⑬ 招接天庭　接詔於天庭。"招"爲"詔"之誤。

⑭ 奉行攄勘　即奉詔進行勘察。此數句言道教自封爲受命於天,代天行事。

⑮ 奉道弟子　遵信道教的弟子,指張天師本人。

⑯ "隨其"二句　當指不管世事如何變化,都保持道家清净無爲的精神。

⑰ 稽首拈香　在點香之前行稽首禮。稽首:舊時所行跪拜禮。一説行禮時頭至地;一説行禮時,兩手拱至地,頭至手,不接觸地。

⑱ 無極大道　威力無邊的大道。"無極"同"無量",道教稱其始祖爲"無量天尊"。

⑲ 不可思議功德　謂道流以普救衆生爲宗旨,因而遍布恩德。

⑳ 令牌　在此指遣調神將用的憑據。

㉑ 天清　上天清朗,妖邪回避。

㉒ 地靈　在此指山川神靈聽命回避。

㉓ 五雷　指五雷壇。施展五雷法的壇場。"五雷法"爲方士法術之一,又名掌心雷,用以祈福除灾。

㉔ 速變真形　當爲法術之一,喝令妖魔顯露真形。

㉕ 天圓地方,律令九章　道教祭詞套語,概言道法嚴明。

㉖ 水無行止,以咒爲靈　指符水没有具體流行或停止之地,隨禱告即可靈驗而爲人所用。指法力無邊。

㉗ 一噀(xùn)如霜,二噀如雪　指以口噴水,法水遂靈驗,如霜雪般嚴酷,有驅邪威力。噀:將水含在口中噴出。

㉘ "老君"四句　此四句爲道家請神前唸誦的咒語,在於顯示其法力。老君:道家所尊原始祖,即春秋時老子。唐高宗乾封元年上老子尊告爲玄元皇帝,武后改爲老君。離火:八卦中第四卦爲離,代表火。故離火代表老君八卦爐中之火。

㉙ 東方青帝青神　即東方神族中的君臣。東方主春,青帝又爲春神,又名東君。

㉚ 南方赤帝赤神　即南方神族中的君臣。

㉛ 西方白帝白神　即西方神族中的君臣。

㉜ 北方黑帝黑神　即北方神族中的君臣。

㉝ 中方金帝金神　指中方神族中的君臣,黃帝爲金帝。以具土德之故,名黃帝。傳説爲少典之子,姓公孫(後改姓姬),號軒轅氏。爲我國古代漢民族的祖先之一。

㉞ 九龍吐出静天地　群龍吐出法水使天地肅静。

㉟ 太乙池　當即"太液池"。秦漢國都都有太液池,因其所及甚廣而名,爲帝王貴族遊玩之地。道家遂附會爲神仙之池。

⑯ 年值月值日值時值　即"四值功曹"。功曹：漢置官名，掌管考查記録功勞。後即附會爲神名。

⑰ 當日　值日。

⑱ 攪海大聖　指海龍王。

⑲ 翻江大聖　指河神。

⑳ 驅雷大聖　即雷公，司雷之神。

㉑ 撒雲大聖　雲神。

㉒ 急急如律令攝　稱勘攝之命如法令之疾，不得延誤。律令：一說指酒令；一說指法令文書；一說指雷部疾鬼，此鬼善走，如雷之疾，故亦稱如鬼之疾走爲律令，詳見曾慥《類說》。

㉓ 雷部　雷公部屬。

㉔ 法旨　行法事所傳的命令。

㉕ 勾　在此專指行法事時提取鬼神或人的行動。

㉖ 疾　道教作法術語，即"快"。

㉗ 太華峰頭　陝西華山之蓮花峰，上有宮，前有玉井，生千葉白蓮花，一名玉女洗頭盆。（見《華岳志》）

㉘ 東林寺　廬山著名佛寺。爲東晉高僧慧遠所建，因蓮花爲道家信奉之物，因於佛寺中取荷花仙。

㉙ 當面　即面見法官對證。

⑩ 輒入五姓之家　擅入百姓之家。五姓：迷信把人姓按五行五音分配，叫做五姓。在此代指凡世百姓之家。

⑪ "體出青泥不染埃"二句　謂蓮花出於青泥而不染，高潔無比，因而有幸獨上蓮臺，爲佛所用。前句出於《史記·屈賈列傳》之贊語。

⑫ 噤聲　喝令住口語。《西廂記》第五本第三折："他倒不如你？噤聲！"

⑬ "翠荷"二句　此二句象徵男女相戀事，謂荷花也有不潔之時。並蒂蓮：俗喻夫妻恩愛。

⑭ 攀下來　又稱"攀供"。即招認出他人。《趙氏孤兒》第二折："他把綳扒吊考般般用，情節根由細細窮。那其間枯皮朽骨難禁痛，少不得從實攀供。"

⑮ 一壁有　俗語，站到一邊。《隔江鬥智》第一折："您二將且一壁有者！"

⑯ 甘谷水　河名。晉葛洪《抱朴子·仙藥》載："南陽酈山縣有甘谷水，谷上左右皆生菊花，花墜水中。久之，其水味變。鄉人飲之無不長壽。"

⑰ 淵明宅畔　指晉代詩人陶淵明宅之"東籬"。陶淵明有《飲酒》詩："采菊東籬下，悠然見南山。"

⑱ 菊花仙　菊花仙女。當本自《夷堅志》。述成都府學中有菊仙，相傳爲漢宮

女。諸求名者往祈影響,必明告。或述成都府漢文翁石室,壁間畫一婦人,手持菊花,號菊花娘子。

⑲ 冷淡東籬傲古今　指菊花在陶淵明的東籬邊冷眼傲視古今,實指陶淵明辭官不仕,品如菊花之傲霜。

⑳ 西風誰識歲寒心　誰明白菊花傲視松柏傲霜寒之心呢?

㉑ "東坡"二句　當初蘇東坡貶於黃州,看到黃花(即菊花)經不住嚴寒而紛紛掉落。

㉒ 大庾嶺　南方五嶺之一,在粤贛交界處。相傳漢武帝時,有庾姓將軍築城嶺下,故名。又因嶺上多梅而名梅嶺。

㉓ 霸陵橋　在長安城東,漢人送客至此橋,折柳贈別。相傳孟浩然曾於此橋上騎驢踏雪尋梅。

㉔ 江南曾為贈遊人　相傳南朝陸凱與范曄友善,自江南寄梅花一枝至長安贈曄,且與詩云:"折梅逢驛使,寄與隴頭人。江南無所有,聊贈一枝春。"

㉕ 一枝露泄春消息　一枝梅花泄出春天到來的信息。由陸凱贈范曄詩中"聊贈一枝春"化來。這裏喻梅花春情萌動。

㉖ 度索山　也名度朔山,傳說在東海之中,又云蟠桃即產於此山。

㉗ 玄都觀　隋唐道觀,在長安縣崇寧坊,後廢。劉禹錫詩《贈看花諸君子》:"紫陌紅塵拂面來,無人不道看花回。玄都觀裏桃千樹,盡是劉郎去後栽。"

㉘ 海上千年一度開　指東海度索山上的蟠桃花千年方開一次。

㉙ 曾教仙子赴瑶臺　指曾教嫦娥仙子赴王母在瑶臺所辦的蟠桃會。

㉚ 劉阮當時成配偶　指劉晨、阮肇二人在天台山與桃花仙女相遇,雙雙成配偶。

㉛ 暗隨流水出天台　指桃花隨溪水悄悄流出天台山,喻劉阮與桃花女歡會事外露。與第二折"却不道流出桃花片片紅"之意同。

㉜ 雪天王　雪神。

㉝ "顛狂"二句　出於杜甫絕句《後秋興》九首之五。前二句為:"腸斷春江欲盡頭,杖藜徐步立芳洲。"全詩原寫痛恨反覆無常之小人,在此貶桃花之輕浮。

㉞ 勾當　多為對醜事的貶稱。《風雲會》第三折:"有心思傅說,無夢到高唐。這是俺為君的勾當。"

㉟ "三冬"二句　指釋迦牟尼在世修行,住雪山修菩薩道時,不畏嚴寒,終成大道。三冬:冬季三月。泛指嚴寒的冬季。

㊱ "謾誇"二句　本為天意作美。《後漢書·光武帝紀上》載,光武帝征王郎兵敗,冬夜至滹沱河,無船得渡,適遇冰合,乃過。唐胡曾《咏史詩·滹沱河》:"光武經營業未興,王郎兵革正憑陵。須知後漢功臣力,不及滹沱一片冰。"在此謂積雪再厚,

也寒不過冰塊。滹沱：河名。

⑬⑦ 望鵠臺西　指望鵠臺西之俯月臺，相傳爲漢武帝爲望月而建。（見葛洪《漢武帝洞冥記》）

⑬⑧ 清虛府　又名清虛殿，即月宮。

⑬⑨ 正宮·端正好　正宮，宮調之一。元周德清《中原音韻》："正宮惆悵雄壯。"其所屬曲牌，據《九宮大成譜》所載，北曲有四十三隻，元明以來，正宮之北曲的聯套方式如：〔端正好〕—〔滾綉球〕—〔叨叨令〕—〔脱布衫〕—〔小梁州〕—〔幺篇〕—〔快活三〕—〔朝天子〕—〔煞尾〕。但是，本劇〔正宮〕所屬曲牌祇有〔端正好〕〔滾綉球〕〔倘秀才〕，其他曲牌皆借自〔中吕〕宮。（據《太和正音譜》）

⑭⑩ 喝掇　吆喝，呵斥。《後庭花》第三折："你叫他近前來我自問咱，你休掇喝休驚詫。"

⑭① 不合　不該。

⑭② 驅邪院　道教傳説主管驅妖之地，在北極。

⑭③ 桃花離了武陵　指桃花仙離開武陵，與凡人相合。桃花仙故事應在天台山，武陵即今湖南常德縣。陶淵明《桃花源記》述及打漁人即武陵人。在此以武陵代指桃花源，與桃花仙無涉。

⑭④ 十八姨顯出那惡性子　指風神顯出其狂暴的性子。按：據唐杜光庭《録異記》所述，有虎化爲婦人，自稱十八姨，且古語云"虎生風"，所以"惡性子"似與十八姨爲虎所變有關。

⑭⑤ "今日"二句　此二句似爲雙關語。表面講風花雪月諸神相會，勝似龍虎風雲相會（喻君臣相知遇），實際上乃肯定男女風情，而貶低以應試做官在朝。風花雪月：又喻男女風情。喬吉《金錢記》第三折："本是些風花雪月，都做了笞杖徒流。"龍虎風雲聚會：指人才會聚，又喻君臣知遇。馬致遠殘套曲〔中吕·粉蝶兒〕："善教化，歸厚德，太平時龍虎風雲會，聖明皇帝，大元洪福與天齊。"可見此句所指，當爲陳世英欲應試，受皇恩做官之願。

⑭⑥ 見跪科　見面而後跪拜。

⑭⑦ 小鬼頭　以駡人表昵稱。專指女子。《青樓集》〔曹娥秀〕客笑曰："汝以伯機相呼，可爲親愛之至。"鮮于（伯機）佯怒，曰："小鬼頭，敢如此無禮！"

⑭⑧ 倘秀才　曲牌名，屬〔正宮〕。又名〔子母調〕。

⑭⑨ 謊子　在元曲裏多指騙子、流氓。《黑旋風》第一折："泰安神州謊子極多，哨子極廣，怎生得一個護臂跟隨我去方可。"但在此似應同"謊兒"，即謊話。

⑮⑩ 正名師　證人。《看錢奴》第四折："這銀子上鏨着'周奉記'……猛覷了這字是俺正名師，想祖上留傳到此時。"

⑮① 攀指　同"攀供"。

⑫ 搊　鼓動。
⑬ 伶牙俐齒　本指説話伶俐。在此指巧言辯解，開脱自己。
⑭ 調三斡四　指胡亂挑撥。
⑮ 訐人曖昧　中傷他人陰私。
⑯ 行止　品行。《外史檮杌》："鄭奕教子《文選》，其兄曰：'莫學沈謝嘲風弄月，污人行止。'"
⑰ 都揣與這廣寒宫宵奔的卓氏　都推給思凡的桂花仙子。宵奔的卓氏：指卓文君私奔司馬相如之事。卓文君乃西漢臨邛富商卓王孫女，寡居在家。司馬相如過飲於卓氏，以琴心挑之，於是文君夜奔之，同歸成都。奔廣寒宫者乃嫦娥，在此以文君代之，雜成一事。
⑱ 打合　糾合，招引。
⑲ 過犯　過失，犯罪。
⑳ 天台流水泛胭脂　指桃花仙女梳妝用的胭脂隨溪水流出，誘使劉阮二人入洞歡會。"泛胭脂"也可解作泛着胭脂色的桃花瓣，與第一折"流出桃花片片紅"句相同。
㉑ 折辯　辯白，對證。
㉒ 過犯公私　指犯公私二罪，實指"犯罪"。《蝴蝶夢》第一折："他又不曾耽疾病，又無甚過犯公私。"
㉓ 質對　同"折辯"。
㉔ 陶潛爲你可便辭榮仕　陶潛即陶淵明(327—427)，江西潯陽人，曾爲彭澤縣令，不願與世俗合流，辭官歸鄉，躬耕自養。因其愛飲酒時就菊花，故附會成因爲菊花辭仕。
㉕ 在東籬下滿飲金卮　指陶潛東籬采菊飲酒事。有《飲酒》詩："采菊東籬下，悠然見南山。"金卮：酒杯。
㉖ 全終始　即始終如一，全節。
㉗ 孟浩然騎的瘦驢兒　此句與後兩句，寫唐代詩人孟浩然(689—740)騎驢在長安城東霸陵橋踏雪尋梅之事。馬致遠曾著《踏雪尋梅》雜劇，題目正名作"春獻賦攀蟾宫桂，冰吟詩踏雪尋梅"。今佚。
㉘ 逡巡　遲疑徘徊，欲行又止。
㉙ 狂蜂浪蝶　喻輕狂浪蕩的男子。
㉚ 蜂媒蝶使　喻爲男女牽引不正當關係的人。
㉛ 月色風聲　指陳世英與桂花仙子相會的風情事。第一折"風弄竹聲穿户牖""月移花影上簾櫳"即暗示此事。
㉜ 造次　輕易，一般，隨便。《水滸》五十五回："是一副雁翎砌就圈金甲……多

有貴公子要求一見,造次不肯與人看。"

⑰ 三思　反復考慮,慎重考慮。《論語·公冶長》:"季文子三思而後行。子聞之,曰:'再,斯可矣。'"

⑭ 賣弄殺花兒的這葉子　指諸花神自我賣弄,又相互攀指。

⑮ 折證　同"質對""折辯"。

⑯ 奏　在此爲"取得""獲取"之意。

⑰ 青萍一點微微發　指風初發時吹動青萍之狀。青萍:水上浮萍。

⑱ 無端　元劇中多指"無賴他人",在此似解爲"沒根由"更好。

⑲ 不辯個雌雄　在此喻"不分青紅皂白"。

⑳ 風亭月館書名字　即記下一筆風月賬。風亭月館:指男女廝混之處。

㉑ 招伏下親筆情詞　即親自招認罪狀。"招伏"之"伏"在元時如此習用。同"服"。

㉒ 杜少陵　即杜甫。少陵:杜甫之號"少陵野老"的省稱。

㉓ 風雨夜來時　杜詩中無此原句,有幾處近似者,如"隨風潛入夜,潤物細無聲"(《春夜喜雨》)。

㉔ 紅綉鞋　中宮曲牌,又名〔朱履曲〕。

㉕ 你守得個映雪的孫康苦志　指孫康映雪苦讀於寒窗之下。詳見第一折注⑮。

㉖ 袁安在雪内橫屍　指"袁安高臥"故事。稱後漢賢士袁安於大雪天僵臥家中,不掃門前之雪。乞食者至其門前見狀,以爲死。洛陽令命人除雪入户,問何以不出,安對曰:"大雪人皆餓,不宜干人。"令以爲賢,舉爲孝廉。見《後漢書·袁安傳》李賢注引《汝南先賢傳》。

㉗ "賺得個"二句　指"王子猷雪夜訪戴"之事。傳東晉名士王子猷居山陰(即今浙江紹興),夜大雪,睡醒後飲酒賞雪,吟詩助興。忽憶友人戴安道,即夜命小船訪之,經宿方至。至門前而返。人問其故,王曰:"吾本乘興而行,興盡而返,何必見戴。"事見《世説新語·放誕》。

㉘ 性慢　在此即謂性格軟善。

㉙ 藍關前韓退之　指"雪擁藍關"故事。相傳唐代韓愈貶官潮州(今福建潮州),過藍關(在陝西),忽遇侄孫韓湘子,作詩《左遷至藍關示侄孫湘》,有"雲橫秦嶺家何在?雪擁藍關馬不前"二句,述謫遷在外之苦。先此,韓湘子有異術,於冬季使牡丹花開,色紅白歷綠,每朵詩一聯,即此二句。後果應驗。見唐段成式《酉陽雜俎》前卷十九。退之:韓愈字。

㉚ 正神　正氣之神,與邪魔相對。

㉛ 調和鼎鼐　本指調和食味,又喻丞相輔助國君處理事項。在此指協調元氣,

使風調雨順。

⑲ 燮理陰陽　使天地間陰陽協調和諧。

⑲ 瘴氣　熱帶森林中的濕熱空氣，從前認爲是瘴癘之源。在此泛指致病的地氣。

⑭ 天門　即上天之門。雪天王把天門事，典出不詳。

⑮ 天條　上天神界之戒律。

⑯ 怎到的　怎麽能來到，降臨。

⑰ 信香　佛教稱香爲信心之使者，故名。在此借用之。

⑱ 雌雄劍　相傳春秋時干將鑄成二劍，雄號干將，雌號莫邪。在此指一鞘二劍，可作法降妖驅邪。

⑲ 降妖印　道教法印。

⑳ 魍魎　傳說山川中的精怪。又有"魍魎鬼"乃傳說中水鬼。後泛指鬼怪。

㉑ 下流澌　消融的雪水下流之狀。澌：解凍之流水。

㉒ 賈島破風詩　未詳確事。元雜劇有《賈島破風詩》，已佚。

㉓ 掃雪的陶學士　指宋初陶穀"掃雪烹茶"之事。宋代皇都風月主人《綠窗新話》卷下《黨家婢不識雪景》："陶穀學士，嘗買得黨太尉家故妓。過定陶，取雪水烹團茶，謂妓曰：'黨太尉應不識此。'妓曰：'彼粗人也，安有此景，但能銷金暖帳下，淺斟低唱，飲羊羔美酒耳。'穀愧其言。"（出《湘江近事》）

㉔〔風光好〕題成絕妙詞　指陶穀學士寫〔風光好〕詞取悅婦人之事。宋鄭文寶《南唐近事》載，陶學士奉趙匡胤之命使南唐，辭色俱不可犯。韓熙載命妓秦弱蘭詐爲妓女侍之。因贈一詞名〔風光好〕。後弱蘭於後主宴請陶穀之時，歌此詞勸酒，陶大沮，即日北歸。

㉕ 都則爲月殿裏霓裳事　指陶穀寫〔風光好〕討好秦弱蘭。月殿裏霓裳事，指唐明皇李隆基爲天師所引夢入廣寒宮，見素娥十餘人，乘白鸞，笑舞於廣陵大桂樹之下，遂熟會其姿態音律。次夜再請天師前往而不得。上皇因按素娥風中飛舞袖意編成音律，製《霓裳羽衣舞》曲，令舞女在宮中演出。此爲《霓裳羽衣舞》曲之一說（見舊題柳宗元《龍城錄·明皇夢遊廣寒宮》）。桂花仙在此用其代指陶穀追求妓女秦弱蘭事。

㉖ 從頭識破　徹底看破。

㉗ 都付與冷笑孜孜　都付之一笑。

㉘ 發往西池長眉仙處定罪施行　發配到西池長眉仙處實施定罪。西池：上界神仙所居之處，本指西王母所居之瑤池。定罪施行：即實施定罪。長眉仙：掌管諸神之神。

㉙ 天丁帝揭　天上地下的神兵，多管勾拘攝捕之事。

⑩ 情詞　在此指定罪之詞。

⑪ 縲紲　本指綁犯人的黑而長的繩子。又指囚犯或監獄。在此引申爲連累。

⑫ 惡哏哏　惡狠狠。劉庭信《寨兒令·戒嫖蕩》："撅丁威凜凜,鴇兒惡哏哏。搖撼的個寨兒吸淋淋。"

⑬ 盡場兒　完全,盡情。《殺狗勸夫》第四折："枉你做個頂天立地的男兒,教那廝越妝模越作勢,盡場兒調刺。"一作"到頭來""結果"解。

⑭ 都向那蟠桃會上聽仙旨　都到長眉仙處聽候仙旨發落。蟠桃會:神話傳說中西王母曾在瑶池設蟠桃宴,大請衆神。在此代指長眉仙之西池。

⑮ 十里長亭　古代在路旁供行人休息之所。也作爲送別地方。古代道路五里一短亭,十里一長亭。

⑯ 嵩山　即中岳嵩山,在河南登封縣。舊時爲道人修行之地。

⑰ 羽蓋霓旌　指道主出行所用之旌旗車蓋等儀仗。

【校記】

〔一〕老夫陳全忠　脈本將"陳全忠"作"陳太守"。

〔二〕今日　脈本於此處作"聽知的"。　回　脈本作"去"。

〔三〕要來作別　脈本作:"今日來着別。"

〔四〕覷者　脈本作"看者"。

〔五〕若真人來時　脈本作:"若師父來呵。"

〔六〕外扮天師引道童上　脈本無"外扮"二字。

〔七〕詩云　脈本作"云"。

〔八〕變　脈本作"列"。

〔九〕來　脈本作"開"。

〔一〇〕動　脈本作"就"。

〔一一〕八方　脈本作"天下"。

〔一二〕布袍　脈本作"袍袖"。

〔一三〕須臾　脈本作"須臾着"。

〔一四〕平挪　脈本作"輕那"。"那"字二本皆作"那"。"那"爲"挪"的通假字,故改爲"那"。

〔一五〕頃刻　脈本作"頃刻着"。

〔一六〕陳太守　脈本作"夔宿太守"。

〔一七〕"十分的"三句　脈本作二句:"齋糧道服,管顧貧道。"

〔一八〕早來到衙門首也　脈本作"來到也"。

〔一九〕左右　脈本無此二字。

〔二〇〕報相公　脈本無"報"字。

〔二一〕拜辭哩　脈本無"哩"字。

〔二二〕陳太守　脈本作"官人"。下同此處不復校出。

〔二三〕請進　脈本作"理會的,有請"。

〔二四〕周　脈本作"週"。

〔二五〕幸恕　脈本作"恕"。

〔二六〕"貧道"二句　脈本作:"貧道回山中修行去,特來拜辭。"

〔二七〕據貧道看來　脈本無此句。

〔二八〕"相公衙中"句　脈本作:"太守家中莫不有染患之人麼?"

〔二九〕現染病哩　脈本無"現"字。

〔三〇〕後花園　脈本作"後花園中"。　書房　脈本作"書房裏"。

〔三一〕我試去看咱　脈本無"去"字。"試"字,二本皆作"是",爲"試"之音假,故改之爲"試"。

〔三二〕做望科云　脈本無。

〔三三〕知道了　脈本作"知也"。

〔三四〕攪纏成病　脈本作"纏攪"。

〔三五〕待貧道結一壇場　脈本作:"我就在你家中設一壇場。"

〔三六〕若得如此　脈本無此四字。

〔三七〕多謝真人　脈本作:"多謝了師父。"

〔三八〕法衣　脈本作"道服"。

〔三九〕壇場之上　脈本作"設起壇場"。

〔四〇〕請回避者　脈本作:"相公請回避咱。"

〔四一〕道香德香　脈本作:"恭聞道香德香。"在此句前,脈本尚有數句:"道香一炷,法鼓三冬;十方肅靜,萬神仰聽。"

〔四二〕清净自然香　脈本於此句前尚有"無爲"二字。

〔四三〕朝三界香　脈本同此,並於此句後有"三界真香"四字。

〔四四〕吾乃　脈本作"貧道乃是"。　統攝玄門,恢弘至道　脈本將此二句倒用。此後尚有數句:"道法用而利益群生,攝章醮而無不懷德。"

〔四五〕無不聽命　脈本無此句。而於此處有數句承"醮法列壇":"時而惟我三天法師,詣闕北而速破妖魔,仗劍斬除妖怪。滿瓊樓玉境,遍周流法界,以令焚香,普同供養。"

〔四六〕恭惟　脈本無。

〔四七〕元始天尊　脈本於此句下尚有:"三元三官,四位列聖,三省六曹。"

〔四八〕日宮月宮神位　脈本將"神位"作"之星辰"。

〔四九〕星君　脈本作"之星衆"。

〔五〇〕斗布五方　"布"字二本皆作"步"。"步"爲"布"的音假，徑改之爲"布"。

〔五一〕以此真香　"以"，脈本作"伏"，誤。

〔五二〕迎情　脈本作"迎精"。

〔五三〕今者　脈本作"今則"。

〔五四〕纏於黑道　脈本在"纏"字下有一"行"字。

〔五五〕顯威　脈本作"顯威揚"。

〔五六〕半滅半明　脈本作"區賈修靈"。

〔五七〕忽嫦娥之感動　"之感動"，脈本作"而心感"。

〔五八〕思凡世而降臨　脈本作："思凡一一下臨。"

〔五九〕私離瑶臺　脈本作："答謝星辰。"

〔六〇〕天運　脈本作"天鑒"。

〔六一〕"混仙凡"二句　脈本作："治星辰而爲患，宣移事以難全。"

〔六二〕詔接天庭　脈本將"詔"字作"照"。

〔六三〕隨其萬處周流　脈本作："隨處萬一周流。"

〔六四〕不誤一真清净　脈本作："不悞一真清静。"

〔六五〕金牌響處　脈本作："神筆到處。"

〔六六〕萬鬼潛藏　脈本於此句下尚有："天上麒麟子，頓斷黄金鎖，偷走天下來人間，收得我紫微殿前，丹霞繞白玉街前，劍佩齊十二童子，傳詔罷星冠雲冕一齊回。"

〔六七〕源泉　脈本作"泉源"。

〔六八〕百邪俱滅　脈本作："百邪潛藏。"

〔六九〕詩云　脈本作"云"。

〔七〇〕霜雪　脈本作"雪霜"。

〔七一〕吾今將來静妖氣　脈本於此句之下尚有："太乙靈陽紫炁星，諸宮洞府齊下雲軒。仰三峰華嶽之神。"

〔七二〕謹請年值　脈本同。上接"仰三峰華岳之神"。

〔七三〕用你　脈本作"用爾"。　仗劍等待　脈本作"仗劍而等待"。

〔七四〕直符上云　脈本同。並於此句下到"小聖"句之間有四句上場詩："忠和正直英烈才，玉帝親臨聖敕差。休道空中無神道，霹靂雷聲那裏來。"

〔七五〕"小聖"句　脈本同。以下數句藏本無："今正在雷部下聽令。上仙呼唤，不知有甚事，須索走一遭去。（見科云）。"

〔七六〕真人呼唤小聖有何法旨　脈本此句承"見科云"。"真人"，脈本作"上仙"。

〔七七〕來者　脈本無"者"字。

〔七八〕得令　脈本作"理會的。（出門科）"。

〔七九〕桂花仙子　脈本作"桂花"。

〔八〇〕是有誰　"是"字，脈本作"止"。

〔八一〕内應科云　"内"字，脈本作"下"。

〔八二〕（直符云）報知真人，止有荷花　此三句脈本作："（直符云）報知上仙去。（做見科，云）上仙，無有桂花。（天師云）止有誰？（直符云）止有荷花。"

〔八三〕太華峰頭　脈本作"西峰嶺畔"。

〔八四〕東林寺裏　脈本無此句。

〔八五〕（直符勾荷花科，云）荷花仙當面　脈本於此處作："（直符云）荷花安在？疾！（荷花上云）妾身荷花的便是。有上仙呼唤，不知有甚事，須索走一遭去。（直符云）荷，你來了也，跟我見上仙去來。（見科云）上仙，勾至荷花也。"

〔八六〕兀那荷花　脈本無"兀那"二字。

〔八七〕你知罪麽　脈本無"你"字。

〔八八〕詩云　脈本無。以下各首詩前脈本皆無"詩云"二字，不復校出。

〔八九〕"直至"二句　脈本作："與吾前去淵明宅畔，五柳莊前。"

〔九〇〕菊花仙　脈本無"仙"字。

〔九一〕（直符勾菊花上科，云）菊花仙當面　脈本於此二句處作："（直符云）得令。菊花安在？（菊花上，云）妾身菊花是也。上仙呼唤，不知有甚事，須索走一遭去。（直符見科，云）上仙，勾至菊花也。"下接"天師云"。

〔九二〕兀那菊花　脈本無。

〔九三〕我　脈本作"妾身"。

〔九四〕我這菊花　脈本於此句前有："妾身斷然不知。"

〔九五〕誰識　脈本作"方表"。

〔九六〕黄花　脈本作"黄菊"。

〔九七〕大庾嶺邊，霸陵橋外　脈本作："羅浮山下，庾嶺溪邊。"

〔九八〕勾將梅花仙來者　脈本無"仙""者"二字。

〔九九〕（直符勾梅花上科，云）梅花仙當面　脈本於此處作："（直符云）理會的。梅花安在？疾！（梅花上，云）妾身梅花是也。今有上仙呼唤，不知有甚事，須索走一遭去。（直符見科云）梅花來了也。見上仙去來。（見科，云）上仙，勾至梅花也。"

〔一〇〇〕（天師云）兀那梅花　脈本同，上接"勾至梅花也"。

〔一〇一〕我妾身不知罪　脈本作："上仙，妾身不知罪。"

〔一〇二〕我這梅花　脈本於此句前有"上仙"二字。

〔一〇三〕誰可匹　脈本將"匹"字作"比"。

〔一〇四〕江南曾爲贈遊人　脈本作："羅浮山下嫁師雄。"

〔一〇五〕（梅花云）有桃花知情　脈本作："（梅花云）有風神王知情。"以下二本敘述順序與文字差異較大，不易詳校，故將脈本之〔正宮・端正好〕曲以前的賓白對話鈔錄如下："（天師云）有勞當日神將，值日功曹，直至巽宮位上，黑鄷洞中，勾將風神來者。（直符云）得令！風神王，上仙呼喚，疾！（風神上，云）未安天地有吾神，風花雪月我爲尊。吹折地獄門前樹，卷走鄷都山下塵。吾神乃風神是也。居崑崙之山，住巽宮之位，與天地同生、日月並長；結陰陽二炁相生，並天地、乾坤、宇宙正在巽宮位上，忽聞直符來報，有上仙呼喚，不知有何法旨，須索走一遭去。（直符見，云）風神來了也。見上仙去來。（見科云）勾至風神也。（天師云）風神，你知罪麽？（風神云）上仙，吾神則知其功，不知其罪。（天師云）你引誘嫦娥，輒入五姓之家，纏攪良家子弟。勾至壇前，有何理說？"（風神云）吾神乃國家之正神，受萬民之享祭，管四季之正風，乃是和炎金朔。我這風，吹的那敗葉殘花一掃休，波濤滾滾向東流。（天師云）嗏聲！顛狂柳絮隨風舞，輕薄桃花逐水流。你不知情，誰知情？（風神云）有桃花仙子、孟婆、雪神他三個知情。（天師云）有勞當日神將，值日功曹，直至西天、國裏，雪嶺上，勾將桃花仙子、孟婆、雪天王來者。（直符云）得令！桃花仙子、孟婆、雪天王安在？上仙呼喚，疾！（雪神同孟婆、桃花仙子上）（雪神云）六出花飛滿世塵，瓊瑤砌就一番春。翠手裝成銀世界，翻身變作玉乾坤。吾神乃雪天王是也。居九霄琉璃之宮，住瓊瑶玉樹之洞，秉天地之成形，結陰陽而化就。天地爲陰陽，氣則爲風雨，寒則爲霜雪，吾神正在玉霄紫府之上，忽有直符來報上仙呼喚。將領着桃花仙子、孟婆，見上仙走一遭去。（直符云）雪天王來了也。（天師云）老匹夫，靠後。桃花近前，你知罪麽？（桃花仙子云）妾身不知罪。（天師云）你引誘嫦娥，輒入五姓之家，纏攪良家子弟，勾至壇前，有何理說？（桃花仙子云）上仙，我說。桃花海上千年一度開，曾教仙子赴蓬萊。（天師云）嗏聲！劉阮當時成配偶，暗隨流水出天台。孟婆近前，你知罪麽？（孟婆云）我不知罪。（天師云）你引誘嫦娥，輒入五姓之家，纏攪良家子弟，勾至壇前，有何理說！（孟婆云）上仙，我論幽雅傲古通今，都輸與清風明月。（天師云）嗏聲！祇因你本性顛狂，致令的花開花卸。雪神近前來，你知罪麽？（雪神云）吾神不知罪。（天師云）你引誘嫦娥，輒入五姓之家，勾至壇前，有何理說？（雪神云）吾神乃國家正神，受人間春秋享祭。桂花思凡，此等邪僻之事，干吾甚事。三冬寒風化爲形，曾伴如來大道成。（天師云）嗏聲！謾夸積雪深千丈，不及滹沱一片冰。（雪神云）上仙息怒，勾將桃花來，俺與他折辨。（天師云）這老匹夫也說的是。你一壁有者。有勞當日神將，值日功曹，直至北極驅邪院內，可差馬、趙、關、溫四大元帥，直至仙苑中勾將桂花仙子來。（直符云）得令！馬、趙、溫、關四大元帥,仙苑中勾將桂花仙子來者。疾！(馬、趙、關、温四帥押正旦上)(四帥同云)小鬼頭,行動些。

〔一〇六〕催逼得　"得"字脈本作"到"。

〔一〇七〕喝掇得　"得"字脈本作"到"。

〔一〇八〕惡狠　脈本作"操惡"。

〔一〇九〕桂花仙子　脈本無。

〔一一〇〕祇爲你思凡　脈本無"祇"字。

〔一一一〕今日連累的我也　脈本作："連累的我也來了也。"

〔一一二〕我祇見　脈本作"勾的那"。

〔一一三〕勾攝在此　脈本作："連累的來了也。"

〔一一四〕"你今日"二句　脈本作："爲你呵,連累的我也來了也。"

〔一一五〕"哎,菊花"句　脈本作："哎,菊花也,我看你東籬下怎生存止。"

〔一一六〕你怎麼連累着我來　脈本作："爲你呵,連累的我也來了也。"

〔一一七〕繃着一個冷臉兒　"繃"字,脈本作"胼",臧本作"迸",皆爲"繃"字之誤,故改爲"繃"。

〔一一八〕封姨云　脈本作"風神云"。

〔一一九〕祇爲你　脈本無。

〔一二〇〕我　脈本作"吾神"。

〔一二一〕十八姨顯出那惡性子　脈本將"十八姨"作"風神王","那"作"他那"。

〔一二二〕祇被你累的我苦也　脈本作："我也來了也。"此句後尚有："(正旦云)孟婆,你來了也。"

〔一二三〕你則待　脈本作"您則待"。

〔一二四〕咱須索見天師　脈本於此句後有數句賓白："(直符云)桂花來了也。見上仙去來。(見科云)上仙,勾至桂花也。"

〔一二五〕正旦見天師跪科　臧本作"正旦見跪科",從脈本改之。

〔一二六〕(直符云)桂花仙當面　脈本無此二句。

〔一二七〕兀那桂花　脈本無"兀那"二字。

〔一二八〕正旦唱　脈本無此三字。

〔一二九〕我爲甚先吐了這招承的口詞　脈本將"吐"作"招","招承"作"真誠",無"這"字。此句下尚有："(正旦云)我是個月呵。"

〔一三〇〕則俺這　脈本作"則爲這"。　絕代姿　脈本作"女艷姿",並於"女"字前有"的"字。

〔一三一〕"到如今"三句　脈本於此三句處作："我從實說並無私,奉真人的法旨。""我想陳世英"句至"與桂花仙子相見者"脈本無,祇有一"疾"字。

〔一三二〕仙子　脈本作"小娘子也"。

〔一三三〕正旦唱　脈本無此三字。

〔一三四〕這個　脈本無"這"字。　可喜的女孩兒　脈本作："風流的女嬌姿。"

〔一三五〕"封姨"一句　脈本作："孟婆,你與那小鬼頭折證。"

〔一三六〕"這是"句　脈本作："桂花,你思凡。"

〔一三七〕唱　脈本無此字。

〔一三八〕調三斡四　脈本作"差三㪺四"。

〔一三九〕説人好歹　脈本於此句前有"你可便"三字。

〔一四〇〕訐人曖昧　脈本作"道人毒強"。

〔一四一〕道這個　脈本作"説這個"。

〔一四二〕做的不是　脈本作"做的不是"。

〔一四三〕宵奔　脈本作"駕車"。

〔一四四〕"莫不是"句　脈本作："衆群花近前,與桂花折辨者。"

〔一四五〕桂花仙子　脈本作"桂花"。

〔一四六〕你自思凡　脈本無"自"字。

〔一四七〕"我可爲甚的來"二句　脈本作："可干俺甚事那。"

〔一四八〕偏你無過犯哩　脈本無"哩"字。

〔一四九〕唱　脈本無此字。

〔一五〇〕當日個天台　脈本作："想當日那武陵。"

〔一五一〕"誰引逗的"句　脈本作："劉晨、阮肇是你正名師。"

〔一五二〕"荷花"二句　脈本作："荷花近前對詞。"

〔一五三〕桂花仙子　脈本作"桂花。"

〔一五四〕你認了罪罷　脈本作："你恩凡,干我甚事。"

〔一五五〕你可也要推辭　脈本作："荷花,休恁你的説強詞。"

〔一五六〕"那並頭蓮"句　脈本作："那並頭蓮是你罪犯的名兒。"

〔一五七〕"菊花"二句　脈本作："菊花,向前對詞。"

〔一五八〕"桂花"二句　脈本無"桂花仙子"一句。

〔一五九〕辭榮仕　脈本作"了身事"。

〔一六〇〕"梅花"二句　脈本作："梅花,向前對詞。"

〔一六一〕"桂花仙子"三句　脈本作："你思凡,干俺甚事。"

〔一六二〕"你道"句　脈本作："梅花,道你無瑕疵。"

〔一六三〕"我祇問"句　脈本作："你試問那孟浩然的瘦驢兒。"

〔一六四〕"論我瘦影疏枝"三句　脈本作："我千枝萬蕊，多有秀嚴，豈此等閒也。""疏"字，臧本作"踈"，"踈"爲"疏"的俗字，故改之爲"疏"。下同處不復校出，徑改之。

〔一六五〕"偏是你"二句　脈本作："賣弄你那枝葉極多，我根前，我根前怎使？"

〔一六六〕哎　脈本無。

〔一六七〕月色風聲　脈本作"花月風聲"。

〔一六八〕三思　脈本於此二字前有一"自"字。

〔一六九〕"休祇管"句　脈本作："休那裏俐齒伶牙。"

〔一七〇〕殺　脈本作"甚"。

〔一七一〕封姨　脈本作"風神"。

〔一七二〕你近前與他折證　脈本作："和桂花折證。"

〔一七三〕兀那桂花仙子　脈本無"仙子"二字。

〔一七四〕驅暑生涼　脈本作"拍岸生涼"。

〔一七五〕飄枝　脈本作"瀟瀟"。

〔一七六〕糝雪飛沙　脈本作"糝霧吹沙"。

〔一七七〕順　脈本作"與"。

〔一七八〕與天地並奏其功　脈本作："勝百物增長禾苗。"

〔一七九〕"我豈有塵凡之心"二句　脈本作："並無思凡之心，豈有塵凡之意。"

〔一八〇〕"青萍"詩四句　脈本於此處作另四句："風神無罪添煩惱，刮得那萬樹千林和根倒。地戶天關上下搖，四季有功無差錯。"

〔一八一〕偏你無那過犯來　脈本無"來"字。

〔一八二〕唱　脈本無此字。

〔一八三〕雄雌　脈本作"實虛"。

〔一八四〕"祇你那"句　脈本作："常記的你風亭月館書你名字。"

〔一八五〕"可不是"句　脈本作："偏不是你過犯公私。"

〔一八六〕"原來"句　脈本作："你可也全無那風流敬思。"其中"敬"當爲"情"之誤。

〔一八七〕"也"句　"也"字脈本作"我和你"。

〔一八八〕風神云　脈本同。

〔一八九〕"我有"句　脈本作："我無點污，無瑕疵。"

〔一九〇〕譏刺　脈本作"瑕疵"。

〔一九一〕"常記得"句　脈本此句作："常記得老杜吟的古詩。"

〔一九二〕杜詩上怎麽說　脈本作："我有是麼過犯。"

〔一九三〕你衹管説　脈本作"你説"。

〔一九四〕真人　脈本作"上仙"。

〔一九五〕我也不賴　脈本無"也"字。

〔一九六〕雪天王　脈本作"雪神"。

〔一九七〕你近前與他折證　脈本無"你"字及"近前"二字。

〔一九八〕真人　脈本作"上仙"。下同此處不復校出。

〔一九九〕過犯　脈本作"公私過犯"四字。

〔二〇〇〕唱　脈本無此字。然於此前承"你則休賴也"句有"(雪神云)上仙在此,你説,我不賴"此數句。臧本無。

〔二〇一〕"你守得個"句　脈本作："常記的積雪孫康苦志。"

〔二〇二〕"你逼的個"句　脈本作："你逼的一個王鼎臣這雪内横屍。"

〔二〇三〕"王子猷"句　脈本作："吕蒙正滿頭風雪到家時。"

〔二〇四〕"也衹爲"句　脈本作："老夫我忒軟善、忒心慈。"

〔二〇五〕"你道你便"二句　脈本作："你道你便忒軟善,你道你便忒心慈。"

〔二〇六〕(天師云)雪神快與我招了者　臧本無此二句,應爲脱漏,故據脈本補上。

〔二〇七〕要你招　脈本作："問你要招。"

〔二〇八〕"吾神"句　脈本於此句前有"上仙"二字。

〔二〇九〕你有甚麽功　"功"字在脈本作"功勞"。　在那裏　脈本無此句。

〔二一〇〕吾乃天地正神　脈本無此句。脈本作："吾神乃國家正神,受人間之享祭。"臧本無此句。

〔二一一〕"豈比那"二句　脈本作："桂花思凡這等邪僻之事,干吾甚事!"承此二句,脈本尚有："風神管的是正月二月三月風,四月五月六月雨；吾神管的是七月八月九月霜,十月十一月臘月雪。"臧本無此數句。

〔二一二〕潤百草　脈本作"潤田苗"。

〔二一三〕兆豐年　脈本作"宜賞玩"。

〔二一四〕爲國有功　"爲"字脈本作"潤",恐誤。此句之下脈本尚有三句："墜寒梅、顯枯枝,報先春之早到。"臧本無此三句,不補。

〔二一五〕"我本"四句　脈本作："當初玉帝差吾把天門,今朝得遇你個太乙真,問吾神要那誤犯天條招狀也,量你則是一凡仙,怎管我這玉潔冰清白雪神。"

〔二一六〕你更是管不得哩　臧本此句作："你便是管得着哩。"據上下文看,屬誤。據脈本改。

〔二一七〕本是　脈本作"即本"。

〔二一八〕祖公　脈本作"祖公公"。

〔二一九〕宣召　脈本作"謹召"。

〔二二〇〕霹靂火　脈本於此句之下有"丙丁火"。臧本無。

〔二二一〕立化　脈本作"化爲"。

〔二二二〕小神　脈本作"吾神"。

〔二二三〕正旦唱　脈本無此三字。

〔二二四〕下流澌　脈本作"見死屍"，並於"見"字上有一"那"字。

〔二二五〕也　脈本作"可也"。

〔二二六〕和那掃雪的陶學士　脈本作："想當日陶學士。"

〔二二七〕題成絕妙詞　脈本作："吟詩爲艷姿。"

〔二二八〕端的這　脈本作"今日個"。　四件兒　脈本於此三字下尚有"不俫"二字。

〔二二九〕"是那個"句　脈本作"可不道那一個便無瑕疵"。

〔二三〇〕"桃花云"至"唱"　此數句脈本無。

〔二三一〕"我可也"二句　脈本無此二句。

〔二三二〕"却不道"三句　脈本作："都一般開花結子、根生土長，帶葉連枝。"

〔二三三〕天丁地揭　脈本作"黑殺天蓬"。

〔二三四〕展手將情詞寫徹　脈本作："展手把情詞再寫。"

〔二三五〕剪除他　"他"字脈本作"了"。

〔二三六〕斷送了風花雪月　脈本作："這的是張天師斷風花雪月。"

〔二三七〕正旦云　脈本作"雪神云"。恐誤。

〔二三八〕唱　脈本無此字，

〔二三九〕煞尾　脈本作"尾聲"。

〔二四〇〕"勘問我"句　"我"字脈本作"成"。　赴西池對會詞　脈本作："西王母行對會詞。"

〔二四一〕"拚的個"句　脈本作："你看我盡情兒說與思凡事。"

〔二四二〕"都向"句　脈本此句前有"俺可便"三字。"仙旨"，脈本作"仙音"。

〔二四三〕陳太守上云　脈本無"陳"字。本折下同處不復校出。

〔二四四〕有勞真人如此費心　脈本作："有勞師父如此用心。"

〔二四五〕相公勿罪　脈本同，並於此句下有"剿除了妖怪也"一句。臧本無。

〔二四六〕"不日便當痊可"二句　脈本作"便教痊疴"。　貧道則今日拜辭了相公　脈本作："無甚事，則今日辭別了相公。"

〔二四七〕"回山中"句　脈本於句首有一"咱"字，於句前有"道童"二字。

〔二四八〕真人　脈本作"師父"。下同處不復校出。

〔二四九〕排着　脈本作"安排"。　桌　脈本作"卓"。

〔二五〇〕走一遭去來　脈本無"來"字。

〔二五一〕"白雲"四句詩　脈本此四句處作："道法精嚴貫古今,棄却塵寰去修行。送路贈上三杯酒,西出陽關別故人。"

第四折

（長眉仙領仙童上,詩云〔一〕）燦燦花光滿洞天〔二〕,瓊樓寶殿啓華筵①〔三〕。蟠桃結果三千載,共宴長生億萬年②〔四〕。貧道乃是上界長眉大仙是也。自太極初分③,修成正道,掌管洞天九霄之上,一切修真悟道之仙〔五〕。今朝玉帝回來④〔六〕,觀見桂花仙子與梅菊荷桃一念思凡〔七〕,引誘陳世英成病,罪犯天條〔八〕。有張真人遣將⑤,牒配前來⑤,吾親判斷⑥。仙童,洞門前覷者〔九〕,若來時報復我知道。（仙童云）理會得。（正旦同衆上〔一〇〕）（值符云〔一一〕）行動些！（正旦唱〔一二〕）

【雙調・新水令】⑦今日個奉真人牒赴到蓬萊⑧〔一三〕,則聽的奏雲璈仙音一派⑨〔一四〕。想花月呵歡娛應有限〔一五〕,風雪呵調燮幾曾乖⑩〔一六〕？惹下場橫禍飛災〔一七〕,怎支吾這一解⑪〔一八〕。

（直符云）仙童報復去〔一九〕,道有張真人牒文押將桂花仙子等在此〔二〇〕。（仙童報科〔二一〕）（長眉仙云）着他過來。（仙童云）着過去〔二二〕。（衆做見科）（長眉仙云）兀那桂花仙子〔二三〕,你既爲上品之仙,永享逍遙之福,職居月殿,遠離人間。你豈不聞道德爲仙家之本〔二四〕,清閑乃開悟之門⑫〔二五〕？你何不遵守天條,却去迷惑秀士,犯此思凡之罪〔二六〕。押赴吾前〔二七〕,有何理說？（正旦唱〔二八〕）

【折桂令】⑬〔二九〕這罪犯是我賤妾應該,沒來由誤犯天條,私下瑤臺。却帶累花神,干連風雪,都也不伏燒埋⑭。俺本是廣寒宮冰魂,怎比那閻浮世濁骨凡胎⑮？（長眉仙云）敢是你捱不過那凄凉寂寞,看上了陳秀才麼？（正旦唱）俺可有甚難捱,覷上喬才⑯。屈屈的將西没東生,錯認做了夜去的這明來⑰。

（長眉仙云）你既不思凡,到那陳秀才書房裏去,却是爲何？
（正旦唱）

【雁兒落】⑱想當日被計羅星纏作災,婁金宿將咱解⑲。這都是陳秀才能見憐⑳,因此上俺桂花仙思酬待。

（長眉仙云）你既到書房中去,那淫邪之事,怕不是有的？
（正旦唱）

【得勝令】㉑兀那座讀書齋,須不是楚陽臺㉒。他救我原無意,我見他有甚歹㉓？冤哉！怎將俺這一夥同禁害？訴的明白,望仙尊别處裁。

（長眉仙云）張真人將這樁公事送到咱這裏判斷,怎麼還饒的你。值日功曹,就與我驅到陰山左側待罪去來㉔。（正旦云）似此怎了也。（唱）

【川撥棹】則聽的他鬧垓垓㉕〔三〇〕,鬧垓垓加罪責〔三一〕。怎生的全無矜哀,狠下差排㉖。貶咱到陰山口外,活活的折罰煞㉗〔三二〕。

（云）大仙也,可憐見耽饒些兒波㉘。（唱〔三三〕）

【七弟兄】〔三四〕我可也左猜右猜,端的是爲誰來㉙？現放着斫桂的吳剛巨斧風般快㉚,祇問他奔月的嫦娥曾否下妝臺㉛,更和那搗藥的兔兒那日當何在㉜？

（長眉仙云）罪定了,不必多説。（直符云）仙旨已下,行動些。（正旦唱）

【梅花酒】呀,我待挣闖怎挣闖,也是我運拙時乖㉝,月值年災㉞,鬼使也那神差㉟。（長眉仙云）我想陳秀才患病在床,若不將他魂魄勾攝前來,看見這個境頭,怎得有痊可之日。疾！（陳世英上）小生陳世英,兀的不是桂花仙子來了也。（正旦唱）淹的呵下瑤階,將兩步做一步蹅。呀,早轉過甚人來？是是是有情人陳秀才,他他他怎容易到天台,敢敢敢爲着我舊情懷？待待待折桂子索和諧㊱,怎怎怎不教我添驚怪？

（陳世英云）仙子,誰想小生今日還得和你相會也[三五]！（正旦唱）

【喜江南】㊲兀的不是月明千里故人來⑧[三六],抵多少洛陽花酒一時來㊴。你呵,休猜做春風來似不曾來㊵[三七]。（正旦同陳世英走科,唱）咱兩個去來。（封姨、雪神喝科,云[三八]）小鬼頭,那裏去！（正旦唱）偏撞着這滿頭風雪却回來[三九]。

（陳世英下[四〇]）（長眉仙云）你一行人都跪下者[四一],聽我判斷[四二]。（詞云㊶[四三]）你原是廣寒宮娉婷仙桂,不合共陳世英暗成歡會。雖然爲救月苦往報其恩㊷,反害他耽疾病十分憔悴。誰着你離天宫犯法違條,枉使的風花雪盡遭連累。豈不知張真人法律精嚴,早仗劍都驅在五雷壇内。一個個供下狀吐出真情,有誰敢捏虛詞半點隱諱！據招狀桂花仙本當重遣㊸,姑念他居月殿從無匹配,便思凡下塵世也有可矜,仍容許伴玉兔將功折罪。一並的饒免了梅菊荷桃,衆神將俱各遣重還本位。（同下）

題目㊹　　長眉仙遣梅菊荷桃[四四]

正名　　張天師斷風花雪月

【注釋】

① "燦燦"二句　指西王母在瑶池設蟠桃會,一派熱鬧氣氛。洞天:洞中别有天地之意,道家稱仙人居住之處(如王屋山有十大洞天)。在此代指瑶池。

② "蟠桃"二句　言蟠桃數千年成果,諸仙食之,長生不老。

③ 太極初分　道家指宇宙初始形成之狀。太極:指原始混沌之氣。《易·繫辭》上:"易有太極,是生兩儀。兩儀生四象,四象生八卦。"即精氣運而生陰陽,再生四時,又生天、地、風、雷、水、火、山、澤八種自然現象。

④ 玉帝　即天帝,所説不一,俗稱天帝即玉皇大帝。

⑤ 牒配　持牒文發配犯人到偏遠之地。牒文:解押犯人的公差所持的應驗文書。

⑥ 判斷　下判决定罪。

⑦ 雙調·新水令　古代戲曲音樂名詞。雙調:宫調之一。元周德清《中原音

韵》稱:"〔雙調〕健栖(捷)激裊。"其北曲據《九宮大成譜》所載,有一百三十隻。元明以來,北曲聯套方式如:〔新水令〕—〔折桂令〕—〔雁兒落〕—〔得勝令〕—〔沽美酒〕—〔太平令〕—〔鴛鴦煞〕。〔新水令〕則一般爲〔雙調〕套曲之第一曲牌。

⑧ 蓬萊　傳說中東海仙島。在此代指西池。

⑨ 雲璈　樂器名。

⑩ 風雪呵調燮幾曾乖　指風雪協調陰陽不曾互相違離。喻男女貪戀永無止盡,不可過分沉溺。

⑪ 怎支吾這一解　怎應付這一回。支吾:搪塞應付。解:回,次。古樂府以一章一節爲一解,後即借爲"回""次"之義。

⑫ 清閑乃開悟之門　清靜無爲是打開悟道的大門。

⑬ 折桂令　雙調曲牌,又名〔秋風第一枝〕〔天香引〕〔蟾宮曲〕〔步蟾宮〕。

⑭ 不伏燒埋　不服判決。燒埋:元時規定殺人犯要給被害者家屬燒埋銀兩。故燒埋即成爲判決的代名詞。《李逵負荊》第四折:"休道你兄弟不服燒埋……若不打,這頑皮不改。"

⑮ 閻浮世　閻浮世界的簡稱。閻浮:梵語"贍部"的意譯,原意即指南贍部洲,這裏泛指人間。

⑯ 覷上喬才　看中了陳世英。喬才:元時多指壞蛋、無賴。也作"喬男女""喬材"。《對玉梳》第二折:"無廉恥的喬才惹場折挫。"在這裏應指凡人。

⑰ "屈屈的"二句　不知確解,似應解作看到長眉仙,即以爲可獲釋,不料未能如願,很受委屈。

⑱ 雁兒落　雙調曲牌名,又名〔平沙落雁〕。

⑲ 婁金宿　即婁宿。因其在西方,古天文學家以爲西方主金,故稱"婁金宿"。

⑳ 見憐　憐惜,同情。

㉑ 得勝令　雙調曲牌名,又名〔陣陣贏〕〔凱旋回〕。

㉒ 楚陽臺　見第一折注⑰。在此指代男女歡會之地。

㉓ 歹　歹意。在此爲相愛之意。

㉔ 陰山　迷信指陰間有陰山,有罪而不得超度者的鬼魂,皆在那裏捱餓受凍。

㉕ 鬧垓垓　宋元俗語,本指吵鬧狀。《五侯宴》第五折:"我則見鬧垓垓,鬧垓垓的軍到來,一個個志氣胸懷。"在此當指判決時高聲怒喝,左呼右應之狀。

㉖ 差排　處置。《謝金吾》第一折:"你敢是没聖旨,擅差排?"

㉗ 煞　極甚之詞。蔣元龍《好近事》詞:"體歌金縷勸金卮,酒病煞如昨。"

㉘ 耽饒　也作"擔饒"。饒恕,寬饒。《伍員吹簫》第四折:"我如今指魔軍將親征討,拿住公孫活開剥。若要我耽饒,袛除是東方日落。"

㉙ 端的　真的,居然。《王粲登樓》第三折:"左有鹿門山,右有金沙泉;前對清

風霽嶺,後靠明月雲峰。端的是玩賞不足。"

㉚ 現放着斫桂的吳剛巨斧風般快　喻指長眉仙法令如山,眾神將欲待押赴遠方服罪。斫桂的吳剛:相傳月中桂樹高五百丈。凡人吳剛學仙有過被謫,令在月中伐桂。然樹創即合,故吳剛砍伐不止(見唐段成式《酉陽雜俎·天咫》)。在此代指執法之神。

㉛ 下妝臺　代指下凡。

㉜ 搗藥的兔兒　相傳月中有玉兔搗藥,故月亮別稱玉兔。

㉝ 運拙時乖　即命運不好。

㉞ 月值年災　形容月災同年災相當,即多災多難。

㉟ 鬼使也那神差　怨恨自己被鬼神遣來調出,倍受凌辱。

㊱ 折桂子索和諧　指陳世英向桂花仙子求歡。

㊲ 喜江南　雙調中曲牌名,又名〔收江南〕。

㊳ 月明千里故人來　此句未詳出處。元雜劇中常用在好友親朋來到之時。《降桑椹》第三折中延岑也云:"雲影萬里高士夢,月明千里故人來。"按:此曲每句末尾皆有"來"字,元雜劇常有之,名爲"獨木橋體"。

㊴ 洛陽花酒　當爲古代以洛陽牡丹所釀之酒。

㊵ 你呵休猜做春風來似不曾來　勸告陳世英不要對再次歡會抱有幻想。春風:喻二者相會之喜。也可解作比喻桂花仙子。

㊶ 詞云　在這裏相當於"判斷",即作判決詞。

㊷ 月苦　當爲"月難"之意。

㊸ 重遣　重重地定罪遣發。

㊹ 題目正名　元雜劇術語。即於全劇結尾處以兩句或四句對子概括劇情。前句(首聯)名"題目",後句(次聯)稱"正名"。正名即全劇名稱,其末尾三字或四字一般爲該劇簡稱。題目正名概源於元雜刷之演出海報,即以對聯形式把劇情寫於榜書上,用以招徠觀眾。元代散曲家戴善甫《莊家不識勾欄》套曲:"正打街頭過,見吊個花碌碌紙榜。"《宦門子弟錯立身》戲文第四齣:"今早掛了招子。"這紙榜與招子,即是書寫劇名的演出海報。其劇名全稱即題目正名。

【校記】

〔一〕詩云　脈本作"云"。

〔二〕花光　脈本作"金光"。

〔三〕啓華筵　脈本作"布芝田"。

〔四〕共宴　脈本作"宴會"。

〔五〕"掌管"二句　脈本於此二句之中尚有數句:"瑤池聖境,璇璣干運,造化玄微；布玉界瓊田，種冰桃碧藕。昔聞太上闡教全真大法者，合天地之循環，辨陰陽之造化，大開玄妙之門，會群真於仙境，居紫府蓬萊金闕，隔凡塵弱水三千。"在"一切修真悟道之仙"一句之後，又有"盡皆吾掌管"一句。

〔六〕回來　脈本作"已回"。

〔七〕荷　脈本作"蓮"。

〔八〕"引誘"二句　脈本作一句："引誘陳世英罪犯天條。"

〔九〕洞門前覷者　脈本作"看者"

〔一〇〕正旦同衆上　脈本作："四帥押正旦同群旦上。"

〔一一〕直符云　脈本作"馬元帥云"。下同處不復校出。

〔一二〕正旦唱　脈本無此三字。

〔一三〕奉　脈本作"謝"。

〔一四〕奏雲璈　脈本作"奏仙音"。　仙音一派　脈本作"樂聲一派"。

〔一五〕"想花月"句　脈本作："花月是婦女身。"

〔一六〕"風雪呵"句　脈本作："風雪是棟梁材。"

〔一七〕"惹下"句　脈本作："不索您便怨怨哀哀。"

〔一八〕這　脈本作"我這"。

〔一九〕仙童報復去　脈本同，並在此前有"可早來到也"一句。

〔二〇〕"道有"句　脈本作："道有四天神將桂花仙子等押至也。"

〔二一〕仙童報科　脈本作："（仙童云）理會的。報的上仙得知：今有四天神將桂花仙子等押至了也。"

〔二二〕着過去　脈本於此句前有"理會的"一句。

〔二三〕"兀那"句　脈本於此句前有"有勞神將押赴驅馳"一句。

〔二四〕爲仙家之本　脈本將"爲"字作"乃"。

〔二五〕"清閑"句　脈本作"玄妙"。並於此句下有："大道乃萬法之祖。"

〔二六〕"却去"二句　脈本作："犯此思凡之事，迷惑秀士。"

〔二七〕押赴吾前　脈本於此句之首有一"今"字。

〔二八〕正旦唱　脈本無。在此前有："（正旦云）怎了也呵。"按：此句爲臧本〔得勝令〕曲後之賓白的末句。

〔二九〕〔折桂令〕曲至"就與我驅到陰山左側，待罪去來"，共三支曲子及其後賓白，脈本全無。據脈本〔川撥棹〕曲"貶我到陰山左側"一句，可證脈本所缺曲白爲脫漏。

〔三〇〕則聽的他　脈本無"他"字。

〔三一〕加罪責　脈本作"哏利害"。

〔三二〕"怎生的"四句　脈本於此四句處作："我須是靈骨仙胎，他須是濁骨凡胎。貶我在陰山左側,則除死可也無大災。"

〔三三〕(云)大仙也,可憐見耽饒些兒波(唱)　脈本無。

〔三四〕〔七弟兄〕曲至〔梅花酒〕曲　脈本此二曲及其中賓白在情節順序及曲白兩方面皆與臧本不盡相同,故錄此二曲及白於下:"〔七兄弟〕我這裏想來、念來、這場災。出門來,兩步為一步蹇。(陳世英上云)小生陳世英是也,見上仙去也,可早來到也。(唱)我則見淹的轉過一人來,唬的我慘慘的半响家添驚怪。〔梅花酒〕呀,我這裏怎生掙閣,也是我造物合該。命運栽排,運拙也那時衰。(陳世英云)小娘子,小生陳世英。(唱)原來是有情人陳秀才。呀,敢是離塵世,上天台,可叫我怎一劃,我這裏下瑤階、下瑤階,認的明白。"

〔三五〕(陳世英云)仙子,誰想小生今日還得和你相會也　脈本無"仙子"二字,下句無"今日還得和你"數字,"相會"之上有"在此"二字。其他皆同。

〔三六〕兀的不是　脈本作"呀,原來是"。

〔三七〕"抵多少"二句　脈本作:"他也學泛浮槎張騫上天來,一天好事奔人的這來。"

〔三八〕封姨、雪神喝科云　脈本作"風神、雪神上云"。

〔三九〕偏撞着這　脈本作"正應着"。

〔四〇〕陳世英下　脈本無。

〔四一〕你一行人都跪下　脈本作:"你一行人都望天闕跪者。"

〔四二〕判斷　脈本作"下斷"。

〔四三〕詞云　脈本無。注:脈本之判斷詞與臧本差別較大,茲錄於下:"因桂花思凡之罪,與陳世英報恩答義。離月苦誤犯天條,共僑人私成匹配。張真人法律精嚴,都驅在五雷壇內。桂花仙本當罪遣,依天律重責其罪。則因你掌月府將功折補,復居在廣寒宮內。饒免了梅菊蓮桃,眾神將各還本位。"

〔四四〕長眉仙遣梅菊荷桃　脈本將"荷"字作"蓮"字。

花間四友東坡夢雜劇①

第一折

（外扮蘇東坡上，詩云）隱隱胸中蟠錦綉，飄飄筆下走龍蛇②。自從生下三蘇後，一望眉山秀氣絶③。小官眉州眉山人，姓蘇名軾，字子瞻，號東坡。乃老泉之子。弟曰子由，妹曰子美，嫁秦少遊者是也④。小官自登第以來⑤，屢蒙擢用，官拜端明殿大學士⑥。今有王安石在朝當權亂政⑦，特舉青苗一事⑧。我想這青苗一出，萬民不勝其苦，爲害無窮。小官屢次移書諫阻⑨，因此王安石與俺爲仇。一日，天子游御花園⑩，見太湖石摧其一角⑪。天子問爲何太湖石摧其一角。安石奏言，此乃是蘇軾不堅⑫。小官上前道，非蘇軾不堅，乃安石不牢⑬。天子大笑回宫。安石好生懷恨。一日朝罷，衆官聚於待漏院⑭，見一從者腰插一扇。扇上寫詩兩句道："昨宵風雨過園林，吹落黄花滿地金⑮。"某想黄花者，菊花也。菊花從來不謝，自然干老枝頭〔一〕。意甚以爲不然。乃於詩後續兩句道："秋花不比春花落，付與詩人仔細吟⑯。"誰想此詩乃安石所作。一日，請俺赴宴，出歌者數人。見一女子擎杯良久，不見其手。俺佯道："小娘子金釵墜也。"那女子出其手，捫其髻。衆官皆發大笑。安石令俺爲賦一詞⑰，小官走筆賦〔滿庭芳〕一闋⑱。誰想那女子就是安石的夫人。到次日，安石將小官的〔滿庭芳〕奏於天子，道俺不合吟詩嘲戲大臣之妻。以此貶小官到黄州團練⑲，就着俺去看菊花。

想天下菊花不謝,惟有黃州菊花獨謝⑳。一時失言,翻成大怨㉑。如今來到這潯陽驛琵琶亭㉒,有一故友乃是賀方回㉓,在此爲守㉔,留俺飲宴。酒酣之次,出一歌妓,乃是白樂天之後㉕,小字牡丹㉖,不幸落在風塵之中㉗。此女甚是聰慧,莫説頂真續麻㉘、拆白道字㉙〔二〕、恢諧嘲謔㉚,便是三教九流的説話㉛,無所不通,無所不曉。小官眉頭一蹙,計上心來。比及到黃州歇馬㉜,有一同窗故友謝端卿㉝,在廬山東林寺落髮爲僧㉞,修行辦道㉟,一十五年不下禪床㊱。此人乃一代文章之士,俺如今領着白牡丹魔障此人還了俗㊲,娶了牡丹,與小官同登仕路。量安石一人在朝,有何難處㊳!當日辭了賀方回,領着白牡丹訪謝端卿那裏,走一遭去來。(詩云)此去黃州冷似冰,清心原不苦飄零㊳〔三〕。我是能詩能賦朝中客,去訪無是無非窗下僧㊵。(下)(丑扮行者持苕箒上㊶〔四〕)(詩云)積水養魚終不釣,深山放鹿願長生。掃地恐傷螻蟻命,爲惜飛蛾紗罩燈㊷。南無阿彌陀佛㊸。掃過處方敢行,不掃過處休行。你道爲何?南無阿彌陀佛,祇怕踏傷了螻蟻的性命㊹。(正末佛印上,云)善哉善哉㊺。貧僧乃饒州樂平人氏㊻,俗姓謝,名甫,字端卿,法名了緣㊼,後稱佛印。俺有一班兒同堂故友,俱登仕路。止有貧僧一人,抛棄功名,在此廬山東林寺修行辦道。今經十五年,不下禪床。這行者乃是貧僧的徒弟,單要他掃地點燈而已。俺想出家人好不清净也呵。(唱)

【仙吕·點絳唇】每日間看誦經文,授傳心印權裝涃㊽〔五〕。俺可也識破天真㊾,此外都無論。

【混江龍】法聰心笨〔六〕。(行者云)徒弟也不笨。一本《心經》讀了三年六個月㊿,就念的"摩訶般若波羅蜜"一句出來,這也不算笨。(正末唱)我可也自來無喜也無嗔㊿,將這一心參透㊿,五派禪分㊿。閑伴着清風爲故友,恍疑明月是前身㊿。這些時想晨鐘暮鼓、馬足車塵㊿,細看來恰便似雲影空中盡。抛離了煩冗,落得個清貧。

(云)行者,夜來伽藍道㊿,今日午時有魔障至此㊿。你去山門首望者㊽。但有遠方過路客官㊾，報我知道。（行者云）知道。（東坡引旦扮白牡丹⑥，從者上。云）小官蘇軾。可早過了大江㉛，來到廬山腳下。左右，把船挽住江上〔七〕。牡丹，你祗在舟中坐下。喚你便來，不喚你不要來。（旦應科，同從者下〔八〕）（東坡做獨行科，云）你看廬山果然好景致也。端的是真山真水，真寺真林。非閑人不可到㉜，遇濁子不容觀。好山也！山高爇峻峻嵯峨㉝，凜冽林巒亂石陀㉞。古怪怪松岩下掩，山岩掩眼隔煙蘿㉟。山禽如語語不歇，山澗飛泉迸碧波。山童采藥山藥少㊱，樵夫擔柴貪擔多。野猿摘果攀藤葛，葛絕餘藤藤倒拖。仙洞仙童依虎睡㊲，仙人醉卧老龍窩㊳。峰勢側、洞門殂㊴，洞裏月光愛娑婆㊵。莫訝朝嵐寒槭槭㊶，仙家洞府接天河㊷。大石欄灣㊸，大石欄灣，幾重水，幾重渦。帶着野田空闊，一層嶺、一層坡。老樹老藤忘歲月，古山古寺絕經過㊹。經過迹斷唯山在，歲月年深奈寺何！真個此寺不同他寺宇，此山非同別山阿。青黛染成千塊玉，雲霞妝就萬堆螺㊺。祗除佛子神仙纔可到㊻，怎許遊人容易得攀摩！這廬山景致觀之不盡，玩之有餘，你則看東林寺門首碑上，有詩爲證。詩道："不到廬山不是僧，廬山清景勝蓬瀛㊼。爲僧若到廬山下，死葬廬山骨也清。"讀之未了，祗見山門下立着一個行者，待我問他來："你那佛印師父，可在法座上麼㊽？"（行者云）師父打座哩㊾。（東坡云）借你口中言，傳俺心間事。你道有個客官，不言姓名，有兩句禪語⑧，又叫做偈語。你道：眉山一塊鐵，特地來相謁㊽。（行者云）老官㊾，小和尚心笨，一本《心經》念了三年六個月還記不得。再説一遍。（東坡云）這個笨和尚！（行者云）敢是姓鐵？不姓鐵就姓錫。（東坡云）不姓錫。（行者云）不姓鐵不姓錫就姓銅罷。（入報科，云）師父，外面來了一個主兒不言姓名㊽，道兩句禪語，又叫做偈語：眉山一塊鐵，特地來相謁。（正末云）急急上堂來，爐中火正熱㊽。（行者云）着手㊽！他便是鐵，我師父是火，架起爐來燒他娘。老官,我師父着我燒你哩。(東坡云)怎麽説?(行者云)叫你急急上堂來,爐中火正熱。(東坡云)這也是禪語。再進去説:我鐵重千斤,恐汝不能挈[86]。(行者云)你不怯我師父,我師父也不怯你。師父,他又道兩句:我鐵重千斤,恐汝不能挈。(正末云)我有八金剛[87],將汝碎爲屑。(行者云)着手!我師父道:我有八金剛,將汝碎爲屑。(東坡云)再進去説:我鐵類頑銅,恐汝不能爇。(行者云)罷了[88],軟了。(東坡云)怎麽軟了?(行者云)爇的軟了。師父,他又道兩句:我鐵類頑銅,恐汝不能爇。(正末云)將你鑄成鐘,衆僧打不歇。(行者云)着手!我師父要打你哩。(東坡云)怎麽要打我?(行者云)將汝鑄成鐘,衆僧打不歇。(東坡云)再進去説:鑄得鐘成時,禪師當已滅[89]。(行者哭入科)(正末云)行者爲何哭起來?(行者云)他道:鑄得鐘成時,禪師當已滅。(正末云)大道本無成,大道本無滅。心地自然明,何物叨叨説!夜來伽藍道,今日午時有東坡學士至此,果應其言。快與我請進來。(行者云)有眼不識灰堆學士老爺[90]。俺師父有請。(正末云)十五年不下禪床。今日須下禪床,接待學士者。(做見科)(正末唱)

【油葫蘆】自别經年十數春。(東坡云)一别許久不會。(正末唱)全不曾得動問[91]。(東坡云)且喜今日得一會。(正末唱)喜君家平步上青雲[92]。(云)敢問大人那衙門除授[93]?(東坡云)自别吾兄,官拜端明殿學士。(正末唱)好好,不枉了玉堂金馬多風韻[94]。(東坡云)小官如今不在翰林了[95],謫在黄州團練。經過此處,訪問吾兄。(正末唱)可甚的吳山楚水生勞頓[96]?(東坡云)共君一夕話,勝讀十年書。(正末唱)我和你話一夕,勝如那酒一樽。(東坡云)吾兄,我和你是同堂故友哩。(正末唱)咱須是舊時朋友多親近,何必要飲的醉醺醺。

　　(東坡云)相逢不飲空回去,洞口桃花也笑人[97]。(正末唱)

【天下樂】恁道是明月清風,他可便也笑人[98]。(東坡云)那裏有幽僻去處，待小官遊玩一番。（正末唱）似這般荒僻的山門⁹⁹。（東坡云）好個古刹寺院¹⁰⁰。（正末唱）你可也莫要哂。（東坡云）這是伽藍堂¹⁰¹，怎生不打供¹⁰²？（正末唱）俺這裏伽藍堂，静悄悄隔着世塵。（東坡云）天陰雨，有些疏漏麼？（正末唱）便淋漓污了衣，顛倒可便裹了巾¹⁰³。（帶云）學士大人，（唱）俺這裏怕什麼騎驢冲大尹¹⁰⁴。

（東坡云）騎驢冲大尹，此乃賈浪仙¹⁰⁵的故事。將小官比做韓文公¹⁰⁶，何以克當！（正末云）大人既拜端明殿學士，爲何謫貶黄州團練，到貧僧荒凉古刹來？（東坡云）吾兄不問，小官不敢言。今有王安石在朝，當權亂政，特舉青苗一事。我想青苗一出，小民不勝其苦。一日王安石請俺家宴，出歌者數人，内有一女子擎杯良久，不見其手。俺伴言道，小娘子金釵墜也。那女子慌忙出其手，捫其鬢，衆官皆發一笑，安石令俺題咏其事。小官走筆賦〔滿庭芳〕一闋，誰想安石將小官〔滿庭芳〕奏與聖人，貶小官黄州歇馬，打從此處經過。思想吾兄在此，特來探望。吾兄是個公直的人，此一椿還是王安石不是，小官的不是？（正末云）此一椿還是王安石的不是也。（東坡云）怎見得王安石不是？（正末唱）

【金盞兒】爲學士受皇恩，因此上重賢臣，他要足下兩個閑談論。他不合高燒銀燭倒金樽，他不合殷勤出侍女，他不合寅夜款佳賓¹⁰⁷，他不合隔簾聽笑語。（帶云）常言道責人則明，恕己則昏¹⁰⁸。學士大人，（唱）你也不合燈下覷他那佳人。

（東坡云）連小官也不是了。（正末云）願聞〔滿庭芳〕妙詞。（東坡云）小官在吾兄跟前〔九〕，念〔滿庭芳〕一闋，却似持布鼓而過雷門¹⁰⁹，豈不慚愧！（正末云）貧僧草腹菜腸¹¹⁰，願聞願聞。（東坡云）吾兄污耳了。（詞云）香靄雕盤¹¹¹，寒生冰箸¹¹²，畫堂别是風光。主人情重，開宴出紅妝¹¹³。膩玉圓搓素頸¹¹⁴，藕絲嫩新織仙裳¹¹⁵。雙歌罷¹¹⁶，虚雲轉月¹¹⁷，餘韵尚悠揚。人間何處有？司空見慣應謂尋常。坐中有狂客，惱亂柔腸。報導金釵墜

也,十指露春笋纖長⑱。親曾見全勝宋玉,想像賦高唐⑲。(正末云)高才高才。(唱)

【後庭花】你那〔滿庭芳〕雖稱席上珍,送的個老東坡翻成轅下駒⑳。則爲這樂府招讒語㉑,抵多少文章可立身㉒。(做笑科)(東坡云)吾兄爲何發笑?(正末唱)祇落的笑欣欣,倒不如咱家安分,向深山將名姓隱。

(云)行者,看素齋飯管待學士㉓。(行者云)理會得。香積厨下安排素齋㉔。拖面煎草鞋,醬拌鵝卵石㉕。快些管待學士。(東坡云)叫那行者過來,你方才説些什麽?(行者云)我師父方才説:"香積厨下看素齋飯管待學士。"(東坡云)你去與那和尚説,有酒有肉我便喫,無酒無肉,我回舟中去也。(行者云)學士,你就是我的親爺。我這等和尚,有什麽佛做㉖?熬得口裏清水拉拉的淌將出來〔一〇〕。望學士可憐見㉗,多與些小和尚喫。(東坡云)這個饞和尚,我多與你些喫。(行者云)多謝學士。師父合氣了。那學士老爺説道:"有酒有肉我便喫,無酒無肉我回舟中去也。"(正末云)既如此,你下山去俗人家沽一壺酒,買一方肉,管待學士便了。(行者云)那裏去買?你好行止㉘!嚮年間爲師父娘做滿月,賒了一付猪臟没錢還他,把我褊衫都當没了㉙,至今穿着皂直掇哩㉚。(正末云)休得胡説!(行者向古門云㉛)山下俗道人家㉜,有一百八十多斤的猪,宰一口兒。(内云)忒大没有。(行者云)這等㉝,有八九兩的小猪兒宰一口。(内云)忒小没有。(行者云)隨意增減些罷。祇要先把血臟湯做一碗來,與我嘗一嘗。(正末云)行者,酒席完備未曾?(行者云)酒席已完備了。(正末云)學士,當日遠公沽酒謁陶潛㉞,今日佛印燒猪待子瞻㉟。(東坡云)小官續上兩句:蘇軾焉敢效昌黎?佛印如何比大顛㊱!(正末云)高才高才。(唱)

【醉中天】既然要敘舊開佳釀,怎還説持戒斷腥葷㊲?拼的個爛醉春風老瓦盆㊳,見學士和佛印。你本是同堂故人,須不比十方檀信⑬,俺衹索倒賠些狗雞彘豚。

（東坡云）吾兄,常言道:坐中無有油木梳⑭,烹龍炰鳳總成虛⑭。那裏有善歌的妓女?請一個來唱一曲,等小官盡醉而歸。（正末云）學士說差了,這荒凉古刹寺院,那裏討善歌妓女?（東坡云）真個無有?（正末云）斷然没有。（東坡云）小官曾帶一個在此。（正末云）如此最好。在那裏?請來相陪學士。（東坡云）行者,你去溪河楊柳邊小舟中,叫一聲:"白牡丹安在?"衹待應了一聲,你急急抽身便走。（行者云）走遲了却怎麽?（東坡云）走遲了,衹教你做雪獅子向火——酥了半邊。（行者做跌科,云〔——〕）早酥倒了也。轉彎抹角,此間就是溪河楊柳邊。小舟兒上叫一聲:"白牡丹在麽?"（旦兒云）誰叫?（行者做跌科,云）聽他嬌滴滴的聲音,真個酥了也。東坡老爺唤你哩。（旦兒上,云）來了。妙舞清歌本足夸,尤雲殢雨作生涯⑭。借問妾身何處住?柳陌花街第一家⑭。妾身乃白樂天之後,小字牡丹,不幸落在風塵。今被東坡學士帶在此處。差人呼唤,須索走一遭去也。（行者云）禀學士,白牡丹來了也。（又禀正末科）（旦兒云）大人萬福⑭。呼唤妾身,有何吩咐?（東坡云）我一路上與你說的,前席那和尚便是。你如今魔障了此人,還了俗,娶了你。他若爲官,你就是一位夫人縣君也⑭。（旦兒云）多謝大人擡舉。（東坡云）牡丹,你把體面與那佛印禪師相見者⑭。（旦兒云）理會得。久聞老師父大名,今日得睹尊顔,三生有幸⑭。（正末云）小娘子問訊⑭。（行者云）不消問訊,是學士船上來的。（正末云）學士大人,此女姓甚名誰,誰氏之子?（東坡云）此女乃是白樂天之後,小字牡丹。莫説他姿容窈窕,頗解文墨,衹可惜他落在風塵,没個人來擡舉。（正末唱）

【金盞兒】你道是可惜他落風塵,繫紅裙,端的個十分體態能聰俊。（東坡云）有那等惜花人見了⑭,無不愛他。（正末唱）有那等惜花人見了,怎不消魂?（東坡云）真個是天香出衆,國色超群⑭。（正

（末唱）真個是天仙偏出衆，國色獨超群。可知道教坊爲第一⑪，花内牡丹尊。

（東坡云）牡丹，與那佛印把一杯酒者⑫。（旦兒應科，云）師父滿飲此杯〔一二〕。（正末云）小娘子，貧僧葷酒不用。（旦兒云）那師父葷酒皆不用。（東坡云）吾兄差矣："溪河楊柳邊，不礙小舟行。佛在心頭坐，酒肉穿腸過⑬。"祇管喫，怕怎麽！（正末云）既如此，小生開酒不開葷。（東坡云）不怕他不一椿椿開將來。（旦兒云）師父滿飲此杯。（正末云）貧僧告酒了⑭。（東坡云）吾兄請了。（行者唱舞科，唱）心肝肉，那話兒且休題⑮，喫肉揀肥的。自從娶了你，一頓一升米。你也不想我，我也不想你。（東坡云）行者怎麽説？（行者云）這是我師父和師父娘在禪床上喫酒喫肉，小行者帶歌帶舞，日常規矩。（東坡云）果然有此事，正是出家人活計。（正末云）行者看酒來。小娘子滿飲一杯。（旦兒云）喫不了這些。（行者云）就是小行者替喫罷。（東坡云）牡丹，放下酒者。吾兄，我此來非爲別事。（正末云）却是爲何？（東坡云）專爲吾兄今日是個好日辰，娶了牡丹，與小官同登仕路。佳人捧硯，壯士擎鞭，不强在深山古刹，遁迹埋名？喫的是瓢漏粉，菜饅頭，有何好處？你與我惜芳春，罷經文⑯。（正末唱）

【金盞兒】你教我惜芳春，罷經文，把一生功案都休論⑰。（東坡云）就是小官爲媒。（正末唱）笑你個東坡學士做媒人。（東坡云）我能壞你十座寺，你休阻我一門親。（正末唱）你道是能壞我十座寺，休阻您一門親。我也曾萬花叢裏過⑱，争奈我一葉不沾身。

（東坡云）牡丹，你與那和尚告菩提露去⑲。（旦兒云）是曉得。上告我師：和尚一點菩提露，滴在牡丹兩葉中。（正末云）小僧半點俱無。（旦兒云）那師父説半點俱無。（東坡云）再告去。（旦兒云）上告我師，和尚一點菩提露，滴在牡丹兩葉中。（正末云）貧僧十五年不下禪床，功行非淺，實是半點俱無。（旦兒云）大人，那和尚說十五年不下禪床，功行非淺，實是半點俱無。却不羞殺我牡丹也。（東坡云）吾兄，因你不肯，那牡丹煩惱哩。（正末唱）

【賺煞】你道是不施些雨露恩，倒惹得花枝恨。俺怎肯壞了如來法身⑯！這雪山中不比巫山夢斷魂⑯，那裏有暮雨朝雲⑯？俺既是做僧人，命犯着寡宿孤辰⑯。（東坡云）咳。你個莽和尚⑯，不爭我牡丹成了這親事呵⑯。（正末唱）你教那首座闍黎怎主婚？（東坡云）那裏有女家兒倒肯，男家兒不順？（正末唱）你道是女家兒倒肯，男家兒不順？（東坡云）小官舟中花紅羊酒都準備將來了⑯。（正末唱）學士，你祇索空賠羊酒⑯。（帶云）請恕罪了也。（唱）可兀的拜俺沙門⑯。（同行者下）

（旦兒云）大人，那和尚不肯，可不空帶牡丹走這一遭也？（東坡云）牡丹，你且放心，我明日準備着回席的酒肴，好共歹與你成就了這門親事。那時節安排玳瑁宴⑰，款撒紅牙板⑰；低吟白雪歌⑰，高擎鸚鵡盞⑰；釵嚲玉斜橫，髻偏雲亂挽⑰。務要搬回壯士頭〔一三〕，祇教閃開那禪僧眼⑰。（同下）

【注釋】

① 花間四友東坡夢雜劇　這是吳昌齡雜劇之一。劇情梗概如下：北宋神宗時，大學士蘇東坡因阻諫王安石青苗法等改革措施，被貶爲黃州團練。東坡於赴任路上得一歌妓白牡丹，乃是白樂天之後。欲以之魔障同堂故友、廬山東林寺住持佛印，使之還俗，同登仕路。不料佛印已預知此事。東坡過訪佛印，使白牡丹誘之，而佛印不爲所動。東坡不甘罷休，於次日還席，再使白牡丹誘之。佛印知難以回避，乃令其小行者冒充自身與白牡丹歡會，東坡自惱，沉醉入夢。佛印使法力遣桃柳竹梅花間四友爲東坡醉卧中魔障之。廬山松神得知此事，往玉春堂趕走四友。東坡、白牡丹前往佛印處問禪，佛印說動牡丹削髮爲尼。此時花間四友也來問禪，東坡佯裝不識而又被佛印點破。東坡感悟。蘇東坡：即蘇軾（1306—1101），宋眉州眉山人，字子瞻，嘉祐二年進士。神宗熙寧時王安石行新法，蘇軾上書論其不便，自請出朝爲官。後因有人摘其詩語爲訕謗朝政，被貶爲黃州團練。遂築室東坡，自號東坡居士。哲宗時召還，爲翰林學士，端明殿侍讀學士。後又與司馬光等不合，外知登、杭諸州，貶

惠、瓊二州,赦還後第二年,卒於常州。謚文忠。蘇軾是北宋一代文豪,儒、道、釋無所不好,無所不通,風流豪放,故後世有關他的小説戲劇很多。

② "隱隱"二句　蘇軾文章蘊於胸中如錦綉燦爛,出於筆下飄若龍蛇飛動。

③ "自從"二句　自從"三蘇"降生眉山,此山景象也隨之秀美絶倫了。三蘇:父蘇洵,字明允,號老泉;長子蘇軾;次子蘇轍,字子由,號潁濱遺老。嘉祐間,"三蘇"同往京師,文名大顯,後世合稱"三蘇"。

④ "妹曰子美"二句　蘇軾是否有此小妹不得而知。相傳有妹名蘇小妹,才高貌平,嫁當時名士秦少遊。據史載,蘇洵有三女,二女嫁他人,小女早卒。蘇小妹蓋由第三女虛構而成。秦少遊:名觀,字少遊,北宋後期揚州高郵人,號淮海居士。爲官不甚得意而詞名頗盛,出於蘇軾之門,有《淮海集》等。

⑤ 登第　同"及第"。

⑥ 端明殿大學士　即端明殿侍讀學士。端明殿學士五代後唐即置,位在翰林學士之上。宋仁宗明道二年,改承明殿爲端明殿,復置端明殿學士,位在翰林學士之下。

⑦ 今有王安石在朝當權亂政　指北宋神宗熙寧年間王安石在朝任參政知事,實行新法。王安石(1021—1086),宋撫州臨川(今江西臨川縣)人,字介甫,號半山,慶曆二年進士。仁宗嘉祐時上書主張變法。神宗時得皇帝支持,推行農田、水利、青苗等一系列新法,遭到司馬光等舊黨反對。神宗死後,司馬光入相,盡罷新法。晚年居江寧,閉門不出,元豐中封荆國公。王安石博學,經史詩文皆有成就,卒謚文,有《臨川集》等行世。

⑧ 特舉青苗一事　以青苗法爲主要内容的新法。即當青黄不接之際,官貸錢於民,正月放而夏收,五月放而秋收,納息二分。本名平常錢,又名青苗錢,簡稱"青苗"。

⑨ 移書　移送文書,用於平行官置之間。

⑩ 御花園　皇家園林。

⑪ 太湖石　園林中叠假山之石,因采自太湖而得名。

⑫ 蘇軾　諧音爲"酥石",即不牢固之石。

⑬ 安石　與王安石之"安石"音義皆同。

⑭ 待漏院　舊時百官上下朝聚集之地。漏:古代計時之器。古稱百官於清晨準備上朝爲"待漏"。

⑮ "昨宵"二句　指夜裏有風雨過於園林之中,早晨一看,滿地菊花如鋪金一般黄燦燦的。

⑯ "秋花"二句　謂菊花不像春花落地,故詩人不能隨意吟誦,借以諷刺蘇軾作詩草率。按:吟黄花故事據史正志《菊花叙》,爲王安石與歐陽修之間的事。王詩:

"黃菊飄零滿地金。"歐陽修云:"秋花不比春花落,憑仗詩人仔細看。"荆公(王安石)笑云:"歐九不學故也。不見楚辭云'餐秋菊之落英?'"在此改爲王蘇之間故事,乃據稗史傳説。

⑰ 爲賦一詞　就此事賦詞一首。

⑱ 滿庭芳　詞牌名,有平仄韵二種。平韵名爲〔鎖陽臺滿庭芳〕等,仄韵名爲〔轉調滿庭芳〕。

⑲ 黄州團練　黄州團練使之簡稱。黄州:今屬湖北省黄岡縣。團練:官名。唐置,負責軍事組織和訓練。宋以團練使爲虚銜。

⑳ 惟有黄州菊花獨謝　此爲傳説,實無其事。

㉑ 翻　反而。

㉒ 潯陽驛琵琶亭　在九江長江邊。白居易《琵琶行》一詩寫於此夜送客而遇琵琶歌女,令其彈曲。

㉓ 賀方回　名鑄,字方回,衛州(今河南汲縣附近)人。北宋著名詞人。善寫愁情,因以〔青玉案〕有名句:"試問閑愁有幾許,一川烟草,滿城飛絮,梅子黄時雨。"名"賀梅子"。

㉔ 在此爲守　即在潯陽(今九江市)做官。守:本爲刺史、太守等官的簡稱,在此指爲官。

㉕ 乃是白樂天之後　此係傳説。白居易寫《琵琶記》後,後世即流傳他與琵琶女的愛情故事。元代馬致遠即有雜劇《青衫泪》,寫白與琵琶女裴興奴的愛情。樂天:白居易之字。

㉖ 小字　即小名。

㉗ 風塵　在此指妓院。

㉘ 頂真續麻　宋元時一種遊戲文體。即後句首字用前句末字,連串成文。也稱連珠格。真,也作"針"。

㉙ 拆白道字　以拆字法表意的文字遊戲。如宋黄庭堅《兩同心》詞:"你共人女邊着子,争知我門裏挑心。"即拆"好悶"二字。

㉚ 恢諧嘲謔　指在客人中即興作詼諧逗樂的遊戲。

㉛ 三教九流的説話　即各種人所講的小説,當時稱説話。三教:儒教、道教、佛教。九流:儒、道、陰陽、法、名、墨、縱横、雜、農。後世以三教九流泛指各種人物、各種行當。

㉜ 歇馬　舊稱在京任官者被貶謫外地。

㉝ 同窗故友謝端卿　東坡與謝端卿並非同學,然二人交往密切。謝端卿:饒州(今江西上饒附近)人,名甫,字端卿,法名了緣(一作"元")、佛印。住持潤州(今江西鎮江)金山寺,東坡赴任杭州時曾過訪之。也曾住持廬山開先寺,爲"廬山歸宗"。

見《東坡全集》卷二十三《怪石談》。

㉞ 廬山東林寺　佛寺名，東晋名僧慧遠所建。

㉟ 修行辦道　佛教指出家修煉功行，做慈善之事。

㊱ 禪床　佛教徒坐禪唸經的座位。

㊲ 魔障　佛家語，本指魔王所設障礙。梵語魔羅，義釋爲障，雙舉梵漢即謂魔障。又泛指波折、意外。在此謂以女色迷惑佛印情性，引誘其還俗。

㊳ 難處　在此指難以對付。

㊴“此去”二句　指雖然去路寒冷艱苦，但是心平氣静，不畏飄零，表其曠達之心。

㊵ 無是無非窗下僧　此指佛印。

㊶ 丑　戲曲角色名，俗稱小花臉。

㊷“積水養魚”四句　古戲曲中佛家弟子上場時所唸套語。表示佛家以慈悲爲懷的教義。

㊸ 南無（nāmó）阿彌陀佛　佛教徒與人相見時合掌稽首，表示恭敬或對佛的皈依。阿彌陀佛：佛教中指西方極樂世界中最大的佛。二者相合而唸，表示祈禱或感激神靈。

㊹ 蹅（chǎ）　踩、踏。

㊺ 善哉　佛教徒與人相見時唸誦語，表示慈悲爲懷。

㊻ 饒州樂平　今江西上饒樂平縣。

㊼ 法名　佛教徒入教後起的與佛教教義有關的名字。

㊽ 授傳心印權裝溷（hùn）　讀經悟禪，權且裝糊涂。心印：佛教主張不用文字，直接以心印證，頓悟成佛。溷：混濁。引申爲糊涂。

㊾ 天真　深悟天真之理。語出《莊子·漁父》，“禮者，世俗之所爲也。真者，所以受於天也，自然不可易也。故聖人法天貴真，不拘於俗”。

㊿ 心經　佛經名，《般若波羅蜜多心經》的簡稱。原爲《大般若經》，以心爲名，言其最重要，如同人之有心。

(51) 無喜也無嗔　即不喜不怒，漠視世俗。

(52) 將這一心參透　將一部《心經》徹底研讀。參：佛家用語，在此指玄思冥想，探究真理。

(53) 五派禪分　將五派禪探究得分明。《録鬼簿》（天一閣本）注此劇爲“雲門五派老婆禪”，此五派禪應指潙仰、臨濟、曹洞、雲門、法眼。

(54)“閑伴着”二句　以清風爲友，以明月爲己身，内心空靈超然。

(55) 晨鐘暮鼓、馬足車塵　代指塵世生活，主要指各種物慾。

(56) 伽藍　梵文僧伽藍摩的略稱，意爲“衆園”或“僧院”，即僧衆所居園林。後把佛寺稱爲伽藍堂。在此指護法伽藍神。

(57) 魔障　在此爲名詞，指行魔障之事的蘇、白二人。

(58) 山門　佛寺大門。

(59) 客官　對旅客的尊稱。

(60) 旦　戲脚色名，即旦兒。

(61) 大江　長江。

(62) 閑人　悠閑自在、清净無爲之人。

(63) 山高巇嶮嶮嵯峨　山勢高峻陡峭狀貌。

(64) 石陀　圓石頭。陀：原指碾輪石。

(65) 煙蘿　如煙靄一般的蘿草，或指煙靄。

(66) 仙童采藥　相傳神仙周顛曾在廬山采藥，爲窮人治病。

(67) 仙洞仙童依虎睡　未詳出處，待考。

(68) 老龍窩　當爲元代廬山某洞的名稱。

(69) 峰勢側洞門矬（cuò）　指山峰峭立，洞門差參不齊。

(70) 娑婆　梵語音譯，亦作"索訶""沙訶"，意爲吉祥、息災等。在此似爲"婆娑"之誤，指月光闌珊可愛。

(71) 莫訝朝嵐寒槭槭（sésé）　不要驚怪朝嵐冷氣襲人。朝嵐：山中晨靄。槭槭：風吹樹葉動狀，在此形容寒氣流動狀。

(72) 仙家洞府接天河　謂"寒槭槭"之因乃仙家洞府通着天河。

(73) 大石欄灣　未詳。廬山東林寺邊有大溪注入虎溪，當即大石欄灣。

(74) 經過　道路。

(75) "青黛"二句　指廬山諸峰青翠呈黛色，如千塊黛玉；雲霞妝點，又像萬堆海螺。

(76) 佛子　佛教徒。

(77) 蓬瀛　即蓬萊、瀛州。傳説在渤海上的仙山。

(78) 法座　在此同"禪床"。原指正座，又稱法官、法駕。

(79) 打座　僧道盤腿閉目而坐，使心入定。

(80) 禪語　佛教指能使人静思領悟的話。

(81) "眉山"二句　指眉山蘇軾特來拜謁。"鐵"指鐵礦石，而"石"與"軾"同音，故以"鐵"代"軾"。

(82) 老官　對年長官員的尊稱，在此似有戲謔味。

(83) 主兒　俗施主，又名檀越，佛教對於布施者的敬稱。

(84) "急急"二句　表意爲快上堂來，趁爐火正熱將鐵煉化。暗含二義：一爲熱情招待；二爲暗示魔障蘇軾，使之悔悟。

⑧⑤ 着手　中計。宋元俗語。《水滸傳》第四十三回："又有若干蔬菜也把藥來拌了。恐有不喫肉的,也教他着手。"

⑧⑥ "我鐵重千斤"二句　暗示蘇軾不易受人點化。

⑧⑦ 八金剛　佛教八個護法神,因手執金剛杵得名。

⑧⑧ 罷了　完了。常用作感嘆語。

⑧⑨ 禪師　對僧侶的尊稱。

⑨⑩ 灰堆學士　代指媚於主上的文人學士。宋曾慥《類説》引《荆湖近事》中有"一灰堆"條,稱博士張洎作詩,有"一灰堆"句,爲悦其主。其友蘇易簡以話刺其以"灰堆"詩媚上,洎甚愧服。劇中用此典故似影射東坡慕於功名,媚於主上,反遭縲紲。又"灰堆"當爲"灰罐"之誤。後者爲元劇熟用之典,譏刺落魄寒酸文人。《凍蘇秦》第三折:"又不會做經商,祇不過腕懸着灰罐,手執着筆錐,指萬物走筆成章。"

⑨① 動問　有勞對方過訪。

⑨② 喜君家平步上青雲　恭喜你陞做高官。君家,即君,家爲襯字。平步上青雲,又作平地輕雲,喻地位迅速陞高,多指科舉登第者。

⑨③ 除授　本指陞官,在此指任職。

⑨④ 不枉了玉堂金馬多風韵　不枉了在翰林院做官,神氣得意。此爲祝賀,也爲諷刺。玉堂金馬:宮中殿堂,後人稱翰林院爲玉堂,"金馬"爲漢宮門名稱,指朝廷。二詞合稱翰林院。

⑨⑤ 翰林　即翰林院。宋設,掌管在内朝起草詔旨。此外又在内侍省下設翰林院,總天文、書藝、圖書、醫官四局。在此指不任端明殿學士了。按:蘇軾任端明殿侍讀學士在被貶黄州之後,劇中所述與史實不符。

⑨⑥ 可甚的吳山楚水生勞頓　爲什麼勞駕遠來。吳山楚水:廬山位於吳楚地境,距京都開封很遠,故代指遠道而來。勞頓:勞駕,客氣話。

⑨⑦ "相逢"二句　把佛寺比作世外桃源,蘇軾自比武陵人。謂既進桃花源,須喫肉飲酒而去,否則桃花源洞口的桃花也要嘲笑我。典出陶淵明《桃花源記》。

⑨⑧ "恁道是"二句　即使你講自己清净,那桃花也要嘲笑的,意爲蘇軾所爲不合佛教之義。明月清風:在此指坦蕩清白。

⑨⑨ 山門　在此代指佛寺。

⑩⓪ 刹　梵語刹多羅的省稱,在此指佛寺。

⑩① 伽藍堂　在此當指佛寺中正殿。

⑩② 打供　設供品。

⑩③ "便淋漓污了衣"二句　指把上衣翻過來當作頭巾使用。

⑩④ 俺這裏怕什麼騎驢衝大尹　指不在意衝撞了蘇軾。騎驢衝大尹:相傳唐代詩人賈島於京都長安夜禁以後在大街上騎驢吟詩,吟到"鳥宿池邊樹,僧敲月下門"

二句時,不知"敲"字部位用何字好,乃作推門手勢,以至於着迷,撞上巡夜的京兆尹韓愈尚不知。後韓愈爲之確定用"敲"字比用"推"字好。大尹:此指京兆尹韓愈。

⑩⑤ 賈浪仙　唐代詩人賈島,范陽(今北京附近)人,字浪仙,初爲僧,法名無本。因投韓愈門下,不久返俗,仕途不幸,作詩多寒瘦之意。

⑩⑥ 韓文公　唐代大儒韓愈。登州南陽(今河南南陽)人,字退之,郡望昌黎(今河北昌黎),故世稱韓昌黎。早孤。貞元十八年進士及第,後平淮西有功,由陽山令陞任刑部侍郎。因諫迎佛骨事被貶潮州(今廣東潮州),後任吏部侍郎等。韓愈以文見長,主張復興古文,有《昌黎先生集》行世。卒謚文,世稱韓文公。

⑩⑦ 寅夜　在此指深夜。

⑩⑧ "責人則明"二句　責備、要求他人時清醒,原諒自己時得過且過。

⑩⑨ 持布鼓而過雷門　比喻在高手面前賣弄伎倆。《漢書·王尊傳》:"毋持布鼓過雷門。"注:"雷門,會稽城門也,有大鼓,越擊此鼓,聲聞洛陽。"布鼓,謂以布爲鼓,故無聲。

⑩⑩ 草腹菜腸　喻没有學問,多用於自謙。《降桑椹》第一折:"……老夫疏於學問,草腹菜腸,對着衆位長者,也吟詩一首,萬望勿哂者。"

⑪⑪ 香檀雕盤　猶言香木雕刻而成的盤子散發香味。

⑪⑫ 寒生冰箸　玉筷子潔白,如生寒意。

⑪⑬ 紅妝　代指年輕女子,在此指王安石夫人。

⑪⑭ 膩玉圓槎素頸　潔白的脖頸光澤豐潤,猶如重扎出的新芽,青春焕發。槎:作"槎枒"解,樹木砍後再生的新枝。

⑪⑮ 藕絲嫩新織仙裳　穿着藕絲色的新衣如同仙女。藕絲:淺黄色。温庭筠《菩薩蠻》之二:"藕絲秋色淺,人勝參差剪。"

⑪⑯ 雙歌罷　歌罷一曲。雙歌:填詞格式。謂詞之前後二闋相叠而成者,實即一首詞。宋元時詞皆被音律,於宴上歌女伴樂而唱。

⑪⑰ 虛雲轉月　形容歌之餘韵猶如月亮在淡雲中穿行,悠悠揚揚。

⑪⑱ 春笋　舊曲詞中常以喻女子纖長潔白的手指。

⑪⑲ "親曾見"二句　謂親見此景而賦詞,勝過宋玉憑想象寫《高唐賦》。

⑫⓪ "你那"二句　你那〔滿庭芳〕雖然賦得好,却因此把你蘇東坡斷送得難以擡頭。轅下窘:同"轅下駒",喻觀望畏縮,不敢向前。《史記·魏其武安侯列傳》:"上怒内史曰:'公平生數言魏其(竇嬰)武安(田蚡)長短,今日廷論,局促效轅下駒,吾並斬若屬矣!'"集解:"張晏曰:'俯頭於車轅下,隨母而已。'"

⑫① 樂府　本指漢朝官府音樂機構,以及由此機構收集的民歌民謡。後代也把詞這種文學形式稱爲樂府。

⑫② 抵多少文章可立身　意謂因此一首詞被貶黄州,却勝過多少人苦讀。用以

諷刺蘇軾苦讀登第,却因小詞一首遭貶。

⑫ 看　備辦,料理。《鴛鴦被》第四折:"妹子,你看些茶湯來喫。"

⑭ 香積厨　僧侶厨房的俗稱。

⑮ "拖面"二句　此爲行者打趣的話。

⑯ 有什麽佛做　没什麽善事可做。

⑰ 可憐見　同情。"見"爲詞尾,無義。《董西廂》卷五:"刁鐙得人來成病體,爭如合下休相識,三五日來不湯個水米……兀誰可憐見我這裏?"

⑱ 行止　品行。

⑲ 褊衫　比較狹小的衣服。

⑳ 皂直掇　黑色的僧袍。直掇,又作"直裰",斜領大袖,四周鑲邊的袍子。

㉑ 古門　戲臺上通往後臺的左右門,又叫鬼門道。

㉒ 俗道人家　即尋常百姓人家。"道"爲虚詞。

㉓ 這等　既如此。

㉔ 當日遠公沽酒謁陶潛　東晉時,東林寺慧遠和尚與陶潛友善,陶潛經常偕道士陸静修前往廬山與慧遠相見。遠公(334—416):東晉雁門樓煩(今山西原平市)人,俗姓賈,慧遠是其法名。師事名僧道安,太元九年入廬山,事佛三十餘年。净土宗推尊他爲始祖。

㉕ 佛印燒猪待子瞻　相傳東坡喜食猪肉,曾自做猪肉而食,名"東坡肉"。因此佛印燒猪肉相待。金院本有《佛印燒猪》,元末楊景賢有《佛印燒猪待子瞻》雜劇。

㉖ "蘇軾"二句　此二句與佛印所言二句相對,意爲蘇軾、佛印都不能與古之陶潛、韓愈以及遠公、大顛相比擬。昌黎:韓愈祖籍河北昌黎,其門生敬稱其韓昌黎。大顛(751—824):姓陳(或說姓楊),原名寶通,唐潮陽(今廣東潮陽)人,佛教禪宗南派慧能三傳弟子。貞元五年歸潮陽,創禪院,名靈山,自號大顛和尚。元和十四年,韓愈以諫皇帝迎佛骨被貶爲潮州刺史。結識大顛,常與之往來。長慶四年,大顛卒,年九十三。

㉗ 持戒　佛教指嚴守教戒。

㉘ 拼的個爛醉春風老瓦盆　豁出去喝個爛醉。爛醉春風老瓦盆:指隱士於春風吹和之時喝得爛醉,表其任誕。老瓦盆:指粗陋盛酒器。語出杜甫詩《少年行》二首之一:"莫笑田家老瓦盆,自從盛酒長兒孫。傾銀注玉驚人眼,共醉終同卧竹根。"元散曲中常用杜甫詩意,以老瓦盆喻隱士的酒器。

㉙ 十方檀信　各處的檀越(施主)和佛教的善男信女。

㉚ 油木梳　婦女夾頭插戴的一種梳子,代指妓女。

㉛ 烹龍炰鳳總成虛　再好的佳肴也是虛幻的。烹龍炰鳳:指佳肴。

㉜ 尤雲殢雨作生涯　謂以妓女作生涯。尤雲殢雨:形容男女相愛合歡,在此指

作妓女。

⑭ 柳陌花街第一家　意爲是妓女之首。柳陌花街：舊時妓女居住之地。

⑭ 萬福　舊時婦女見人之禮。

⑭ 夫人縣君　舊時婦女封號。始於西漢王莽新朝，宋政和中改封制，執政以上官員的妻子皆封夫人。縣君封號由晋始。唐制，五品母妻爲縣君，宋元因之。

⑭ 體面　禮貌，禮節。《古雜劇》中關漢卿《温太真玉鏡臺》第一折："孩兒，唤你來無別事，把體面拜哥哥。"

⑭ 三生　佛教謂過去、現在、未來三世。

⑭ 問訊　僧尼見面禮節：先打一恭，將手舉至眉心，再放下。

⑭ 惜花人　指多情的男子。

⑮ 天香出衆，國色超群　指女子姿色出衆。

⑮ 教坊　唐代掌管女樂的官署名，宋元因之。

⑮ 把一杯酒　敬一杯酒。把酒：敬酒的俗稱。

⑮ "溪河"四句　舊時爲僧侣破戒開脱的習語，指信佛在於心誠，不在是否喫酒肉。

⑮ 告酒　飲酒之前與人打招呼的客氣話。

⑮ 那話兒　男女交歡的代稱。

⑮ 惜芳春罷經文　指愛惜青春才華，早點還俗登仕路。

⑮ 功案　指修行辦道。

⑮ 萬花叢　喻女子中間。

⑮ 告菩提露　請求與佛印交歡。菩提露：菩提樹之露，在此代僧侣精液。菩提樹：樹名，又名摩訶菩提。相傳釋伽牟尼在此樹下得正菩提果而成佛。在此以菩提代指佛印。

⑯ 如來法身　佛教指佛的真身爲法身。

⑯ 這雪山中不比巫山夢斷魂　言修行之地不是交歡之所。雪山中：指如來在雪山修行事。巫山夢斷魂：指男女交歡。

⑯ 暮雨朝雲　指男女歡會。

⑯ 命犯着寡宿孤辰　命裏注定終身不娶。孤宿寡辰：本指天上的孤單星辰，在此比喻獨身。

⑯ 莽和尚　不曉事理的和尚。

⑯ 不争　如果，若是。《東窗記》第二折："不争你走透消息，泄漏風聲，誤了前程。"

⑯ 首座闍(zhé)黎　佛寺最高首領。首座：佛寺上座，位在寺主、維那之上。闍黎：梵話。僧徒之師，義爲軌範師。

來,端卿請飲一杯。(正末回酒科,云)學士請。(東坡云)
,咱閒口論閒事。想你在山間林下,隱迹埋名,幾時是了?
如留了髮,同登仕路,共舉皇朝,可不好那。(正末云)學
各有所見,難以強同。(唱)

【尾】㉓我貧僧呵半生養拙無人識㉔,你一舉成名天下知。這的
清閒各滋味。(東坡云)你這出家的怎生?(正末唱)俺躲
。(東坡云)俺為官的怎生?(正末唱)你請皇家富貴㉕。
便好,則為一首〔滿庭芳〕,貶上黃州,也怪不着㉖。(唱)兀
調清高落來得㉗。

(東坡云)這秃厮㉘,倒着言語譏諷咱。哎,俺這為官的,喫
,飲御酒;你那出家的,祇在深山古刹,食酸餡,捱淡齏㉙,有
好處!(正末唱)

【牛關】雖然是食酸餡,捱淡齏,淡祇淡淡中有味。想足下縱
分,到今日送得你前程萬里㉚。(東坡云)舌為安國劍,詩作
(正末唱)早難道舌為安國劍,詩作上天梯㉜。你受了青
㉝,可憐送得你黃州三不歸㉞。

(云)行者,看酒來。大人滿飲一杯。貧僧告睡去也。(東
)禪師請穩便㉟。(旦兒云)那和尚着了忙哩㊱。(正末離席
云)我出的這方丈門來。(唱)

【玉郎】則被這東坡學士相調戲,可着我滿寺裏告他誰?我如
性在廬山內,怎生瞞過了子瞻,賺上了牡丹㊲,却教誰人

【皇恩】你行者休違拗,我須索把你來央及。(做跪科)(行者
祇當搶了臉也㊳。(正末唱)我其實被東坡閒魔障厮禁持㊴。
我要赴白蓮會去哩㊵。(正末唱)你待赴白蓮會裏,先和那
㊶。(行者云)老人家没正經,不要我學好,教我偷雞喫㊷,
怎麽了?(正末唱)却待説又教我怎生提?

(行者云)師父,我看你欲言不言的意思,要我怎的?常言

道：喫烏飯，屙黑屎，我祇是依着你便了。（正末唱）

【采花歌】你若是肯依隨不羞恥，我比你先爭十載上天墀[43]。（云）行者，將耳過來。（做耳囑科，唱）你和他同枕共眠成連理[44]。早是得些滋味，休要痴迷。（下）

（東坡云）牡丹，謝端卿往方丈去了[45]。便趕進方丈去，與他雲雨和諧了時，你就唱〔雨淋鈴〕："今宵酒醒何處，楊柳岸曉風殘月[46]。"我就來拿住他，不怕他不隨我還俗去也。（旦兒趕進科，云）師父，好共歹與牡丹成就這親罷。（行者云）成不得，成不得，貧僧整整一五年不下禪床，菩提露半點俱無。（做歡會科）（旦兒唱）〔雨淋鈴〕："今宵酒醒何處，楊柳岸曉風殘月。"（東坡云）好個端卿！與牡丹雲雨和諧了。令人點個燈來，推開方丈，拿住那佛印了也。（正末上，云）被我瞞過了子瞻也。（牡丹上，云）却不羞殺我牡丹也。（下）（行者云）好不快活殺行者也。（下）（東坡云）嗨！吾兄是何道理？你不肯也罷，如何將行者污我牡丹？你玲瓏剔透今何在，俊俏聰明莫謾誇[47]。嫩蕊嬌枝關不住，被狂風吹碎牡丹芽[48]。吾兄收拾酒筵，吾已醉矣。（正末唱）

【賀新郎】東坡學士解禪機[49]，我怎肯損壞了菩提[50]？恰才是脫身之計，他那廝向絨毛氊裏撲綿被，盡强如俺入龍華會。兀的不辱没殺釋伽的這牟尼[51]。不爭那牡丹來赴約[52]，和尚來偷期，東坡倒覺的有些不伶俐[53]。一個兒待惜花春起早，一個兒待愛月夜眠遲[54]。

（東坡做睡科）（正末云）大人再飲幾杯。呀，他睡着了，着他大睡一覺。花間四友安在？（旦兒扮四友上[55]，云）妹子每走動。師父呼喚俺姊妹四人，有何分付？（正末唱）

【哭皇天】[56]我喚你無別意，您四人各做準備：梅也你輕謳着白雪歌[57]，柳也你與我滿捧着紫金杯[58]，桃也你和他共枕同眠[59]，竹也你如魚似水[60]。我這裏做方做便，陪酒陪歌。東坡比那〔滿庭芳〕，〔清庭芳〕可便省些閑淘氣[61]，倚仗着神力鬼力[62]，祇除是天知地知[63]。

【烏夜啼】這是戒和尚念彼觀音蜜[64]，自今宵即便與你回席。您多謝佳篇,請學士大人滿飲此杯。(東坡飲科,云)如今該是夭桃了。溶溶粉汗濕香腮,舞盡春風臉上來⑧。祇因一點胭脂氣,惹得劉郎着意栽⑨。(桃奉酒科,云)多謝佳篇,請學士大人滿飲此杯。(東坡飲科,云)如今該是嫩柳了。腰肢裊裊弄輕柔,舞盡春風卒未休⑩。流水畫橋青眼在,爲誰斷腸爲誰愁⑪。(柳奉酒科,云)多謝佳篇,請學士大人滿飲此杯。(東坡云)我喫我喫。(四友云)俺姊妹們四個共求大人一詩。(東坡云)有有有。堪愛樽前四艷妝,清陰護月暗紗窗。桃也魂依玉洞花千片⑫,竹也腸斷湘江泪幾行⑬。梅也大庚嶺頭耽寂寞⑭,柳也霸陵橋外弄輕狂。何緣此夕同歡會?小官拼得開懷醉一場。(四友云)好高才也,我姊妹們舞者,唱者,勸學士大人喫個盡醉方歸。(東坡云)我喫我喫,兀的不快活殺我也。(同下)

【注釋】

① 早是　幸而。《裴度還帶》第三折:"(廟倒科)(旦兒云)呀,倒了這山神廟也。(夫人云)早是秀才不在裏面。"

② 了當　妥當、合適。《盆兒鬼》第一折:"那廝殺了也。留這死屍在家裏,也不了當,不如拖他到窑裏燒了罷。"

③ 見得　顯得。

④ 方丈　佛寺中長老及住持說法之處。據後文東坡"却早來到山門"句,方丈在此指山門。

⑤ "身雖"二句　指雖身居中華,却頗能領悟佛經精義。東土:古代泛指隴西以東地區。在此與西來之佛的印度相對,指中華大地。

⑥ "曾傳"三句　意謂佛法由佛相傳,能有幾人通曉。一盞燈:喻佛法經義。佛家以爲燈能指明破暗。參透禪機,徹底領悟佛法機要精深處。

⑦ 甚道理　爲了什麼,不值得。

⑧ 一迷裏歪纏　一個勁地纏攪。一迷裏:也作"一迷的",一味,單純。《西廂記》第三本第二折:"小孩兒家口沒遮攔,一迷的將言語摧殘。"歪纏:胡攪亂纏。

⑨ "本待"二句　意爲本來要苦苦修行以達西方極樂世界,故不能因東坡魔障之法壞了計劃。西方:西方極樂世界的省稱,佛教指阿彌陀佛所居世界。《阿彌陀經》:"從是西方……過十萬億佛土,有世界名曰極樂……其國衆生,無有衆苦,但受

㉗"兀的"句　這個也是因才調清高落下如此結果。兀的：這，這個。
㉘禿廝　罵和尚的話。廝：猶言"家伙"。
㉙捱淡虀(jī)　忍受着喫粗茶淡飯的清苦。虀，調味佐料，引申爲調味的細碎鹹菜。
㉚到今日送得你前程萬里　譏刺東坡被貶到遥遠的黄州。
㉛舌爲安國劍，詩作上天梯　指舊時儒士以詩文中舉，在朝中做官、安邦定國。
㉜早難道　豈不聞。《遇上皇》第一折："一個更醉模糊，早難道滿身花影倩人扶。"
㉝青燈十年苦　舊指書生爲科舉而長期苦讀。青燈：指油燈。油燈之燈光青熒，故稱爲青燈。
㉞三不歸　喻流落他鄉不得歸，也引申爲没有下梢，無着落。按：敦煌曲《長相思》之三《作客在江西》末句分别作"此是富不歸""此是貧不歸""此是死不歸"，當爲"三不歸"之本。
㉟穩便　客套語，猶請便。
㊱那和尚着了忙哩　指佛印已爲色欲所迷，急於和白牡丹交歡。
㊲賺上了牡丹　指用計使牡丹皈依佛教，遁入空門。
㊳師父祇當搶了臉也　謂師父當心跪倒碰着臉，引申爲不要失了體面。
㊴我其實被東坡閑魔障廝禁持　指佛印被東坡無故纏擾。其實：實在，委實。《李逵負荆》第二折："這椿事分明甚暗昧，生割舍痛悲凄，他其實怨你。"閑：無端，無聊。廝：相與。禁持：糾纏。《殺狗勸夫》第二折："怎不尋那兩個無徒説話，祇管把你兄弟禁持。"
㊵白蓮會　舊時廬山行香拜佛的群衆集會，農曆初一至初七舉行。
㊶先和那紅粉偷期　先和白牡丹偷偷交歡。紅粉：古代稱婦女化妝用的胭脂和白粉，又代指美女。在此指白牡丹。偷期：男女私約幽會。宋柳永〔集賢賓〕詞："縱然偷期暗會，長是匆匆。"在此指男女交歡。
㊷偷鷄喫　"偷鷄盜狗"的變化説法，喻男女幹見不得人之事。《水滸傳》第二十六回："每日却自和西門慶在樓上任意取樂，却不比先前在王婆房裏，祇是偷鷄盜狗之歡。"
㊸我比你先争十載上天遲　即許諾佛印自己比行者晚十載昇天。
㊹成連理　喻結成夫妻永不分離。
㊺方丈　在此又指佛印居室。
㊻"雨淋鈴"句　出自宋柳永〔雨淋鈴〕詞。寫流落江湖，與情人相别的感受。
㊼"你玲瓏剔透"二句　指東坡莫夸聰明，今天也被我佛印所算了。玲瓏剔透：本指器物精巧，在此指人的精明。

(48)“嫩蕊”二句　以狂風吹折剛開的牡丹，喻白牡丹被行者占有了一次。

(49) 東坡學士解禪機　意爲東坡明瞭佛法，故設計魔障佛印。禪機：在此指佛法佛戒。

(50) 菩提　此指精液。又代指真身，佛教稱壞此真身即不得超度西天。

(51)“他那廝”三句　大意爲：盡管東坡熱情極高，要我娶妻做官，即使强如修行，又豈不辱没了佛祖。那廝：在此指東坡。向絨毛氊裏撲綿被：指熱上加熱，喻東坡熱情地以女色、高官引誘佛印還俗。盡：盡管、即使。龍華會：又稱“龍華”，廟會名。荆楚一帶於每年農曆四月初八釋迦牟尼誕辰舉行浴禮，即以香湯灌佛像，稱爲浴佛，其時，沿路設席，招引就席圍觀者，稱之爲龍華會；又以爲彌勒佛下生之徵兆。在此代指入寺修行。兀的不：豈不。

(52) 不争　衹因。《漢宫秋》第四折：“（雁叫科）不争你打盤旋，這搭裏同聲相應，可不差訛了四時節令。”

(53) 不伶俐　指男女間曖昧關係。

(54)“一個兒”二句　指東坡急於給白牡丹説媒，白牡丹也急於嫁給佛印。惜花春：愛惜女子。愛月夜：指女戀男。

(55) 旦兒扮四友上　在此當爲旦兒一個脚色扮四友演出。

(56) 哭皇天　〔南吕〕宫曲牌名，又名〔玄鶴鳴〕。

(57) 白雪歌　詳見第一折注(172)。

(58) 紫金杯　金銅合製的酒杯，在此爲酒杯的美稱。

(59)“桃也”句　古代以桃花仙女喻女色誘人，故於此處安排桃花與東坡同床共枕。

(60)“竹也”句　相傳舜帝有二妃爲娥皇、女英，聞舜崩於蒼梧，追之不及，相與慟哭，泪下沾竹，遂成斑竹。又稱舜之妃名湘夫人，舜崩，揮泪沾竹，遂成斑竹。在此以斑竹代湘妃。

(61)“東坡”句　猶言東坡在此與四友歡會比當初寫〔滿庭芳〕詞被貶空惹煩惱强得多。閑淘氣：惹煩惱。《倩女離魂》第三折：“不是我閑淘氣，便死呵死而無怨，待悔呵悔之何及！”

(62) 神力鬼力　爲差使遣用的神鬼兵卒。

(63) 衹除是天知地知　指誰也不知道此事。

(64) 觀音蜜　當指佛經名。

(65) 隋堤　一説爲通濟渠堤，一説爲運河堤，皆隋煬帝時開鑿，故名隋堤。相傳隋煬帝爲順運河乘龍舟南遊杭州，命百姓獻柳栽於堤旁以遮陽護堤，並賜姓楊，名楊柳。

(66)“竹也”句　謂竹應速去魔障東坡，休戀湘妃。

(67) 梅也你兩個羅浮山下會佳期　舊題唐柳宗元《龍城録》載:“隋開皇中,趙師雄遷羅浮,日暮,於松林酒肆旁見一美人,淡裝素服出迎,與語,芳香襲人,因與酒家共飲。師雄醉寢,醒後乃知在梅花樹下,樹上有翠羽啾嘈相顧,月落參横,惟惆悵而已。”後因以羅浮喻梅花,也作“羅浮魂”。羅浮山,在廣東境内,相傳羅山西有浮山,爲蓬萊一阜,浮海而至,與羅山相並,故稱羅浮。

(68) “桃也”句　佛印以武陵人自喻,曾於桃源洞口之溪畔與桃花相識。武陵桃花詳見陶潛《桃花源記》。

(69) “柳也”三句　即要把各種奉迎的手段都拿出來與東坡作陪。迎過客送行人:指隋堤之柳每日送迎運河過往行人。開青眼,展黛眉,伴陶潛:指柳樹與陶潛相伴格外殷勤。陶潛有《五柳先生傳》,稱宅前有五棵柳樹,因號五柳先生。開青眼:指晋初阮籍善爲青白眼,見禮俗之士,白眼視之,表厭惡;見名士稽康挾酒而來,喜而以青眼視之。後即以開青眼喻對人有感,予以重視。展黛眉:即展楊柳眉,也喻對人有好感。並以柳眉爲女子的代稱。見識:計謀、手段。《百花亭》第二折:“俺小人有便有個見識,衹怕你做不得。”

(70) “竹也”三句　指竹要拿出渾身解數陪東坡。鳳尾:即鳳尾竹,高二三尺,供觀賞,下邊枝葉稀少,梢頭繁茂,摇摇如鳳尾。敲翠節弄清音:指用竹板制成的打擊樂器敲打出各種音響以娱人興味。引王猷的興味:引起王猷訪戴之興。此句重在興味,王猷訪戴出於興,返回在於興盡。

(71) “桃也”三句　指要桃花拿出賺劉晨、阮肇入洞的本領與東坡歡會。烘晓日:在朝日中桃花映紅。渲朝霞:指桃花在朝霞中泛紅。飄紅雨:桃花飄落,如下紅雨。笑東風:桃花盛開,含笑於春風之中。賺劉晨的旖旎:賺劉晨入洞的嬌柔美態。

(72) “梅也”三句　要梅花拿出纏繞何郎的嫵媚與東坡相會。冰魂索魄:本指月神嫦娥,也借指雪中梅花。陸游詩:“廣寒宫裏長生藥,醫得冰魂雪魄回。”(《北坡梅……忽放一枝戲作》)膩何郎的嫵媚:纏繞何郎的嫵媚姿態。何郎:指三國曹魏宛人何晏,面白如玉,喜修飾,人稱“傅粉何郎”。

(73) 不許你撲剌剌驚破他一枕晨鷄　不準驚醒東坡。撲剌剌:在此指鷄飛時拍翅之聲。也作“不剌剌”,狀鳥飛馬跑之聲。《單刀會》第一折:“便有百萬軍,當不住他不剌剌千里追風騎。”晨鷄:本指叫鳴之公鷄。在此代指沉睡。

(74) 南柯夢兒　代指夢。唐李公佐傳奇《南柯夢記》,述儒生淳于棼夢入槐安國,娶公主,做太守。後兵敗,妻死,主忌,被遣歸。夢醒,於庭前槐樹下得二蟻穴,乃悟此即夢中槐安國都及南柯郡,终知富貴終爲虚幻。後經常以南柯夢代指睡夢,或喻富貴無常。

(75) 休推睡裏夢裏　休要推托在睡夢之中,實爲四友唤東坡之魂,給他托夢。

(76) 打　從。

⑦ 專房　指專寵的妻妾或女子。

⑦ 夭桃　指盛開的桃花。《詩·周南·桃夭》："桃之夭夭,灼灼其華。"在此指艷麗的桃花仙。

⑦ 介　戲曲術語。宋元南戲和明清傳奇關於演員動作表情效果的舞臺提示。如"坐介""笑介"等,同元雜劇的"科"。在此用"介",乃爲明人演出時竄入所致。

⑧ 月兒高　南戲曲牌名。此曲爲明人唐伯虎所作,載於《雍熙樂府》十五册三十二頁,名《題情》。原曲與本劇所引有如下不同。欲跨:原作"欲止";泪珠兒點鮫綃透:原作"回言末了,佳人奇偶"。去之:原作"我";美酒解消愁:原作"酒"。"祇怕酒醉還醒"二句,原作:"我祇怕酒醉還醒,愁懷還依舊。"此曲顯係明人演出時竄入的。

⑧ 謾折長亭柳　猶言相別贈物。典出南朝陸凱折柳送友故事。謾:又作"漫",隨意也。

⑧ 鮫綃　手帕。相傳爲鮫人所織而名。

⑧ 陽關　曲牌名。又名〔陽關三疊〕〔渭城曲〕。唐代王維《送元二使安西》:"渭城朝雨浥輕塵,客舍青青柳色新。勸君更進一杯酒,西出陽關無故人。"陽關:在今甘肅省敦煌西南,以居玉門關之西而名,是我國古代通往西域的要塞。

⑧ 玉骨冰肌　形容梅花傲寒鬥艷,在此又形容女子肌膚瑩潔光潤。蘇軾《東坡詞·洞仙歌》:"冰肌玉骨,自清涼無汗。"

⑧ 冷眼　在此指斜着眼悄悄看。

⑧ 亭亭高節肯低回　意爲高風亮節,哪裏肯低頭!

⑧ "淑人"二句　指美人合配真正的君子,正像湘妃爲舜帝灑泪於斑竹一樣。

⑧ "溶溶"二句　指桃花仙於春風中翩翩起舞,滿臉粉紅,以花開之盛形容女子青春旺盛。

⑧ "祇因"二句　祇因其美,使劉郎着意相愛,指桃花仙與劉晨之事。劉郎又借唐代劉禹錫詩《贈看花諸君子》。

⑨ 卒未休　不肯罷休。

⑨ "流水"二句　指霸陵橋,流水及青眼尚在,不知柳樹在春風中舞動爲誰而愁? 古代人們出行,習慣在長安城霸陵橋折柳送別,以志紀念。李白〔憶秦娥〕詞:"年年柳色,霸陵傷別。"青眼:指柳葉初出,狀如人眼。

⑨ "桃也"句　指桃花在桃源洞前盛開,喻桃仙之美。

⑨ "竹也"句　指湘妃爲舜君掉泪,以致傷心而死。

⑨ "梅也"句　指梅在大庾嶺寂寞孤守,愁懷難遣。

【校記】

〔一〕正末引行者上云　臧本原作"正末云"三字。而下文行者已上場,可知同正末上,故增"引行者"三字。

〔二〕早是貧僧 "早"字原作"蚤",爲"早"的音假,故改之爲"早"。下同處不復校出。

〔三〕也祇是肉眼凡眉(下) 臧本原無"下"字,據文意增之。

〔四〕東坡引旦兒同上云 臧本原無"上"字,但前文有"正末下"及"旦兒趕進科云"的舞臺提示,後文又有旦兒"下"的提示,故此處應增一"上"字。

〔五〕灑泪成斑却爲誰 "斑"字臧本原作"班",爲"斑"的音假,改之爲"斑"。

第三折

(正末扮松神持笏上①,云)吾乃廬山松神是也。今有佛印禪師密遣花間四友,前去玉春堂魔障東坡學士②。恐上帝知道③,必然責罪小聖。須索追趕那四個鬼頭去也呵④。(唱)

【正宮·端正好】晚風輕,霜華重⑤。雲淡晚風輕,露冷霜華重。轉瑶階月色朦朧⑥,你看那花間四友相搬弄⑦,鬥起他那春心動。

【滾綉球】俺這裏布蒼苔攀怪松,靠湖山凌翠峰,正和那玉春堂相共。俺祇索悄冥冥躡足潛踪,上階基,近窗孔,見四個小鬼頭將端明來簇捧⑧。竹梅呵滿泛着金鍾,那一個舞低楊柳樓心月,那一個歌罷桃花扇底風⑨,飲興方濃。

(松神做掀簾科)(唱)

【叫聲】⑩俺這裏排亮槅揭簾櫳⑪,赤律律起一陣劣風⑫。不由人不悚然驚凛然恐,險些吹滅銀臺上燭花紅。

(東坡擁四友上,云)四位小娘子,起大風了。(四友做怕科,云)學士大人,風起神道來也⑬。(東坡云)這等,小娘子躲着。(松神云)學士,快喚出那花間四友來。(東坡云)沒有什麽花間四友。(松神云)學士,你既讀孔聖之書,必達周公之禮⑭。因何在此做這般勾當?(東坡云)祇小官在此飲酒,有何妨礙!(松神唱)

【上小樓】您了悟那色空⑮,且與吾師是昆仲⑯。你伴着那嫩柳、夭桃、翠竹、紅梅,暗約私通。(東坡云)小官止一人在此,並無別的陪伴。(松神唱)這的是你自去自來,相隨相從。(帶云)那花間四友呵。(唱)比不得出紅妝主人情重⑰。

(東坡云)這是小官做的〔滿庭芳〕,原來神也知道。(松神云)學士,那花間四友快放他出來。(東坡云)委實沒有。(松神笏擊桌科)(唱)

【幺篇】小聖呵可便眼又不矇,耳又不聾。(東坡云)四位小娘子躲着。(松神唱)你那裏挨挨拶拶⑱,閃閃藏藏,無影無踪。恰才俺下虛空,顯神通,起一陣風颷微送。(云)祇喚出那紅梅來。(東坡云)沒有什麼紅梅。(松神云)你道是沒有紅梅?(唱)這其間見疏影橫暗香浮動⑲。

(松神再擊桌搜尋科,云)小鬼頭躲在那裏?一個個都與我喚將出來。(四友出科)(東坡云)上聖,留一個與小官奉酒者。(松神唱)

【滿庭芳】我看你個東坡受用,是處裏嬌歌妙舞,酒釅花濃。見疏梅一點芳心動,早則怕漏泄了天工⑳,傍修竹佩響叮冬㉑,映垂楊絲颺丰茸㉒。說甚麼桃源洞,祇落的胭脂泪湧,再不能夠依舊笑春風㉓〔一〕。

(松神做趕四友科)(東坡云)上聖,念小官獨自在此飲酒無聊,可留一個小娘子,等他陪奉咱。(松神唱)

【十二月】你這裏齊臻臻前遮後擁㉔,美甘甘笑口歡客,祇待要靜巉巉幕天席地㉕,笑吟吟倚翠偎紅㉖。怎知道被禪師神挑鬼弄,做一場捕風拿影!

【堯民歌】好笑你端明學士忒朦朧㉗,全不想酒闌人散夜將終㉘。怎還許花間四友得從容㉙!東坡也不許埋怨我大夫松㉚,這的是禪宗㉛,禪宗,都歸一個空㉜,祇有那伊蒲供㉝。(松神趕四友下)

(東坡云)這四位小娘子,怎生割捨的小官就去了。(做伏桌睡科)(松神云)學士,學士。(唱)

【耍孩兒】想東坡曾受金蓮寵㉟,直恁般痴呆懵懂㊱。則去那樹頭樹底覓殘紅㊲,恨不的添一對照道紗籠。今宵剩把銀釭照〔二〕,猶恐相逢是夢中㊳。這聰明成何用？本待要醉魔佛印,倒做了寤寐周公㊴。

【煞尾】聽着這疏剌剌枕畔風㊵,響當當樓上鐘,被誰人驚回一霎遊仙夢㊶。我笑你個殢酒色的東坡㊷,直睡到紅日三竿怎時節懂㊸。(下)

(行者上,云)兩廊下僧院鐘樓經閣㊹,但有那銅頭鐵額,釘嘴木舌,不能了達者,都到法座上問禪㊺。(再叫科,下)(東坡做驚醒科,云)四位小娘子,滿飲一杯。呀,原來是南柯一夢㊻,小官欲待回舟中去,恐怕他謝端卿勘破㊼。且領着白牡丹到法座上問禪,那裏走一遭去來。(下)

【注釋】

① 笏　古代上朝時朝臣所執手板,有奏請事則書於其上,以免遺忘。在此應指令牌。

② 玉春堂　不名出處,當指宋元時男女幽會之所。

③ 上帝　天帝。

④ 鬼頭　當為"小鬼頭"之省略,對女子的昵稱。

⑤ 霜華　即霜花。

⑥ 轉瑤階　指月亮轉動。瑤階:玉階,在此代月宮,又引申為月亮。

⑦ 搬弄　撥弄是非。在此指戲弄東坡。《介子推》第二折:"搬弄得個親夫主出乖弄醜。"

⑧ 端明　代指蘇軾,曾任端明殿大學士。

⑨ "那一個"二句　指四友盡情為東坡歌舞。"舞低楊柳樓心月"和"歌罷桃花扇底風":出自北宋詞人晏幾道詞〔鷓鴣天〕,寫男女離別重逢的甘苦。

⑩ 叫聲　〔中呂〕宮曲牌名,在此套曲中,自〔叫聲〕以下諸曲牌(除〔幺篇〕〔煞尾〕)均借自〔中呂〕宮。

⑪ 排亮槅(gé)揭簾櫳　打開窗戶,撩起簾子。亮槅:透着燈光的窗格。簾櫳:在此指簾子。

⑫ 赤律律起一陣劣風　猛然起一陣惡風。赤律律:風吹動物體飄動狀。又作

"赤力力"。《鴛鴦被》第二折:"原來是咭當當畫檐前敲鐵馬,原來是赤力力草堂中風吹畫。"

⑬ 神道　本指神的塑像,在此指松神。

⑭ "你既讀孔聖之書"二句　讀了孔聖之書,即應懂禮貌。

⑮ 您了悟那色空　東坡明悟色即是空的道理。色空:"色即是空"的省語。佛教指色爲有形萬物,而萬物爲因緣所生,本非實有。在此又指女色之戀終成空。

⑯ 昆仲　對兄弟排屬的敬稱。昆爲兄,仲次。在此指蘇謝曾是同堂故友。

⑰ 比不得出紅妝主人情重　意爲佛印以遣四友比王安石出紅妝宴群僚,沒那麼情重,意指王安石另有圖謀。

⑱ 挨挨拶拶(zāzā)　挨近,擠逼,在此指四友纏繞東坡。《留鞋記》第三折:"這綉鞋兒祇爲人挨匝,知他失落誰家?"

⑲ 疏影橫暗香浮動　指松神能以梅香斷定四友在何處。北宋林逋《山園小梅》:"疏影橫斜水清淺,暗香浮動月黃昏。"

⑳ 早則怕漏泄了天工　恐怕四友已被東坡玩弄。天工:造物之天公,或指天公造物的機巧、成果。在此謂四友乃天公所造,精美無比。

㉑ 傍修竹佩響叮冬　謂東坡與修竹親近。傍:依傍,親近。佩響叮冬:珮玉發出的響聲,喻東坡與修竹歡會泄露消息。

㉒ 映垂楊絲颺丰茸　指東坡與垂柳歡會,柳絮飛揚,表示輕薄、承歡之狀。映:同"影",喻東坡與柳仙相伴如影。楊:即柳。柳又名楊柳,隋煬帝命運河之柳姓楊。絲颺丰茸:指柳絮飛揚卷成團團茸茸之絮,喻柳之輕薄。

㉓ "説甚麼"三句　謂桃花與凡人東坡相交,雖泪流滿面,却再也不能在桃花洞前含笑春風了。桃源洞:指陶潛《桃花源記》中的桃源洞。

㉔ 齊臻臻　整齊貌。《伊尹耕莘》第三折:"道是齊臻臻擺開陣勢,明晃晃列着劍戟。"在此指四友對東坡前呼後擁之狀。

㉕ 静巍巍幕天席地　指以天爲被,以地爲鋪,静悄悄與四友相會。静巍巍:静穆而高峻貌。

㉖ 倚翠偎紅　此指與四友厮混。五代南唐後主李煜微行娼家,自題爲"淺斟低唱、偎紅倚翠大師,鴛鴦寺主。"

㉗ 忒朦朧　太糊涂。

㉘ 酒闌人散夜將終　席散人去,夜將盡。喻人生如白馬過隙,淹忽而去,要東坡莫戀酒色。

㉙ 從容　盤旋,消閒遊樂。歐陽修〔浪淘沙〕詞:"把酒祝東風,且共從容。"

㉚ 大夫松　即松神。《史記·秦始皇本紀》載,始皇東行至泰山,風雨暴至,息

於五棵松樹下,因封其樹爲五大夫松。

㉛ 禪宗　佛教派別。相傳如來佛以心印囑迦葉爲禪宗之祖,經二十八世傳至達摩。達摩到中國,爲東土初祖。後以衣鉢相傳,五祖弘忍之下有慧能、神秀,分爲南、北宗。南宗直接人心,見性成佛,不立文字,號爲頓門,又名心宗。北宗主張漸悟,號爲漸門,數傳後不振。

㉜ 都歸一個空　禪宗都歸結爲空。即歸爲佛教所謂超乎色相現實的境界。

㉝ 祇有那伊蒲供　祇有佛教徒在此打供。意爲其他都是虛幻的。伊蒲:梵語"伊蒲塞"的簡稱,指不出家的男性佛教徒。

㉞ 耍孩兒　〔中吕〕宫曲牌名,又名〔魔合羅〕。

㉟ 想東坡曾受金蓮寵　指東坡曾受皇帝賜金蓮燭的恩寵。《宋史·蘇軾傳》:"(神宗)召入對便殿……已而命坐賜茶,撤御前金蓮燭送歸院。"按:宋代皇帝以金蓮燭送院者凡六人。在此指蘇軾曾受皇帝殊恩,想來極聰明。

㊱ 直恁般痴呆懵懂　竟那樣痴呆糊塗。指中了佛印的圈套。

㊲ 則去那樹頭樹底覓殘紅　祇去那樹上樹下尋覓殘花剩紅。據劇中所述,四友都有風流韵事,故喻爲殘紅。

㊳ "今宵"二句　指東坡與四友熱烈歡會,猶如久別重逢。出自晏幾道〔鷓鴣天〕詞。

㊴ 倒做了寤寐周公　反而做了一場美夢。寤寐周公:代指夢。

㊵ 疏刺刺枕畔風　指東坡在夢中,被松神之風驚醒。疏刺刺:形容風雨聲。《殺狗勸夫》第二折:"疏刺刺寒風起遍長空,六出花飛。"

㊶ 遊仙夢　指魂離塵世,到仙境一遊。舊多代指幻想作仙,在此指東坡夢中歡會四友。

㊷ 殢　滯留、留戀。

㊸ "直睡到"句　直睡到太陽高昇時,方才從夢中醒來,明白原委。

㊹ 兩廊下　指正殿外東西兩廊。

㊺ "但有那"四句　凡是那些對世事人生有所不明白的人,都來向禪師請教。銅頭鐵額,釘嘴木石:指頭腦嘴舌俱不靈便,代指想不通,説不出。問禪:佛教指住持陞座説法時,俗人出面與住持問答。

㊻ 南柯一夢　即夢。

㊼ 勘破　指察覺東坡與四友廝混之事。

【校記】

〔一〕再不能夠依舊笑春風　"夠",臧本原作"勾",爲"夠"的通假字,故改之爲"够"。

〔二〕今宵剩把銀釭照 "釭"字,底本作"缸",同"釭",改之爲"釭"。

第四折

（正末引徒衆華幡法器上①,云）行者,將香盒過來。（行者云）香盒在此。（正末云）南無阿彌陀佛。此一炷香願吾王萬壽②,臣宰千秋③。此一炷香願黎民樂業,五穀豐登。此一炷香愿法輪常轉,佛日增輝④。（唱）

【雙調·新水令】爇龍涎一炷透穹蒼⑤,祝吾王壽元無量⑥。八方無士馬,四海罷刀槍,國泰民康,願甘雨及時降。

（云）行者,你去兩廊下,僧院經閣鐘樓叫者:但有那銅頭鐵額,鐵嘴木舌,不能了達者,都來法座上問禪。（行者云）理會的。（做叫科）（東坡領牡丹上,云）牡丹,謝端卿在法座上問禪,我去問倒了他,你就過來。（旦兒云）是,曉得。（東坡云）上告我師和尚,蘇軾特來問禪。（正末云）速道。（東坡云）佛印從來快開劈,蘇軾特來閑料嘴⑦。（正末云）葛藤接斷老婆禪,打破沙鍋問到底⑧。（東坡云）可被他説倒了。牡丹,你過去問禪。（旦兒云）上告我師和尚,牡丹特來問禪。（正末云）速道。（旦兒云）我白牡丹因何到此?慕風流特來嫁爾。（正末云）你本不是妓館猱兒⑨,堪做俺佛門弟子。（唱）

【水仙子】俺本是廬山長老恰陞堂⑩。（旦兒云）這的是東林寺。（正末唱）倒做了普救寺鶯鶯來鬧道場⑪。（東坡云）你出家人比不得唐三藏。（正末唱）你道俺出家人不及那往西天的唐三藏,却原來你是曲江頭黃四娘⑫。（旦兒云）我祇待堅心招你做新郎。（正末唱）你道是堅心招俺做新郎。（旦兒云）留了方丈,和你同歸洞房。（正末唱）你教我留了方丈,同歸那個洞房。（帶云）那裏有和尚做女婿的。（唱）俺可甚麽帽兒光光⑬。

（旦兒云）天香妓館久沉埋[14]，好向東林寺裏栽。（正末云）若把牡丹移在此，幾年能够上蓮臺[15]？（唱）

【落梅花】你素魄兒十分媚，慧心兒百和香[16]。更壓着魏紫姚黃[17]。（旦兒云）牡丹花摘將來，膽瓶兒裏供養者[18]。（正末唱）你道是牡丹花摘將來，膽瓶裏堪供養。休休休，祇怕躭擱你淺斟低唱[19]〔一〕。

（旦兒云）情願離了花街柳陌不爲娼[20]。（正末唱）

【風入松】你道是離花街柳陌不爲娼。（旦兒云）一心待棄賤要從良。（正末唱）你一心待棄賤要從良。（旦兒云）輸情願嫁你個山和尚[21]。（正末唱）輸情願嫁這山和尚，兀的不是那畫堂中別樣風光[22]。你明明的把禪機問答，怎知俺暗暗的把春色包藏[23]。

（旦兒云）果然是真僧。問他不倒，告師父借金刀一把，削髮爲尼，跟師父出家。（詩云）禮拜廬山出世僧，一心嚮佛苦修行。免教鶯燕常來往，不在塵中掛孽名[24]。（下）（東坡云）我着牡丹魔障此人，倒被他脱度出了家[25]。待我再過去問禪。那和尚，可惜巫山窈窕娘，夢魂偏嫁你秃襄王[26]。（正末云）堂上老師無答語，坐中狂客惱柔腸[27]。（四友上）（梅云）上告我師父和尚：紅梅特來問禪。（正末云）速道。（梅云）玉骨冰肌誰可比？寂寞前村深雪裏。（正末云）祇愁昨夜夢中魂，一枝漏泄春消息[28]。（竹云）上告我師和尚：翠竹特來問禪。（正末云）速道。（竹云）冷氣虛心效琴瑟，灑泪成斑憔悴死[29]。（正末云）東坡節外更生枝[30]，算來不是真君子。（桃云）上告我師和尚：夭桃特來問禪。（正末云）速道。（桃云）粉腮香臉淡勻紅，曾賺劉郎入洞中。（正末云）自是桃花貪結子，錯教人恨五更風[31]。（柳云）上告我師和尚：嫩柳特來問禪。（正末云）速道。（柳云）傍路臨溪不長久，落蕊歸秋又衰朽。（正末云）可惜南海觀音柳，昨宵折入東坡手[32]。（東坡云）敢問四位小娘子是誰氏之家，甚麼姓名？（正末唱）酒冷燈殘月半昏，名花傾國兩殷勤。武陵溪畔曾相

識,今日佯推不認人㉝。(唱)

【川撥棹】想昨夜在玉春堂,與東坡曾共賞。這一個竹影悠揚,這一個柳葉芬芳;這一個梅蕊馨香,這一個柳絮顛狂㉞。都是咱使的伎倆,故將你廝魔障。

(東坡云)小官已醉矣。委實不認的四位小娘子。(正末唱)

【七弟兄】你道是醉鄉。(東坡云)敢是做夢哩?(正末唱)又道是夢鄉,也不似這等忒乖張㉟。昨夜個喜孜孜燈下相親傍,今日裏假惺惺堂上問行藏㊱,可是你困騰騰全不記得嬌模樣㊲?

【梅花酒】呀,你從來有些技癢㊳。正夜靜更長,對月貌花龐,飲玉液瓊漿㊴。一個個逞歌喉歌婉轉,一個個垂舞袖舞郎當㊵。祇教你似劉伶怎惜的酒量㊶,似李白怎愛的詩章㊷;似周郎待按着宮商㊸,似宋玉待赴着高唐㊹。

【望江南】㊺呀,這的是主人情重出紅妝,怎做得司空見慣祇尋常,不由你不坐中狂客惱柔腸。一句句對當,一句句對當,總不離一曲〔滿庭芳〕。

(東坡云)佛印從來多調笑,倒被花枝夸俊俏。(正末云)高燒銀燭照紅妝,燈光不把自身照㊻。(東坡云)果然是高僧,問他不倒。蘇軾從今懺悔㊼,情願拜爲佛家弟子。(正末云)學士請尊重。(行者云)上告我師和尚,行者特來問禪。(正末云)速道。(行者云)摟住牡丹,勝坐蓮臺;師父咳嗽,徒弟便來。(正末云)痴迷性改,分毫不采。色即是空,空即是色㊽。(唱)

【鴛鴦煞尾】從今後識破了人相我相衆生相,生況死況別離況,永謝繁華,甘守淒涼,唱道是即色即空,無遮無障㊾。笑殺東坡也懺悔春心蕩,枉自有蓋世文章,還向我佛印禪師聽一會講。(同下〔二〕)

題目　　雲門一派老婆禪㊿
正名　　花間四友東坡夢

【注釋】

① 華幡法器　佛道等教施行法事所用的華蓋旗仗，以及道士僧侶齋醮所用引磬、木魚等器物。

② 吾王　指當朝皇帝。

③ 臣宰　在朝高官。

④ 法輪常轉，佛日增輝　指佛法如輪，所嚮無阻，如日不斷增光。法輪：佛法的別稱。佛教謂佛之説法能摧破衆生之惡業，猶如輪王之輪寶，能碾轉推平山嶽巖石。或説佛法不停滯於一人一處，展轉傳人如車輪，故稱法輪。佛日：佛教徒認爲佛的法力廣大，廣濟衆生，像太陽一樣普照大地。

⑤ 爇龍涎一炷通穿蒼　點一炷香直透上天，使上天享用。龍涎：香名，本爲香鯨消化系統裏的一種分泌物，可製成香料。

⑥ 壽元　壽命。

⑦ "佛印"二句　指佛印從來快悟性，今天東坡我特來與之詰難。開劈：同"開解"，陳述，在此指嘴快，反應靈敏。閑料咀：又名"閑磕牙"，指閑扯。《對玉梳》第二折："你收拾買花錢，休習閑牙磕。"在此指非難。

⑧ "葛藤"二句　指東坡你盡管來囉嗦吧，不妨打破沙鍋問到底。葛藤：以葛藤纏繞不清代指事物糾纏不已，很復雜。或以説話囉嗦，語無倫次爲葛藤。老婆禪：指禪以直悟爲貴，而反復多言者即老婆禪。蘇軾《參寥惠楊梅詩》："莫共金家鬥甘苦，參寥不是老婆禪。"打破沙鍋問到底：歇後語，喻追根問底。問，即璺，陶瓷裂痕，以同音借用爲"問"。

⑨ 獿(nào)兒　妓女的别稱，也作傒兒。

⑩ 長老　僧侣之年德俱高者。在此指佛印。

⑪ 普救寺鶯鶯來鬧道場　指《西廂記》第一本中張生與鶯鶯初次見面，借燒香請願，隔墻酬詩，互表情懷。本題作"張君瑞鬧道場"，因以鶯鶯喻白牡丹，在此改爲崔鶯鶯鬧道場。普救寺：在今山西永濟市，西廂故事即發生於此地。道場：在此指普救寺。

⑫ 曲江頭黄四娘　代指妓院妓女。曲江頭：指曲江池首的妓館。"曲江"即曲江池。在今西安東南，秦漢即有。唐朝開元中疏鑿，爲都中官民中和、上巳等盛節遊覽盛地。黄四娘，當爲姓黄之妓。杜甫《獨步尋花》七絕句之二："黄四娘家花滿蹊，千朵萬朵壓枝低。留連戲蝶時時舞，自在嬌燕恰恰啼。"《讀杜心解》述："黄四娘自是妓人。"在此以黄四娘比白牡丹，也自是將黄四娘看作妓女的。

⑬ 俺可甚麼帽兒光光　謂我還説什麽做新郎。可甚麽：説什麽。《金錢記》第

二折:"大古來布衣走上金鑾殿,可什麼笙歌引至畫堂前。"帽兒光光:當指收拾整齊做新郎。

⑭ 天香妓館久沉埋　謂白牡丹本與佛家有緣,却沉埋於妓館,表惋惜意。天香:原指名花,在此代指牡丹。

⑮ "若把"二句　謂若將牡丹賺入佛寺,何時方能使其徹底明心見性,皈依佛教呢? 蓮臺:佛坐。在此代指成爲真正佛家弟子。

⑯ 素魄兒　在此指容貌,潔白美麗。慧心兒百和香:聰慧之心透着香氣。百和香:花香。南宋范成大《和蜀公紫薇花再發寄中書舍人詩》:"賓朋須醉千鍾酒,蜂蝶争偷百和香。"

⑰ 更壓着魏紫姚黄　何况美麗勝過魏紫姚黄那樣的牡丹。魏紫姚黄:牡丹名。歐陽修《縣舍不種花……因戲書七言詩四韵》詩:"伊川洛浦尋芳遍,魏紫姚黄照眼明。"魏紫又名魏紅,出於魏仁溥家,姚黄出於姚氏家。

⑱ "牡丹花"二句　喻讓佛印娶白牡丹爲妻。膽瓶:一種長頸大腹的花瓶。

⑲ 淺斟低唱　代指妓女生涯,爲人斟酒吟唱,討人喜歡。詳見《綠窗新話》卷下《党家婢不識雪景》。

⑳ 花街柳陌　在此代指妓院。

㉑ 輸情　指白牡丹傳情於佛印。

㉒ 兀的不是那畫堂中別樣風光　豈不是我這方丈變成了洞房,有別樣風光。此爲佛印戲謔之語。畫堂:原指漢未央宫中堂名,因藻飾彩畫而名畫堂,後代指有畫飾的廳堂。在此指佛印所居方丈。

㉓ "你明明的"二句　意爲你表明前來問禪,怎知俺佛印已將度脱牡丹的禪機包藏。春色:在此代指白牡丹。這二句不易解,似乎"禪機"和"春色"二詞的位置顛倒了。

㉔ "禮拜"四句　大意爲拜佛印爲師,在寺中苦修。免去在妓館中生涯,從而不在塵世留下不好的名聲。鶯燕常來往:代指男女厮混。

㉕ 脱度　也稱"度脱",宗教迷信指解脱人世的苦難,到達仙佛境界。在此指説服人皈依佛門。

㉖ "可惜"二句　指可惜白牡丹如此美而慧的女子竟隨一個光頭和尚去修行。巫山女、襄王事。"禿襄王"在此醜化佛印和尚。

㉗ "堂上"二句　指佛印在堂上不作答復,而東坡在坐中爲失去白牡丹煩惱。

㉘ "祇愁"二句　可惜昨夜在東坡的夢魂中,梅花委身與他人了。一枝漏泄春消息:指梅花與東坡歡會。

㉙ "冷氣"二句　指竹枝虚心莊重,像琴瑟和諧般忠於愛情,直至灑淚成斑,憔

悴而死。竹在此代湘妃。

㉚ 東坡節外更生枝　指東坡本有妻室,却與四友歡會。節外生枝本指竹節外生枝,正與詠竹相合,又喻東坡多事。

㉛ "自是"二句　本來是桃仙貪色,却讓人錯恨松神多事。貪結子:在此指桃花仙好男色。五更風:指五更將明時,松神隨風至玉春堂驅趕四友,故代指松神。

㉜ "可惜"二句　可惜高貴的柳仙於昨晚被東坡占有。南海觀音柳:又稱觀音柳,皆檉柳之別稱,爲南海觀音菩薩寶物之一。

㉝ "酒冷"四句　指東坡與四友相會時盡情作樂。

㉞ "這一個"四句　這四句分述四友向東坡獻殷勤之態。柳葉:當爲"桃花"之誤。顛狂:指輕薄。杜甫詩:"顛狂柳絮隨風舞,輕薄桃花逐水流。"

㉟ 乖張　執拗,性格乖僻。

㊱ 行藏　原委,出處。《論語·述而》:"子謂顔淵曰:'用之則行,舍之則藏,唯吾與爾有是夫!'"後即以"行藏"指出仕和隱退。

㊲ 困騰騰　困倦狀。《墻頭馬上》第一折:"這些時困騰騰,每日家貪春睡。"

㊳ 技癢　指擅長某種技藝而急於表現。杜甫《八哀詩·鄭虔》:"貫穿無遺恨,薈萃何技癢。"

㊴ 玉液瓊漿　代指美酒。

㊵ 郎當　在此指長袖擺動狀。

㊶ 祇教你似劉伶怎惜的酒量　祇教你東坡似劉伶般飲酒不休。劉伶嗜酒事見《世説新語·任誕》。

㊷ 似李白怎愛的詩章　即讓東坡似李太白一樣,不惜爲人作詞。相傳李白在朝任翰林院供奉時,一日酒醉,唐玄宗、楊貴妃在宫中觀牡丹花,因命李白作新詞。李白遂使高力士爲之脱靴,楊貴妃爲之捧硯,醉寫〔清平調〕詞三章。

㊸ 似周郎待按着宫商　指東坡像周郎賞曲一樣品評着四友的歌唱。周郎按宫商之事見於《三國志·吴書·周瑜傳》:"瑜少精意於音樂,雖三爵之後,其有闕誤,瑜必知之,知之必顧。"故時人謡曰:"曲有誤,周郎顧。"後世即以"周郎顧曲"喻精通音樂者品賞樂曲。

㊹ 似宋玉待赴着高唐　喻東坡急於同四友作枕席之歡。

㊺ 望江南　雙調曲牌名,又名〔喜江南〕。

㊻ "高燒"二句　謂東坡盡情與四友歡會,却不曾觀照反省一下自己的身份品行。

㊼ 懺悔　佛教語,即悔過自新,請人饒恕其前過。

㊽ 色即是空,空即是色　指色空原爲一體,任何物慾追求都將歸空,故不如無

爲而静修。語出《多心經》。

㊾ 無遮無障　佛教謂識破色空,看破紅塵,於是萬念皆滅,萬物俱空,自然無礙。

㊿ 雲門一派　佛家禪宗五派之一,創始於五代文偃禪師。雲門:指雲門寺,在今廣東省乳源縣北雲門山上。

【校記】

〔一〕祇怕狨擱你淺斟低唱　"擱"字,底本原作"閣",同"擱",故改之爲"擱"。

〔二〕同下　臧本於本折末尾無此二字,據文意補之。

唐三藏西天取經雜劇(殘本)①

諸侯餞別②〔一〕

積水養魚終不釣,入山望路願長生;掃地恐傷螻蟻命,爲惜飛蛾紗罩燈③。貧僧俗姓陳,法名了緣。父親名陳光蕊,一舉狀元,除授洪州刺史④。帶領母親之任,行至中途,大江遇着水賊劉洪⑤,見俺母親姿色,將俺父親推入大江之中。比時貧僧在母腹中有七八個月日了⑥,未曾分娩。我母親祇得勉强而從。後來産下貧僧,劉洪又要害俺的性命。多虧我母親用計,造成木匣一個,咬指滴血寫下血書一封。將貧僧放在木匣之内,拋入大江。流至金山脚下⑦,幸遇平安長老在江中洗鉢,撈取木匣。打開看時,見了貧僧,留在寺中,撫養成人,教學經典,無所不通,無所而不曉。因唐天子跨海征東⑧,殺伐太重,命五百僧人,在護國寺中做了七七四十九日水陸大道⑨。道場圓滿⑩,從空中降下南海普陀落伽山千手千眼觀自在菩薩⑪,在空中言道:"此經不足超度亡靈,除非是西天五印度⑫,取三大藏金經⑬。此經行行滅罪,字字消灾。"貧僧望空中拜曰:"貧僧願往西天五印度取大藏金經。"唐天子賜俺左一僧,右一僧,封俺爲大唐護國三藏大禪師,又賜俺紫金鉢盂一個,錦襴袈裟一套,外又五百套錦襴袈裟,五百個糝金净瓶,通關牒文打了前行。今日是黄道吉日⑭,唐家十八路諸侯⑮,都來與貧僧餞行。遠遠望見,須是衆公卿來也。(生上⑯)少年金帶挂吴鈎⑰,鐵馬嘶風塞草秋。將士垓前披鐵甲[18]，座間往往覓封侯。下官徐世勣是也[19]。（外上）馬掛征鞍將掛袍，柳梢枝上月兒高。男兒要遂封侯志，腰下長懸帶血刀。下官程咬金是也[20]。（小生）七寸逍遙管，三分玉兔毫；落在文臣手，猶如斬將刀。下官殷開山是也[21]。（末上）杜如晦是也[22]。下官高士廉是也[23]。（副末）慣領雄兵出征討，六韜三略能通曉[24]。上陣無敵大將軍，祇某姓秦名瓊字叔寶[25]。（淨上）某復姓尉遲名恭字敬德，乃朔州鄩陽人也。自從降唐以來，東蕩西除，南征北討，多有功勞，甚有汗馬。掃蕩了六十四處烟塵，征滅了十八處擅改年號[26]。今因我主跨海征東，殺伐太重，護國寺中做了七七四十九日水陸道場。道場圓滿，從空中降下南海普陀落伽山千手千眼觀自在菩薩，在空中言曰：「此經不足超度亡靈，除非西天五印度取大藏金經。」彼時有僧人了緣，願往西天拜佛求取金經。我主封他爲大唐護國三藏大禪師。列位，你道今日之行爲何而來？（衆）爲何哩？

【點絳唇】（尉）第一來是帝王親差[二]。（衆）第二來呢[三]？（尉）第二來是老夫年邁。持齋戒[27]，把香火安排[四]，送師父臨郊外。

（衆）你看真僧過處，都是幢幡寶蓋相送。

【混江龍】（尉）遙望着幢幡寶蓋[五]。（衆）你看那軍民百姓都來爲師父送行也。（尉）見軍民百姓鬧咳咳[28][六]。我引着一行步從[七]，蕩散了滿面塵埃[八]。坐下馬如同流水急[九]，鞍心裏人似朔風來[一〇]。俺這裏按幞頭挪金帶[一一]，見師將禪心倚定[一二]。師父你將這慧眼忙開[29][一三]。

（唐）貧僧啊，一鉢千家飯，身穿百衲衣。今日有勞衆公卿遠遠到此。也不敢動問軍師大人，這幾位將軍大人姓甚名誰？（徐）這位程咬金、殷開山、杜如晦、高士廉、秦叔寶老將軍。（唐）此位便是尉遲老將軍嗎？（唐）久聞將軍初年間東蕩西除，南征北討，定六十四處烟塵，十八家擅改年號。貧僧止看得這幾卷經文，不知老將軍上陣的威嚴擺布。今日煩老將軍試説一遍，贫僧试听者。（尉）师父不嫌絮烦，待老夫脱了莽袍，手舞足蹈，试说一番也啊。

【油葫芦】十八处都将年号改㉙。（唐）是那十八处？（尉）襄平李密，金城薛举，漳南刘黑闼，景城刘武周，信阳高开道，兖州徐圆朗，临济辅公佑，沂州李子通，潮州沈法具，兖州张善安，夏州梁师都，鄱阳林士弘，亳州朱粲，姑藏李轨，后梁萧铣。俺扶起了唐家世界〔一四〕。（唐）老将军虽然协力扶持尽忠，杀生害命，与罪何该？（尉）师父道杀生害命罪何该〔一五〕？（唐）众位将军，老来都要行些善事。（尉）当日呵〔一六〕，尉迟恭怎想到持斋戒〔一七〕！（唐）贫僧取得金经回来，与众位老大人摩顶受记㉚。（尉）今日个谢吾师你便超度俺唐家十宰㉜〔一八〕。我这里整顿布袍〔一九〕。（唐）整顿布袍何用？（尉）拂了土垓，就在这红尘中展脚舒腰拜〔二〇〕。师父行特地请个法名来㉝〔二一〕。

（唐）要贫僧取个法名么？便叫做慧能、慧了、慧善、慧聪、慧老。恁孩儿尉迟宝麟，取得金经都与你们摩顶受记。（众）师父，多谢也。

【天下乐】（尉）你救度众生也是那离苦海㉞〔二二〕。（唐）此行是我虔心也。（尉）你那一片禅也么心〔二三〕，我无挂碍亦无挂碍，你可也无挂碍㉟〔二四〕。（唐）贫僧二六时中念一声南无观自在菩萨㊱。（尉）正按着救苦救难㊲，我可也观自在〔二五〕。（唐）老将军，大道的㊳，参透了，色即是空；参不透，空即是色㊴。（尉）参透了色就是空，参不透空即是色。（唐）贫僧别无他故。（尉）师父你那片修行心可便有甚歹〔二六〕！

（唐）又闻得老将军上阵无敌，用计无失。天色尚早，请老将军再演一遍，贫僧再听者。

【金钱花】〔二七〕上阵时忽喇喇两面彩旗摇，不剌剌马到阵冲开㊵。（唐）这是旗开得胜，马到成功。好将军！（尉）祇我这一鞭颠碎他一万片天灵盖。（唐）阿弥陀佛，我折奈也㊶。（尉）我如今说着折奈。

（唐）爲國頭先白。（尉）不覺得鬢邊白。祇我這槍尖上人性命，鞭節上血光在。（唐）少年造下孽，福謝一時來㊷。（尉）果然是少年造下孽，福謝一時來。

（唐）老將軍還有一場汗馬功勞，南御園小交鋒㊸，驚王救駕，那一場蓋世英雄，再説一遍。

【後庭花】（尉）都祇爲病秦瓊加利害㊹〔二八〕。（唐）叔寶染病，老將軍還英武。（尉）蓋因是尉遲恭年老邁〔二九〕。（唐）太謙了。可用計麽？（尉）都是那杜如晦使的計策〔三〇〕。（唐）老將軍好妙計也。（尉）我忿氣可不滿胸懷〔三一〕。（唐）衆位將軍可都在那裏麽？（尉）都是俺唐家、唐家十宰〔三二〕。（唐）那一日必然鳴鑼擊鼓也。（尉）那一日鼓不擂，鑼不篩，箭不發，祇聽得二更裏人報來㊺〔三三〕，御科園將暗計排〔三四〕。呀！恨那無知、無知叵耐㊻〔三五〕。見一人倒在塵埃〔三六〕。（唐）倒在塵埃的是誰？（尉）五月五日蕤賓節屆㊼，將南御園改作御科園。他兄弟三人作射柳會。

（唐）那兄弟三人？（尉）一個世民。（唐）這是吾主。（尉）一個是建成，一個是元吉。繞着御科園轉三次，離百步之外，插一金錢，要射金錢眼。世民拈弓在手，搭箭當弦：飛魚袋內灣着一張弓，不長又不短，拽得硬，射得遠；銀胎鐵背，七義寶雕弓；走獸壺中拔一枝箭，撚一撚，轉三遭，水銀灌杆，可可當當，百步穿楊棗子狼牙箭。抿入朱紅扣，搭上紫金鈚㊽，左手推靶㊾，右手兜弦；弓開如半輪秋月，箭發似一點寒星；箭無虛發，發無不中，中無不倒，倒無不死。颼颼颼，連射三箭，正中金錢眼內。轉項回頭，正要賣弄手段。元吉看見就起不仁之心，賺俺世民——縱馬如鞭，直趕上世民。扢搭撲揪住獅蠻帶，滴溜溜撲活挾過寶雕鞍。他説："你無兄弟情，我那有昆仲義。"挈劍欲害世民。（唐）可曾傷害麽？（尉）不道這劍有些戀鞘㊿，他就將弓來打。（唐）可曾打着麽？（尉）此弓又被花枝抓住。（唐）這正是真天子百靈相助，大將軍八面威風。那時老將軍可在那裏？（尉）那時俺在澄清澗爪馬[51]，忽有小校來報："某家主人有難。"那時某家劉馬單鞭[52]，直趕到御科園，勵聲高叫："休傷吾主！"那元吉見了某家，就害得慌了也。（唐）也不由他不怕。（尉）建成、元吉使霜鋒，頃刻英雄一命中。不是尉遲鞭在手，誰人搭救聖明公？兀那廝，那裏走！脚踏着胸脯[三七]，可教他怎生挣閗[53][三八]！也祇是旰耐寒才[54][三九]，使的計策，待把那人殺壞[四〇]，忿氣呵不滿胸懷[四一]。老微臣一騎馬不刺刺的趕將來[四二]。扢搭撲揪住獅蠻帶，滴溜撲顛碎在地中，舉起水磨鞭[四三]，打碎這廝天靈蓋[四四]。

（唐）阿彌陀佛，這場汗馬功勞，可不萬載流傳也。呀，天色晚了也，貧生別了，趕路去也。（衆）再送師父一程罷。（尉）

【煞尾】師父你向佛道修行大[四五]，善性兒分毫不采[55][四六]。梵王宫特地把金經取[56][四七]，與俺衆滅罪。師生父灾可消不是個棟梁材，俺須是濁骨凡胎。北極西天路利害，遙望見極樂世界[57]，梵王宮景界[四八]。願你個大唐三藏早回來[四九]。（下）

【注釋】

① 唐三藏西天取經　此劇題目據《錄鬼簿》而定。《萬壑清音》中此劇原無總題，下屬四折：《諸侯餞別》《擒賊雪仇》《回回迎僧》《收伏行者》，稱"止雲居士選輯，白雪山人校點"。據孫楷第先生《吳昌齡與雜劇西游記》一文考證，此四折爲同題材雜劇的零折輯在一起的，其中《諸侯餞別》《回回迎僧》二折，孫先生斷爲吳昌齡《唐三藏西天取經》雜劇之二折，今據以作注釋。

② 諸侯餞別　此折曲詞《九宫大成》《納書楹曲譜》等俱載，題《北餞》。

③ "積水"四句　此爲古代戲曲中僧侶角色上場時常念的套語，宣揚佛家慈悲爲懷的道理。

④ 洪州刺史　洪州的地方長官。洪州：今江西南昌一帶。刺史：古代官名，歷代職權不一，唐時州、縣兩級長官多稱刺史。

⑤ 大江　指長江。

⑥ 比時　那時。

⑦ 金山　原在今江蘇鎮江西北的長江中。清末方因淤積與南岸相連。上有金

山寺,爲古代名寺之一。

⑧ 唐天子跨海征東　指唐初李世民數次率軍東征高麗(今朝鮮半島)之事。

⑨ 水陸大道　指佛家爲超度衆生所做的佛事。水陸:指以水陸所產食物爲神佛享用物品。

⑩ 圓滿　結束。

⑪ 南海普陀落伽山　在今浙江省舟山群島東南部,爲我國四大佛教名山之一。

⑫ 五印度　今印度。因其古代分爲東西南北中五部分而名,又稱五天竺。

⑬ 三大藏金經　即《大藏經》。漢語指佛教一切經典,又稱《一切經》。

⑭ 黄道吉日　舊時星命説謂青龍、明堂、金匱、天德、玉堂、司命爲六辰,皆爲吉神。六辰值日的那天諸事皆宜,不避兇忌,稱爲"黄道吉日"。

⑮ 唐家十八路諸侯　泛指唐初平息各地戰亂的唐家將軍。

⑯ 生　古代戲曲脚色名,宋元南戲和明清傳奇稱劇中男主角爲生,相當於雜劇中的末。

⑰ 吴鈎　春秋吴國工匠造的一種彎形刀,後借指鋒利的刀劍。

⑱ 垓前　陣前。《董西廂》卷三:"威風大,垓前馬上一個將軍坐。"

⑲ 徐世勣　唐代曹州離狐人。本姓徐,字懋功,曾爲隋末瓦崗義軍首領之一。降唐後,賜姓李,因避李世民諱,單名勣,爲唐初開國功臣。

⑳ 程咬金　唐代濟州東阿人,本名齩金。初參加瓦崗軍,後從王世充。又從李世民擊破王世充軍。高宗時西征無功而還,被免官。

㉑ 殷開山　唐代鄠人,名嶠,工於尺牘,博涉史書。先隨高祖李淵,後隨太宗李世民,討薛仁杲、王世充有功,終於吏部尚書。

㉒ 杜如晦　唐代京兆杜陵人,一直追隨李世民,建唐後官尚書僕射,與房玄齡共掌朝政。房善謀,杜善斷,世稱"房謀杜斷"。

㉓ 高士廉　名儉,武德中爲右庶子,爲唐初開國功臣之一。敏慧有度量,觀書一見成誦。

㉔ 六韜三略　指兵書。六韜:相傳商代吕望作,分文韜、武韜、龍韜、虎韜、豹韜、犬韜六卷。三略:一名《黄石公三略》,傳爲漢代黄石公作,分上略、中略、下略三卷。

㉕ 秦瓊　字叔寶,唐代齊州歷城(今濟南)人,隋末從李密、王世充等義軍,後降唐,多有戰功,官至左武衛大將軍。

㉖ "掃盡了"二句　泛指剿滅隋末各地義軍和割據勢力。

㉗ 持齋戒　於祭祀之前沐浴更衣,戒葷酒,以示虔誠。在此似兼喻入佛門修行滅罪之意。

㉘ 鬧咳咳　指喧嘩熱鬧狀。《虎頭牌》第四折:"你休要鬧咳咳,鬧咳咳,使性窄,我須是奉着官差,法令應該。"

㉙ 慧眼　即"慧目",佛教謂佛眼能看到過去和未來。在此指玄奘可爲人指點迷途,破惑證真的眼光。

㉚ 十八處都將年號改　指隋末李密等義軍和割據勢力紛紛自立年號,稱王道孤,反對隋朝統治。

㉛ 摩頂受記　佛教徒入教儀式之一。本指釋迦牟尼以大法囑咐摩訶薩時,以右手摩其頂。後來佛教徒入教時,主持僧人摩受戒者頭頂,傳爲定式。受記:即受戒,代指出家爲僧人。

㉜ 唐家十宰　指尉遲恭、秦叔寶等十位唐朝開國功臣。

㉝ 行　語助詞,猶言"邊"。

㉞ 苦海　佛教喻人世猶如苦海,若虔修信佛,即可超度苦海,達到極樂世界的彼岸。

㉟ "我無挂礙"二句　指拋却塵俗世事,誠心事佛。

㊱ 二六時中　這是佛門的一句熟語,猶言一整天。

㊲ 正按着　正照應着。

㊳ 大道的　指佛理。《張天師》第三折:"(雪神詩云)三冬寒氣最嚴凝,曾伴如來大道成。"

㊴ "参透了"四句　指参悟佛理,則色相世界皆歸於空無;不悟佛理,則世界萬物無往而非色。

㊵ 不剌剌　指馬奔跑急馳狀。《單刀會》第一折:"便有百萬軍,當不住他不剌剌千里追風騎。"

㊶ 折奈　未詳所指。

㊷ "少年"兩句　指佛教的因果報應。福謝:福氣已盡。

㊸ 南御園　據新舊《唐書》所載,李世民君臣發動事變在長安玄武門,南御園則在洛陽,是尉遲恭單鞭奪槊保護秦王李世民,趕走單雄信的地方。

㊹ 利害　即厲害,嚴重。

㊺ 二更裏　他本皆作"耳根裏",應是。

㊻ 叵耐　可恨,豈有此理。《梧桐雨》楔子:"叵耐楊國忠這廝,好生無禮!"此

二字《納書楹曲譜》作"潑賴"。

㊼ 蕤賓節届　即五月五日端午節。蕤賓：古代十二律之一，位於午，在五月，故又爲農曆五月的別稱。

㊽ 鈚(pī)　箭簇的一種。

㊾ 靶　即"把"。

㊿ 不道　不料。

㉛ 爪馬　搔馬。

㉜ 剗馬　不着鞍而騎馬。

㉝ 挣閧　挣扎。

㉞ 寒才　下賤人物。

㉟ 不采　意不明，當爲"不差"之誤。

㊱ 梵王宫　印度王宫。在此代指佛教聖地。

㊲ 極樂世界　俗稱西天。佛經稱其爲阿彌陀佛成佛時依着願力而建造，遠在西方十萬億佛土之外的世界，是佛教徒嚮往的地方。

【校記】

　　説明：本校記以《萬壑清音》中《諸侯餞別》和《回回迎僧》一折的曲詞爲底本。作參校的本子應有《北詞廣正譜》《納書楹曲譜》《綴白裘》《昇平寶筏》《九宫大成》《集成曲譜》，因後二者未得見，故不能參校。其中，《綴白裘》《昇平寶筏》《集成曲譜》三本皆有賓白，但都是後人據《諸侯餞別》和《回回迎僧》改作的，故不作參校。

〔一〕諸侯餞別　《廣正譜》《九宫大成》祇云引《唐三藏》，不題此名，《納書楹》《綴白裘》各引自《蓮花寶筏》《安天會》，皆題《北餞》，《昇平寶筏》此折名《餞送郊關開覺路》。

〔二〕第一來　《納書楹》《綴白裘》《昇平寶筏》皆作"一來"。

〔三〕第二來　《納書楹》《綴白裘》《昇平寶筏》皆作"二來"。

〔四〕把香火安排　"把"，《納書楹》作"則將這"，《綴白裘》《昇平寶筏》作"祇將這"。

〔五〕遥望着幢幡寶蓋　"着"，《綴白裘》《昇平寶筏》作"見"，且與《納書楹》一並在"寶蓋"之上有"和那"二字。

〔六〕見軍民百姓鬧咳咳　"鬧咳咳"之前，《納書楹》《昇平寶筏》有一"都"字，

《綴白裘》有"多也"二字。

〔七〕我引着一行步從　《納書楹》《昇平寶筏》皆作"引着這一行兒侍從",《綴白裘》作"這一行兒騎從"。

〔八〕"蕩散"句　《綴白裘》同。《納書楹》及《昇平寶筏》皆於句前有一"也"字。

〔九〕如同　《納書楹》及《昇平寶筏》俱作"如同的"。

〔一〇〕鞍心裏人似朔風來　"鞍"字原誤作"安",改正爲"鞍一"。《綴白裘》將此句誤作:"俺心裏想是朔風來。"

〔一一〕金帶　《納書楹》《綴白裘》及《昇平寶筏》皆作"玉帶"。

〔一二〕見師將禪心倚定　《納書楹》作"見吾師禪心已定",《綴白裘》《昇平寶筏》作:"見師父禪心倚定。"

〔一三〕師父你將這慧眼忙開　《納書楹》將此句作:"師父將這慧眼落得忙爭開。"《綴白裘》作:"師父將慧眼落得個忙開。"《昇平寶筏》同此,衹將"個"字作"這"。

〔一四〕俺扶起了唐家世界　《納書楹》及《綴白裘》皆將此句作:"我扶立起這唐世界。"《昇平寶筏》衹將"我"作"某",餘同此二本。

〔一五〕師父道殺生害命罪何該　《納書楹》《昇平寶筏》《綴白裘》將此句"道"字下有"俺"字,"罪何該"上有一"也"字;《昇平寶筏》於此三字上有"可也"二字。

〔一六〕當日呵　《納書楹》《綴白裘》及《昇平寶筏》皆作"想當日"。

〔一七〕尉遲恭怎想到持齋戒　《納書楹》《昇平寶筏》皆於"持齋戒"之前有"今日"二字,《綴白裘》作"今日裏個"。

〔一八〕你便超度俺唐家十宰　《納書楹》於此句無"家"字。《綴白裘》此句作:"恁便超度了俺這唐十宰。"《昇平寶筏》作:"怎便超度俺的唐十宰。"

〔一九〕我這裏整頓了布袍　《納書楹》將"我"字作"俺",《綴白裘》同,且在"這裏"二字之下有一"便"字。《昇平寶筏》也將"我"作"俺",且將"布袍"作官袍。

〔二〇〕就在這紅塵中展脚舒腰拜　《納書楹》《昇平寶筏》皆作:"就在那塵埃中展脚可便舒腰拜。"《綴白裘》基本同此,在"便"字下有一"也"字。

〔二一〕師父行特地請個法名來　《納書楹》作:"望吾師特地請取一個法名來。"《綴白裘》與《昇平寶筏》基本同此,衹將"吾師"作"師父",前者又將"請"作"親"。

〔二二〕你救度衆生也是那離苦海　《納書楹》《綴白裘》及《昇平寶筏》俱作:

"救度俺衆生們可便離了苦海。"

〔二三〕你那一片禪也麼心　《納書楹》將此句作："師父那禪也麼心。"《綴白裘》作："師父恁便虔也麼心。"《昇平寶筏》作："師父那片虔也麼心。"

〔二四〕我無挂礙亦無挂礙，你可也無挂礙　《納書楹》作："恁可也無挂礙。"《綴白裘》《昇平寶筏》皆作："我可也無挂礙。"

〔二五〕正按着救苦得救難，我可也觀自在　《納書楹》《綴白裘》及《昇平寶筏》俱作："正按着救苦救難得這觀自在。"

〔二六〕師父你那片修行心可便有甚歹　《納書楹》無"那"字；"心"字下有"的"字；"甚"作"甚麼"；將"歹"誤作"得"。《綴白裘》無"你"字；"可便"下有"也"字；"甚"作"甚麼的"三字。《昇平寶筏》此句基本同《納書楹》，祇將"得"作"歹"。

〔二七〕〔金錢花〕曲　《納書楹》《綴白裘》《昇平寶筏》並缺。

〔二八〕"都祇爲"二句　《納書楹》《昇平寶筏》《綴白裘》皆將"加利害"誤作"他狠利害"；後者將"都"字作"多"字。三本皆不重復"病秦瓊加利害"一句。

〔二九〕蓋因是　《納書楹》及《綴白裘》作"都因是"，《昇平寶筏》作"皆因是"。

〔三〇〕都是杜如晦使得計策　《綴白裘》將"都是"作"這多是"；《納書楹》《昇平寶筏》將"都是"作"這都是"，將"使得"作"的"。

〔三一〕我忿氣可不滿胸懷　《納書楹》《綴白裘》及《昇平寶筏》俱無"我"字，且將"不"字作"也"字。

〔三二〕都是俺唐家、唐家十宰　"都是"，《納書楹》作"盡都是"，《綴白裘》《昇平寶筏》皆作"這多是"；後二本此句"唐家十宰"作"唐家的十宰"。

〔三三〕祇聽得二更裏人報來　"二更裏"，《納書楹》《綴白裘》《昇平寶筏》俱作"耳根裏"，當以此爲對；"祇"，《納書楹》《昇平寶筏》俱作"則"。

〔三四〕御科園將暗計排　"御科園"，《納書楹》作"榆科園"，《綴白裘》作"御果園"。此二本同《昇平寶筏》，俱將此句重復一遍。

〔三五〕恨那無知、無知叵耐　《納書楹》《綴白裘》《昇平寶筏》俱將"恨"作"堪恨"；前二本此句將"叵耐"作"潑賴"。說明：此句以下至末尾三個參校本皆另屬〔青歌兒〕曲。

〔三六〕見一人倒在塵埃　《綴白裘》作："我見一人倒在、倒在得這塵埃。"

〔三七〕脚踏着胸脯　《納書楹》《昇平寶筏》此句作："脚端住他胸懷。"《綴白裘》作："脚踹着胸懷。"

〔三八〕可教他怎生挣閙　"可"，《納書楹》作"祇"，《綴白裘》作"却"，且將

"教"作"叫",《昇平寶筏》作"則"。三本皆將"怎生"作"怎生樣的"。

〔三九〕也祇是耐耐寒才　《納書楹》《綴白裘》《昇平寶筏》俱無"也祇是"三字。

〔四〇〕待把那人殺壞　《納書楹》《綴白裘》《昇平寶筏》俱作:"便把那人殺害。"

〔四一〕忿氣呵不滿胸懷　"呵不",《納書楹》《昇平寶筏》作"可",《納書楹》作"可也"。

〔四二〕老微臣一騎馬不剌剌的趕將來　《納書楹》此句作:"老微臣撲剌剌一騎馬兒趕將來。"《綴白裘》《昇平寶筏》與之近似,前者將"撲剌剌"作"嗯剌剌",後者作"拍剌剌"。

〔四三〕"扢搭撲"至"舉起水磨鞭"　《納書楹》《綴白裘》《昇平寶筏》俱無。

〔四四〕打碎這廝天靈蓋　《納書楹》作:"一鞭兒打碎那廝天靈蓋。"《綴白裘》作:"(衆)打碎了他的天靈蓋。"《昇平寶筏》作:"打碎那廝天靈蓋。"

〔四五〕師父你嚮佛道修行大　《納書楹》及《綴白裘》《昇平寶筏》皆作:"百忙裏修行大。"

〔四六〕采　《納書楹》《綴白裘》《昇平寶筏》皆作"改"。

〔四七〕梵王宮特地把金經取　《納書楹》作:"梵王宮把金經來取。"《綴白裘》作:"梵王宮將金經取回來。"《昇平寶筏》與之相似,"將"字作"把"。

〔四八〕"遙望見"二句　《納書楹》《綴白裘》《昇平寶筏》俱無。

〔四九〕願你個大唐三藏早回來　《納書楹》作:"願師父徐徐見去,早早的回來。"《綴白裘》作:"望師父徐徐而去,早早的歸來。"《昇平寶筏》作:"願大唐師父疾疾而去,早早的歸來!"

回回迎僧[①][〔一〕]

【洞仙歌】[②][〔二〕](小回回上)回回回回把清齋,餓得餓得叫奶奶[〔三〕];眼睛凹進去[〔四〕],鼻子鼻子長出來[〔五〕]。

自家回回國中小回回是也[③]。今有大唐三藏師父往西天五印度取大藏金經,打俺這裏經過。老師父待接數日,不覺到來,因此着俺在此等候。遠遠望見,敢是來也。(唐上)迢迢萬里路,走了八千途。貧僧大唐三藏,自離了河西國度而來④,一路飢餐渴飲,夜住曉行,可早來到回回國度也。聞説此處人人好善,個個持齋。怎生不見回回來迎接?(衆)不知師父到來,祇合遠接;接待不周,勿念見罪。(唐)你那老回回那裏去了?(衆)在東樓閣上叫佛⑤。(唐)接時不到,到時不接,這也罷了。你與我喚老回回出來。(衆叫)老師父,大唐師父到來也。(外上)來得緊,來得緊。密喲,密喲,比呀,比呀。南無僧伽耶⑥,南無達摩耶⑦,南無噇喇嘸耶,僧得僧得僧喫得唅哩,吡嗜哩吡得唲哪唴嚨哄把那鎖,阿彌陀佛。(衆)大唐師父到來也。(外)

【新水令】却離了叫佛樓[六],我可恰下得這拜佛梯[七],我這裏望西天,唵囉和歇把得呢囉,叫佛是他那一會[八],我將這四叭得兒在頭上纏⑧[九],我將這別離行緊忙披⑨[一〇]。你這厮誤了兀的看經[一一]。

(衆)那見得誤了你?(外)我與你數得。哎喀怒嗯扯得呢,嚙喰得哈喰哈喰噥。你這厮誤了整十日[一二]。(衆)是十日了。(外)路上狼蟲虎豹多得緊,你們伴着我走。(衆)伴着你行。

【雁兒落】[一三]我唤你兀篤蠻來得緊⑩[一四],你便可引着些[一五]。(衆)俺老師父怕的是狼蟲虎豹。我們唬他一唬。師父,狼來了!(外)好教我走不得行不的[一六],可着我走不得行不的。走得我便力盡筋衰[一七],氣喘得狼籍[一八]。

狼在那裏?(衆)見師父走得慢哩。(外)這厮哄我。師父在那裏?(衆)在這裏。(外見唐介)早知師父到來,祇合遠接;接待不周,勿令見罪。

【沽美酒】[一九]與唐皇修佛力[二〇],與唐皇修佛力。與俺這衆生每發慈悲[二一]。師父你便取經到俺西天的這西夏國⑪[二二]。小回回,你想不[二三],咱師父他怎肯來,到俺這裏[二四]行了些没爹娘的歹田地[二五]。師父你便遠路紅塵不避[二六],受了他幾場兒價日炙風吹[二七]。恰離了中華富貴[二八],到俺這塔獅蠻的田地⑫[二九]。見吾師連忙頂禮向前跪[三〇],忙道兩個撒藍撒藍的摩尼⑬[三一]。師父你是必休笑話俺塔獅蠻的回回⑭〔三二〕。

（衆）他的年紀小，你的年紀老，怎麼到去拜他？（外）他的年紀小，到是我的師父。

（衆）你自去拜。（外）這厮你便悔菩提⑮〔三三〕，向人前没道理〔三四〕。

【金字經】噯喀膝空提〔三五〕，俺闌遮呢，喀膝摩尼〔三六〕，愛喀膝叱那，摩打狼哼臟的〔三七〕，再來你便休恁的〔三八〕。

（衆）他的年紀小哩。（外）俺雖年紀大，他雖年紀小，他是俺的師父哩。

【川撥棹】咱凡胎濁骨〔三九〕，俺須是肉眼愚眉〔四〇〕。咱師父怕憂愁思慮戒了酒色財氣⑯〔四一〕。與師父添香洗鉢舀净水〔四二〕。向前師父跟的⑰，師父跟的〔四三〕，唸吆哈般若波羅蜜⑱〔四四〕。啞得兒摩頂受記〔四五〕，塔獅蠻老回回〔四六〕，超度的、救度的〔四七〕，看清凉上下龍華會⑲〔四八〕，俺凹密撒扒得兒喫〔四九〕。

小回回，師父在此，與我吹的吹，舞的舞，款待師父一回。

（衆吹打舞介）叫五戒取兩套錦襴袈裟，糁金净瓶，送師父去也。

【煞尾】〔五〇〕俺祇見黑洞洞昇雲起〔五一〕，更那堪昏慘慘無了天日。願得個大唐三藏取經回〔五二〕，也無那外道邪妖近得你⑳〔五三〕。

【注釋】

① 回回迎僧　此折寫回回國老回回迎接唐僧到來之事，因有老回回東樓叫佛事，合於《録鬼簿》中吴昌齡《唐三藏西天取經》的題目正名，故孫楷第先生斷定此即吴昌齡《西天取經》雜劇的殘折之一。

② 洞仙歌　此曲又名"回回舞"，爲〔雙調〕套的增曲。《廣正譜》《九宫大成》《納書楹》所載《唐三藏》之〔雙調〕套俱無此曲。

③ 回回國　據後文所述"西夏國"一詞而言，應在今甘肅、寧夏一帶。

④ 河西國度　按劇情發展此國應在回回國之東，是一個虚構的國度。

⑤ 叫佛　指唸佛經。

⑥ 南無僧伽耶　佛的别名。伽耶：釋迦牟尼修行的伽耶山，故以之代佛名。

⑦ 南無達摩耶　應指佛教中華初祖菩提達摩，天竺人，梁朝時入華傳教，後渡江止少林寺，面壁五年而化。禪宗尊爲天竺禪宗第二十八祖，中華初祖。

⑧ 四叭得兒　回語，當指回回帽或僧帽。

⑨ 別離行　當指袈裟一類外衣。

⑩ 兀篤蠻　未詳確指，當指小回回。

⑪ 西夏國　指回回國。西夏國本在今甘肅、青海一帶，但建於唐末，與本劇所述唐初故事不符。

⑫ 塔獅蠻　指回人。

⑬ "忙道"句　當指急忙上前問訊。撒蘭：所指不明。摩尼：梵話，猶"如意"。

⑭ 是必　不要。

⑮ 悔菩提　應爲"毀菩提"，在此指小回回嘲笑老回回。菩提：常以之代佛身，也指僧侶之身。

⑯ 酒色財氣　指人身四戒：嗜酒、好色、貪財、逞氣。

⑰ 跟的　應爲"跟底"，即"跟前"。

⑱ 唵吽哈般若波羅蜜　即唵誦佛經《摩訶般若波羅蜜》，表示要唐僧超度自己。

⑲ 看清涼上下龍華會　指佛家在龍華會時做佛事。

⑳ 外道邪妖　佛教指邪惡之魔及佛法之外的一切行者。

【校記】

〔一〕回回迎僧　《北詞廣正譜》引《唐三藏》雙調套，自〔胡十八犯〕起，無〔煞尾〕，不題名。《九宮大成》引《唐三藏》〔雙角〕套，也不題名。《納書楹曲譜》引《唐三藏》，題名《回回》。《綴白裘》引《慈悲願》，題名《回回》，《昇平寶筏》引《西游記》，題名《獅蠻國直指前程》。

〔二〕〔洞仙歌〕曲　《廣正譜》《納書楹》《九宮大成》俱無，《昇平寶筏》作〔回回舞〕，《綴白裘》作〔回回曲〕。

〔三〕"餓得"一句　《昇平寶筏》作："虔誠虔誠頂禮拜。"

〔四〕眼睛　《綴白裘》《昇平寶筏》皆作："眼睛眼睛。"應是。

〔五〕鼻子鼻子長出來　《綴白裘》作："鼻子堆出來。"

〔六〕却　《納書楹》《綴白裘》《昇平寶筏》俱作"才"。

〔七〕我可恰下得這拜佛梯　《納書楹》將"我可也"作"剛"。《綴白裘》此句作："我剛下了這叫佛樓。"《昇平寶筏》作："我剛下這拜佛梯。"

〔八〕我這裏望西天……叫佛了是他那一會　《綴白裘》將"會"作"回";《昇平寶筏》將"我"作"俺","是他那一會"作"這一回"。

〔九〕我將這四叭得兒在頭上纏　《納書楹》於"在"字下有"我這"二字。《綴白裘》此句作:"我將這他腰把得兒在我頭上纏。"《昇平寶筏》此句作:"俺將這四叭得兒在這我這頭上纏。"

〔一〇〕我將這別離行緊忙披　《納書楹》無"我"字,將"行"作"痕"。《綴白裘》將"離"作"樂"。《昇平寶筏》將"我將這"三字作"將那"。

〔一一〕你這廝誤了兀的看經　《納書楹》將"兀"作"我"。《綴白裘》此句作:"恁這廝可不誤了我的看經。"《昇平寶筏》此句作:"您這廝誤了俺的看經。"

〔一二〕你這廝誤了整十日　《納書楹》此句作:"你這廝兀的不誤了,誤了我的整十日。"《昇平寶筏》同之,祇"我"字下無"的"。《綴白裘》將"整十日"作:"整整十日、整整十日。"

〔一三〕雁兒落　《廣正譜》作〔胡十八犯〕,《納書楹》作〔銀漢浮槎〕,《綴白裘》《昇平寶筏》作〔喬木查〕。

〔一四〕我喚你兀都蠻來得緊　《納書楹》在"你"字後有一"那"字,《昇平寶筏》同之,且將"你"作"恁"。《綴白裘》亦同之,無"我"字,將"你"作"恁","兀都蠻"作"骨都蠻"。《廣正譜》在"你"後有"個"字。

〔一五〕你便可引着些　《納書楹》《昇平寶筏》俱無"可"字;《廣正譜》將"便可"作"可便";《綴白裘》作"恁便近着些"。

〔一六〕好教我走不的行不的　《納書楹》重復"好"字,且於"好"字前有"呵呀"二字,於"行"字前有一"來"字。《綴白裘》將"我"字作"俺"。《昇平寶筏》將"我"作"俺",在"行"字上有一"來"字。

〔一七〕走得我便力盡筋衰　《廣正譜》作"行得我力盡也那筋衰",《納書楹》無"便"字,《綴白裘》將"走"作"跑",《昇平寶筏》將"走"作"老"。

〔一八〕氣喘得狼籍　《納書楹》作:"歪歪,噯呀,走得我便氣喘落得這狼籍。"《昇平寶筏》似之,祇將"我"作"俺",無"便"字。《綴白裘》作:"阿呀歪也阿呀歪也,走,我便氣喘,落得個狼來!"

〔一九〕沽美酒　《廣正譜》作"沽美酒帶過太平令"。

〔二〇〕與唐皇修佛力　《廣正譜》作:"師父你與唐王修福哩。"《納書楹》《綴白裘》《昇平寶筏》俱將"唐皇"作"唐王"。

〔二一〕與俺這眾生每發慈悲　《納書楹》於"發慈悲"前有"得這"字,《昇平寶筏》也有此二字,且將"這"字作"那"。二本又皆將"每"作"們"。《綴白裘》將"發"作"佛"。

〔二二〕師父你便取經到俺西天的這西下國　《納書楹》將"下"作"夏",《昇平寶筏》同此,且將"俺這"作"俺那"。《綴白裘》將"您"作"恁","到"作"回到","俺"作"俺這"。

〔二三〕你想不　"不",《納書楹》《九宮大成》《昇平寶筏》俱作"波",《綴白裘》此句作"恁想否?"

〔二四〕咱師父他怎肯來到俺這裏　《綴白裘》作:"咱師父怎肯來俺這裏行?"

〔二五〕歹　《綴白裘》作"大"。

〔二六〕師父你便遠路紅塵不避　《廣正譜》無"便"字;《納書楹》於"不避"二字前有"也那"二字;《綴白裘》將"你"作"恁","不避"前有"也"字;《昇平寶筏》將"你"作"恁"。

〔二七〕受了他幾場兒價日炙風吹　《北正譜》將"受了"作"受盡了",無"價"字。《納書楹》也作"受盡了"。《昇平寶筏》將"他"作"些"。《綴白裘》此句作:"受了風霜兒。"

〔二八〕恰離了中華富貴　《北正譜》將"富貴"作"佛國"。《納書楹》同之,且於"佛國"前有"得這"二字。《昇平寶筏》似《納書楹》,且將"恰"字作"却"。《綴白裘》此句作:"却離了中華,到這佛國。"

〔二九〕到俺這塔獅蠻的田地　《廣正譜》將"這"作"這裏","塔獅蠻"作"池吷蠻"。《納書楹》於此句前有"恁"字,將"這"作"這裏","塔"作"闍"。《綴白裘》作:"恁便來到來到大獅蠻的田地。"《昇平寶筏》作:"恁便來到他這裏闍獅蠻的田地。"

〔三〇〕見吾師連忙頂禮　"連忙"二字下,《廣正譜》有"與我"二字,《納書楹》有"的"字,《綴白裘》《昇平寶筏》有一"去"字。　向前跪膝　"跪"字,《納書楹》《昇平寶筏》俱作"嗑",《綴白裘》作"克"。

〔三一〕忙道兩個撒藍撒藍的摩尼　《廣正譜》將"摩尼"作"吘呢"。《納書楹》於"兩個"二字處作"了","摩尼"作"這個牟尼"。《綴白裘》無"兩"字,將"撒"作"薩",將"的"作"得這"二字。《昇平寶筏》此句作:"忙道了薩蘭薩蘭得這呼呢。"

〔三二〕師父你是必休笑話俺塔獅蠻的回回　《廣正譜》將"話"作"化"。"塔獅蠻"作"他吷蠻"。《納書楹》將"你"作"恁","塔"作"闍","回回"前有一"噯"字。《綴白裘》此句作:"師父恁事畢休嘆俺是一個大獅蠻的回回。"《昇平寶筏》將

"笑話"作"笑",於"俺"字下有"一個"二字。 〔川撥棹〕曲前二句底本屬〔沽美酒〕曲。

〔三三〕這廝你便悔菩提 《廣正譜》將"悔"作"毀"。《納書楹》《昇平寶筏》此句作:"這廝恁便毀俺菩提。"《綴白裘》同此,祇在"俺"字下有"的"字,並多一句:"那廝恁便毀俺菩提。"

〔三四〕向人前沒道理 《納書楹》《綴白裘》《昇平寶筏》在"沒"字下有"個"字。

〔三五〕噯嗑膝空提 《廣正譜》作:"咳喀嗦唑提。"《綴白裘》作:"噯克膝空提。"此句以下底本俱屬〔金字經〕曲。

〔三六〕唵蘭遮呢 《北正譜》作:"啊蘭遮呢。"《納書楹》作:"阿蘭遮呢。"《綴白裘》作:"阿籃車尼。"《昇平寶筏》作:"阿蘭遮呢。" 喀膝摩尼 《廣正譜》作:"喀膝吃尼。"《納書楹》作:"嗑膝遮呢。"《綴白裘》無此句。《昇平寶筏》作:"阿蘭遮呢。"

〔三七〕愛喀膝叱那,摩打狼哼臟的 《廣正譜》作:"咳喀膝罵噹狼。"《納書楹》作:"噯嗑膝也那莽當啷叽嗓。"《綴白裘》無此句。《昇平寶筏》作:"噯嗑膝莽噹啷臟嗓的。"

〔三八〕再來你便休恁的 《廣正譜》作:"怎的再來你便休恁的,再來你便休恁的。"《納書楹》及《昇平寶筏》俱作:"再來時休恁的,再來時休恁的。"《綴白裘》同此二本,祇將"休"字錯作"依"。

〔三九〕咱凡胎濁骨 《廣正譜》無"咱"字。《納書楹》《綴白裘》《昇平寶筏》此句前俱有"師父"二字。

〔四○〕俺須是肉眼愚眉 《納書楹》將"須"作"雖"。《綴白裘》將"肉"作"俗"。

〔四一〕咱師父怕憂愁思慮 《廣正譜》將"咱"作"俺",《納書楹》《綴白裘》將"怕"作"則怕那",後者誤將"怕"作"把"。

〔四二〕舀 底本誤作"杳"。《廣正譜》《納書楹》俱作"舀"。《綴白裘》《昇平寶筏》俱作"換"。

〔四三〕"向前師父跟的"二句 《廣正譜》《納書楹》俱作:"向師父跟底。"《昇平寶筏》作:"向師父的跟底。"《綴白裘》作:"向師父跟前的。"

〔四四〕唵吃哈般若波羅蜜 《廣正譜》《綴白裘》俱作:"唵摩訶般若波羅蜜。"《納書楹》《昇平寶筏》俱作:"唵摩訶般若波羅蜜。""若"字底本錯作"惹",改之。

〔四五〕啞得兒摩頂受記　《廣正譜》將此句歸〔春歸怨犯〕曲。《綴白裘》作："將咱個摩頂受記。"《昇平寶筏》作："啞得嘞的,摩頂受記。"　〔喬牌兒〕曲　此曲底本歸〔川撥棹〕曲。《廣正譜》歸〔春歸怨〕曲。

〔四六〕塔獅蠻老回回　《廣正譜》作："他吹蠻的老回回。"《綴白裘》作："大獅蠻的這老回回。"

〔四七〕超度的、救度的　《廣正譜》作："不超度的休度的。"

〔四八〕下　《綴白裘》作"了"。

〔四九〕俺凹密撒扒得兒喫　《廣正譜》作："俺唓呢薩把得兒咏。"《納書楹》作："唵唓呢薩也得兒喫。"《綴白裘》作："唵摩薩把得兒敕。"《昇平寶筏》作："俺咩呢薩吧得兒喫。"

〔五〇〕煞尾　《納書楹》作"隨尾",《綴白裘》作"尾聲"。

〔五一〕俺衹見黑洞洞昇雲起　《納書楹》將"昇"作"征",《昇平寶筏》同之,且於"征雲"前有一"的"字,《綴白裘》衹作一個"洞"字。《納書楹》《昇平寶筏》俱作"霧",《綴白裘》作"迷"。

〔五二〕願得個大唐三藏取經回　《納書楹》將"得"作"恁","三藏"作"師父"。《綴白裘》也將"三藏"作"師父",又下有"向西天"三字。《昇平寶筏》將"得"字作"您"。

〔五三〕也無那外道邪妖近得你　《納書楹》《綴白裘》《昇平寶筏》俱作："再沒有外道邪魔可也近得你。"

吴昌龄·套曲

正宫·端正好

美　妓①

　　墨點柳眉新②〔一〕，酒暈桃腮嫩③。破春嬌半顆朱唇④，海棠顏色紅霞韵⑤〔二〕，宮額芙蓉印⑥。

　　【滾綉球】藕絲裳翡翠裙⑦，芭蕉扇竹葉樽⑧。襯緗裙玉鈎三寸⑨〔三〕，露春葱十指如銀⑩〔四〕。秋波兩點真⑪〔五〕，春山八字分⑫。顫巍巍霧鬢雲鬟⑬，胭脂頸玉軟香溫⑭〔六〕；輕拈翠靨花生暈⑮〔七〕，斜插犀梳月破雲⑯。誤落風塵⑰〔八〕。

　　【倘秀才】莫不是麗春園蘇卿的後身⑱〔九〕？多應是西廂下鶯鶯的影神⑲〔一〇〕。便有丹青畫不真⑳〔一一〕，妝梳諸樣巧〔一二〕，笑語暗生春㉑〔一三〕，他有那千般兒可人㉒〔一四〕。

　　【脱布衫】常記的五言詩暗寄回文㉓，千金夜占斷青春㉔。厮陪奉嬌香膩粉㉕，喜相逢柳營花陣㉖。

　　【醉太平】這些時春寒綉裀㉗，月暗重門㉘。梨花暮雨近黃昏㉙，把香衾自温㉚〔一五〕。金杯不洗心頭悶㉛〔一六〕，青鸞不寄雲邊信㉜。玉容不見意中人㉝，空教人害損㉞。

　　【隨煞】想當日一宵歡會成秦晉㉟，翻做了千里關山勞夢魂㊱。漏永更長燭影昏㊲〔一七〕，柳暗花遮曙色分㊳〔一八〕。酒釅花濃錦帳新㊴，倚玉偎紅翠被温㊵〔一九〕。有一日重會菱花鏡裏人，將我這受過凄凉正了本㊶〔二〇〕。

【注釋】

① 美妓　此套曲寫一位美麗的妓女曾與一男子歡會一宵,不料對方一去不歸,給她留下無限相思,不盡惆悵。《美妓》爲《雍熙樂府》所題。《北宮詞紀》同。《詞林白雪》屬之閨情類,惟《雍熙樂府》不注撰人。

② 墨點柳眉新　柳眉剛畫好。墨點:同"墨黑",指畫眉。

③ 酒暈桃腮嫩　飲酒後泛起紅暈,使粉色的兩腮顯得更加紅潤嬌嫩。"酒暈"一詞已暗含愁意。

④ 破春嬌半顆朱唇　形容美妓涂了口紅的朱唇猶如熟透的櫻桃。破春嬌:微張嬌嫩的嘴唇,指啓唇言笑。李煜《一斛珠》:"曉妝初過,沉檀輕注些兒個,向人微露丁香顆。一曲清歌,暫引櫻桃破。"

⑤ 海棠顏色紅霞韵　形容她的面頰如海棠花鮮艷,宛如紅霞。

⑥ 宮額芙蓉印　指美妓額頭上貼黃。宮額是六朝時宮中流行的一種額飾,將黃色涂於額,以後民間婦女起而仿傚,相沿至唐,亦稱額黃。

⑦ 藕絲裳翡翠裙　黃色的絲衣,綠色的裙子。藕絲裳:淺黃色的衣服。

⑧ 竹葉樽　竹枝做的酒器。

⑨ 襯緗裙玉鉤三寸　淺黃色的裙子襯着三寸金蓮。緗:淺黃色。玉鉤:原指彎月。李賀《七夕》詩:"天上分金鏡,人間望玉鉤。"在此形容女子的小脚。

⑩ 露春葱十指如銀　十指露出拿着扇子,顯得白潔纖細,猶如潔白的小葱。

⑪ 秋波兩點真　形容兩眼如秋水之美,眸子含着雅氣。

⑫ 春山八字分　眉毛如春山高聳,形成八字形。古以八字形眉爲女子眉毛之美。

⑬ 顫巍巍霧鬢雲鬟　形容其鬢髮和環形髮髻蓬鬆如雲,顯得顫顫高聳。

⑭ 胭脂頸玉軟香溫　形容脖頸紅潤如胭脂,如玉之光滑,散發着溫香。

⑮ 輕拈翠靨花生暈　輕拈起翠鈿貼在紅暈如花的臉上。翠靨:貼於靨部(即酒窩)的花飾。

⑯ 斜插犀梳月破雲　頭上斜插着犀牛角做的梳子,宛如新月破雲而出。

⑰ 誤落風塵　雖然如此之美,却誤落於風塵之中。此句一語道出愁情,從賦形漸漸轉入寫情。

⑱ 莫不是麗春園蘇卿的後身　形容美妓形如蘇卿之美。麗春園蘇卿:即蘇小卿。麗春園指其所居園名(在元代,麗春園往往代指妓女居住之地)。其事最早見於

南宋羅燁《醉翁談録》。述蘇卿本是知縣女兒，與縣吏雙漸相愛。因父母雙亡，雙漸在外求取功名，她流落揚州爲娼。後假母將其賣與茶商馮魁。雙漸及第後尋蘇卿，却被馮魁所騙離開，發覺後趕至金山寺。見到蘇卿所留書信，遂一夜千里趕至臨安，奪回蘇卿。作者在此比作蘇卿，也喻其身世之苦。

⑲ 多應是西廂下鶯鶯的影神　形容其美如鶯鶯待月西廂之下時。也反映其期待心上人快快歸來的急迫心情。鶯鶯待於西廂之下，乃是與張生有約，而此時無約，故心境更急。

⑳ 便有丹青畫不真　即使有丹青手也畫不逼真。丹青手：指畫家。

㉑ 笑語暗生春　她笑着與人講話時，不由得使人如感春意。顯示其青春煥發、神采飛揚。

㉒ 他有那千般兒可人　此句又爲小結，寫感覺：她使人看了極其滿足，處處討人喜歡。

㉓ 常記的五言詩暗寄回文　喻常常記着以前曾以詩傳情答意。回文五言詩乃前秦人、秦州刺史竇滔之妻所爲。她在給丈夫寄去的一塊織錦之上，绣了回文五言詩，宛轉循環皆可讀之，詞甚淒婉，凡八百四十字，後世稱爲《回文璇璣圖》。後常以之代男女書信傳情。

㉔ 千金夜占斷青春　此句爲"春宵一刻值千金"的化用，指在春天的一夜，她把自己交給了意中人，盡情歡會。

㉕ 厮陪奉嬌香膩粉　指美妓打扮得楚楚動人，與他相陪伴。

㉖ 喜相逢柳營花陣　慶幸自己在花街柳巷中竟遇到了自己的意中人。柳營花陣：妓院。

㉗ 這些時春寒綉裯　此句一轉回憶中興奮的格調，而是以身上感於春寒而寫出心上之冷。而當日相會於春宵，何其之熱，對比之下，豈不心寒？綉裯：綉花的袂衣。

㉘ 月暗重門　指月亮照着重重深院，反而顯得更暗淡，此實爲望月思人，思人而不歸，自己又深鎖院中不得自由的情況之下，美妓暗淡心情的形象化表現。

㉙ 梨花暮雨近黃昏　描寫暮雨抽打梨花，春花紛紛損落，春意將盡，青春誰賞，且日近黃昏，心情更加沉重。

㉚ 把香衾自溫　思人不歸，無奈，祇好自溫寒床。

㉛ 金杯不洗心頭悶　此句應照〔端正好〕第二句"酒暈桃腮"四字，點明了飲酒之因在於遣愁，然而"借酒澆愁愁更愁"。

㉜ 青鸞不寄雲邊信　此句道出更愁之因乃是不見來信,期望由見面降到見信,仍不能滿足。青鸞:神鳥名,傳說爲西王母信使,後即以爲信使的代稱。雲邊信:很遠處的信。

㉝ 玉容不見意中人　言自己雖爲嬌容玉面,却終不見意中之人。

㉞ 空教人害損　此乃相思不見之果,白白地使人瘦損下去。形損如此,心損如何呢?

㉟ 想當日一宵歡會成秦晋　相見不得,轉而又回憶當時一夜結成相好。秦晋:指春秋之時秦晋數代聯姻,多年修好,後即以代指結成婚姻。

㊱ 翻做了千里關山勞夢魂　不料反而成爲夢中遥想之事了。

㊲ 漏永更長燭影昏　夢中醒來,難以入睡,更覺夜長,而燭影又是那麽昏暗,多似美妓此時的心境。

㊳ 柳暗花遮曙色分　漸漸盼得天明了,看到窗外,曙色之中柳是暗的,花影在其之下更暗,原本求天明或許可以遣悶,現在睹花柳之色,心情愈發黯然。

㊴ 酒醺花濃錦帳新　在新屋之中,濃花之下,重飲醾酒。花濃:指雨後花帶露珠之狀。

㊵ 倚玉偎紅翠被温　飲酒不得遣愁,於是依然卧於被中,重温當日依玉偎紅的美景。

㊶ "有朝一日"二句　此二句爲一絲可憐的,然而又帶點報復性的企望:有朝一日見到意中之人,一定將所受凄涼之苦傾訴於他,並盡情歡會一番。菱花鏡里人:當爲二人曾於鏡中同照,在此代意中人。菱花鏡:銅鏡名,或爲六角形,或爲鏡背有菱形者。正了本:償本。《董西廂》卷一:"倘或明日見他時分,把可恨的媚臉兒飽看一頓,便做受了此恓惶也正本。"此句正本,即指盡情歡會一番,以爲補償。

【校記】

　　說明:記載此套曲者有《詞林摘艷》六;《雍熙樂府》二;《北宫詞紀》六;《詞林白雪》一;《北詞廣正譜》引其中〔醉太平〕。於校記中衹用以上諸書名的簡稱。

〔一〕眉新　《雍熙》《詞紀》《詞林》俱作"眉顰"。

〔二〕顔色　内府本《詞林》作"嬌色"。　紅霞　《雍熙》《詞紀》俱作"江梅"。

〔三〕緗裙　《雍熙》《詞紀》《詞林》俱作"凌波"。

〔四〕露　《雍熙》作"剥"。

〔五〕點真　《雍熙》作"眼明"。

〔六〕胭脂　《雍熙》《詞紀》《詞林》俱作"楂圓"。

〔七〕翠靨　重增本《詞林摘艷》作"翠鈿"。

〔八〕誤落風塵　《雍熙》作"世上絕倫"。

〔九〕後身　內府本《摘艷》作"俊身"。

〔一〇〕多應　《雍熙》作"多管"。

〔一一〕便有　《雍熙》《詞紀》《詞林》俱作"便有那"。　不真　《雍熙》作"不成"。

〔一二〕妝梳　《雍熙》作"梳妝"。

〔一三〕笑語　《雍熙》《詞紀》《詞林》俱作"語笑"。

〔一四〕末句　《雍熙》作："有千般可人。"

〔一五〕把　《雍熙》無此字。

〔一六〕悶　《雍熙》作"恨"。

〔一七〕更長　《詞紀》作"更深"。

〔一八〕柳暗　《雍熙》《詞紀》作"柳映"。

〔一九〕偎紅　《雍熙》《詞紀》作"偎香"。

〔二〇〕末句　《雍熙》作："再不索搭伏着鮫鮫枕頭兒盹。"　這受過　《詞紀》作"受過的"。

附 録

吳昌齡及其作品研究資料彙輯

一 關於吳昌齡研究資料彙輯

元·鍾嗣成《錄鬼簿》卷上(天一閣本)

　　吳昌齡,西京人。西京出屯俊英杰,名姓題將《鬼簿》寫;《走昭君》《東坡夢》《辰勾月》《探胡洞》《賞黃花》,色目佳。《西天取經》,行用全別。《眼睛記》《狄青撲馬》《抱石投江》《貨郎末泥》,十段錦,段段和協。

眼睛記　哪吒太子眼睛記

西天取經　老回回東樓叫佛　唐三藏西天取經

東坡夢　雲門五派老婆禪

狄青撲馬

賞黃花　浪子回回賞黃花

抱石投江

辰勾月　文曲翁搭救太陰星　張天師夜祭辰鈎月

貨郎末泥

走昭君　夜月走昭君

探胡洞　老回回探狐洞

元·鍾嗣成《錄鬼簿》(孟稱舜本)

　　□□□(應為吳昌齡),西京人。

　　□□花(應為《賞黃花》)

搜胡洞

貨郎末泥

□天取經(應爲《西天取經》)

抱石投江

狄青撲馬

元·鍾嗣成《錄鬼簿》(曹棟亭刊本)

吳昌齡,西京人。

唐三藏西天取經	張天師夜祭辰鈎月
浣花女抱石投江	哪吒太子眼睛記
浪子回回賞黃花	鬼子母揭鉢記
月夜走昭君	狄青撲馬
貨郎末泥	

明·朱權《太和正音譜》

吳昌齡,西京人。

賞黃花	搜胡洞	眼睛記
抱石投江	東坡夢	辰鈎月
貨郎末泥	西天取經	夜月走昭君
狄青搏馬		

明·王世貞《王氏曲藻》(《新曲苑》引)

今世所演習者,北曲《西廂記》出王實甫……《東坡夢》《辰鈎月》出吳昌齡。

明·臧晉叔《元曲論》

元群英所撰雜劇,共五百四十九本。蓋雜劇者,太平之盛事,非太平則不出。今以耳聞目擊者,收錄譜中。天下才子非一人,管見不能備知,望後之賞音者增入焉。以下俱見涵虛子(即明朱權)。

吳昌齡共十五本

張天師　　一作辰勾月　　　東坡夢

西天取經　六本　　　　　　賞黃花　一作黃花峪

搜胡洞　　　　　　　　　　眼睛記

抱石投江　　　　　　　　　狄青搏馬

夜月走昭君　　　　　　　　貨郎末泥

清・姚燮《今樂考證》

唐三藏西天取經　《元曲選》云:有六本。按所行《西游記》院本二十四折,署吳昌齡撰。古劇每本例四折,此云有六本,即爲是劇。《西游記》之名,後人所易也,後卷院本不復刊。

張天師夜祭辰鈎月　一本作《辰鈎月》。按《元曲選》有《張天師斷風花雪月》,當另一種,補列於右。

張天師斷風花雪月　《國朝雜劇》柳山居士《太平樂事・風花雪月》

浣花女抱石投江

哪吒太子眼睛記

浪子回回賞黃花　一作《黃花峪》

鬼子母揭鉢記　《西天取經》有揭鉢折,不當別列此目,或另一種。

月夜走昭君

狄青撲馬

貨郎末泥　　　以上《錄鬼簿》

　　(《花間四友東坡夢》,《元曲選》補入)

　　鍾氏云:昌齡,西京人。

　　梁氏云:昌齡,西京人。

今人·孫楷第《元曲家考略》

吴昌齡（《録鬼簿》上"前輩才人"）

北京大學圖書館藏《張提點壽藏記》拓本（張仁蠡舊藏），友人孫君貫文從圖書館借出示余。首題："應奉翰林文字同知制誥兼國史院編修官朝散大夫尚書省右司員外郎曹元用撰。""奉議大夫婺源州知州兼管本州諸軍奥魯勸農事吴昌齡書丹篆額。"後題："延祐七年二月二十有二日弟子佟道安等立石"，"古任王鼎刊"。記略云："提點名志德，張其氏，濟南鄒平人。年二十五，有出塵之想，飄然爲方外游。至濟州聖壽宫洞虚普慧張真人栖身之地，心慕其爲人，遂禮其徒。明真仁恕冲和大師宗主提點羅先生爲師。羅先生愛之，命之宫事，預修壽藏於崌山之陽，祖師塋之側，求余爲記。"昌齡書頗有楷法，或即曲家吴昌齡歟？

按：元武宗至大二年，八月癸酉，立尚書省，四年正月庚辰，武宗崩，壬午罷尚書省。見《元史》卷十三《武宗記》，卷二十四《仁宗記》。元用，汶上人。以閻復薦爲翰林國史院編修官，御史臺闢爲掾史，轉中書省右司掾。與清河元明善、濟南張養浩，同時號爲"三俊"。除應奉翰林文字，遷禮部主事，改尚書省右都事，輔員外郎。及尚書省罷，退居任城久之，齊魯間從學者甚衆。延祐六年，授太常禮儀院經歷。英宗立，授翰林待制，陞直學士，兼經筵官。天曆間卒。事迹見《元史》一七二本傳。碑文叙事，止於延祐三年，似即延祐三年作。惟《元史》卷一七八《王約傳》稱約以皇慶元年召見，上疏薦爲前尚書參議李源、右司員外郎曹元用，皆除擢有差。是元用除官，在延祐三年以前，不應復書至大中尚書右司銜。然仁宗即位，前尚書省宰執皆以罪誅，元用此時縱有新除，或避嫌辭不行，亦未可知。又元制朝散大夫從四品，右司員外郎從六品，今碑元用銜書朝散大夫尚書右司員外郎，階比官高，蓋至大中曾進階也。（元明善仁宗時爲翰林待制承直郎兼國史院編修官，以與修《成宗實録》加奉議大夫。

婺源本宋縣,元貞元年陞爲下州。元制上州設州尹,中州、下州設知州。吴昌齡延祐中爲婺源州知州。清康熙三十二年《婺源縣志》、嘉慶十二年《婺源縣志》卷十《官師志》俱不載。)

今人·劉蔭柏《吴昌齡及其劇作論考》

吴昌齡爲元代初期戲劇家,故元鍾嗣成在《録鬼簿》卷上"前輩才人有所編傳奇於世者五十六人"欄内爲其作傳,近代大學者王國維先生據此將吴昌齡列元代第一期作家(見《宋元戲曲考》)。

吴昌齡是"西京人"(《録鬼簿》)。西京在中國歷史不同朝代所指地點有差異。西漢和隋均以長安爲西京,唐肅宗時改鳳翔爲西京。五代時晉王以太原府爲西京,宋代以洛陽爲西京。遼重熙十三年(1044)陞雲州爲大同府,號西京,沿至金代不改。元人鍾嗣成所説的"西京",即指大同府,今爲山西地區和内蒙古烏加河,東勝旗以東,多倫以西地區。因爲大同府轄地廣大,故吴昌齡不一定就是大同市人,也可能生於河北或内蒙古。孫楷第先生據《張提點壽藏記》拓本首題:"應奉翰林文字同知制誥兼國史院編修官朝散大夫尚書省右司員外部曹元用撰。""奉議大夫婺源州知州、兼管本州諸軍奥魯勸農事吴昌齡書丹篆額。"後題:"延祐七年二月二十二日弟子佟道安等立石。"由此可知,吴昌齡書頗有楷法,在延祐中爲安徽婺源州知州。吴昌齡雖然出生在北方,却在安徽居住並爲官吏,他活動的舞臺不局限於大同府一帶。但在清代康熙、嘉慶兩朝撰寫《婺源縣志》皆未載有關吴昌齡事,故孫先生之推考尚待發現新的資料來進一步印證。

元末明初戲劇家賈仲明爲吴昌齡撰寫挽詞《凌波仙》云:

西京出屯俊英杰,名姓題將《鬼簿》寫。《走昭君》《東坡夢》《辰勾月》《探胡洞》《賞黄花》色目佳。《西天取經》,行用全別。《眼睛記》《狄青撲馬》《抱石投江》《貨郎末泥》,十段錦,段段和協。

這裏所説的"十段錦"即天一閣本《録鬼簿》卷上載吴昌齡雜劇十種:

　　眼睛記　　哪吒太子眼睛記
　　西天取經　老回回東樓叫佛　唐三藏西天取經
　　東坡夢　　雲門五派老婆禪
　　狄青撲馬
　　賞黄花　　浪子回回賞黄花
　　抱石投江
　　辰勾月　　文曲翁搭救太陰星　張天師夜祭辰勾月
　　貨郎末泥
　　走昭君　　宫月走昭君
　　探狐洞　　老回回探狐洞

在曹楝亭本《録鬼簿》中無《東坡夢》《探胡洞》劇目,却別添一劇爲:

　　鬼子母揭鉢記

孟稱舜本《録鬼簿》祇載七種劇目,無《東坡夢》《辰勾月》《走昭君》。綜合明、清兩代的上述三種傳鈔本《録鬼簿》,計得其所作雜劇十一種,故知吴昌齡是一位比較多産的劇作家。吴昌齡亦作散曲,惜僅存套數一種〔正宫·端正好〕,是歌咏一位與他"一宵歡會成秦晋"的美妓的作品,故知他還是一位多情的風流才子。

1928年在日本宫内省圖書館發現了《傳奇四十種》,其中有明代萬曆甲寅(1614)刊本楊東萊先生批評《西游記》雜劇六卷。日本著名漢學家、元曲研究家鹽谷温先生,把它重印刊世,爲中外學者所重視。當時許多學者認爲新發現的《西游記》雜劇六卷,即是在中州久已散失的吴昌齡《唐三藏西天取經》雜劇,甚至連鄭振鐸、俞平伯先生都失察,以致在六十年代的著述中仍堅持此説。其實,吴昌齡《唐三藏西天取經》是四折一楔子的典型元代北曲短劇。從天一閣本《録鬼簿》中題目正名推測,有描寫老回回歡迎、送别唐僧的内容,而在楊東萊先生批評《西游記》六卷並無此項内容,且又是六本二十四折的長劇,二者顯然不是一事。楊東萊的批評本,實際是元末明初蒙古氏楊景賢或稍晚一些的文人參照元人《西游記》平話改編的。孫楷第先生在《吴昌齡與雜劇〈西游記〉》一文中,對此有比較詳細、嚴密的推考。凡先生談到處,就不在這裏贅述了。吴昌齡《唐三藏西天取經》雜劇,今殘存二折,其一《北餞》,在《萬壑清音》《諸侯餞别》,《集成曲譜》正集中《蓮花寶筏》《北餞》,《納書楹曲譜》補遺卷一中《西游記》"餞行",《昇平寶筏》二本十六出《餞送郊關開覺路》(一名《十宰餞别》),及楊景賢《西游記》雜劇卷二五出《詔餞西行》中,均在不同程度上保留了吴昌齡雜劇之原貌。這一折内容是在一些史實的基礎上,加以附會衍成的。如劇中餞别唐僧的房玄齡,恰好是玄奘從天竺歸國時,身爲洛陽令西京留守左僕射並奉唐太宗之命使有司待唐僧的政府大員。玄奘抵長安後,又是房玄齡遣官奉迎,將玄奘安置在弘福寺的。玄奘譯經時,條疏所需以申請於太宗,房玄齡又命依所需供給,並延請爲時輩所推重諸僧道宣、神泰、慧立、辯機、玄應等十二人,襄助譯事(詳見唐慧立、彦悰《大慈恩寺三藏法師傳》)。而且,房玄齡本人亦是釋門道士,他與楞伽派法師法冲極爲友善(見唐道玄《續高僧傳·法冲傳》)。至於李世勣、尉遲恭等人,在天竺沙門無極高至長安時,同請建陀羅尼普集壇,所需供辦。尉遲恭晚年迷信特甚,閉門謝客,專學"延年術",以致在《資治通鑒》卷二百中亦載其事。他侄兒尉遲洪道,法名窺基,奉敕爲玄奘大弟子,玄奘圓寂後,窺基爲慈恩宗掌門人(見宋志磐《佛祖統記》)。故知在劇中將尉遲恭附會成唐僧爲其摩頂受記之門人,亦不爲無因。其二《回回》,在《萬壑清音》中,"回回迎僧",《集成曲譜》五集中《唐三藏·回回》,《慈悲願·回回》,《納書楹曲譜》續集中《唐三藏》《回回》,《昇平寶筏》二本十八出《獅蠻國直指前程》(一名《回回指路》)中,均保留輯錄了此折內容。至於明崇禎六年(1633),孟稱舜編刊《新鎸古今名劇柳枝集》中題爲吳昌齡撰《二郎收豬八戒》一卷,實際上是將楊景賢《西游記》雜劇第四卷摘出別行,標爲此目,誤書吳昌齡。因爲楊景賢雜劇全名可能曰《玄奘取經西游記》,故與吳昌齡《唐三藏西天取經》在劇名上極易相混。明初《錄鬼簿續編》作者(可能是賈仲明),因與楊景賢"交五十年",故知楊景賢所作《西游記》雜劇與吳昌齡之劇作不同。明代正德、嘉靖年間的李開先親自見過楊景賢的雜劇原本,故所述準確,到萬曆之後始出問題。首先是勾吳蘊空居士獲得此劇鈔本,因無署名,遂據《太和正音譜》冠之以吳昌齡大名。後來臧晉叔在刊刻《元曲選》時,卷首引涵虛子《群英雜劇目》即朱權《太和正音譜》中"群英所編雜劇",自作聰明地在吳昌齡《西天取經》下注:"六本",而此二字爲原《太和正音譜》中所無。孟稱舜因過於相信這位元曲研究家臧晉叔,遂至以訛傳訛,別翻新樣。在中國珍本叢書第一輯《元人雜劇全集》中,輯有吳昌齡撰《鬼子母揭鉢》殘本一卷,故在《中國叢書綜錄》中亦標明此劇殘本尚存。實際上在盧前先生收輯整理的《元人雜劇全集》中,並無此劇殘本,衹有"附《鬼子母揭鉢記》"幾個字。我推測此劇殘本或爲舊書。賈從《西游記》雜劇三本十二出"鬼母皈依"中摘出,因已與收入《元人雜劇全集》並被誤認爲吳昌齡《唐三藏西天取經》(即《西游記》雜劇)中一折重復,遂錄。《元人雜劇全集》鉛印本,極易見到,若真有與《鬼母皈依》折中文字不同的《鬼子母揭鉢記》殘本一卷的話,一定會見於隋樹森先生編《元曲選外編》和趙景深先生輯《元人雜劇鈎沉》內,而此二書亦皆不錄此殘本,足見其無。《鬼子母揭鉢記》雜劇本事採自《佛説鬼子母》。此經文在西晋時已有國人譯録,後收入《大藏經》密教軌部,在梁僧旻、寶唱等撰《經律異相》卷四十六《鬼子母先食人民佛藏其子然後受化第八》和元王古撰《大藏聖教法寶標目》卷五中均有其内容簡介。楊景賢《西游記》雜劇《鬼母皈依》,很可能即參照或輯録了吴昌齡《鬼子母揭鉢記》中内容。在徐於寶、鈕少雅編《江纂元譜南曲九宫正始》第一册内〔黄鐘·過曲〕輯録一支殘曲:

〔降黄龍换頭〕爲魁,恰似葡萄乍潑醅。料瓊漿玉液,果然難賽。珍珠溜滴,翻翠色紅影琉璃鍾内。佳會,醉鄉深處,恍如身在蓬萊。〔合〕盡一杯,人人願比,壽山福海。

〔前腔〕無礙,一日春風十二回。算神仙也曾,解貂留珮。沾唇到口,看二月雨點紅入桃腮。相偎、並肩歸去,夜深燈火樓臺。

這二支殘曲爲楊景賢《西游記》雜劇"鬼母皈依"中所無,或許即是據吴昌齡《鬼子母揭鉢記》雜劇而改編的元代戲文。

吴昌齡現存雜劇二種:《花間四友東坡夢》《張天師斷風花雪月》,俱收入明人臧晋叔編的《元曲選》中。《花間四友東坡夢》題目正名曰:"雲門一派老婆禪,花間四友東坡夢。"即天一閣本《録鬼簿》中之《東坡夢》。此句從内容本事上探尋,它實際上是把蘇軾《東坡問答録·與佛印嘲戲》(此書雖不一定出自蘇軾之手,但書成於宋代,仍可爲據)、錢愐《錢氏私志》、曾慥《類説》卷五十七《西清詩話·秋英不比春花落》、惠洪《冷齋夜話·東坡稱賞道潛詩》、陳善《捫虱新話》卷十五《房琯、婁師德、張文定、蘇東坡知前身》等中記載蘇軾與佛印,甚至包括蘇軾與道潛、王安石等人的故事傳説,雜糅在一起,敷衍而成。此劇雖係寫宋代的故事傳説,其間却包含着作者人生苦海中的種種辛酸悲苦。如劇中的蘇軾本想勸佛印還俗,重入仕途,結果反被佛印所規勸:

雖然是食酸餡,挨淡齋,淡祇淡淡中有味。想足下縱有才思十分,到今日送得你前程萬里。……早難道舌爲安國劍,詩作上天梯。你受了青燈十年苦,可憐送得你黃州三不歸。

這些話深深地刺中蘇軾的痛處,使他終於從險巇世道及宦海浮沉中覺悟。

從今後識破了人相、我相、衆生相,生况、死况、別離况,永謝繁華,甘守凄凉。

以致心萌飄然出塵之念。如果吳昌齡在元初確實當過小官吏,那麽通過劇中人道出的這些論世、論人之語定是針對社會現實而言。

《張天師斷風花雪月》,雖與《錄鬼簿》中所載題目略有出入,但從内容情節上分析仍屬同一劇本(王國維先生在《宋元戲曲考》一書"元雜劇之淵源"一章云:"元劇之形式爲然,即就其材質言之,其取諸古劇者不少。"並"列表以明之",認爲《張天師斷風花雪月》雜劇與宋雜劇《風花雪月爨》和金院本《風花雪月》有血緣關係)。此劇内容爲:書生陳世英因一曲瑶琴,感動了婁宿,救了桂花仙子。仙子感恩,遂下凡與世英私會,世英叔父陳太守見情況異常,就派人請張天師來除妖。張天師夜間施法,勾月中桂花仙子到案,真相大白。舊説狀元爲文曲星,嫦娥爲太陰星,劇中書生陳世英與月中桂花仙子正似之,恰與《錄鬼簿》中"文曲翁搭救太陰星"意思相同,故知現存此劇即吳昌齡《張天師夜祭辰鈎月》雜劇之一名。正一天師教從東漢張道陵創始後不久,就成爲中國國産的第一大宗教。晋人葛洪在《神仙傳》卷四載《張道陵傳》,故意神其事以惑天下人,爲道家張目。宋人張君房在《雲笈七籤》中繼續爲張道陵鼓吹弄玄,致使他成爲神仙中的佼佼者。天師教由漢中移至江西龍虎山之後,風行大江南北,在士林中亦頗有市場。不僅張道陵被説得神乎其神,他的子孫即歷代天師亦傳説極玄,以致宋徽宗崇信道士林靈素,並自稱爲教主道君皇帝。吳昌齡此劇即是采自民間傳說而衍成。此類故事雖屬荒誕,但其中亦隱含着作者的某些真實想法,有時還可能借此曲述難言之隱。如劇中的桂花仙子雖然是上界的女仙,亦不能免爲羅睺、計都以暴力相威逼,幾乎失身。她在月宫一難,豈不正是在元蒙統治時期這極黑暗的王國裏,廣大婦女大灾難的縮影麽？天上人間,無非爲强横者所設,人民的苦難是無法言喻的。吳昌齡撰寫此劇不是專爲述説民間悲苦,但在元初異族統治的特定歷史環境下,由於漢族文人備受種族歧視,地位低下,生活悲苦,多懷不滿情緒,常常觸景而發,流露出真實感受。故王國維先生認爲"元劇之文章",以意興之所至爲之,"以自娱娱人","時代之情狀"亦"時流露於其間"(《宋元戲曲考》)。

　　吳昌齡在元代劇作家中雖然够不上大家,難與關漢卿、王實甫、馬致遠等人相比,但亦有獨到之處,爲後世所重。其特點有二:其一爲西游專家,作有與《西游記》小説人物、情節有關的劇目三種,即《哪吒太子眼睛記》《唐三藏西天取經》《鬼子母揭鉢記》。哪吒太子曾與孫悟空大戰過,是著名的神將。鬼子母之子火孩兒即《西游記》中羅刹夫人之子紅孩兒的前身。至於《唐三藏西天取經》一劇,亦是反映西游取經故事最早的成熟劇本,對研究《西游記》的成因,價值甚高。其二爲回回戲專家,他除了在《唐三藏西天取經》劇中有"老回回東樓叫佛"的内容外,又作有《浪子回回賞黄花》《老回回探狐洞》雜劇兩種,明初戲劇家賈仲明稱贊它"色目佳",想必是個表現少數民族生活的很有趣味的故事。在中國戲劇史上描寫少數民族生活的戲劇家,吳昌齡可謂第一人。從時代上看,他生於元初,正是中國戲劇剛剛成熟的時期。女真族作家李真夫,雖然寫過真實反映女真民族生活的雜劇《便宜行事虎頭牌》,但僅此一部。而身爲漢族文人的吳昌齡,却在三種雜劇中反映了回族人民的生活與傳説。吳昌齡能够超脱狹隘的漢民族意識,而爲當時各民族間的大融合獻出自己藝術的精神和業績,是值得後人稱頌的。

二　關於《張天師》本事和研究資料彙輯

（一）本事資料彙輯

　　説明:吴昌齡《張天師》的本事似有直承之處。陶宗儀《輟耕録》中"諸雜院爨"及"搶拴艷段"中皆有《風花雪月》。此二本應有演陳世英與桂花仙(或嫦娥)中秋私會,張天師勘斷一事,惜二本皆已不存。考其劇情發展及内容,吴作與當時及從前的稗史傳説、筆記等關係密切。兹録其中最可參校者於後。本劇研究評論資料裏已提及的,不再於此另録。

清·王建章《歷代仙史》卷一《漢仙史》

正一天師

　　正一天師,姓張,名道陵,字輔漢,留侯八世孫。身長九尺二寸,龐眉廣,朱頂緑睛,隆準方頤,目有三角,狀犀貫頂;垂手過膝,龍蹲虎步,望之儼然。初,母夢大人自北魁星中降至地,既覺,異香經久不散,感而有孕。漢光武建武十年,生真人於天目山。七歲,通《道德》、河洛、圖緯之奥,舉賢良方正。既而嘆曰:"此無益於年命。"遂隱於鶴鳴山。弟子有王長者,司天文,精黄老,相與煉龍虎大丹。三年丹成,真人餌之,年已六十,若三十許人。又與王長入北嵩山,得黄帝九鼎丹方,精思修煉,能分形散影。每泛舟池中,誦經堂上,隱几對客,杖藜行吟,一時並起,人莫能測。每除毒救民,隨手而應。順帝壬午正月上元夜,真人在鶴鳴山,感太上老君親降,教治蜀中六大鬼神以福生靈,則功德無量,而名録丹臺矣。乃授以《正一盟威秘録》《三洞衆經》九百三十卷,《符録丹竈秘訣》七十二卷,雌雄劍二,都功印一,且曰:"與子千日爲期,後會閬苑。"真人乃拜叩領訖,日味秘文,按法遵修。因往青城山,置琉璃高座,左供大道元始天尊像,右置三十六部真經,立十絶靈幡,周匝法壇,鳴鐘扣磬,布龍虎神兵,竭盡法力。魔鬼折服,同聲哀告,不敢虐民。真人乃逐六大鬼王,歸於北酆,八部鬼帥,竄於西域。群鬼既滅形而遁,真人遂至蒼溪縣雲臺山謂王長曰:"此山乃吾成功飛昇之地也。"遂卜居,修九還七返之功。一日,老君仙杖排空,徘徊雲際,命使者告曰:"子之功業,合得九天上仙。但在蜀治鬼,所殺過多,又擅興風雨,役使鬼神,陰景翳晝,殺氣穢空,非大道好生之心。子且退居,勤行修謝,吾待子於無何有雲上清八景宫中。"言訖,遂昇去。真人遵依告文,與王長復遷鶴鳴山,謂弟子趙昇曰:"陽山有白氣,必妖也,當往除之。"既至,首驅毒龍,得鹹泉,居民煮之有鹽。又以法掩十二女神於井中,盟曰:"令作井神,無得復出。"彼方之民,至今不罹神女之害,而獲咸井之利。真人復居主簿山,又遷本竹山,歷游蒙秦,渠亭堵處。重修二十年,乃復領王、趙弟子往鶴鳴山。遂奉上請符召,親游閬苑,謁太上,朝元始天尊。殿上勑青童諭真人以正一盟威之法,使世世宣布,爲人間天師。勸度未悟,乃密諭飛昇之期。受命訖,真人乃還鶴鳴山。桓帝永壽元年正月七日,太上駕龍興駐空中,命真人乘白鶴,同往成都,重演太一盟成之旨,說北斗南斗經。畢,復返雲霄,真人知昇舉日近,乃於雲雲山留神迹,舉身躍入石壁中,自崖頂出,其山遂成二洞。九月九日,帝召至,君仙儀從,天樂擁道。真人乃以印、劍、三洞經録,受其長子衡,於雲臺峰携王長、趙昇白日昇天。時年一百二十三歲也。

唐·鄭還占《博異志》

崔元微

　　天寶中，處士崔元微，洛苑東有宅，耽道餌術茯苓三十載。因藥盡，領童僕入嵩山採之。採畢方回，宅中無人，蒿萊滿院。時春季夜間，風月清明，不睡獨處一院，家人無故輒不到。三更後，忽有一青衣人云："君在院中耶？今欲與一兩女伴，過至上東門表姨處，暫借此歇，可乎？"元微許之。須臾，乃有十餘人，青衣引入。有綠裳者，前曰："某姓楊。"指一人曰："李氏。"又指一人曰："陶氏。"又指一緋衣小女曰："姓石名醋醋。"各有侍女輩。元微相見畢，乃命坐於月下，問出行之由。對曰："欲候封十八姨。"數日，云欲求相看不得，今夕衆往看之。坐未定，門外報："對家封姨來也。"坐皆驚喜出迎。楊氏云："主人甚賢，祇此從客不惡，諸處亦未勝於此也。"元微又出見封氏，言詞泠泠，有林下風氣，遂揖入坐。色皆殊絕，滿坐芳香，馣馣襲人。處士命酒，各歌以送之。元微志其二焉，有紅裳人與白衣送酒歌曰："皎潔玉顏勝白雪，況乃當年對芳月。沉吟不敢怨春風，自嘆客華暗消歇。"又白衣人送酒歌曰："絳衣披拂露盈盈，淡染胭脂一朵輕。自恨紅顏留不住，莫怨春風遭薄情。"至十八姨持盞，性輕佻，翻酒污醋醋衣裳。醋醋怒曰："諸人即奉求，余不奉求。"拂衣而起。十八姨曰："小女子弄酒。"皆起至門外，別十八姨南去，諸女西入苑中而別。元微亦不之異。明日夜又來，云欲往十八姨處。醋醋怒曰："何用更去封嫗舍！有事祇求處士，不知可乎？"醋醋又言："諸女伴皆往苑中，每歲多被惡風所撓，居止不安，常求十八姨相庇。昨醋醋不能依回，應難取力。處士倘不阻見庇，亦有微報耳。"元微曰："某有何力得及諸女？"醋醋曰："處士但每歲歲日與作一朱幡，上圖日月五星之文，於苑東立之，則免難矣。今歲已過，但請至此月二十有一日平旦，微有東風則立之,庶免於患也。"元微許之。乃齊聲曰:"不敢忘德。"拜謝而去。元微於月中隨而送之。踰苑牆乃入苑中,各失所在。依其言至此日立幡。是日,東風刮地,自洛南圻樹飛沙,而苑中繁花不動,元微乃悟諸女曰:"姓楊、李、陶,及衣服顏色之異,皆衆花之精也。緋衣名醋醋,即石榴也。封十八姨乃風神也。"後數夜,楊氏輩復來愧謝,各裹桃李花數斗。勸崔生服之,可延年却老,願長於此住衛護,某等亦可致長生。至元和初,元微猶在,可稱年三十許人,言此事於時人得不信也。

(二)研究資料彙輯

明・朱有燉《張天師明斷辰鈎月》小引

世人常以鬼神爲戲言,或馳騁於文章以爲傳奇者,余每病其媟嬻之甚也。夫后土地祇、上元夫人、河洛之英、太陰之神若此者不一而足,皆天地之間至精至靈正直之氣,安可誤以荒謠,配之伉儷,播於人耳,聲於筆舌間也!暇日,因見元人吳昌齡所撰《辰鈎月》傳奇,予因以爲幽明會合之道,言於木石之妖,或有此理;若以陰陽至精之正氣,與天地而同行化育者,安可誣之若此耶!遂泚筆抽思,亦製《辰鈎月》傳奇一本,使付之歌喉,爲風月解嘲焉。永樂二年歲在甲寅仲秋汗書。

清・焦循《劇說》

《張天師夜祭辰勾月》搽旦扮封姨,旦兒扮桃花仙,正旦扮桂花仙。

《張天師斷風花雪月》,吳昌齡作。《錄鬼簿》作《張天師夜祭辰鈎月》。

清·黄應錫《曲海總目提要》

辰鈎月雜劇

　　元吴昌齡撰（按：吴昌齡撰有《張天師夜祭辰鈎月》，此本正名曰"張天師斷風花雪月"。恐另自一本，爲無名氏之作品），云"長眉仙遣梅菊荷桃，張天師斷風花雪月"。蓋必當時舉子，秋榜獲雋，而不能得志於春闈者。故劇中以桃桂二仙偕至，桂仙留而桃仙不留，是其寄托也。鄉闈得雋，必以折桂爲比，唐人詩"桂花香處同高第""領取嫦娥攀取桂"，皆此意也。桃仙、封姨，本之《博異記》，但記有楊氏、李氏、石醋並陶氏爲四。其封十八姨，以指春風，此則兼四時言，故添梅、荷、菊與雪天王，曰"風花雪月"。月即指桂花，謂月中仙也。略云：洛陽太守陳全忠，西洛人也。有侄曰世英，以應舉經洛陽，全忠留住園中。值中秋節，世英醉後玩月，題詩鼓琴。時羅睺、計都星纏月（按：此謂月食），而世英琴聲，感動婁宿，得救月宫之難。於是月中桂花仙子，深感世英。且與世英有宿緣，潛下人間，與封姨、桃花仙子，叩世英館，飲酒而去。訂以明年此夕再來。世英思仙子不置，染疾伏枕。（張天師結壇請神云，時遇中秋，偶逢月蝕，羅計纏於黑道，婁宿聞此顯威，夢入蟾宫，敵戰惡星而退度。救此月蝕，元光再續於寥天；半明半滅，乍闕乍盈。忽嫦娥之感動，思凡世而降臨；私離瑶臺，誤干天運；混仙凡而爲患，錯躔舍以成灾。請命道流，立壇究治。）適張天師道元（清人避玄燁諱，稱"玄"爲"元"）過洛，謂全忠園中有花月之妖，遂爲結壇，勾攝梅菊荷桃風花雪月諸仙，畢至壇所勘問。諸仙皆怨桂花一人思凡，而波累及衆，各以詞折辯。天師勘問既明，牒往西池長眉仙處問罪。長眉仙者，衆仙之總也。以桂花仙子，本爲酬恩起見，又念其從無匹配，思凡下世，情有可矜，竟得釋免。其餘衆仙各歸本位，而世英疾亦平。張衡《靈憲》曰："羿請不死之藥於王母，姮娥竊之奔月宫。"又虞喜安《天喜》曰："俗傳月中仙人桂樹，今視其初生，見仙人之足，漸已成形，桂樹復生。"按《天文書》：火之餘爲羅睺，土之餘爲計都。又計都犯羅睺則日食，羅睺侵計都則月食。奎、婁、胃、昴、畢、觜、參七星，金星主之以司秋。婁星明則郊祀得禮，天子有福，多子孫，臣忠子孝。劇中張天師云：祖傳三十七代。按《元史·釋老傳》：正一天師者，始自漢張道陵；其後四代孫曰盛來，居信之龍虎山。相傳至三十六代孫張宗演，當至元十三年。世祖召之，待以客禮。特賜玉芙蓉冠、組金無縫衣，命主領江南道教，仍賜銀印。嘗命取其祖天師所傳玉印寶劍觀之。二十九年卒。子與棣嗣，爲三十七代，襲掌江南道教。三十一年入覲，卒於京師。（今云三十七代，蓋指與棣也，道元之名係撰出。天師弟子吳全節，嘗授崇文弘道元德真人。撮其中兩字以爲名耳。）陳世英白云："三十三天，離恨天最高，四百四病，相思病最苦。"三十三天，四百四病，皆出《内典》。天師白云："引誘嫦娥，輒入五姓之家。"（按五姓，謂張王趙李劉也。以此爲舊族之最著者，故云。）又天師白中菊花詩云："東坡昔貶黃州道，吹落黃花滿地金。"按此本稗史之説。謂王安石三難蘇軾，有黃州菊花落地之説。然此誤也。史正志《菊花叙》云："荆公詩：'黃菊飄零滿地金。'歐陽曰：'秋花不比春花落，憑仗詩人仔細看。'荆公笑曰：'歐九不學故也。不見《楚辭》云餐秋菊之落英云云。'噫，荆公蓋拗性自文耳。詩之訓落爲始，蓋謂花始敷也。殘芳剩馥，豈堪咀嚼乎？嘗詢楚黃土人，實無此種。"據此乃歐陽事，非蘇軾也。白中菊花仙，本之《夷堅志》。《志》云：成都學府有神曰菊花仙，相傳爲漢宫女；諸求名者往祈影響，神必明告。仙爲漢宫女，蓋在漢宫飲菊花酒者。或云，成都府漢文翁石室，壁間畫一婦人，手持菊花，前對一猴，號菊花娘子。大比之歲，士人多乞夢，頗有靈異。

清·吕種玉《言鯖》

《辰鈎月》是院本傳奇,元人吳昌齡撰,載陳世美("美"爲"英"之誤)感月精事。緯書載,辰星鈎月甚難,主年豐國泰。(《曲海揚波》卷三引)

近人·日本青木正兒《元人雜劇概説》

張天師斷風花雪月　元曲選本　旦本(吳昌齡作)

吳昌齡的《風花雪月》(《元曲選》中略稱《張天師》)在《錄鬼簿》中題爲"張天師夜祭辰鈎月",在《正音譜》中略稱《辰鈎月》。王國維認爲兩者大概是同一種(《曲錄》卷二)。任訥曾以《元曲選》本沒有祭辰鈎月的情節,疑爲應係兩種(《曲錄》初補)。但我以爲王國維的論斷是正確的。所謂辰鈎月就是指月蝕。現在就《元曲選》本來看,則關於月蝕的傳説,做着此劇的骨子。第三折所演張天師設壇場以術降諸神的事,就是題爲《張天師夜祭辰鈎月》的原因。並且在明周憲王的雜劇中,我們可以認爲是改作吳昌齡此劇的《張天師明斷辰鈎月》,現在還在。拿它和《元曲選》此劇相比較,則故事的骨子是一樣的。而題目也仍然蹈襲着見於《錄鬼簿》的名稱,不過僅改易二字而已。以此作爲旁證,加以思索,對於兩者同爲一書,也就不容置疑了。此劇的梗概是這樣:青年陳世英,八月十五日中秋節的晚上,在書房裏彈琴。這時恰巧月中桂花仙子(女仙),被羅睺、計都二星纏住,很是窘迫(意指月蝕)。多虧世英一曲瑶琴,感動婁宿(星),救了月宫的灾難。因此,桂花仙子在那天夜裏就伴着封姨(風之女神)和桃花仙下界,到陳世英的書齋謝恩,酌酒交歡,約定明年此月此夜再來相見,便回月宫。從此,世英因思念桂花仙子而染相思病。到第二年的中秋節,桂花仙子又不見來,世英幾乎悶絶欲死。道士張天師知道他爲花月之妖攪纏成病,乃設祭壇以術招致風花雪月諸仙,一一審問。得知桂花仙子犯了思凡的罪,後更移牒長眉仙,請他親行判斷。此劇創作的動機,主要者有三件:(一)關於花精及風之女神,是本於唐人《博異記》所載崔元微月夜遇美女楊氏、李氏等花精及封十八姨的故事。(二)桂花仙子和陳世英的事,據周憲王《辰鈎月》雜劇,"說道嫦娥思凡來,立名做《辰鈎月》"(第四折正旦之白)的話來想,那麼好像是本於月蝕是因爲嫦娥思凡所致的俗說。(三)張天師裁判風花雪月諸神的意趣,含有裁判戀愛的意思,"風花雪月"是指戀愛說的。此劇爲上列幾種風情劇中放一異彩的作品。結構曲白,都應當列在還過得去的作品裏面。清梁廷枏激賞它說:"雅訓之中,饒有韻致,吐屬亦清和婉約。帶白能使上下串連,一無滲漏。布局排場,更能濃淡疏密,相間而出,在元人雜劇中最爲全璧,洵不多覯也。"(《曲話》卷二)這話即使稍嫌溢譽,但也確應列爲杰作之一吧。

近人·嚴敦易《元劇斟疑·張天師》

《元曲選》乙集上,刊《張天師》一本,標元吳昌齡撰。題目正名曰:"長眉仙遣梅菊荷桃,張天師斷風花雪月。"《元曲選》以外,其他彙刊元劇諸總集,皆未見收錄,故本劇前此僅見藏本。《也是園古今雜劇》發現後,其中神仙之類也有《張天師斷風花雪月》一鈔本,無題識,不知其所出。明晁瑮《寶文堂書目》樂府類曾著錄有《張天師斷風花雪月》一目,題目完全相符,似或即爲《也是園》之祖本。

按《錄鬼簿》於吳昌齡名下劇目,著錄《張天師夜祭辰鈎月》一本,天一閣鈔本作《辰勾月》。其題目正名作:"文曲翁答(搭)救太陰星,張天昧夜祭辰鈎月。""昧"字顯係"師"之誤。《太和正音譜》吳氏所作劇,亦列《辰鈎月》一目,《元曲選》卷首依據《正音譜》,略加更動,標曰:《張天師》。注稱:"一作《辰鈎月》。"這原是《元曲選》編刊者習慣的老脾氣。他有許多同樣地想要坐實了作者和劇名的考訂,很不幸地,往往全是"孟浪"與錯誤,那委是不大能給予信任的。我們要問:這一本《張天師斷風花雪月》,倒底是不是《張天師夜祭辰鈎月》呢? 以前論者對此的見解,有作肯定答案的,也有明或暗地表示懷疑的。

懷疑的例子,如姚梅伯的《今樂考證》著録一,即將《辰鈎月》與《風花雪月》並列,注稱:"按《元曲選》有《張天師斷風花雪月》,當另一種,補列於後。"又鄭西諦《元明以來雜劇總録》,《辰鈎月》外,亦別録《風花雪月》一目。馬廉《録鬼簿新校注》也是二目並列。他們雖並没有明白說起,但這種表示,便顯係以爲《辰鈎月》當並不就是《風花雪月》。

不過,逕認二劇實爲一劇之異名的人,似也並不較少。臧氏以外,自梁廷枏(《藤花亭曲話》)、王國維(《曲録》)以次,皆説《風花雪月》即是《辰鈎月》。《曲海總目提要》卷二《辰鈎月》條所論,即爲這本《風花雪月》。青木正兒在《元人雜劇序説》中,解釋他如是主張的理由,説:辰鈎月便是指的月蝕。而就《元曲選》本來看,關於月蝕的傳説,做着此句的骨子。在第三折所演張天師設壇場以術降妖諸神的事,那就是題爲《張天師夜祭辰鈎月》的原因。並引朱有燉之《張天師明斷辰鈎月》,以爲係從吳劇改作,作爲旁證。孫楷第在《述也是園舊藏古今雜劇》一書裏,云及此事,説:"神仙類有《張天師斷風花雪月》,即《張天師夜祭辰鈎月》,乃元吳昌齡劇。"注稱:"《張天師斷風花雪月》,今有《元曲選》本,《録鬼簿》吳昌齡劇,有《張天師夜祭辰鈎月》,即此劇,余別有考。"這一節小字所説,與正文相仿佛,僅增出"余別有考"數字。此"別有"之考訂,遍檢本書,並未獲見,不知另有一文在他處發表? 未能知悉孫楷第持論之原由,頗引以爲憾。惟孫楷第係曾釋閲《古今雜劇》原書之人,他既以二本實爲一劇,雖鈔本題名也並不作《張天師夜祭辰鈎月》,我們却似可從中領會到,這鈔本《張天師斷風花雪月》,其内容恐與《元曲選》本,並無什麽多大差異,不然,孫楷第是不會竟作這樣的結論的。他所據的理解,或大致相同於青木正兒的看法。

我覺得青木正兒的解釋,似不甚圓到。就私見言之,這本《張天師斷風花雪月》之即係《辰鈎月》,這問題應該要加以高度的保留,我是附和懷疑一派的。但是我再要申明,那種並列二目的辦法,也要不得。問題祇是《風花雪月》是不是《辰鈎月》的一點。吴昌齡作有一本《辰鈎月》是該予以肯定的。《風花雪月》若並非《辰鈎月》,他却没有也屬於吴昌齡的理由。吴氏一人撰寫二篇題材約略相同的《張天師》劇,那是不切當於事實的。所以,我們也不能采游移而模棱兩可的態度,甚至自己添找出麻煩,並徒增不必要的訛舛。

在辨述這一個問題之前,先要將這本《風花雪月》的本事,摘記一下:

洛陽太守陳全忠的侄兒陳世英,從西洛①上朝應取……(本事略)

從上面所叙述的本劇梗概體察,以之與天一閣鈔本《録鬼簿》所記題目正名對勘,雖尚近似,然頗難認爲符合無間。所謂"辰鈎月"的意義,在本劇中實未見道及。《曲海總目提要》引《天文書》云:"羅睺侵計都則月食。"桂花仙子所云一曲瑶琴,感動婁宿,救了月宫一難,係指去羅睺、計都纏繞而言,這大概是説的月蝕。惟所謂"辰鈎月"是否即指月食,則尚無佐證。但"辰鈎月"或泛指月之擬人傳説,未必一定要以月蝕當之。《辰鈎月》劇題目中稱:"文曲翁荅(搭)救太陰星",這似盡可以即係衍陳世英撫琴感動婁宿因而救月之事。"文曲翁"喻陳世英,因爲他是讀書秀才,惟"太陰星"則應爲月中之主嫦娥。而不會是桂花仙子,桂花仙子恐怕是不能代表嫦娥的。劇中屢云:"引誘嫦娥輒入五姓之家。"又請神致詞云:"忽嫦娥之感動,思凡世而降臨。"所斥責之對象,都是嫦娥,結果却又歸結到桂花仙子身上,殊覺不倫②。題目下句云:"張天師夜祭辰鈎月",亦即其全題,結壇剿除花月之妖,當亦不能和"祭月"一概而論。如"辰鈎月"確指月蝕,則"夜祭辰鈎月"豈非應作張天師祈解月蝕的解釋,方行吻合。這"夜祭"的女主角,似絶不致於是本劇中所描繪的桂花仙子。所以推想起來,吴昌齡的辰鈎月的故事,或與月蝕傳説有關,他和本劇之内容,則不無有些參差之處。本劇對於搭救月宫之難的一節,太過簡單了,僅於桂花仙子口中表出帶過,好像已經遠離了這一原始的主題。荷、菊、梅、桃,以至封姨、雪天王等的牽扯進去,實在餖飣堆砌,毫無意味;除云配合風、花、雪、月四字外,於劇情的結構開展上,更成爲不需要的贅疣,喧賓奪主,這不甚似一篇組織籍整的切題之作。這一類鋪衍的手法,和朱有燉《誠齋樂府》中一些花月神仙雜劇的風格與内容,極相雷同,是一般的氣息。説到這裏,我們要察看一下朱有燉的《張天師明斷辰鈎月》和他作一個比較。

　　朱氏那本雜劇,比起這一本《張天師》,要完美詳盡,并合情近理得多了。他的情節是:陳世英有相識友人婁大王,即上界婁宿。中秋月蝕時,失口云將往救月,世英跪懇之。月復圓後,嫦娥欲報陳之恩,吩咐東嶽延其壽數(楔子)。世英每對月撫琴,東園桃花精,乃假借嫦娥名義,夜往挑之,欲與相會(一折)。世英之奶母,見其神態失常,詢問就裏。奶母云決非嫦娥,勸之不聽,爲之請醫診治(二折)。奶母復請李法官結壇行法。適嫦娥赴群仙會,因來折證,云未曾偶離月宫,何來誘惑凡人之事?封姨與雪天王亦至,三人同往太清宫,告張天師,乞其剖白,並遇牡丹、荷、菊、梅四花仙同行(三折)。衆至天師所,天師遂差神將下凡采訪,見桃花精,戰而擒之。與世英共見天師,始悉假冒原委,罰桃花精下方受罪。梧桐樹精復奪之,亦爲神將所捕捉(四折)。計四折一楔子,楔子在一折前。正旦主唱,嫦娥唱楔子及三、四兩折,桃花精唱一折,奶母唱二折。題目正名曰:"風雪神共會清秋夜,花樹精大鬧讀書舍。陳世英錯認鬼成仙,張天師明斷辰鈎月。"

這本雜劇,是用嫦娥出場,來代表月神。婁宿救月一節,雖也簡略和怪誕不經,但整個故事的結構是細緻綿密的。如云朱有燉係從吳昌齡的雜劇改作,似不如說他是翻案之爲愈。劇中賓白云:"不爭他假妄的名字,迷惑世人,着下方輕薄之徒,說道嫦娥思凡,來立名做《辰鈎月》。"又張天師斷語云:"因此上嫦娥女負屈銜冤,塵世內胡嗍亂噷,《辰鈎月》萬古名傳。"在這裏,我們可以得一個解說,那就是辰鈎月的意義,或即是確指嫦娥思凡,誘惑世人的這一節事。他大概是一個專辭。這三個字,在此間也許不能視作係指吳昌齡的雜劇言之。果如所臆購,"辰鈎月"該是民間流行的一種傳說,他的男主人公是陳世英,女主角則是嫦娥。吳昌齡採用此一傳說,作爲題材,其梗概及來源,今已無從探究。朱有燉雖然也跟着採了這傳說,却和吳氏有些區別,所以吳云"夜祭",他則云"明斷"。他的大意是爲嫦娥洗刷,以桃花精冒爲關目,這層可以拿來反證吳氏的雜劇,似應該寫的嫦娥本人下凡,報恩相會的。所謂"夜祭辰鈎月",或係張天師祭告嫦娥的關目,"條"和"勾""斷",無論如何,是有其性質上強緩之分的。張天師的法力,原若不易威屈以臨之於這位月中的女神。朱有燉劇中,張天師是爲嫦娥折證冤屈的幫助者的。另一本勾治的却不是嫦娥,而是花月之妖、桂花仙子了。朱有燉所作的許多雜劇,內中雖頗有襲用元劇已見之題材者,然是否係從元劇改造重編,正難推定[3]。就本劇加以研索的結果,這本《明斷辰鈎月》,設非翻案文章,縱或可能有模擬吳氏舊本的地方。但其內容情節,和今傳本《張天師斷風花雪月》,是不盡一貫相同的。若肯定他是翻吳氏原作的成案,那麼,吳氏劇中的女主角,委係嫦娥,《風花雪月》則是桂花仙子。這樣,《風花雪月》

也就更不會便是吳昌齡的《辰鈎月》了。

有一點值得注意：朱氏的《明斷辰鈎月》，和今傳本《張天師斷風花雪月》都有封姨、雪天王及四個花仙的出場。這其中，他們有沒有彼此骨肉相連的關係呢？懸測起來，當不外下面幾個看法：（一）吳氏的《辰鈎月》劇中，究有無這些人物出現？今不可知。假定他大概也是有的，所以朱氏也襲用了他，這未爲無理。（二）但同時也可以爲《風花雪月》辯護，説朱氏劇之襲用這些人物，明明是依據了《風花雪月》，又安知《風花雪月》不就是《辰鈎月》？不過已被後來稍加增删，變動潤色過罷了。（三）其實，不管吳氏舊本到底如何，若再反過來講，則這本《風花雪月》，苟並非《辰鈎月》，其撰作自未嘗不可能係在朱有燉之後。這些人物，應即是模擬朱作而來的。這樣説，我覺得也頗中肯綮。吳昌齡的《辰鈎月》，明初或尚存在（假定《録鬼簿》所注題目正名，確爲該劇的話），稍後，恐怕早已殘佚了，無由覽見。這本《風花雪月》的作者，祇能想象他的内容關目該是如何，再參酌朱氏雜劇的抒寫，來做成這一篇東西。他受了朱作顯係翻案文章的影響，也認爲嫦娥思凡，不很妥當，女主角遂不用嫦娥，却用了一位也和月宫稍具關係的桂花仙子來代替。既不與朱作相犯，張天師也可以隨便斷遣發落他了。"桃花"既派不到正角，在四個仙子中，就代替了"牡丹"（朱有燉是個喜歡牡丹的人，所以他用牡丹仙）。吳昌齡也祇是利用這個題材及傳説，普通地編撰一本繼神仙度化後，頗見流行的"斷遣"雜劇。因爲有張天師，又有月中的桂花仙子，和吳氏的《辰鈎月》牽纏起來，却是後來論者的錯覺，以及臧懋循的舛誤。這位作者的手筆，並不怎樣超脱獨創，梅菊荷桃，風花雪月，既都近於濫俗的賓白。嬷嬷一節，從朱作奶母蜕變而來，又有些像張壽卿的《紅梨花》。陳世英一段等待情人的獨白，索脆就用了《西廂》了。朱作有請醫關目，他也勉強來個請醫的楔子。婁宿救月的情節，既並無所知,自然也衹能麻糊交代,一筆代過了。朱作是叙嫦娥的,今傳本既脫不了朱作的影響,以故賓白中或有吳氏舊本的斷簡殘編,雜糅在内,甚至因爲賓白中涉及之嫦娥字樣,疑從吳氏沿襲而來,遽視《風花雪月》係改編《辰鈎月》。這雖不能斷言其非是,但可予接受的考慮似屬更少。

綜上所述,這一本《張天師斷風花雪月》似並不是吳昌齡之《張天師夜祭辰鈎月》。他是一位無名氏的撰作(甚或竄凑),其時期當在朱有燉之後,但不能晚於正德年間(嘉靖時的《寶文堂書目》已經著録了)。那就是説,他還不免是一本明人的雜劇。至於吳昌齡,作了《辰鈎月》,又有這一本《風花雪月》,那是不應并存的。是或否縱難解决,駢列二目,究不是存疑的好方法。徒使人發生不當有的困惑,愈益混淆不清而已。

《曲海總目提要》於本劇作了些小考證,内有可以商榷者,如注解"引誘嫦娥,輒入五姓之家"一語云:"按五姓謂張、王、趙、李、劉也。元時以此爲舊族之最著者,故云。"

此説似本於《元史·順帝紀》至元三年"伯顔請殺張、王、劉、李、趙五姓漢人"一項記載。如"五姓"係指此,則更可爲本劇較晚出之一證。惟劇中男主角姓陳,並不在上列"五姓"之内,且劇中係尊崇"五姓",和《元史》"五姓"是被迫害者不同,或不甚的當。豈"五姓之家"一語,爲籠統地概括宦族名門的意義? 按白居易《白氏長慶集》卷二五《唐河南元府君夫人榮陽鄭氏墓志銘》云:"天下有五甲姓,榮陽鄭氏居其一。"似"五姓"即指"五甲姓"而言,典當從此出爲是。又引本劇中張天師語"祖傳三十七代"云云(《元曲選》本原作:祖傳道法,戒録精嚴;三十七代,輩輩流傳),依據《元史·釋老傳》考出三十六代爲張宗演,三十七代爲張與棣,以劇中之天師指與棣賓白稱雙名道玄,係屬杜撰。這一考證,未爲不是。惟《元史》載與棣至元三十一年入覲,卒於京師,是其人在元貞、大德之前,業已下世。元初諸劇作者,是否與之同時？因而劇中遽以"三十七代"明白提示其人爲現存之一代天師,似成疑問。吳昌齡雖是元劇初期作家,這一點,恐不見得能够拿來作爲本劇應屬吳氏手筆的證據。我以爲正因了《元史》對於天師的三十六七兩代,獨有記載,這兩代的天師,自元以來,該是民間比較聞名的。故後來的劇作者,使用了"三十七代,輩輩流傳"的幾句話,爲天師自道家門之語。這既不能旁證本劇之撰作時期,確爲元時,也無須周内他是有心附會,但觀於名字訛舛,便可知道其中消息。這是不能"膠柱鼓瑟"的。張天師遣神斷鬼的能耐與法術,在元代原已流傳於民間,並曾爲劇作者採入雜劇,如石君寶有《張天師斷歲寒三友》一本,又張壽卿《金蓮詩酒紅梨花》劇第四折《川撥棹》曲有云："便有那張天師怎斷遣？"所以元劇中涉及張天師的,並不僅衹是吳昌齡的《辰鈎月》,更不能妄稱《紅梨花》之提起張天師,即是用的《辰鈎月》一劇的出典。"歲寒三友"應指松、竹、梅,或其間也有風、花、雪、月的一套,如封姨、雪天王等,究竟誰用了誰的結構之處？亦正難言也。

說到雜劇中對於另一劇出典的引用,可以附爲叙及的,本劇第三折《快活三》曲："猛想起賈島破風詩,和那掃雪的陶學士。"下接《鮑老兒》曲云："《風光好》題成絶妙詞。"④陶學士題《風光好》詞,似用戴善甫《風光好》雜劇關目。惟陶穀事亦係詞林熟知之掌故。賈島破風詩,則《古今雜劇》唐代故事中,有一本《招凉亭賈島破風詩》,其出處未詳。如這一句不算是普通用典,而可認爲是引用的雜劇,這或也不妨又算做本劇晚出之一證了。

①西洛似指洛陽之西而言之,如作洛陽解,即有疵謬。②這些地方,顯是本劇雜糅了另外的雜劇的影響的痕迹,詳於下文論及。③參閱《元劇斠疑》中《千里獨行》《曲江池》等條。④《風光好》劇,並無掃雪關目,僅第二折中有"你這般當歌對酒銷金帳,煞強如掃雪烹茶破草堂"之曲文,本事亦不及掃雪之記

載。所云"掃雪的陶學士",不知是因此二句所附會否?《殺狗勸夫》劇二折〔倘秀才〕云:"有等人道宜掃雪烹茶在讀書舍裏,又道是宜羊羔爛醉在銷金帳底,不知他陶學士風流可也勝如党太尉?"似陶掃雪烹茶之故事,自爲津津樂道之一典實。

今人·王季思《玉輪軒曲論·張天師》

（劇情復述略）

劇本情節疑自金院本之《風花雪月》（見《輟耕録》）,以此句正名爲"張天師斷風花雪月",依元慣例似當簡稱《風花雪月》也。至明周憲王《誠齋雜劇》之《張天師明斷辰勾月》,則又就吴作改寫而成。元人雜劇有《風花雪月》一科,大抵演花月之妖,幻形迷人,斯劇其一側也。後世之《太乙仙夜斷桃符記》,蓋承流之作。而無名氏之《薩真人夜斷碧桃花》,似當在吴作之前。三十七世天師據《元史·釋道傳》,名與棣（道玄疑其法號）,以至元二十九年嗣位,三十一年卒於京師。以斯推測,昌齡時代,蓋在關漢卿、楊顯之、白仁甫之後。

昌齡所作雜劇以屬於神頭鬼面者爲多。《張天師》一劇,清梁廷枏最爲激賞,謂其"雅訓之中,饒有韵致,吐屬也清和婉約"（見所著《曲語》）。不知元劇在獷悍,在姿肆,在樸野,在帶蒜酪氣。斯劇曲詞關目俱平平,而特喜掉書袋,斯或梁氏之所謂雅訓有韵致乎?

劇中第一折〔醉扶歸〕〔醉中天〕二曲,順次嵌一至十數字,爲"小搭大",〔賺煞尾〕曲順次嵌十至一數字,爲"大搭小"。元劇如《金綫池》《馬陵道》《倩女離魂》《騙英布》《陳倉路》《趙元遇上皇》諸劇皆有此體,且例在第一折末數曲。又第四折末〔喜江南〕曲云:"兀的不是月明千里故人來,抵多少洛陽花酒一時來,休猜做春風似不曾來,咱兩個去來,偏撞着滿頭風雪却回來。"全首俱用"來"字韵,爲"獨木橋"體。元人《金安壽》《抱妝盒》《破窰記》《金釵記》諸劇之《收江南》調皆然（《收江南》即《喜江南》），蓋亦一時風氣。《堯山堂外記》記：「宣德間，三楊公嘗與兵官會飲，文定倡爲酒令，各誦詞一句，以月字在下，而分四時。令畢，文定指席中侍妓曰：'不可謂秦無人。'一妓遽成小詞，捧琵琶歌曰：'到春來梨花院落溶溶月（文定句），到夏來舞低樓心月（文敏句），到秋來金鈴犬吠梧桐月（兵官句），到冬來清香暗渡梅梢月（文貞句）。呀！好也麽月，總不如俺尋常一樣窗前月。」就月韵成句，聯綴成曲，與吳氏此作正同。比其句格，蓋與北正宮《寒鴻秋》爲近。

劇中第二折陳世英白云：「三十三天，離恨天最高；四百四病，相思病最苦。」二語亦見《倩女離魂》及《桃符記》劇。「三十三天」「四百四病」，並出《內典》。《法華經》：「若持不殺不盜，得生三十三天。」《維摩經》：「是身爲灾，百一病惱。」僧肇注：「一大增損，則百一病生；四大增損，則四百四病同時俱作。」又《楔子》太醫白云：「祇抓個杌兒擡過來。」杌兒，宋元時坐具。《續通鑒長編》：「丁謂罷相，入對於承明殿，賜坐，左右欲設墩，謂顧曰：'有旨復平章事。'乃更以杌子進來。」望鵠臺見《洞冥記》，言漢武起俯月臺於望鵠臺西以望月。同折天師白曰：「噤聲，你道我管不得你，天仙管得你麽？」「噤聲」，即「禁聲」，蓋呵止人之詞。《五代·楊邠傳》：「陛下但噤聲，有臣在。聞者爲之戰慄。」第四折《折桂令》曲：「却帶累花神，干連風雪，都也不伏燒埋。」「不伏燒埋」，也見《爭報恩》《虎頭牌》諸劇。元王與之《無冤錄》有「徵給燒埋銀兩」，及「不願進詞，屍已燒埋」語。蓋舊刑律於人命案件，由官向罪犯追繳銀錢，給死者家屬埋葬之用者曰燒埋銀。不伏燒埋，蓋借爲不服罪之意（元劇「服」多作「伏」），以燒埋銀例須向判罪者徵取也。

今人・羅錦堂《元雜劇本事考》

張天師　　無名氏撰

本劇演陳世英與桂花仙子愛而不見，思念成疾，張天師爲之結壇勘問風花雪月諸仙事。略云：

（劇情簡述略）

按劇中所云桂花仙子者，即張衡《靈憲》所云羿請不死之藥於王母，姮娥竊之奔月宮。唐李商隱詩，遂有"姮娥應悔偷靈藥，碧海青天夜夜心"之句。又虞喜《定天論》謂："俗傳月中仙人桂樹，今視其初生，見仙人之足，見已成形，桂樹復生。"次言菊花仙者，本之《夷堅志》。《志》曰："成都府學，有神曰菊花仙，相傳爲漢宮女，諸求名者往祈影響，神必明告。"仙爲漢宮女，蓋在漢宮飲菊仙酒者。或云成都府漢翁石室壁間畫一婦人，手持菊仙（疑爲"花"之誤——注者），前對一猴，號曰菊花娘子。大比之歲，士人多乞夢，頗有靈異。其他梅、荷、桃、風、花、雪、月諸仙，皆係陪襯者也。又天師白中謂菊花仙曰："東坡昔貶黃州道，吹落黃花滿地金。"按此本稗史之說，謂王安石三難蘇東坡，有黃州菊花落地之說。然此說實誤。史正志《菊花叙》曰："菊花飄零滿地金。"歐陽曰："秋花不比春花落，憑仗詩人仔細看。"荆公笑曰："歐九不學故也，不見《楚辭》云：'餐秋菊之落英。'云云。噫！荆公蓋拗性自文耳。詩之訓落爲始，蓋謂花始敷也，殘芳剩馥，豈堪咀嚼乎？嘗詢楚黃土人，實無此種。"據此，乃歐陽事，非蘇軾也。《赤壁賦》一劇亦載之，見《警世通言》，可與此參看。白中陳世英云："三十三天，離恨天最高；四百四病，相思病最苦。"此語皆出《內典》。又天師白云："引誘嫦娥，輒入五姓之家。"按五姓，謂張王趙李劉也。元時以此爲舊族之最著者，故云。至劇中謂張天師三十七代孫之說，非是。按《元史・釋老傳》："正一天師者，始自漢張道陵。其後四代孫曰盛,來居信之龍虎山,相傳至三十六代孫宗演。當至元十三年(1276),世祖召之,待以客禮,特賜玉芙蓉冠、組金無縫衣,命主領江南道教,仍賜銀印,嘗命取其祖天師所傳玉印寶劍觀之。二十九年卒(1292)。子與棣嗣,爲三十七代,襲掌江南道教。三十一年入覲,卒於京師。"據此,所言天師三十七代孫,乃名與棣,而劇云道玄,此係杜撰,蓋本天師弟子吳全節,嘗授崇文弘道玄德真人,作者乃擷取其中二字以爲名耳。明周憲王有《張天師明斷辰鈎月》雜劇,即本此敷衍而成者。

本劇之作,乃有所寄托。唐人詩:"桂花香處同高第,領取嫦娥攀取桂。"蓋舊時習俗。凡登高第者,譽之爲月中折桂。故劇中以桃、桂二仙偕至,其主角則爲桂花仙子也。桃仙、封姨,本唐人《博異記》所載"崔元微月夜遇美女"一則,但記有楊氏、李氏、石醋醋並陶氏爲四。其封十八姨,乃謂風神,此則兼四時言,故添梅、荷、菊諸花神與雪天王。云風花雪月,月即指桂花,謂月中仙也。

又按馮夢龍《情史》卷九中,有桂花仙子條,大要與本劇相似,可資參覽。其文云:

錢塘一士人,少年狂蕩,其妻早亡,獨居廓處。偶於市中,購得唐解元絹畫《桂花仙子圖》一軸。懸書齋中,日夕倚案瞪目注視,念欲得佳偶如圖中人。凡園囿花果,必採擷以薦。一夕,有女郎年可十六七,容顏嬌麗,袞衣輕妍,從月色中來。士人詢其居止,笑而應曰:"家在牆東。"士人心意東鄰無是子也,但貪慕艷色,狂不自制,擁之入幃,妖態橫生,曲盡歡昵。凌曉,趣辭去,定昏之後復來。自是夕夕無間,每至則室中起靈香,枕席皆芬,時説蓬萊閬苑之事。士人驚頗訝異之,經數旬而內外親表及藏獲輩竊竊倚聽;空壁面窺,乃絕代姿首,世所無也,爲狐魅之屬。乘士人他出,覓南昌道士來治之。道士吐匣中青蛇遍索,因指此圖謂曰:"非爾爲祟耶?嘗吾劍!"忽應曰:"身是崑崙山女,與此郎有累世姻緣,是以暫諧繾綣耳。卿有何禁術而欲制我乎?"復語其藏獲輩曰:"君今如此行經,不可留矣。"其聲若出畫中也。語未畢,道士裂睛上視,持劍自抵其胸,反走出門。家人恐怖號叫,急謀焚燬此畫。俄頃畫晦,忽有狂風暴起,雲埃四合,瀰漫一室,移時朗然。閲其像神如洗矣,隱隱漸失所在,久之空軸而已。里中數歲小兒,並見綃衣女神羅襪昇空而去。士人歸,驚訊其事,方悟神仙之游,臂妝衣香,氤氳不散者經月。悽戀宛轉、凝望無聊,乃延畫師好手數十家,重寫其真,莫能仿佛,於是乃止,終身不復琴瑟焉。好事者賦無題詩數章紀之,其一曰:"玉京仙路香冥冥,鳳折鸞飛去不停。泣盡雲耕何日返,教人遺恨失丹青。"《耳談》云:張文卿秀才親見其事。

至於本劇情節,據周憲王《辰鈎月》雜劇"説道嫦娥思凡來,立名做《辰鈎月》"(第四折正旦白)之語意窺之,則所謂月食者,蓋本嫦娥思凡之俗語也。

今人·莊一拂《古典戲曲叢目彙考》

此戲未見著録。《脈望館鈔校本》《元曲選》本題目作"長眉仙遣梅菊荷桃",簡名《張天師》。《也是園書目》有此正名,賈本題目作"文曲翁搭救太陰星",正名作"張天師夜祭辰鈎月",簡名《辰鈎月》。《太和正音譜》作簡名同。《元曲選目》作簡名《張天師》,注云:"一作《辰鈎月》。"《曲録》亦指此劇即《張天師夜祭辰鈎月》。《今樂考證》著録《辰鈎月》,以《斷風花雪月》爲另一種,補列於右。按兩者本事無差異,實爲一劇。所謂"辰鈎月"即月食而言,第三折中張天師設壇請神云:"夢入蟾宮,敵戰惡星而退度,救此月蝕,元光再顯於寥天。"疑即《辰鈎月》關目。劇叙陳世英於中秋夜撫琴,時月宮桂花仙子爲羅睺、計都二星所纏。賴一曲琴聲感動婁宿,搭救月宮之難。桂仙深感世英,與封姨、桃仙偕至世英館,酌酒交歡,約於明年是夕再會。世英思念不置,遂病。適張天師過,設壇招致風花雪月勘問,牒往長眉仙處,以桂仙爲酬恩下凡,情有可矜,竟以釋云。宋官本雜劇有《風花雪月爨》,金院本有《風花雪月》二本,當爲同題材。明初朱有燉有《張天師明斷辰鈎月》雜劇,疑本此劇改作。梁廷枏《曲話》稱其"布局排場更能濃淡疏密,相間而出,元人雜劇中最爲全璧,洵不多覯"云。

今人·邵曾祺《元明北雜劇總目考略》

張天師夜祭辰鈎月

　　簡名:《辰鈎月》
　　著録:《録鬼簿》《正音譜》
　　劇本:佚
　　題目:文曲翁搭救太陰星
　　正名:張天師夜祭辰鈎月

(天一本閣《録鬼簿》)

　　考釋:現存本雜劇有《張天師斷風花雪月》、脈望館鈔本(來源不明)將它歸入古今無名氏作品中。《元曲選》本簡名作《張天師》,題爲吴昌齡作,並在卷首的涵虚子作品中列出《張天師》一目下,注:"一作《辰鈎月》。"今見各本《録鬼簿》,都祇有《辰鈎月》一目,未有如《元曲選》的説法,當係臧懋循所臆改。《風花雪月》是否即《辰鈎月》歷來説法不同。此劇又有朱有燉的改編本,名《張天師明斷辰鈎月》,是吴作的翻案文字,朱在自序裏説得很清楚。以該劇與《風花雪月》對照,或可解釋這一問題。《風花雪月》劇情是:陳世英在中秋節月下彈琴,適遇羅睺、計都纏擾月亮。陳的一曲瑶琴,感動婁宿(二十八宿中婁金狗),救了月宫一難。月中桂花仙子感恩,約了孟婆(風精)、桃花仙同行下凡,與陳世英歡會而别,陳因此思念成病。陳家請張天師捉妖,張先後勾拘了荷、菊、梅、桃等花仙,後勾來風神和雪天王(雪神),最後勾來桂花仙,承認有思凡事。張將一干人解往長眉仙處發落,長眉仙僅譴責了桂花仙子,餘人不問,都各還本位。朱有燉的《明斷辰鈎月》的情節是:羅睺、計都犯月,陳世英下跪求朋友婁宿往救,嫦娥因此感激陳世英,願他長壽。有桃花精假借嫦娥之名迷惑陳世英致病。陳家請法師抓妖,嫦娥適至,辯說她從無此事,於是與封姨、雪天王、牡丹、荷、菊、梅等花仙同往張天師處,求其相助,張天師捉了桃花精判罪。從上所述,可知兩劇有個共同的情節,即羅睺犯月,婁宿救月,而婁宿的救月却又受陳世英的推動,因此月中仙子感激陳世英。不同的地方是,《風花雪月》劇的月中劇是桂花仙,因感恩而下凡與陳世英歡會;《明斷辰鈎月》則月中仙子是嫦娥,她並未思凡,僅助陳長壽而已。其他風、花、雪、月等仙人則是爲了凑足"風花雪月"而添出來的人物。朱明燉的寫法自然是以爲嫦娥的説白中:"不争她(桃精)假妾(嫦娥)的名字迷惑世人,着下方輕薄之徒,説道嫦娥思凡來,立名做《辰鈎月》。"説得很明白,《明斷辰鈎月》是闢吴昌齡《辰鈎月》雜劇之謠。因此,我們也可以從而知道吴氏的《辰鈎月》是怎樣的一個故事。或許這個仙女下凡的傳説,寫的就是嫦娥思凡,與陳世英成親,報恩祇是次要的因素,最後結局恐也是嫦娥被逼重返月宫,與董永、織女等故事一樣。現存的兩個劇本,朱有燉作品自然是翻案本。《風花雪月》改嫦娥爲桂花仙子,似也是有意的改動。吴作的内容,據天一本《録鬼簿》的題目正名是"文曲翁搭救太陰星,張天師夜祭辰鈎月"。文曲翁可能是陳世英,與《風花雪月》相同,但太陰星則肯定是嫦娥,不會是什麽桂花仙。另外,無夜祭的情節。與其認爲《風花雪月》是吴作的《辰鈎月》,不如從脈望館之説,把它仍列爲"無名氏"作品爲妥。《風花雪月》中雖然主角是桂花仙子,但説白却屢屢提到嫦娥,顯出其删改未净的痕迹。最後,引一段

《風花雪月》中張天師的説白,可爲吴作《辰鈎月》情節參考:

今時遇中秋,偶逢月蝕,羅計纏於黑道,婁宿聞此顯威。夢入蟾宫,敵戰惡星而退度;救兹月蝕,元光再顯於寥天。半減半明,乍盈乍缺。忽嫦娥之感動,思凡世而降臨。私離瑶臺,誤干天運。

明人有《月桂記》傳奇,已失。據祁彪佳《曲品》説:"桂花下嫁言生,此是古《辰鈎月》劇,劇詞極綺麗。此記第寥寥數語耳。"大約也是從《風花雪月》改編的。

張天師斷風花雪月

簡名:《風花雪月》或《張天師》。
著名:未見著録。
劇本:有脈望館抄來源不明本、《元曲選》本。
題目:長眉仙遣梅菊蓮桃
正名:張天師斷風花雪月

（脈望館鈔本,《元曲選》"蓮"作"荷"。）

劇情:(略)

考釋:脈望館鈔本與《元曲選》本情節大致相同。詞曲出入較多,並少七八曲。風神的名字是孟婆而非封姨。劇本作者,脈望館歸入"古今無名氏",《元曲選》作吴昌齡,大約因吴作有《張天師夜祭辰鈎月》之故,今從脈望館説。

今人·譚正璧《話本與古劇·宋官本雜劇段數内容考》

風花雪月爨

金院本"諸雜院爨"及"搊拴艷段"中皆有《風花雪月》,當爲同題材。元吴昌齡有《張天師斷風花雪月》雜劇(一作《張天師夜祭辰鈎月》,馬廉《録鬼簿新校注》誤作二劇,當依王國維

《曲録》改正。

三　關於《東坡夢》本事和研究資料彙輯

（一）本事資料彙輯

說明：《東坡夢》之本事似直承目金院本《佛印燒豬》。元陶宗儀《輟耕録》中有《白牡丹》院本一目，抑或與《東坡夢》有直接關係。然《寶文堂書目》中有元雜劇《吕洞賓戲白牡丹》，亦似與此劇有關係，故不能確言《東坡夢》承金院本《白牡丹》。從現存資料分析，《東坡夢》當爲集宋金以來有關筆記等演變而成，要者爲東坡與佛印關係，東坡被貶黃州原因，故録其與該劇關係最直接者於下，以供參考。又《東坡夢》之創作當與元雜劇中《赤壁賦》等相關，故節録嚴敦易先生《元劇斟疑》中"赤壁賦"條。

宋·蘇軾《蘇東坡全集》

初到黃州〔元豐三年（1080）二月〕

自笑平生爲口忙，老來事業轉荒唐。長江繞郭知魚美，好竹連山覺笋香。逐客不妨員外置，詩人例作水曹郎。祗慚無補絲毫事，尚度官家壓酒囊。

別黃州〔元豐七年（1084）三月〕

病瘡老馬不住鞿，猶向君王得敝幃。桑下豈無三宿戀，樽前聊與一身歸。長腰尚載撐腰米，闊領先裁蓋瘦衣。投老江湖終不失，來時莫遣故人非。

與金山寺佛印禪師（離黃州時作）

辱書，伏承道體安佳，甚慰馳仰。見約游山，固所願也。方迫往筠州，未即走見。還日如約，匆匆布謝。

與佛印禪師三首

專人來，辱書累幅，勞問備至，感怍不已。臘雪應時，山中苦寒，法體清康。一水之隔，無緣躬詣道場。少聞馨欬，但深馳仰。

夢想高風，忽復披奉，欣慰可知，但累日煩擾爲愧耳。重承人船相送，益用感怍。別來法體何如？後會不遠，萬萬保練。

專人來，復書教並偈，捧讀慰喜。且審比日法體安穩，幸甚幸甚！今聞秀老赴召，爲衆望，公來長蘆，如何如何？某方議買劉氏田，成否未可知，須更留數日，携家入山，決矣。殤子之戚，亦不復經營，惟感覺老，憂愛之深也。太虛已去，知之。

答佛印禪師

經年不聞法音，經術荒澀，無與鋤治。忽致手教累幅，稍覺灑然。仍審比來起居佳勝，行役二年，水陸萬里，近方弛擔，老病不復往日，而都下人事，十倍於外。吁，可畏也！復欲如去年相對溪上，聞八萬四千偈，豈可得哉？南望山門，臨書凄斷，苦寒，爲衆自重。

與佛印禪師三首

治行草草，不復上問，忽奉手筆，曠若發蒙。且審比日戒體輕安，又承退席雲卧，尤仰高風也。未緣展晤，引跂尤劇。

久不奉書，忽辱惠教，具審徂暑，戒體輕安。承有金山之召，應便領徒東來，叢林法席，得公臨之，與長蘆對峙，名壓淮右，豈不盛哉！渴聞至論，當復咨叩。惟早趣裝，途中善愛。

塵勞袞袞，忽得來書，讀之如蓬蒿藜藿之逕，而聞謦欬之音，可勝慰悅。且審即日法履輕安，又重以慰也。某蒙恩擢置詞林，進陪經幄，是爲儒者之極榮，實出禪師之善禱也。餘熱，千萬自重。

與佛印禪師二首

阻闊，忽復歲暮，忽枉教翰，具審法履佳勝。久不至京，祇衰疾倦於游從，無有會晤之日，惟冀良食自愛。煩置白挂，甚愧厚意。賜茶五角，聊以將意，余冀倍萬保練。

人至，承誨示，知俶裝取道，會見不遠，豈勝欣慰。向冷，跋涉自愛。

戲答佛印偈

百千燈作一燈光，盡是恒沙妙法王。是故東坡不敢惜，借君四大作禪床。

宋·蘇軾《蘇軾全集·續集》卷十二

與佛印禪老書

軾啓：歸宗化主來，辱書，方欲裁謝，栖賢遷師處，又得手教，眷與益勤，感怍無量。數日大熱，緬想山門方適清和，法體安穩，雲居事迹已領，冠世絕境，大士所廬，已難下筆；而龍居筆勢，已自超然，老拙何以加之！幸稍寬假，使得款曲抒思也。昔人一涉世事,便爲山靈勒回俗駕。今僕蒙犯塵垢,垂三十年,困而後知返,豈來便點涴名山,而山中高人皆未相識而迎許之,何以得此,豈非宿緣也哉!向熱,順時自愛,不宣。軾再拜。

收得美石數枚,戲作《怪石供》一篇,以發一笑。開却此例,山中齋粥今後何憂,想復大笑也。更有野人於墓中得銅盆一枚,買得以盛怪石,並送上結緣也。

宋·蘇軾《東坡志林》

記游廬山（元豐七年四月離黃州後）

僕初入廬山,山谷奇秀,平生所未見,殆應接不暇,遂發意不欲作詩。已而見山中僧俗,皆云蘇子瞻來矣。不覺作一絕云:"芒鞋青杖竹,自掛百錢游。可怪深山裏,人人識故侯。"既自哂前言之謬,又復作兩絕云:"青山若無素,偃蹇不相親。要識廬山面,他年是故人。"又云:"自昔憶清賞,初游杳靄間。如今不是夢,真個是廬山。"是日,有以陳令舉《廬山記》見寄者,且行且讀,見其中云徐凝、李白之詩,不覺失笑。旋入開先寺,主僧求詩,因作一絕云:"帝遣銀河一派垂,古來惟有謫仙辭。飛流濺沫知多少,不與徐凝洗惡詩。"往來山南地十餘日,以爲勝絕,不可勝談,擇其尤者,莫如漱玉亭、三峽橋,故作此二詩。最後與總老（即廬山東林寺長老常總法師——注者）同游西林,又作一絕云:"橫看成嶺側成峰,遠近高低各不同。不識廬山真面目,祇緣身在此山中。"僕廬山詩盡於此矣。

樂天燒丹

樂天作廬山草堂,蓋亦燒丹也,欲成而爐鼎敗。來日,忠州刺史除書到,乃知世間、出世間事不兩立也。僕有此志久矣,而終無成者,亦以世間事未敗故也。今日真敗矣!《書》曰:"民之所欲,天必從之。"信而有徵。

記　夢

予在黃州,夢至西湖上,夢中亦知其爲夢也。湖上有大殿三重,其東一殿,題其額云:"彌勒下生。"夢中云是僕昔年所書。衆生往來行道,大半相識。辨才、海月皆在,相見驚異。僕散衫策杖,謝諸人曰:"夢中來游,不及冠帶。"既覺,亡之。明日,得芝上人信,乃復理前夢,因書以寄之……

昨日夢有人告我云:"如真饗佛壽,識妄喫天厨。"予甚領其意。或曰:"真即饗佛壽,不妄喫天厨。"予曰:"真即是佛,不妄即是天,何但饗而喫之乎?"其人甚可予言。

夢中作靴銘

軾倅武林日,夢神宗召入禁中,宮女圍侍。一紅衣女童捧紅靴一隻,命軾銘之。覺而記其一聯云:"寒女之絲,銖積寸累;天步所臨,雲蒸雷起。"既畢,進御。上極嘆其敏,使宮女送出。睇際裙帶間,有六言詩一首云:"百叠漪漪風皺,六珠縱縱雲輕。植立含風廣殿,微聞環珮摇聲。"

宋·蘇軾《仇池筆記》

煮猪頭頌

净洗鍋,淺着水,深壓柴頭莫教起。黃豕賤如土,富者不肯喫,貧者不解煮。有時自家打一碗,自飽自知君莫管。

蒸豚詩

王中令既平蜀,饑甚,入一村寺。主僧醉甚,箕踞。公欲斬之,僧應對不懼,公奇之。公求蔬食,云有肉無蔬。蒸猪頭,甚美。公喜,問:"止能飯酒肉耶,尚有他技也?"僧言能詩。公令賦蒸豚,立成云:"觜長毛短淺含臕,久向山中食藥苗。蒸處已將焦葉裹,熟時兼用杏漿澆。紅鮮雅稱金盤飣,熟軟真堪玉筯挑。若把氈根來比並,氈根自合喫藤條。"公喜,與紫衣師號。

宋·蘇軾《東坡問答錄》

《東坡問答錄》題辭

東坡以世法遊戲佛法,佛印以佛法遊戲世法。二公本無心法,故不爲法縛。而詼諧謔浪,不以順逆爲利鈍,直是滑稽之雄也。彼優髡視之,失所據也,刻《東坡佛印問答錄》。

萬曆辛丑九月五日海虞清常道人趙開美識。

題僧詩軸

佛印令一僧每於東坡前言詩,公甚鄙之。一日,僧乃携詩軸求公爲序,正所謂持布鼓過雷門也。公戲題之曰:"大杜之下有小杜,小杜之下,翹然杰出,非吾師而誰?"

聯佛印松詩

東坡過天竺謁佛印,款語間,因言窗前兩松,昨爲風折其一,悵悵成一聯,竟未得續其後,舉以示坡云:"龍枝已逐風雷變,減却虛窗半日凉。"坡續云:"天愛禪心圓似鏡,故添明月伴清光。"佛印喜其敏捷,嘆服不已。

佛印因坡見罪

東坡訛毀大臣變新法,由是獲罪,當時遂置東坡於烏臺按鞫。其平昔所與交遊者,一時連坐,謫斥廢置者,不下一二百人。累及佛印,遂法加編配。有與其厚善者,皆至慰勞,且傷其刺字之苦。佛印怡然嘆曰："我佛胸題萬字，老僧面帶兩行。"佛印後至一州，太守憐之，使健卒二人肩輿以送往，佛印戲謂健兒曰："健兒，你輩擡我，便是夾送底《金剛經》，面面皆有字。"聞者莫不大笑。

因月素令行

東坡謫官黃州。一日，佛印來訪，居佛印於雪堂而寢食焉。官妓月素者，坡喜其能詩，凡會席必命至焉。坡方宴佛印，月素適從外來。坡問："坡問汝來何爲？"對曰："適過門，聞宴客，敢來求一杯酒。"坡曰："汝來掇坐。我作一令，汝能還之，令汝預坐。"對曰："要一物不喚自來，下用兩句詩。"坡出令云："酒既清，音又聲，不喚自來是青蠅。不識人嫌生處惡，撞來筵上敢營營。"佛印即口還令云："夜向晚，睡思濃，不喚自來是蟻蟲。喫人嘴臉生來慣，枵腹貪圖一飽充。"月素云："祇將自身還令得否？"坡曰："人亦天地一物爾，何害？"乃還令曰："綺席張，日將暮，不喚自來是月素。紅裙一醉又何妨，未飲便論文與字。"坡大喜其以己自喻，意亦美也，因命入坐，遂同飲焉。

的　對

東坡之妹，少游之妻也。一日，妹歸集宴，因食煨粟，妹謂坡曰："粟破鳳凰見。"坡思之，天下未嘗無對，數日競思，未能還之。佛印來訪，問坡有何著述，坡曰："欲琢一對，未能也。"因舉前事，佛印應聲云："何不云'藕斷露絲飛？'"佛印復云："正如'無山得似巫山秀'，此亦同音兩意。"坡即對云："何葉能如荷葉圓？"子由曰："不若曰：'何水能如河水清？'"以水對山，最爲的對。（按《堅瓠集》卷一亦有此條，僅少開首二句。）

坡妹與夫往來歌詩（摘錄）

　　東坡之妹，聰慧過人，博學強記，尤工爲文。有欲以秦少遊議親者，妹索其所業視之，曰："秦之文粗足以敵吾子由之才。"遂得偕伉儷。後子瞻在翰林日，妹往省視之，適佛印以長歌寄坡，有勉其退休之意。坡讀之尤少凝思，妹從旁適見之，一覽瞭然。嘆曰："使汝作男子，名位必在我上。"妹因喜得縱觀翰苑未見之書，乃遣介報書於秦，姑遲其歸，因錄佛印歌以示秦……佛印長歌云：

　　野鳥啼，野鳥啼時時有思。有思春氣桃花發，春氣桃花發滿枝。滿枝鶯雀相呼喚，鶯雀相呼喚岩畔。岩畔花紅似錦屏，花紅似錦屏堪看。堪看山，秀麗山前烟霧起，山前烟霧起清浮。清浮浪促潺緩水，浪促潺緩水景幽。景幽深處好，深處好追游。追游傍水花，傍水花似雪，似雪梨花光皎潔。梨花光皎潔玲瓏，玲瓏似墜銀花折。似墜銀花折最好，最好柔茸溪畔草。柔茸溪畔草青青，雙雙蝴蝶飛來到。蝶蝶飛來到落花，落花林裏鳥啼叫。林裏鳥啼叫不休，不休爲憶春光好。爲憶春光好楊柳，楊柳枝枝春色秀。春色秀時常共飲，時常共飲春濃酒。春濃酒似醉，似醉閑行春色裏。閑行春色裏相逢，相逢盡憶游山水。盡憶游山水心息，心息悠悠歸去來，歸去來休休役役！

與佛印嘲戲

　　佛印未爲僧日，乃儒家流，群書無不遍讀，滑稽應對，當時無出其右者。與東坡厚善，會飲必相諧謔。在神廟朝，因禱旱，乃詔在京各僧人内修設道場，演經説法。東坡乃戲謂佛印曰："君素善釋教，竊聞詔僧供奉，盍不冒侍者之名，入觀盛事？"佛印信之。既入，上適見之，狀貌魁偉，遂賜披剃，佛不得已而順受，實非本意，亦頗銜恨。後東坡宴而戲之曰："向嘗與公談及昔人詩云：'時聞啄木鳥，疑是叩門僧。'又云：'鳥宿池邊樹，僧敲月下門。'未嘗不嘆息前輩以僧對鳥，不無薄僧之意。豈謂今日公親犯之！"佛印曰："所以老僧今日的對學士。"東坡愈喜其辯捷。

佛印納令

東坡與佛印同飲，佛印曰："敢出一令，望納之。不慳不富，不富不慳，轉慳轉富，轉富轉慳，慳則富，富則慳。"東坡見有譏諷，即答曰："不毒不禿，不禿不毒，轉毒轉禿，轉禿轉毒，毒則禿，禿則毒。"

宋·陳善《捫虱新話》卷十五

房琯婁師德張文定蘇東坡知前身

……東坡前身亦五戒和尚。坡嘗言："在杭州時嘗游壽星寺，入門，便悟會到，能言其院後堂殿石處。"故寺中有"前生已到"之語。此皆異事。蓋由二公（指房琯、東坡）平學道，性地純一，神觀清净，於一念頃，遂見前生。予因論此，偶有所感，誦白公"手把楊枝臨水坐，閑思往事似前身"之句以太息云。

宋·曾慥《類說》卷五十七《西清詩話》

秋英不比春花落

歐公嘉祐中見王荊公詩："黃昏風雨暝園林，殘菊飄零滿地金。"笑曰："百花盡落，獨菊枝上枯耳。"因戲曰："秋英不比春花落，爲報詩人仔細看。"荊公聞之曰："是豈不知《楚辭》云：'飧秋菊之落英。'歐陽幾不學之故也。"

宋·孫昇《孫公談圃》卷上

子瞻得罪時，有朝士買一詩策，內有使墨君事者，遂下獄。李定、何正臣劾其事，以指斥論，謂蘇曰："學士素有名節，何不與他招了？"蘇曰："軾爲人臣，不敢萌此心，却未知何人造此事！"一日，禁中遣馮宗道按獄，止貶黃州團練副使。

宋·邵伯溫《河南邵氏見錄聞》卷十三

朱壽昌者，少不知母所在，棄官走天下求之，刺血書佛經，志甚苦。熙寧初，見於同州，迎以歸。朝士多以詩美之，蘇內翰子瞻詩云："感君離合我酸心，此事今無古或聞。"王荆公薦李定爲臺官。定嘗不持母服，臺諫給舍，俱論其不孝，不可用。內翰因壽昌作詩貶定，故曰"此事今無古或聞"也。後定爲御史中丞，言內翰多作詩貶上，自知湖州赴詔獄，小人必欲殺之，張文定、范忠宣二公上疏救，不報，天下知其不免也。內翰獄中作詩寄黃門子由云："與君世世爲兄弟，更結來生未斷因。"或上聞。上覽之淒然，卒赦之，止以團練副使安置黃州。

宋·張端義《貴耳集》卷上

慈聖一日見神宗不悦，問其所以。神宗答曰："廷臣有謗訕朝政者，欲議行。"慈聖曰："莫非軾、轍也？老身嘗見仁祖時策士，大悦，得二文士。問是誰，答曰：'軾、轍也，朕留與子孫用。'"神宗色漸和，東坡始有黃州之謫。在臺獄有二詩別子由，詩奏神宗，慈聖亦閱之，曰："聖主如天萬物春，小臣愚暗自亡身。百年未滿先償債，十口無歸更累人。是處青山可埋骨，他年夜雨獨傷神。與君世世爲兄弟，又結來生爲了因。""柏臺霜氣夜淒淒，風動琅琊月向低。夢繞雲山心似鹿，魂飛湯火命如雞。眼中犀角真吾子，身後中衣愧老妻。百歲神遊定何處，桐鄉知葬浙江西。"獄中聞湖、杭民作解厄道場屢月，故有此語。

宋·錢愐《錢氏私志》

東坡在惠州,佛印居浙江,以地遠無人致書爲憂。有道人卓契順者,慨然嘆曰:"惠州不在天上,行即到矣。"因請書以行。印即致書云:"嘗讀退之《送李願歸盤谷序》,願不遇知於主上者,猶能坐茂林以終日。子瞻中大科,登金門,遠放寂寞之濱,權臣忌子瞻宰相耳。人生一世間,如白駒過隙,三二十年功名富貴,轉盤成空,何不一筆勾斷,尋取自家本來面目?萬劫常住,永無墜落,縱未得到如來地,亦可以驂駕鸞鶴,翶翔三島,爲不死人。何乃膠柱守柱,待入惡趣?昔有問師:'佛法在甚麽處?'師云:'在行住坐臥處,著衣喫飯處,屙屎撒尿處,没理没會處,死活不得處。'子瞻胸中有萬卷書,筆下無一點塵,到這地位不知性命所在,一生聰明要做什麽?三世諸佛則是一個有血性的漢子,子瞻若能脚下承當,把一二十年富貴功名賤如泥土,努力向前。珍重!珍重!"

按:《宋類鈔》卷七《宋乘》亦有此條,文字僅小有不同,當即引自本書。《西湖遊覽志餘》卷十四《方外玄迹》亦載佛印勸東坡學佛書,但較此簡略。

宋·惠洪《冷齋夜話》

東吳僧道潛,有標致,嘗自姑蘇歸湖上,經臨平,作詩曰:"風蒲獵獵弄輕柔,欲立蜻蜓不自由。五月臨平山下路,藕花無數滿汀洲。"坡一見如舊。及坡移守東徐,潛往訪之,館於逍遥堂,士大夫爭欲識面。東坡饌客罷,與俱來,而紅妝擁隨之。東坡遣一妓前乞詩,潛援筆而成,曰:"寄語巫山窈窕娘,好將夢魂惱襄王。禪心已作沾泥絮,不逐春風上下狂。"一坐大驚,自是名聞海内。(卷六)

福州僧可遵,好作詩,慕所長以蓋人,叢林貌禮之,而心不然。嘗題詩湯泉壁間,東坡游廬山偶見,爲和之,遵曰:"禪庭誰立石龍頭?龍口湯泉沸不休。直待衆生塵垢盡,我方清冷混常流。"東坡曰:"龍有口口無根,龍口湯泉自吐吞。若信衆生本無垢,此泉何處覓寒溫?"遵自是愈矜伐。客金陵,佛印元公自京還,過焉。遵作詩贈之曰:"上國歸來路幾千,渾然猶帶御爐煙。鳳凰山下敲蓬咏,驚起山翁白晝眠。"元戲答曰:"打睡和尚萬萬千,夢中趨利走如煙。勸君打快修禪定,老境如蠶已再眠。"元詩雖少蘊藉,然一時快之。(卷六)

東坡游廬山東林,作偈曰:"溪聲便是廣長舌,山色豈非清净身?夜來八萬四千偈,他日如何舉似人。""横看成嶺側成峰,遠近高低各不同。不識廬山真面目,祇緣身在此山中。"

蘇子由初謫高安時,雲庵居洞山,時時相過。聰禪師者,蜀人,居聖壽寺。一夕,雲庵夢同子由、聰出城迎迓五祖戒禪師。既覺,私怪之,以語子由。未卒,子由迎呼曰:"方與洞山老師説夢,子來亦欲同説夢乎?"聰曰:"夜來輒夢見三五人者,同迎五戒和尚。"子由拊手大笑曰:"世間果有同夢者,異哉!"良久,東坡書至,曰已次奉新,旦夕可相見。二人大喜,追笋輿而出城。至二十里建山寺,而東坡至。坐定,無可言,則各追繹向所夢以語坡。坡曰:"軾年八九歲時,嘗夢其身是僧,往來陝右。又先妣方孕時,夢一僧來托宿。記其欣然而眇一目。"雲庵驚曰:"戒陝右人,而失一目,暮年棄五祖,游高安,終於大愚。逆數蓋五十年,而東坡時年四十九矣。"後東坡復以書抵雲庵,其略云:"戒和尚不識人嫌,强顏復出,真可笑矣。既法契,可痛加磨礪,使還舊規,不勝辛甚!"自是常衣衲衣。(卷七)

宋·普濟《五燈會元》卷十六

雲居了元禪師

南康軍雲居山了元佛印禪師,饒州浮梁林氏子。誕生之時,祥光上燭,鬚髮爪齒,宛然具體,風骨爽拔,孩孺異常,發言成章,語合經史,閭里先生稱曰神童。年將頂角,博覽《典》《墳》。卷不再舒,洞明今古。才思俊邁,風韻飄然。志慕空宗,投師出家。試經圓具,感悟夙昔。即遍參尋,投機於開先法席,出爲宗匠。九坐道場,四衆傾向,名動朝野。神宗賜高麗磨衲金鉢,以旌師德。僧問:"如何是佛?"師曰:"木頭雕不就。"……師一日與學徒入室次,適東坡居士到面前。師曰:"此間無坐榻,居士來此作甚麼?"士曰:"暫借佛印四大爲坐榻。"師曰:"山僧有一問,居士若道得,即輸腰下玉帶子。"士欣然曰:"便請。"師曰:"居士適來道,暫借山僧四大爲坐榻。祇如山僧四大本空,五陰非有,居士向甚麼處坐?"士不能答,遂留玉帶。師却贈以雲山衲衣。士乃作偈曰:"百千燈作一燈光,盡是恒沙妙法王。是故東坡不敢惜,借君四大作禪床。病骨難堪玉帶圍,鈍根仍落劍鋒機。會當乞食歌妓院,奪得雲山舊衲衣。此帶閱人如傳舍,流傳到我亦悠哉。錦袍錯落猶相稱,乞與伴狂老萬回。"

清·褚人獲《堅瓠集》卷一

子瞻前後身

袁伯修云:蘇子前身爲五祖戒,後身爲徑山泉、董遐周云。按子瞻辛巳歲殤延陵,而妙喜實已生。豈先十餘年,子瞻已托識他所耶?總是一個大蘇,沙門扯他做妙善老人,道家又道渠是奎宿。及閱《長公外紀》云:"在宋爲蘇軾,逆數前十三世在漢爲鄒陽。"子瞻入壽星話客曰:"某前是此寺僧,山下至懺堂,有九十二級。"其薨也,吾郡莫君蒙初復有紫府押衙之夢。余戲爲語曰:"蘇死去忙不徹,三教九流都扯拽。"縱好事者爲之,亦詞場好話柄也。

佛印書壁

東坡挾妓登金山,以酒醉卧印,命妓同卧。佛印醒而書壁云:"夜來酒醉上床眠,不覺琵琶在枕邊。傳話翰林蘇學士,不曾彈動一條弦。"

東坡喜食燒猪肉。佛印住金山時,每燒猪以待。一天,爲人竊食。東坡至而無肉,乃戲作詩曰:"遠公沽酒飲陶潛,佛印燒猪待子瞻。采得百花成蜜後,不知辛苦爲誰甘?"(巳集卷一)

清·王恂《余庵雜録》卷下

王荆公詩"昏風雨滿園林,籬菊飄零滿地金"之句,歐陽公曰:"百花落盡,獨葡枝上枯耳。"因戲曰:"秋英不比春花落,爲報詩人仔細看。"荆公聞之,引《楚辭》"夕餐秋菊之落英"爲據。予按"訪落":《詩》:"訪予落止。"毛氏曰:"落,始也。《爾雅》:'俶、落、權、輿,始也。'"郭景純亦引"訪予落止"爲注。然則《楚辭》之意,乃謂擷菊之始英者爾。東坡《戲章質夫寄酒不至》詩云:"漫繞東籬嗅落英。"其意亦然。

今人·嚴敦易《元劇斟疑》

赤壁賦(節録)

按關於東坡以《滿庭芳》詞戲謔安石夫人,因以構怨一節(指《赤壁賦》第一折)自然也是無稽的。東坡此詞,雖題作"佳人",是筵宴中的一種即興描寫當時情景的作品,安石更何至竟以夫人僞裝歌妓,祇爲見他一面。此詞在《東坡樂府》《滿庭芳》

六首中，次居第三，前兩首皆東坡居黃將赴臨汝時所作，第五首亦居黃時作。詞句有云"坐中有狂客，惱亂柔腸"，是應同係在謫黃州時所撰。（清張思岩、宗楙輯《詞林紀事》於此詞後注云："楙按：《西園雅集圖》跋，此闋當在王都尉晉卿席上，爲囀春鶯作也。"——注者）以這首詞當做他遭貶的原因，並造出安石夫人的一段插曲來，固屬完全附會，但雜劇這般敷演，倒不能當做是後來所妄行增擬，他實有所本。在元雜劇中，關漢卿《謝天香》劇第二折〔賀新郎〕曲云："呀，想東坡一曲〔滿庭芳〕，則道一個'香靄雕盤'，可又早禍從天降，當時嘲撥無攔當。"又元刊本《風月紫雲亭》劇〔新水令〕曲云："當日個爲多情一曲〔滿庭芳〕曾貶得蘇東坡也趁波也趁波逃浪。"這二本雜劇，都是元初期作品，都說東坡是因〔滿庭芳〕詞而貶黃州，縱未明言涉及安石夫人，當委係同一故事。所以《赤壁賦》如此鋪排，不能說他憑空臆造。而元劇後期作家趙文寶，有《醉寫滿庭芳》一本，該也是衍東坡此事。

　　今傳爲吳昌齡作的《東坡夢》劇，在其第一折賓白裏，叙東坡貶黃州之原委，爲了菊花詩、〔滿庭芳〕詞，觸怒王安石，尤以賦詞涉及調笑安石夫人，所述甚詳，與本劇所衍，一些沒有出入。第二折再告訴佛印一次。設《東坡夢》確爲吳昌齡所撰，這當視與前引之《謝天香》《紫雲亭》二劇同列。但《東坡夢》很可能實係明初楊景賢之《待子瞻》劇之易稱，那麼，《東坡夢》所叙的，便大約是從這本《赤壁賦》（亦即《醉寫滿庭芳》）所影響沿襲而來的了。第二折〔金盞兒〕曲論此事云"你也不合燈下覷他那佳人"，也明言〔滿庭芳〕詞涉及調弄安石夫人，這比《謝天香》《紫雲亭》曲中所說的含渾要進了一步。

（二）研究資料彙輯

清·黄應暘《曲海總目提要》

東坡夢

元吳昌齡撰（吳昌齡，西京人。所作雜劇，今僅存《東坡夢》一本）。記蘇軾與佛印問答事。用白牡丹點綴，蓋借用琴操事也。考蘇軾詩，有《贈金山寺長老了元》絕句二首云："病骨難湛玉帶圍，純根仍落箭鋒機。欲教乞食歌妓院，故與雲山舊衲衣。""此帶閱人如傳舍，流傳到我亦悠哉。錦袍錯落真相稱，乞與佯狂老萬回。"（施氏瞻注云："佛印禪師，法名了元，饒州人。公久與之游，時住持潤州金山寺。公赴杭過潤，為留數月。一日，值師掛牌，與弟子入室，公便服入方丈見之。師云：'內翰何來？此間無坐處。'公戲云：'暫借和尚四大，用作禪床。'師云：'山僧有一轉語，內翰言下即答，當從所請。如稍涉擬議，願留玉帶以鎮山門。'公許之，便解玉帶置几上。師云：'山僧四大本無，五蘊非有，內翰欲於何處坐？'公擬議未即答，師急呼侍者云：'收此玉帶，永鎮山門。'公笑而與之。師取衲裙相報云云。"）世所傳東坡與佛印問答語甚多。此其最著者，但在金山寺。劇内言廬山問答，則無可考。蘇軾游廬山，至東林，贈總師二偈曰："溪聲便是廣長舌，山色豈非清淨身。夜來八方四千偈，他日如何舉似人。""橫看成嶺側成峰，遠近高低各不同。不識廬山真面目，祇緣身在此山中。"黄庭堅曰："此老如般若，橫說豎說，了無剩語。非筆端有口，安能吐此不傳之妙乎？"又考《西湖志餘》：蘇子瞻守杭州日，有妓名琴操。頗通佛書、解言辭，子瞻喜之。一日游西湖，戲語琴操曰："我作長老，汝試參禪。"琴操敬諾。子瞻問曰："何謂湖中景？"對曰："落霞與孤鶩齊飛，秋水共長天一色。""何謂景中人？"對曰："裙拖六幅湘江水,鬟挽巫山一段雲。""何謂人中意?"對曰:"隨他楊學士,鱉殺鮑參軍。如此究竟如何?"子瞻曰:"門前冷落車馬稀,老大嫁作商人婦。"琴操言下大悟,削髮爲尼,與劇中了元度白牡丹事頗相類。然地理人名皆不合。略云:東坡以諫阻青苗法,觸王安石,謫居黃州。於太守席見一歌妓,曰白牡丹,云是樂天之後,聰慧異常。東坡挈之游廬山。時廬山東林住持了元,東坡之故人也。坡欲使牡丹招之還俗,元終不爲動。而以神通遣花間四友,曰夭桃、嫩柳、翠竹、紅梅,引東坡入夢。飲以酒,坡盡醉,爲各賦詩。明日,了元陞坐説法,東坡不能難。及與白牡丹問答數語,牡丹言下有省,願披剃爲尼。坡本欲以牡丹魔障了元,今反被了元度脱。坡不覺爽然,益悟色即是空,空即是色也。《吴中紀聞》載:"張敏叔曾以牡丹爲貴客,梅爲清客,菊爲香客,瑞香爲佳客,丁香爲素客,蘭爲幽客,蓮爲净客,荼䕷爲雅客,薔薇爲野客,桂爲仙客,茉莉爲遠客,芍藥爲近客。各賦一詩,吴中至今傳播。《東坡外集》:東坡元豐末年,得請歸耕陽羨,舟次瓜州,以書抵金山了元禪師曰:"不必出山,當學趙州三等接入。"元得書徑來,東坡迎笑問之,以偈爲獻。曰:"趙州當日少謙光,不出山門見趙王。争似金山無量相,大千都是一禪床。"東坡拊掌稱善。(説見《詩話》)

今人·嚴敦易《元劇斟疑》

東坡夢

　　《元曲選》辛集上有《東坡夢》一本,標元吴昌齡撰。這本雜劇,現在是僅有《元曲選》本流傳的。《也是園古今雜劇》雖有是目,然已於黄蕘圃收藏之前佚失,今不審究爲何本。這佚本或係内府鈔本。晁瑮《寶文堂書目》"樂府類",有《花間四友東坡夢》一本,又別見《東破(坡)夢》一本,應係復見,那可能便是也是園所藏的祖本。寶文堂所著錄的雜劇,恐絕無刊本在內。在趙清常以前及同時編刊的戲曲總集,又未見收錄,故也是園的一本,必也是鈔本。

本劇所叙概梗如次(略)。

按本劇,《錄鬼簿》曹、尤諸本,於吳昌齡名下劇目內,皆未加以著錄。《太和正音譜》則於吳氏名下,著錄《東坡夢》一本。《元曲選》卷首從之,並以《張天師》移置首列,《東坡夢》次之,這自然是藏刻並收此二劇之故。及天一閣鈔本《錄鬼簿》出,那裏面《東坡夢》却是著錄的。其題目正名僅注上句,云"雲門五派老婆禪",與《元曲選》本相差一字,下句則不知是否一樣。"東坡夢"三字是不成問題的,同與不同,祇是"花間四友"四字。天一閣鈔本《錄鬼簿》中,題目正名記注不全,並與簡稱的劇目不符(多是祇注了上一句),例子僅有,如關漢卿之《切鱠旦》注作"夜半賺金牌";李文蔚之《燕青射雁》注作"長東院宋江接應"等皆是。這似並沒有什麼疑義。這《東坡夢》當即係如《元曲選》刊傳的同爲一本。祇上句僅"一"字與"五"字微異,尤不能謂爲兩歧。這"一"字和"五"字,二者必有一誤。本劇一折〔混江龍〕曲有云:"直將這一心參透,五派禪分。"佛家禪宗,南北共有五派,計分譌仰、臨濟、曹洞、雲門、法眼這五派,故云"五派禪分"。《度柳翠》劇第一折《點絳唇》亦云:"自從五派禪分。"雲門一派,創始手五代時文偃禪師,如從雲門而言派別,所以"雲門一派"爲合,"雲門五派"則有語病,蓋雲門是五派之一,而不能概括五派也。佛印是不是習的雲門一派之禪,未悉其詳。這題目所云,應是指第四折問禪之關目而起。《曲海總目提要》卷二《東坡夢》條,對於本事曾有考證。他以爲,東坡與佛印參禪,事在金山,而不在廬山,白牡丹則似暗用琴操事。惟參禪一節,並不是劇中主題所在,花間四友之夢,更是無甚意致的牽合,其中心骨幹,是東坡想魔障佛印,而未得到目的,故主體人物,實際是佛印而非東坡。題稱《東坡夢》,便似反把佛印降做陪襯地位了。關於佛印事,在元、明之際,當自有他的一些流布的傳説,《醒世恒言》第十二卷《佛印師四調琴娘》,内容結構,與本劇雖並不全同,却顯然是出於一個差近的來源。琴娘完全就是白牡丹的影子,至於話本與雜劇,相互間的影響關係,則或不易言之。如本劇確係元吴昌齡之原作,可能《恒言》竟是就本劇之故事加以改寫的。

　　這樣説,是本劇或許有不是元吴昌齡原作的一種看法。

　　《録鬼簿續編》於楊景賢名下劇目著録有《待子瞻》一本,題目正名曰:"牡丹嬌風魔禪衲,佛印燒猪待子瞻。"此一劇目,《太和正音譜》楊景賢名下無有。依其題目正名觀察,和這本《東坡夢》,似乎太相像了。我們雖然可以説,楊景賢也是采用了同樣的題材及傳説,或是另作了一部"旦本"的"次本",以白牡丹爲主唱角色。但稍深入地研想,頗覺不能無疑,會不會竟是楊景賢那一本《待子瞻》呢?

　　這個懷疑,是正負兩個方面。

　　從正的方面講,《待子瞻》的題目正名,既整個概括了本劇全部的情節,簡賅明確,比現有的題目正名要合適得多。就是"次本"罷,没有這樣地相近的。而且題稱《待子瞻》,是用佛印爲主體,東坡爲陪襯,也更覺相宜一點。何況《待子瞻》的一節,曾於劇中明明點出。本劇一折叙東坡不喫素齋,要進酒肉,佛印教行者下山,去俗人家去沽買。行者回"古門"作了一番宰猪的科諢。佛印向東坡説了兩句云:"學士,當日遠公沽酒謁陶潛,今日佛印燒猪待子瞻。"東坡答云:"小官續上兩句:蘇軾焉敢效昌黎,佛印如何比大顛?"這裏當即是所謂"佛印燒猪待子瞻"的關目。這句話另有所本,"調謔篇"云[②]:

　　東坡喜食燒猪,佛印住金山寺,每燒猪以待其來。一日爲人竊食,東坡戲作小詩云:"遠公沽酒飲陶潛,佛印燒猪待子瞻。

采得百花成蜜後,不知辛苦爲誰甘?"

這就是關目所從來。《輟耕錄》所載"院本名目""諸雜大小院本"中,有《佛印燒猪》一本,應亦即此事。至《武林舊事》所載"官本雜劇段數"中之《白牡丹爨》,是否爲"牡丹嬌風魔禪衲"之前身,則殊未能臆斷。如以此數關目,即"佛印燒猪""牡丹魔障"等,和"東坡夢"這一關目牽合連係起來,在原則上論,是距離甚遠的,即以現在的題目正名"雲門一(五)派老婆禪,花間四友東坡夢"言,這些和上面的情節,又有什麽係屬呢?又怎樣能表示出主人公是佛印,不是另外一位和尚,和還有一個很重要的角色白牡丹呢?以蘇東坡與僧人爲題材的雜劇,後人盡多編寫者,《也是園雜劇》黃蕘圃"待訪目"中,宋朝故事有:《蘇東坡誤入佛游寺》一種,已佚。如果拿這兩句硬派做是《佛游寺》中的,豈不也很可通麽?所以,本句很可能是《待子瞻》的本來面目,但附會地改作《東坡夢》,算作吳昌齡的原作,因此,連題目正名也隨着更改了。

此外應該提到的便是"花間四友"的一點。照説,花間四友當是鶯、燕、蜂、蝶,像本劇中的桃、柳、竹、梅,有些本身便是花,如何還能做花間四友?甚爲不倫。《古今雜劇》中,題稱史九敬先作的《老莊周一枕蝴蝶夢》裏面四友的關目,與本劇極有相似處。而原則名《花間四友莊周夢》,實則那本《莊周夢》是雜凑的東西。又上條所論,《張天師斷風花雪月》劇中,有梅、菊、荷、桃之出場,正是具體而微的四友一類。《太和正音譜》王子一名下有《鶯燕蜂蝶》一本,《元曲選》卷首改稱《花間四友》。朱有燉用這些套子,更熟極而流,多不勝舉。綜括一下,這所謂"花間四友"的鋪叙,就風格及例證來驗判,都好像不是初期元劇的氣韵和作風。這正恐是元末明初,才甚見流行的雜劇中之濫調。前面已經説過,"花間四友"之魔障東坡,是没有什麽意致的,與劇情之進展,也没有多大的關連。設《張天師》及《東坡夢》之今傳本，果皆爲吳昌齡原作，除了內中有一種題名明標"花間四友"，同於史九敬先外，吳氏對於"梅、菊、荷、桃""桃、柳、竹、梅"等等的仙女象徵化關目，倒真是很爲偏嗜，而不憚煩重復一用再用，和後來的作者取同一步趨的，那吳氏委實不免是近於無聊的庸俗作者了。

　　二折中的《月兒高》小曲，係自唐伯虎的散曲中摘出[3]，明是增入，決非原文。這是本劇曾經過了按行潤改的證據，擴而大之，亦是非屬吳氏原本，以至非屬楊氏原本之證據。大概今傳本，應亦係從內府本出爲多。這支增入的《月兒高》小曲，亦即花間四友所唱。花間四友的登場，在搬演上是需要的。他可以調劑雜劇的單調性，而使場面熱鬧活潑一些。其原始的創造者，設是史九敬先，在《莊周夢》上面使用了他；如是吳昌齡，在《東坡夢》上使用了他，原則上亦都未嘗不可。自然，今傳本《莊周夢》與《東坡夢》是否他們的原本，那却是另一問題。

　　不過，從負的方面講，這本《東坡夢》疑是楊景賢的《待子瞻》。倘天一閣鈔本《錄鬼簿》也像其他諸本《錄鬼簿》一樣，並無《東坡夢》一目的著錄，就要顯出格外有力，甚至可以消滅這個符號了。他既曾著錄，尤其題目正名，雖不完全，但上句除一字之差外，竟相吻合。這種情形，又當如何解釋呢？我們向來是假定《錄鬼簿續編》的作者，和替《錄鬼簿》補助題目正名者，爲一個人的，是賈仲明；或另外的一個人，倒沒有多大出入。《續編》既然於《待子瞻》目下，注了另外的題目正名，而於《東坡夢》下，則注了和今傳本上句差不多雷同的一句。若然，則顯現地，《待子瞻》應和《東坡夢》是兩個不同的本子。倘今傳本《東坡夢》即是天一閣鈔本《錄鬼簿》所題注的一本，他也就決不可能是《待子瞻》所改頭換面的了。從論理上剖析，這種反駁是有相當理由的。

　　要主張這本《東坡夢》實即係《待子瞻》一說的能夠成立，要先給予這個理解滿意的答復。我們現在所能找到的,是:(一)也許"雲門一(五)派老婆禪"是吳氏《東坡夢》的題目正名,那是不錯的,但他可能不是佛印被白牡丹魔障的故事。後來既然拿《待子瞻》代替《東坡夢》,頂了他的名字,並改換題目正名,那索性就用了原來的,豈不更好?天衣無縫。尤其《待子瞻》也有參禪的關目,配合無間,便更像是吳氏的《東坡夢》了。(二)當時注補題目正名時的失誤。這是在《東坡夢》目下,衹有一句,並不完全而引起的。況且其他錯誤的例子也盡有④。我們不能想象,《待子瞻》在當日已有幾種不同的本子,和幾種不同的題目正名,惟這一句"雲門一(五)派老婆禪",或竟是題目正名中四友的前二句裏面的,亦未可必。或爲第三句,"禪"和"瞻"相葉,因爲他是敘東坡事,注者曾當作是《東坡夢》,不知怎的,寫了其中的一句,便覺察而輟止了。(三)天一閣鈔本《錄鬼簿》原不能就算是唯一最先的定本,衹是材料較多,時期較早,稍爲可靠而已。他所由來的祖本,增注添改的一類事,是不易保證其沒有,或者也是應該有的。又安知吳氏《東坡夢》目下,不是明代有人依據了至遲在嘉靖年代,就已改頭換面了的今傳本《東坡夢》替他加上的呢?(天一閣鈔本衹是明抄,並未確定其抄的年代。)以上這三項的任何一項,雖都可既做這懷疑的負的方面的答復,但老實地說,並不是毫無遺憾的肯定的説素,故此,這問題也尚不能便就此視爲信讞。

【注釋】

① 玉春堂名,在本劇第三折松神口中凡二見,但他處則未見道及。似此玉春堂及松神之關目,或可能自他劇襲湊而來,這和今傳本《莊周夢》之三曹官捉拿四女,同一機杼,誰模擬誰,或皆另有所自,現未能確指。

② 見曹綉君《遊戲文學叢刊》下《嘔嘑詩話》所引,文明書局版。

③ 這《月兒高》"謾折長亭柳"小曲,據沈自晋《南詞新譜》卷一所載,爲唐伯虎之散曲。這可旁證其屬入時期,應在正德時或以後,在嘉靖時的《寶文堂書目》,著

錄了兩本《東坡夢》,有一是今傳本的祖本,大約是可信的。本劇如係從《待子瞻》改題,其時期諒亦不出正、嘉之後。

④ 如:"錯列",鄭廷玉的《後庭花》題目正名放在《金鳳釵》下。"復見",《三戰呂布》《麗春園》等的題目正名二本皆相同。至於錯字、誤繕、漏缺之多,就不必提了。

今人·莊一拂《古典戲曲叢目彙考》

花間四友東坡夢

此戲未見著錄。《元曲選》本。賈本僅作簡名《東坡夢》。題目作"雲門五派老婆禪"。《太和正音譜》《元曲選目》俱作簡名。《寶文堂書目》《也是園書目》皆有此劇正名。本事疑出自《東坡問答錄》等書。東坡諫阻青苗法,謫居黃州,於太守席見一歌妓曰白牡丹,云樂天之後,挈之游廬山東林寺。住持了元乃東坡故人,東坡使牡丹誘之還俗,元不爲所動,而以神通遣花間四友桃、柳、竹、梅,引東坡入夢,了元說法,東坡不能難。牡丹猛省,反爲了元度脫。按佛印法名了元,住持潤州金山寺時,東坡赴杭過潤,爲留數月。守杭,有妓琴操,頗通佛書,東坡戲與問答,言下大悟,削髮爲尼。劇中所叙,事迹類似。

今人·邵曾祺《元明北雜劇總目考略》

花間四友東坡夢雜劇

簡名:東坡夢
著錄:天一閣本《錄鬼簿》《正音譜》
劇本:有《元曲選》本
題目:雲門一派老婆禪
正名:花間四友東坡夢

(《元曲選》)

劇情：蘇軾被貶官黄州，路過廬山，帶了妓女白牡丹去看望故友佛印，想勸他還俗，佛印不肯（第一折）。蘇軾使白牡丹誘惑佛印破戒，未成功，自己却在夢中爲佛印差遣的桃柳竹梅四花所誘惑（第二折）。廬山松神怕蘇軾犯錯誤，上帝怪罪，到蘇的夢中將桃梅趕走。蘇軾醒來，却是一夢（第三折）。佛印陞座，命衆人來參禪，蘇軾、白牡丹和桃、竹、梅等都來問禪，佛印一一解答，白牡丹省悟，情願出家，蘇軾也大爲敬佩（第四折）。

考釋：天一本《録鬼簿》在簡名《東坡夢》下注："雲門五派老婆禪。"這七字當是題目正名的上句，下句大約與存本相同。"雲門宗"是佛印派别中"禪宗"的五個支派之一。五代文偃和尚創始於韶州雲門山（今廣東乳源）的光泰禪院，故名。禪宗其他四個支派是潙仰宗、臨濟宗、曹洞宗、法眼宗。雲門是五派之一。因此，"雲門五派老婆禪"用五字不如用一字爲妥。宋元説話人家數有"説參請"，講述賓主參禪悟道故事，此劇也屬於該類性質。蘇軾與佛印的關係，據蘇軾詩《贈金山寺長老了元》注："佛印禪師，法名了元，饒州人。公久與之游。時住持潤州金山寺。公赴杭過潤，爲留數月。"這是史實，傳説則極多，寫成小説的有《清平山堂話本》中《五戒禪師私紅蓮記》，即《喻世明言》中《明悟禪師趕五戒》的原本，都把蘇與佛印的關係寫成兩世朋友，但無白牡丹參禪事。元末明初楊訥有《佛印燒猪待子瞻》雜劇，其部分情節在本劇中有所交代，但該劇已佚，整個劇本内容不知如何。有關蘇軾其他劇目詳見費唐臣《蘇子瞻風雪貶黄州》和佚名作者《蘇子瞻醉寫赤壁賦》等條。

此劇故事簡單，内容近於雜湊，劇中〔端正好〕〔梅花酒〕〔收江南〕諸曲，都有叠句。這是明代中葉以後舞臺上的唱法，其他雜劇劇本曲牌都無此格式。另外，第二折有花間四友合唱南曲〔二犯月兒高〕，屬於"贈曲"性質，不在套曲之内，也不一定是原本所有，可能由演員在舞臺上即興創作，以調劑雜劇"一人獨唱"的單調。〔二犯月兒高〕是明代唐寅所作散曲小令,吳昌齡寫此劇時不可能引用也。贈曲性質、類型和作用等五花八門,我另有文(詳見趙景深先生著《讀曲小記》一書——注者),此處不備述。

今人·羅錦堂《元雜劇本事考》

東坡夢

本劇演蘇東坡欲令妓女白牡丹誘僧了緣還俗,牡丹反爲了緣度脱,皈依佛法事。略云:(劇情概述略)

按《西湖志餘》謂蘇子瞻守杭州日,有妓名琴操,頗通佛書,解其辭,子瞻喜之。一日游西湖,戲語琴操曰:"我作長老,汝試參禪。"琴操敬諾。子瞻問曰:"何謂湖中景?"對曰:"落霞與孤鶩齊飛,秋水共長天一色。""何謂景中人?"對曰:"裙拖六幅湘江水,髻挽巫山一段雲。""何謂人中意?"對曰:"隨他楊學士,憋殺鮑參軍。"琴操又曰:"如此究竟何如?"子瞻曰:"門前冷落車馬稀,老大嫁作商人婦。"琴操言下大悟,削髮爲尼云云。此又見《泊宅編》及《宋人軼事彙編》卷十二,與劇中了緣度白牡丹事頗相類,然地點人名皆不合,蓋作者故爲更易耳。

所言白牡丹,實無其人,作者蓋以子瞻用白居易詩而悟琴操,故附會以爲樂天之後也。按《中吳紀聞》曾載張敏叔嘗以牡丹爲貴客,梅爲清客,菊爲香客,瑞香爲佳客,丁香爲素客,蘭爲幽客,蓮爲净客,荼蘼爲雅客,薔薇爲野客,桂爲仙客,茉莉爲遠客,芍藥爲近客,各賦一詩,吳中至今傳誦。此即花間四友所爲也。

又按世傳東坡、佛印問答語甚多,其最著者爲金山寺之問答。東坡曾以七絶二首《贈金山寺長老了緣》云:"病骨難堪玉帶圍,鈍根仍落箭鋒機。欲教乞食歌妓院,故與雲山舊衲衣。"又云:"此帶閱人如傳舍,流傳到我亦悠哉。錦袍錯落真相稱,乞與佯狂老萬回。"施元之注云:"佛印禪師,法名了元,饒州人。公久與之游,時住持潤州金山寺,公赴杭過潤,爲留數月。一日,值師掛牌,與弟子入室,公便服入方丈見之。師云:'内翰(翰林學士之別稱,見《鶴林玉露》)何來?此間無坐處。'公戲曰:'暫借和尚四大,用作禪床。'師曰:'山僧有一轉語,内翰言下即答,當從所請;如稍涉擬議,願留玉帶以鎮山門。'公許之。便解玉帶置几上。師云:'山僧四大本無,五蘊非有,内翰欲與何處坐?'公擬議未即答,師急呼侍者曰:'收此玉帶,永鎮山門。'公笑而與之,師取衲裙相報。"云云。

據《東坡外集》,謂東坡於元豐(宋神宗年號)末年,得請歸耕陽羨,舟次瓜州。以書抵金山寺了元禪師曰:"不必出山,當學趙州三等接人。"元得書徑來,東坡迎笑問之,以偈爲獻,曰:"趙州當日少謙光,不出山門見趙王。爭似金山無量相,大千都是一禪床。"東坡拊掌稱善。

《綠窗新話》卷下有"蘇東坡携妓參禪"一節,謂出《冷齋夜話》。其文曰:

東坡居士在錢塘,無日不在西湖。嘗携妓謁大通禪師,師慍形於色。東坡作〔南柯子〕,使妓歌之曰:"師唱誰家曲,宗風嗣阿誰?借君拍板與門槌,我也逢場作戲莫相疑。溪女方偷眼,山僧莫眨眉,却愁彌勒下生遲,不見阿婆三五少年時。"時仲殊在,聞而和之曰:"解舞〔清平樂〕,如今說與誰?紅爐片雪上鉗鎚,打就金毛獅子也堪疑。木女明開眼,泥人暗皺眉,蟠桃已是着花遲,不向東風一笑待何時?"涪翁見而賞之曰:"此檀越並此門僧,非取次者所爲樂。"

又《調謔錄》云:

大通禪師者,操律高潔,人非齋沐,不敢登堂。東坡一日挾妙妓調之,大通慍形於色。公乃作〔南柯子〕一首,令妙妓歌之,大通亦爲解頤。公曰:"今日參破老禪矣。"

四　關於《西天取經》本事和研究資料彙輯

（一）本事研究資料彙輯

《舊唐書・方伎傳》（摘要）

僧玄奘，姓陳氏，洛州偃師人。大業末出家，博涉經論，嘗謂翻譯者多有訛謬，故就西域，廣求異本以參驗之。貞觀初，隨商人往西域。玄奘既辯博出群，所在必爲講釋論難，蕃人遠近咸尊伏之。在西域十七年，經百餘國，悉解其國之語，乃採其山川謠俗，土地所有，撰《西域記》十二卷。貞觀十九年，歸至京師。太宗見之大悦，與之談論。於是詔將梵本六百五十七部於弘福寺翻譯，仍敕太僕射房玄齡、太子左庶子許敬宗，廣召碩學沙門五十餘人，襄助整比。

《舊唐書・尉遲敬德傳》（摘要）

敬德領騎七十趨玄武門，王馬逸，墜林下。元吉將奪弓窘王，敬德馳叱之。元吉走，遂射殺之。宮一府屯兵玄武門，戰小解。敬德持二首示之，乃去。

論功第一……封吳國公，實封千三百户。

敬德晚節，謝賓客不與通，飭觀治，奏請商樂。自奉養甚厚，又餌雲母粉，爲方士術延年。其戰，善避矟，每單騎入賊雖群刺之不能傷。又能奪賊矟還刺之，而獨去之，卒不能中。帝嘗問："奪矟與避矟熟難？"對曰："奪矟難。"試使與齊王（即元吉——注者）戰，少選，王三失矟，遂大愧服。

《佛法統記》

唐法師玄奘，貞觀二年上表游西天竺。過沙河，逢惡鬼異類出没前後，一心念觀世音菩薩及《般若心經》，倏忽散退。

《大唐新語》

玄奘法師將往西域取經，手摩靈隱寺松云："吾西去，汝可西長；若東歸，即東向，使弟子知之。"及去，其枝年年西向。一年松或向東，弟子曰："吾師歸矣！"果然。因號其松曰"摩頂松"。

《朴通事諺解》

往常唐三藏師傅（注一：三藏俗姓陳，名偉，洛州緱氏縣人也，號玄奘法師。貞觀三年奉敕往西域，取經六百卷而來，仍呼爲三藏法師。）西天取經去時節（注二：《西游記》云：昔釋迦牟尼佛在西天靈山雷音寺，撰成經律論三藏金經，須送東土解度群迷，問諸薩菩往東土尋取經人來，乃以西天去東土十萬八千里之程，妖怪又多，諸衆不敢輕諾，唯南海落迦山觀世音菩薩騰雲駕霧，往東土去，遙見長安京兆府，一道瑞氣衝天。觀音化作老僧入城。此時唐太宗聚天下僧尼，設無遮大會，因衆僧舉一高僧爲壇主說法，即玄奘法師也。老僧見法師曰："西天釋迦造經三藏，以待取經之人。"法師曰："既有程途，須到有時。西天雖遠，我發大願，當往取來。"老僧言訖，騰空而去。帝知觀音化身，即敕法師，往西天取經。法師奉敕行六年［應爲十七年——注者］東還。），十萬八千里途程，正是瘦禽也飛不到，壯馬也實勞蹄。這般遠田地裏，經多少風寒暑濕，受多少日炙風吹，過多少惡山險水難路，見多少怪物妖精侵他，撞多少猛虎毒蟲定害，逢多少惡物刁蹶。（注三：今按法師往西天時，初到師陀國界，遇猛虎毒蛇之害，次遇黑熊精，黃風怪，地涌夫人，蜘蛛精，獅子怪，多月怪，紅孩兒怪，幾死僅免。又過棘鈎洞，火炎山，薄屎洞，女人國，及諸惡山險水怪害，患苦不知幾，此所謂刁蹶也，詳見《西游記》。)

正是好人魔多,行六年,受多少千辛萬苦,到西天取將經來,度脫衆生各得成佛。

(下略)

我兩個部前買文書去來,買甚麼文書?去買《趙太祖飛龍記》《唐三藏西游記》去。(注四:《西游記》,三藏法師往西域,取經六百卷而來,記其往來始末為書,名曰《西游記》,詳見上。)

買時買四書五經也好,既讀孔聖之書,必達周公之理,要怎麼那一等平話《西游記》,熱鬧悶時節,好看看。唐三藏引孫行者(注五:《西游記》云:西域有花果山,山下有水簾洞……)

到車遲國,和百眼大仙,鬥聖的你知道麼?你説我聽。唐僧往西天取經時節,到一個城子,喚做車遲國。那國王好善,恭敬佛法,國中有一個先生,喚百眼,外名喚燒金子道人。(注六:《西游記》云,有一先生到車遲國,吹口氣,以磚瓦皆化為金,驚動回王,稱為國師,號百眼大仙。)

(二)研究資料彙輯

明·勾吳蘊空居士《楊東萊先生批評〈西游記〉總論》

《太和正音譜》備載元人所撰詞目,有吳昌齡《東坡夢》《辰鈎月》等十七本,而《西游記》居其一焉,然僅見鈔錄秘本,未經鏤板印行。

涵虛子記元詞一百八十七人,以馬東籬、張小山等十二人為最,而以貫酸齋、鄧玉賓等七十人次之,悉著題評,極其典核,謂:"昌齡之詞如庭草交翠。"至董解元、趙子昂、盧疏齋、鮮于伯機、馬海粟、班彥功、王元鼎、童君瑞、查德卿、姚牧庵、高則成、史敬先、施君美、汪澤民等凡五百人,不注題評,抑又其次,虞道園、張伯雨、楊鐵崖等,俱不得借齒牙,其取舍可謂嚴矣!而昌齡為所推重如此,非詞家之擅長挾兩挾者耶?

昌齡嘗擬作《西廂記》，已而王實甫先成，昌齡見之，知無以勝也，遂作是編以敵之，幽艷恢奇，該博玄雋，固非陷井之蛙所能窺測也。其與《西廂》，允稱魯衛。

　　《西廂》乃一段風情佳話，是編合天人神怪妖鬼而並舉之，滔滔莽莽，遂成大觀，有悲切處，有激烈處，有痛快處，有會心處，有聳異處，有綿邈處，有絕倒處。且賓白典贍條妥，不見扭造，而板眼務頭套數出設，俱屬當行。

　　北調僅《西廂》二十折，餘俱四折而止，且事實有極冷淡者，結撰有極疏漏者，獨是編至二十四折，富有才情，最堪吟咀，嘗見俗伶所演《西游》，與此大不相同，殊鄙陋可笑。是編出，而桃花扇底增一巨麗之觀，庶可與俗伶洗慚矣。

　　卷中不無小疵，要是璜考珠纇，奚損照乘連城！即如"布衣中跳到洪州路，倒不如借住在步兵厨。""擄一縷白練，寫兩行紅字，赴萬頃清流。""趁着這一江春水，向東流離了，上源頭則願你有了下場頭。""塵昏了老絹帛，金黃了舊血痕，這的是一番提起一番新，與我那十八年的泪珠都正了本。"……語語皆抽秘逞妍，他傳奇不能方駕。

　　弇州《藝苑卮言》，凡詞家悉加月旦，或摘其佳話，或標其名目，可謂詳贍矣！至昌齡，則今舉其所撰《東坡夢》《辰鈎月》稱之，竟不及是編，何以故？夫弇州該覽群籍，纖巨靡遺，豈是編尚未之睹耶？兹役也，蒐中郎之秘檢，發汲冢之鴻輝，弇州而在，當爲撫掌。

　　勾吳蘊空居士書於宙合齋

《楊東萊先生批評〈西游記〉》

《西游記》小引

　　曲之盛於胡元固矣。自《西廂》而外，長套者絕少，後得是本,乃與之頡頏。嗟乎！多錢善賈,長袖善舞,非元人大手筆,曷克臻此耶！特加珍秘,時以自娛,嘗携之游金臺,偶爲友人持去,未幾而友人亡故,索之竟成烏有！劍去張華,鏡辭王度,惋惜者久之,迨歸而懷念不置。忽一日復之故家敝籠中,捧玩之下,喜可知也。然帙既散亂,字多漫滅,苦心讎校,積有歲時,遂於宮商鐘呂之間,摘陰陶帝虎之繆矣。但天庭異葉,不當終滅之枕中,乃謀而授諸梓,庶幾飛毬舞盞時,稍爲絲竹一助云爾。若曰顧曲之周郎,辯過之王應,則吾豈敢？

萬曆甲寅歲孟秋日　彌伽弟子書於紫芝室

明·祁彪佳《遠山堂曲品》

西天取經(北四折)

番語入詞,亦疏散不俗。曲有未葉處,已經函三館主人訂正。（注：函三館主人即明末陳汝元。）

明·止雲居士《萬壑清音》凡例

今則元人所作,多不選入,大都取我國朝名家最善者輯而刻之。

國朝所出佳作,迨數百種,生以未暇,不能遍閱,未免令識者有遺珠之嘆。

明·胡應麟《少室山房劇考》

《輟耕錄》記元人雜劇有《唐三藏》一段,今其曲尚存,第不知即陶所記本否？世俗以爲陳姓,且演爲戲文,極可笑,然也不甚虛也。三藏即唐僧玄奘,余辯見前。續考《獨異志》云(所云大體同後錄李調元《劇話》。此略——注者)。據此,皆與今頗合,又元人散曲亦有西域取經等事,蓋附會起於勝國,不始於今。三藏之名,則又始於宋時,不始勝國。東坡《艾子小說》云:"艾子好飲,少醒日。忽一日大飲而噦,門人密抽彘腸致噦中,持以示之曰:'五臟方能活,今公飲而出一臟,此四臟而矣。何以生耶?'艾子熟視而笑曰:'唐三臟猶可活,況有四耶?'"此雖戲語,然宋世所稱可見。蓋以唐僧不空號無畏三藏,譌爲玄奘耳。(原注:"艾子"疑非東坡,然已見《通考》,要亦出宋人。《聖教序》雖有"三藏要文"等話,非玄奘號也。)

清·李調元《劇話》

吳昌齡《西天取經》,見《獨異志》:"沙門玄奘,姓陳氏,唐武德初,往西域取經。行至罽賓國,道險虎豹,不可過,奘不知所爲,鎖門而坐。至夕開門,見一老僧,莫知所由來。奘禮拜勤求,僧口授《多心經》一卷,令奘誦之,遂得道路開闢,虎豹潛形,魔鬼藏迹。至佛國,取經六百餘部而歸。"其《多心經》至今誦之。

《雙樹幻抄》:"玄奘以貞觀三年冬抗表辭帝,出玉關,抵高昌。高昌王護送至罽賓。隨歷大林國,儤抵國,那伽羅國,祿勤那國,至麴闍國。麴闍王有勝兵十萬,雄冠西域,其俗以人祀天。奘至,被執。以風度特異,將戮以祭。俄大風作,塵沙漲天,晝日晦冥。彼衆驚異,釋之。至中天竺,入王舍域,彼已預聞奘至,具禮郊迎,安置那蘭陀寺。見上方戒賢論師,戒賢時春秋一百有六,道德爲西土之宗,號"正法藏"戒賢論師。奘啓以求法意。賢曰:'吾頃病且死,忽夢文殊謂我曰:"後三年,震旦有大沙門從汝受道。"自爾以來,今三稔矣。'於是慰喜交集。奘從賢窮探大乘,日益智證。至貞觀十六年,乃發王舍城,入祇羅國,國王迎問:'而國有聖人出世,作《小秦王破陣樂》,可爲我言之。'奘粗陳帝神武大略,其主大驚,即以青象、名馬助奘馱經而還。以貞觀十九年至長安。文帝驚喜,手詔飛騎迎之,親爲經文作序,名《聖教序》云。

《法苑珠琳》謂:"玄策官金吾將軍,奉詔扈玄奘往西天取經,歸撰此記。"今佚不傳。《輟耕録》記元人雜劇有《唐三藏》一段。《莊岳委談》云:"《聖教序》"雖有"三藏經文"等語,非玄奘號也。其以稱奘,蓋以唐僧不空號無畏三藏而譌耳。

清·焦循《劇説》卷四

元人吴昌齡西游詞,與俗所傳《西游記》小説小異。曹棟亭曰:"吾作曲多效昌齡,比於臨川之學董解元也。"

近人·王國維《大唐三藏取經詩話》後記

書中載《元(即玄)奘取經》,皆出猴行者之力,即《西游演義》所本。又考陶南村《輟耕録》所載元吴昌齡雜劇,有《唐三藏西天取經》,其書至國初尚存。《也是園書目》有吴昌齡《西游記》四卷,曹棟亭書目有《西游記》六卷,無名氏《傳奇彙考》亦有《北西游記》,云今用北曲,元人作,蓋即昌齡所撰雜劇也。今金人院本,元人雜劇皆佚,而南宋人所撰《詩話》尚存,豈非人間稀有之秘笈乎!聞日本德富蘇峰尚藏一大字本,題《大唐三藏取經記》,不知與小字本異同何如也?

乙卯春,海寧王國維。

近人·王國維《宋元戲曲考》

元劇之結構

若《西廂記》之二十折,則自五折構成,合之爲一,分之則爲五。此在元劇中亦非僅見之作,如吴昌齡之《西游記》,其書至國初尚存,其著録於《也是園書目》者云四卷,見於曹寅《棟亭書目》者云六卷,明末凌濛初《西廂序》曰:"吴昌齡《西游記》有六本。"則每本爲一卷矣。

近人·胡適《〈西游記〉考證》第五

現在我可以繼續敘述宋以後取經故事的演化史了。

金代的院本裏有《唐三藏》之目,但不傳於後世。元代的雜劇裏有吳昌齡做的《唐三藏西天取經》,亦名《西游記》。此書見於《也是園書目》,云四卷;曹寅的《楝亭書目》作六卷。這六卷的《西游記》當乾隆末年《納書楹曲譜》編纂時還存在,現在不知尚有傳本否?《納書楹曲譜》中選有下列各種關於《西游記》的戲曲:

《唐三藏》一出:回回(續集二)

《西游記》六出:撇子、認子、胖姑、伏虎、女還、借扇。(續集三)

又《西游記》四出:餞行、定心、揭鉢、女國。(補遺)

《俗西游記》一出:思春。

我們看這些有曲無白的詞曲,實在不容易想象當時的原本是什麼樣子了。《唐三藏》一出,當是元人的作品。但我們在這一出裏,祇看見一個西夏國的回回皈依頂禮,不能推想全書的內容。祇有末段臨行時的曲詞說:

俺祇見黑洞洞征雲起,更那堪昏慘慘霧了天日!

願恁個大唐師父取經回,再沒有外道邪魔可也近得你!

從末句裏可以推想全書中定有"外道邪魔"的神話分子了。

吳昌齡的六本《西游記》不知是《納書楹》裏選的這部《唐三藏》,還是那部《西游記》。我個人推想,《唐三藏》是元初的作品,而吳昌齡的《西游記》却是元末的作品,大概即是《納書楹》裏選有十出的那部《西游記》。我的理由有幾層:

一、這部《西游記》曲的內容很和《西游記》小說相接近。焦循《劇說》卷四說:"元人吳昌齡《西游》詞與俗傳《西游記》小說小異。"小異就是無大異。今看《西游記》曲中,《撇子》一折寫殷夫人把兒子抛入江中,《認子》一折寫玄奘到江州衙内認母,《餞行》一折寫玄奘出發,《定心》一折寫緊箍咒收伏心猿,《伏虎》《女還》二折寫行者收妖救劉大姐,《女國》一折寫女國王要嫁玄奘,《借扇》一折寫火焰山借扇,都是和《西游記》小説很接近的。十折之中,祇有《胖姑》一折没有根據。但我們很可以假定這十折都是焦循説的那部"與《西游記》小説小異"的吴昌齡《西游記》了。

二、吴昌齡的《西游記》曲,頗有文學的榮譽。《虎口餘生》(《鐵冠圖》)的作者曹寅曾説:"吾作曲多效昌齡,比於臨川之學董解元也。"(見焦循《劇説》卷四)

我們看《納書楹》所引十折,確然都很有文學的價值。最妙的《胖姑》一折,全折曲詞雖是從元人睢景臣的《漢高祖還鄉》脱化出來的,但命意措詞都可以算是青勝於藍。此折大概是借一個鄉下胖姑兒的口氣描寫唐三藏在一個國裏受參拜頂禮行時的熱鬧狀況。中説:(略)這種好文字,怪不得曹棟亭那樣佩服了。這也是我認這部曲爲吴昌齡原作的一個重要理由。

如果我的猜想不錯,如果《納書楹》裏保存的《西游記》殘本真是吴昌齡的作品,那麽,我們可以説,元代已有一個很豐富的《西游記》故事了。但這個故事在戲曲裏雖然已經很發達,有六本之多,爲元劇中最長的戲,然而這個故事還不曾有相當的散文的寫定,還不曾成爲《西游記》小説。當時若有散文《西游記》,大概也不過是在《取經詩話》與今存本《西游記》之間的一種平凡的話本。

錢曾《也是園書目》記元明無名氏的戲曲中,有《二郎神鎖齊天大聖》一本,這也是猴行者故事的一部分。大概此類的故事,當日還不曾有大規模的定本,故編戲的人可以運用想象力,敷衍民間傳説,造爲種種戲劇。那六本的《西游記》已可算是一度大結集了。最後的大結集還須等待一百多年後的另一位姓吴的作者。

近人・盧前《元人雜劇全集》

吴昌齡雜劇跋

吴昌齡，西京人，所作十一種。《正音譜》評謂其詞"如庭草交翠"。《張天師斷風花雪月》見於《元曲選》乙集上，《錄鬼簿》作《夜斷辰鈎月》；《花間四友東坡夢》見《元曲選》辛集上。《也是園書目錄》著錄《唐三藏西天取經》，一名《西游記》。《九宫大成譜》嘗錄曲十餘套，浩瀚流轉，初以未見其全爲憾，今據楊東萊本，芟其贅語，以還原面。《西廂記》多至四本，此劇視《西廂記》又多二本，可謂最長之雜劇也已。冀野讀後記。

近人・日本鹽谷温《西游記》跋

元吴昌齡所撰雜劇《唐三藏西天取經》一本，著錄於鍾嗣成《錄鬼簿》，王君國維《曲錄》亦依之，而同書傳奇部別有《西游記》一本。其實王君未見，徒爲臆揣之言而已。此書清初猶存，《也是園書目》有吴昌齡《西游記》四卷，《曹棟亭書目》有《西游記》六卷，其後存亡不可知，而偶得之我秘閣所藏《傳奇四十種》中。顧久佚於彼而才存於我者，豈非天下稀有之秘笈哉？

日本・鹽谷温《元曲概説》

《西游記》，吴昌齡撰，六本雜劇，頗爲稀罕。即空觀主人的《〈西廂記〉凡例》十則中有著錄，但是後來竟成了中國的逸書。幸而日本宫内省圖書寮所藏的《傳奇四十種》中，收有此書，前幾年做爲《斯文》雜誌的附錄出版了。此外若以現存的元曲而論，如果細閱《元明雜劇》與《元人雜劇選》等，那麽還可以增加幾種吧。

近人・日本清木正兒《元人雜劇概説》

西游記

明刊單行本（鹽谷温據宮內省圖書寮藏本校印之活版通行本），世界文庫本，古本戲曲叢刊本。

本書爲六本二十四折之長篇，題元吳昌齡撰。《錄鬼簿》著錄吳昌齡的《唐三藏西天取經》，《正音譜》亦著錄《西天取經》，題材與本書相當。本書爲其改題，抑爲別本，尚不得詳。據孫楷第君之考證，《西游記》實爲明楊景言作。吳昌齡的《唐三藏西天取經》今存二套，一〔雙調〕套，見《萬壑清音》《北詞廣正譜》《九宮大成譜》《納書楹曲譜》等書，題爲《回回迎僧》。一〔仙呂〕套，見《萬壑清音》及《納書楹曲譜》，題爲《諸侯餞別》或《北餞》。

近人・魯迅《中國小説史略》十六篇

明之神魔小説（上）

四曰《西游記傳》，四卷四十一回，題"齊雲楊志和編，天水趙景真校"，叙孫悟空得道，唐太宗入冥，玄奘應詔求經，途中遇難，終達西土，得經東歸者也。太宗之夢，唐人已言，張鷟《朝野僉載》云："太宗至夜半奄然入定，見一人云：'陛下暫來也，還即去也。'帝問：'君是何人？'對曰：'臣是生人判冥事。'太宗入見判官，問六月四日事，即令還，向見者又送迎引導出。"又有俗文，亦記斯事，有殘卷從敦煌千佛洞得之（詳見第十二篇）。至玄奘入天竺，實非應詔，事具《唐書》（卷一百九十一《方伎傳》），又有專傳曰《大慈恩寺三藏法師傳》。在《佛藏》中，初無此奇詭事，而後來稗説，頗涉靈怪。《大唐三藏取經詩話》已有猴行者探沙神及諸異境；金人院本亦有《唐三藏》（陶宗儀《輟耕錄》);元雜劇有吳昌齡《唐三藏西天取經》(鍾嗣成《錄鬼簿》),一名《西游記》(今有日本鹽谷溫校印本),其中收孫悟空,加戒箍,沙僧,猪八戒,紅孩兒,鐵扇公主等皆已見。似取經故事,自唐來以至宋元,乃漸漸演成神異,且能有條貫,小說家因亦得取爲記傳也。

近人·鄭振鐸《鄭振鐸古典文學論文集》

中國戲曲的選本

《唐三藏》,未知何人著。叙唐玄奘事,《西游記》,元吳昌齡著,叙唐玄奘至西方取經事,原本似久佚。但近日本又發見一本,未知是否即吳昌齡所撰。

近人·鄭振鐸《中國文學史》

雜劇的鼎盛

吳昌齡,西京人,生平未詳。所著錄凡十一種。今存《唐三藏西天取經》《張天師斷風花雪月》及《花間四友東坡夢》三種,《西天取經》爲現存元劇中最長的一部。《西廂記》的五本,已是元劇中極長的了,但《西天取經》卷有六本,二十四出,較《西廂記》還多出一本。《西天取經》的六本,各有題目正名,每本都是可以獨立的。第一本叙陳光蕊被難,夫人殷氏爲賊劉洪所占。洪冒了光蕊之名,赴洪州知府之任。殷氏原已有孕,兒子生出後,又被洪棄入江中(應爲劉氏被洪所逼,棄嬰兒入江——注者)。金山寺長老收養着他,剃度爲僧,法名玄奘。十八年後,遂捉了劉洪,報了父仇。但其父並未死,乃爲龍王所救得。正在他們的團圓歡聚之際,觀音却來喚玄奘到長安祈雨救民,且到西天取經。第二本叙玄奘被封爲三藏法師,奉詔往西天求經。

觀音奏過玉帝,差十方保官保唐僧沿途無事。第三本叙花果山有孫行者的,攝了金鼎國公主爲妻,又偷了西王母的仙衣仙桃。因此,觀音降伏了他,將他壓於花果山下。唐僧經過花果山,救出行者,收他爲徒,取名悟空。觀音將鐵戒箍安於他頭上。師徒經過流沙河,遇見沙僧,也收伏他爲徒。中途,行者救了劉太公之女,殺了銀額將軍,却爲紅孩兒所算,乘機攝了唐僧去。行者藉了佛刀,終於救回師父。第四本叙豬八戒自稱黑風大王,騙了裴海棠,禁在山洞中。行者師徒經過此山,救了海棠,但唐僧又爲八戒乘隙攝去。行者請了灌口二郎來,方才救出唐僧,降了八戒,同上西天。第五本叙唐僧經過女人國、火焰山,歷遭魔劫。終於得觀音衛護,平安過去。第六本叙師徒們到了天竺,取經回東土。行者、沙僧、八戒却在天竺國圓寂了。佛命另差成基等四人送他回長安。他遵囑閉了眼,果然即刻已至。這時,離去時已在十七年後了。玄奘回後,開壇闡教,功德甚多。最後,佛命飛仙引他入靈山會正果朝元。此劇氣象甚爲偉大,惟事迹過多,描寫未免粗率,遠没有《西廂》那麽細膩婉曲。這也許是爲題材所拘,不能自由描寫之故。《張天師》叙張天師判決了魔人的桂花仙子事;《東坡夢》叙佛印藉神通命柳、梅、竹、桃四色友,在夢中與東坡相會,終於折服了東坡,剃度了白牡丹。這二劇帶着很濃厚的仙佛傳道色彩,這種題材在元劇中是並不罕見的。

孫楷第《吳昌齡與雜劇〈西游記〉》

——現在所見的楊東萊評本《西游記》不是吳昌齡作的

一

唐玄奘法師西行取經的故事,在元朝有吳昌齡先生作雜劇,在明朝有吳承恩先生作小説。這時代不同的兩位先生都高興把玄奘法師取經的事演成書,都以作這種書出名,并且都姓吳,可以說是巧極了。但二人著書情形有不同的地方,就是:吳承恩先生的《西游記》小說流傳極廣,但他作小說的事最初就被人忽略了;到了清朝道光年間,丁宴始能據淮安《舊志》把《西游記》小說還給吳先生。吳昌齡先生作《唐三藏西天取經》雜劇,差不多明以來研究戲曲的人人都知道。可是他的書自明萬曆以後即少見。清初的錢曾雖然還藏有其書,在他的《也是園書目》中著錄了《唐三藏西天取經》。但以後寂然無聞,就慢慢地隱晦下去了。直到清末王靜安先生作《曲錄》還是苦於未見其書。

這是一件憾事。愛好文學的人如周豫才先生,也曾設法搜求吳昌齡《唐三藏西天取經》的遺文,推測《納書楹曲譜》裏邊所引的《西游記》或者即是吳昌齡所作。但這是一種希求。吳昌齡原書是不可見了。

直到1928年,日本宮内省圖書寮發現了《傳奇四十種》,其中有明萬曆甲寅刊本楊東萊評吳昌齡《西游記》一書。一時傳遍了中外的學術界。日本鹽谷溫先生是研究戲曲的,遂把這書重印出來。這個重印本流傳到中國,大家都很重視,因爲這是吳昌齡的曲,這是中土久佚的劇本。

這部書的發現太重要了,從來沒有人懷疑過。可是現在,重要而有趣味的問題發生了。就是:這本明刊本《西游記》當真是吳昌齡作的麼？我懷疑這件事在三四年以前,曾經微微地向人說過。到現在,從各方面看,覺得我當初的懷疑是對的。并且,我有理由可以説明這本書並不是吳昌齡所作的曲,而是另一位元末明初人作的。吳昌齡的《唐三藏西天取經》曲實在不幸,雖然經過清初錢曾的收藏,雖然寂寞了二百餘年,一旦競傳其存在,而現在看起來,仍然是已佚之曲。

我這話或者令人乍聽了有點驚異。但令人驚異的話未必便不可信。到大家認爲可信時,便平淡無奇了。現在把我個人的意見寫在下面,是與不是,願讀者批評。

二

在范氏天一閣鈔本《錄鬼簿》上卷,吳昌齡《西天取經》劇下,注着這樣兩句的題目

正名:老回回東樓叫佛

唐三藏西天取經

天一閣本《錄鬼簿》特有的這兩句題目正名,非常重要(曹本《錄鬼簿》無)。很明顯的道理,是吳昌齡的《西天取經》有回回叫佛事;沒有回回叫佛事的,便不是吳昌齡曲。現在所稱的吳昌齡《西游記》有沒有這事呢？我遍檢今本六卷二十四出的《西游記》,竟沒有一處類似這件事的地方。這不令人恍然大悟麽？

明天啓四年甲子,止雲居士編的《萬壑清音》四卷,錄《西游記》四折。其中兩折是今本《西游記》所有的(《擒賊雪仇》在今本卷一,今本題第四出,篇目四字全同,《收服行者》即今本卷三第十出之《收孫演咒》),一折是今本《西游記》沒有的;一折是與今本《西游記》完全不同的。今本《西游記》沒有的這一折便是《回回迎僧》,演老回回東樓閣上叫佛,下樓迎接唐僧事。無疑地,這是吳昌齡《西天取經》雜劇的一折。不過,這位編《萬壑清音》的止雲居士太糊塗了,他把來源不同的四折北曲放在一個"西游記"題目之下(此據目錄所書,正文不載劇名),好像這四折曲同出一劇似的。若不是有范本《錄鬼簿》注文可據,不但不知裏邊有吳昌齡的曲,并且對於今本《西游記》也發生文字異同多寡的問題了。推測起來,他大概是根據別的選本或者傳鈔的戲曲零出迻錄過來的(明清時伶人所抄舊曲零出,今尚多有之)。他不但沒有見到全本的吳昌齡的《西天取經》,也許沒有見到和現在傳本一樣的《西游記》。他看了這四折曲都演唐僧取經的事(他所據的本子,標題也許都是《西游記》,也許名稱相似),便認爲同屬一劇了。他所選的"回回迎僧"這一折,後來李

玉的《北詞廣正譜》、清莊親王的《九宮大成南北詞宮譜》、葉堂的《納書楹曲譜》也都選了。而且，所標劇名都是《唐三藏》，與他處引作《西天取經》或《西游記》的有分別（《九宮大成》所引《西天取經》，《納書楹曲譜》所引《西游記》，並同今傳本《西游記》）。這也可證明《萬壑清音》把四折視同一劇的錯誤。我曾經把《北詞廣正譜》等三書所引的這一出和《萬壑清音》所引細校一過，知道文字方面頗有出入。三書所訂牌名，也與《萬壑清音》不同。現在，我把《萬壑清音》所引《回回迎僧》一折的詞錄出來。讓大家看一看，這是吳昌齡的《西天取經》原文（白太繁，從略）。

回回迎僧（此章牌名依《九宮大成》《納書楹曲譜》所訂）

【洞仙歌】回回回回把清齋，餓得餓得叫奶奶。眼睛凹進去，鼻子鼻子長出來。（以上小回回唱。《廣正譜》《九宮大成》《納書楹》俱無。）

【雙調·新水令】却離了叫佛樓，我可也下得拜佛梯。我這裏望西天叫佛了是那一會。我將這四八得兒在頭上纏，我將這別離行緊忙披。你這廝誤了兀的看經，你這廝誤了整十日。（自〔新水令〕以下八曲並老回回唱。）

【雁兒落】我喚你兀篤蠻來得緊。你便可引着些，好教我走不得行不的。走得我便力盡筋衰，氣喘得狼籍。

【沽美酒】與唐皇修佛力，與俺這衆生每發慈悲。師父你便取經到俺西天得這西下國（《九宮大成》《納書楹》並作"西夏國"）。小回回你想波（原作"不"，據《九宮大成》《納書楹》改），咱師父他怎肯來到俺這裏，行了些没爹娘的歹田地。

【太平令】師父你便遠路紅塵不避，受了他幾場兒日炙價風吹。恰離了中華富貴（"富貴"，《廣正譜》《九宮大成》《納書楹》俱作"佛國"），來到俺這塔獅蠻的田地。見吾師連忙頂禮，向前跪膝。忙道兩個撒藍撒藍的這摩尼。師父你是必休笑話俺答獅蠻的回回。

【川撥棹】這厮你便毀菩提（"毀"原誤"悔"，據《廣正譜》《九宮大成》《納書楹》改）。向人前沒道理。噯喀膝空提，撒蘭遮呢，喀膝摩尼，噯喀膝叱哪（"叱那"，《納書楹》作"也那"）。摩打狼哼臟的。再來時（"時"字原無，據《九宮大成》《納書楹》補）你便休恁的。

【豆葉黃】咱凡胎濁骨，俺須是肉眼愚眉。咱師父怕憂愁思慮，戒了酒色財氣，與師父添香洗鉢舀净水（"舀"原誤"查"，據《廣正譜》《納書楹》改）。向師父跟的，向師父跟的，念摩訶般若波羅蜜，啞得兒摩頂受記。

【喬牌兒】答獅蠻老回回，超度的救度的，看清凉（《廣正譜》作"青蓮"）上下龍華會，俺凹嘧撒扒得兒喫。

【煞尾】俺祇見黑洞洞昇雲起，更那堪昏慘慘無了天日。願得個大唐三藏取經回，也無那（《九宮大成》《納書楹》作"再沒有"）外道妖邪近得你。

李玉《北詞廣正譜》十八帙引此折，除〔洞仙歌〕外，尚少〔新水令〕及〔煞尾〕二曲。所少諸曲，爲〔胡十八犯〕〔沽美酒〕〔帶過太平令〕〔川撥棹〕〔豆葉黃犯〕〔春闈怨犯〕六曲。最可注意的，是每一曲下都注：向無題。可見他所見的本，這六曲是無牌名的（李玉此卷本爲正謬訂訛而作，他所不錄的曲，應當是有題而牌名不錯的）。而止雲居士《萬壑清音》所錄，都有牌名。假定止雲居士所見本，也和李玉所見本是一樣的，則《萬壑清音》諸牌名，是止雲居士擬的，所以牌名與李玉等專家所訂大大不同。

後來《九宮大成》《南北詞宮譜》六十七引《唐三藏》〔雙角〕套，《納書楹曲譜》續集二引《唐三藏·回回》一出，對《北詞廣正譜》所定牌名又有所更訂。這本是訂譜問題，與本文無關。但《九宮大成》此套後面有附注一段談到吳昌齡，與本文大有關係，現在摘錄如下：

此套非吴昌龄所撰。據《廣正譜》注，無名氏撰。《唐三藏》劇原本已失，無從考證。度其文意，必是元人之筆。此曲相傳已久，向無題。《廣正譜》雖分句段牌名，皆爲牽強。今細爲分析，重訂牌名。

在這段說明中，有三件大可注意：第一，此套是吴昌齡撰，而作譜的人卻說，非吴昌齡撰。我們曉得，《九宫大成》所收的《西天取經》是吴昌齡作的，所以不信這一套《唐三藏》曲是吴昌齡作的。天一閣本《錄鬼簿》是近來纔發現的，這不能怪他們。第二，說："《唐三藏》劇原本已失，無從考證。"知清乾隆初莊親王修《九宫大成》時所見的《唐三藏》劇祇是單折，並無整本。這可以幫助我上面說止雲居士選《西游記》没有見原本的話；清乾隆時莊親王以宗藩貴胄的力量，招集日華遊客修書，尚無法見到《唐三藏》劇的全本。天啓時止雲居士，選元曲僅據單折零出，實大有可能。第三，說"此套向無題"，知道莊親王修《九宫大成》時所見的本，與李玉作《廣正譜》時所見的本是一樣的。李玉所見的，自然也是單折了。

《萬壑清音》引《西游記》還有一折，其事爲今本《西游記》所有而詞白完全不同，便是《諸侯餞別》一折。

今本《西游記》的第五出（卷二）《詔餞西行》，與《萬壑清音》的《諸侯餞別》，同演唐僧西行當時臣寮餞別事，但情節微不同。據今本卷一所演，唐僧俗名江流，法名玄奘。棄江後救他的是金山丹霞禪師。據《萬壑清音》本此折，唐僧自白法名了緣，救他的是金山平安長老。名字雖異，而父名陳光蕊，水賊是劉洪，生子抛江等事則同。這没有多大分別。至唐僧所以西行取經之故，則兩本大不相同了。據今本第五出，是因長安大旱，虞世南受觀音菩薩的指示薦玄奘於朝，祈雨三日有效，奉旨赴西天取經。據《萬壑清音》本，則是："因唐天子……殺伐太重，命五百僧人在護國寺做了四十九日道場，從空中降下南海觀自在菩薩曰：此經不足超度亡靈，除非是去西天五印（原作"蔭"）度取《大藏金經》。"因而奉旨西上。這與《西游記》小説略同，與今本《西游記》雜劇便差得遠了。又尉遲恭之子叫寶琳（見《舊唐書·尉遲敬德傳》），元曲《小尉遲》劇書作寶林，字寫錯了一個，還不算大錯。今本《西游記》雜劇説唐僧給尉遲恭起的法名叫寶林。以子之俗名爲父子法名，未免太滑稽。《萬壑清音》本唐僧與尉遲恭對話，有"恁孩兒尉遲寶麟"之語。"琳"作"麟"，説是尉遲恭子不錯。又群臣餞行，今本登場的是虞世南、秦瓊、房玄齡、尉遲恭四人。《萬壑清音》本則説唐家十八路諸侯都來餞行，而登場的是徐世勣等，連尉遲恭共八人。今本唐僧和尉遲恭贈詩一節，《萬壑清音》本是没有的。兩本唱的雖然都是尉遲恭，而《萬壑清音》本所録詞，古樸雄渾，看來與《回回迎僧》是一副筆墨。不但今本的《詔餞西行》一折趕不上，即其他諸套亦無一相似者。所以，我疑心《萬壑清音》本的《諸侯餞別》，也是吴昌齡的《唐三藏西天取經》中的一折。如果我猜想的不錯，吴昌齡《唐三藏西天取經》雜劇現在能看到的已經有兩折了。

《萬壑清音》所引的《諸侯餞別》一折，《納書楹曲譜》正集二也引了，標題作《北餞》。《綴白裘》八集三引也作《北餞》。現在伶人所唱的《十宰》也是這一折。可見吴昌齡《唐三藏西天取經》劇，這一折不但至今存其文，而且存其音。這是很有趣味的事。此《諸侯餞別》一折，至今謳歌流布，本可以不必再引，但《萬壑清音》所據是明時流傳之本，且字句與《納書楹》等書所録也有多少不同。所以，我依前例仍然照鈔在下面。

諸侯餞別（此套諸曲均是尉遲恭唱）

【點絳唇】第一來是帝王親差，第二來是老夫年邁。持齋戒，把香火安排，送師父臨郊外。

【混江龍】遥望着幢幡寶蓋，見軍民百姓鬧咳咳。我引着一行步從，蕩散了滿面塵埃。坐下馬如同流水急，鞍心（原作"安心",據《納書楹》改。)里人似朔風來。俺這裏按幞頭、挪金帶,見師父禪心倚定,師父你將這慧眼忙開。

【油葫蘆】十八處都將年號改,俺扶起了唐家世界。師父道殺生害命罪何該。當日呵,尉遲恭怎想到持齋戒!今日個謝吾師你便超度俺唐家十宰。我這裏整頓布袍,拂了土埃,就在這紅塵中展脚舒腰拜。師父行特地請個法名來。

【天下樂】你救度衆生也是那離苦海,你那一片虔也麼心("虔"《納書楹》改"禪")。我無罣礙也無罣礙,你可也無罣礙,正按着救苦得救難,我可也觀自在。參透了色即是空,參不透空即是色。師父你那片修行心可便有甚歹!("甚歹",《納書楹》作"甚麼得",《綴白裘》作"甚麼的歹"。)

【金盞兒】上陣時忽喇喇兩面袍旗搖,不剌剌馬到處陣衝開,衹我這一鞭顛碎他一萬片天靈蓋。我如今說着折奈,不覺的鬢邊白。衹你這槍尖上人性命,鞭節上血光在。果然是少年造下孽,福謝一時來。(此曲《納書楹》《綴白裘》並缺。)

【後庭花】(此曲述元吉等與太宗御園較射,謀害太宗,尉遲恭救太宗殺元吉事。)都衹爲病秦瓊加利害,病秦瓊加利害。蓋因是尉遲恭年老邁。那一日相約定,這都是杜如晦的計策。我忿氣可不滿胸懷。都是俺唐家、唐家十宰。那一日鼓不擂、鑼不師(當爲"篩"之誤)、箭不發、甲也不披。衹聽得二更裏(《納書楹》《綴白裘》並作"耳根裏")人報來。御科園將暗計排,呀,恨那無知無知叵耐。見一人倒在倒在塵埃(指太宗。據白,元吉將害太宗,太宗失足倒地,敬德望見來救)。脚踏着胸脯可教他怎生掙閛。也衹是叵耐寒才,使的計策,待把那人殺壞,忿氣呵(《納書楹》《綴白裘》並作"可")不滿胸懷!老微臣一騎馬不剌剌的趕將來,挖搭撲揪住獅蠻帶,滴溜撲顛碎在地中("挖搭撲""滴溜撲"二句,《納書楹》《綴白裘》並無),舉起水磨鞭打碎這厮天靈蓋。

【煞尾】師父你嚮佛道修行大,善性兒分毫不采。梵王宮特地把金經取,與俺眾生消灾減罪,師父可不是個棟梁材,俺須是濁骨凡胎。北極西天路利害,遙望見極樂世界,梵王宮景界(自"與俺眾生"句以下至此句止《納書楹》《綴白裘》並略去),願你個大唐三藏早回來。

《納書楹曲譜》二集引此折,標題是《北餞》。目錄引書名爲《蓮花寶筏》。目錄後附記云:"《北餞》氣盛辭雄,的係元人手筆,惜爲俗伶所删。余未見原本,姑爲酌定。"照葉氏這一段話想,似乎他所見的是伶人鈔本,所以說爲俗伶所删。但《蓮花寶筏》,元明戲曲絕無此名,是《唐三藏西天取經》劇的異名爲俗伶所擬的呢? 是當時有《蓮花寶筏》一書,中間抄了元曲的這一折,葉氏又轉引來放在譜中呢?《蓮花寶筏》,名字很像清內府承應戲,我疑心即是《昇平寶筏》的舊稱,但《昇平寶筏》現在看不到,無從考核,現在不能明白。《綴白裘》八集三引此折亦題《北餞》,而書名作《安天會》。《安天會》,黃文暘《曲海目》曾著錄鈔本,在"清人傳奇無名氏中詞曲平無姓名"一類中,其書我未見全本,不知《安天會》原書中是否有此《北餞》一折。

《錄鬼簿》錄吳昌齡劇《唐三藏西天取經》衹有一本,並無第二本(凡無人作劇,對於某一故事一人連續作了兩本的,《錄鬼簿》照例兩收,如李香卿《呂無雙》劇有兩個,《錄鬼簿》便收了兩個,《太和正音譜》也收了兩個。其他諸人曲尚有此例,不具引)。這問題本是簡單的。到了錢曾編他的《也是園藏書目》便麻煩了。他的書目,雜劇類中吳昌齡《唐三藏西天取經》傳奇類中又有吳昌齡(《述古目》誤書作"王昌齡")。《西游記》四卷和《西廂記》《琵琶記》放在一處。這顯然是吳昌齡唐三藏事,一人有兩個劇本了。王靜安既相信《也是園目》所錄是二書,又不敢信吳昌齡作了兩個唐僧取經的劇,結果,照《也是園目》例,分別放在雜劇、傳奇兩部中,而加上一些游移之説:"《西游記》《也是園目》四卷,《棟亭書目》有六卷鈔本。尊王於此本不編入雜劇部而入傳奇部,自是傳奇無疑,惟不知果出昌齡否耳?"是老實話,也是没有辦法的話。到了日本發現明本吴昌齡《西游記》,大家更相信吴昌齡作了《西游記》,因而相信吴昌齡《西游記》便是吴昌齡《唐三藏西天取經》。日本鹽谷温先生的跋,便代表這個意思。

　　吴昌齡所撰雜劇《唐三藏西天取經》一本,著録於鍾嗣成《録鬼簿》。王君國維《曲録》亦依之,而同書傳奇部别有《西游記》一本。其實王君未見,徒爲臆揣之言而已。此書清初猶存。《也是園書目》有吴昌齡《西游記》四卷,曹棟亭書目有《西游記》六卷,其後存亡不可知。而偶得之我秘閣所藏傳奇四十種。顧久佚於彼而才存於我者,豈非天下稀有之秘笈哉?

　　這不是承認吴昌齡《西游記》就是《録鬼簿》所録的吴昌齡《唐三藏西天取經》嗎? 其實在吴昌齡《西游記》初發現的時候,也祗有這樣想。不過,略一沉思,如果吴昌齡《西游記》就是吴昌齡的《西天取經》,則錢曾登録自己書的時候,分明是一部書却硬分作兩類,這不太糊涂了嗎? 現在再根據《萬壑清音》所録的《西游記》,《萬壑清音》的《回回迎僧》一折,是《西游記》没有的;《諸侯餞别》一折,是與今本《西游記》不同的。而其他二折,則與今本《西游記》全同。如果承認《萬壑清音》所録四折,同出於一書,如果承認《西游記》即《唐三藏西天取經》,則《回回迎僧》一折,是今本脱去了,還勉强可説;《諸侯餞别》一折與今本事同文異,則是在一劇之中,作者把一件重作兩折,這就説不過去了。况且吴昌齡《唐三藏西天取經》有"老回回東樓叫佛"標題,今有天一閣本《録鬼簿》可證。今本《西游記》無此事,亦無此題(今本《西游記》是六卷六本,每卷後有正名,撮卷中事略撰成四句)。則今本《西游記》當然不是吴昌齡的。其《回回迎僧》等折應屬於吴昌齡的《唐三藏西天取經》劇,這是很容易明白的。所以我的意思：《西游記》是《西游記》，《唐三藏西天取經》是《唐三藏西天取經》。今本《西游記》不是吳昌齡的，而署"吳昌齡"，這是刻書的人祇知道吳昌齡有《唐三藏西天取經》，而不知他人尚有《西游記》，認爲他所見的《西游記》就是吳昌齡的《西天取經》。（《太和正音譜》錄吳昌齡曲有《西天取經》，無《西游記》，而此書卷首所附勾吳蘊空居士《西游記總論》引《太和正音譜》作《西游記》，可見他是誤認二書爲一書。）

至於錢曾《也是園目》雜劇類錄吳昌齡《唐三藏西天取經》，傳奇部又有吳昌齡《西游記》，這個問題也容易解釋。錢曾《也是園目》的錯誤，祇是把《西游記》誤屬之吳昌齡。在他的《述古堂書目》裏，《西游記》註明是抄本（《也是園目》不注版本，《述古堂目》係《也是園目》的初稿，余所見《述古堂書目》，爲江安傅氏藏述古堂原抄本）。這個抄本，也許就是不著作者姓名的，也許誤題"吳昌齡"的，也許就是根據萬曆甲寅楊東萊評本《西游記》抄的。總之，無論如何，是他誤信猜錯了。因爲如此，便在他的書目上寫成"吳昌齡《西游記》"，這和勾吳蘊空居士萬曆甲寅時刻《西游記》題"吳昌齡"是一樣的錯誤。但他誤二人爲一人，却不曾誤二書爲一書。我們若因爲相信吳昌齡作《西游記》的緣故，索性並二書爲一書，以爲吳昌齡《西游記》就是吳昌齡《唐三藏西天取經》，便大大的錯了。

三

現在所見的楊東萊評本《西游記》，既不是吳昌齡作的，究竟是誰作的呢？在四年前，我從友人處看到天一閣鈔本《錄鬼簿》，後附錄《錄鬼簿續編》一卷（此書已於一九三七年印行），《續編》中載楊景賢劇有《西游記》。我當時想，天一閣本《錄鬼簿》上卷載吳昌齡《西天取經》題目爲"老回回東樓叫佛"，其事爲今本《西游記》所無，則今本《西游記》必不出吳昌齡之手。而所附《錄鬼簿續編》載楊景賢劇恰有《西游記》,則今本《西游記》或者是楊景賢作的。當時自己覺得有點道理。其後從各家戲曲選本中,又看到《西天取經》的佚文,便想作一文說說個人的意思,但楊景賢作《西游記》,除了《錄鬼簿續編》外,尚無他證。因此,又因循下去,久未着筆。最近我看到傳是樓舊藏的一部鈔本《詞謔》,其第二篇引楊景夏的《玄奘取經》第四出,文與今本《西游記》第四出同。所稱楊景夏當然就是《錄鬼簿續編》的楊景賢(《太和正音譜》作楊景言,《詞謔》景夏當是景言之誤。明末有楊景夏,名弘,青浦人,著《認氊笠》《後精忠》傳奇,見《南詞新譜》卷首《作者名氏》篇,《參閱姓氏》篇及永隆《南詞新譜後序》《寶敦樓傳奇彙考標目》。其人於沈自晉為後輩,與李開先時代不相及),這證明我從前的假定是對的。《詞謔》今中華書局有排印本。鈔本《詞謔》這一條,不見於排印本,這又發生了《詞謔》本子問題。所以在此處,我須把這部鈔本《詞謔》介紹一下。

　　《詞謔》有明嘉靖刊本。1937 年,我在上海一位朋友家看見過。中華書局這個排印本,就從明嘉靖本出。嘉靖本不署名,無序,所以排印本也無序,也不署名(鈔本亦然)。排印本卷首有盧冀野(前)先生序,說:"撰者佚其姓氏,其人必知名。"其實,這書是明嘉靖時李中麓作的(中麓是李開先的號,開先字伯華,嘉靖己丑進士,官至太常少卿),本書開首第一篇就有證據。第一篇"冬夜李脈泉方伯過訪東野條",脈泉入座,請合歌一曲,因歌予冬夜悼內之作。考中麓有《四時悼內》詞,每時數曲,為亡室張宜人作。今中麓集中尚有《〈四時悼內〉序》。《市井艷詞》條說:市井艷詞百餘,余所編集,中有改竄,且多全作者。今中麓集中有《市井艷詞序》多至四首,其第一序說:"〔山坡羊〕〔鎖南枝〕小調曲於市井,真出肺肝,不加雕刻。余仿其體,並改傳歌未當者,積成一百。"與《詞謔》亦合。這兩條排印本、鈔本皆有,可以知道《詞謔》是中麓所作無疑。中麓室張宜人卒於嘉靖丁未，《四時悼内》詞作在其後，《詞謔》作當更在其後。凡中麓所作雜書，如《對》《詩禪》之類皆有序，集中備載無遺，獨無《詞謔》序。不知是原書根本無序呢，或是這兩個本子都把序脱落了呢？如果原書不是無序的話，我假定《詞謔》書成在嘉靖丁巳《閑居集》成書之後。

　　拿《詞謔》鈔本校排印本，除鈔本殘葉、缺葉不論外，有幾處是不同的。上文所舉的"楊景言"一條，鈔本在《詞套》篇鄭德輝《倩女離魂》〔中呂〕套之前，王實甫《芙蓉亭》〔仙呂〕套之後。排印本没有。不但此一條，如谷子敬《三度城南柳》〔正宫〕套之前，鈔本多出關《閨怨》〔仙呂〕一套。羅貫中《龍虎風雲會》〔正宫〕套後，鈔本多出王實甫《泛茶船》〔中呂〕一套，及岳伯川《羅光遠夢輸楊妃》〔正宫〕一套。《詞尾》篇鈔本是〔呂尾〕《曬鞋》條後，鈔本多出《翰林風月》同前調〔賺尾〕一曲。〔商調尾〕"良夜冷"條後，鈔本多出王伯成〔般涉調尾〕一曲，這些條皆是排印本没有的，但也有排印本有而鈔本無的，如《詞謔》篇開首"《西廂》謂之""春秋"以下五條，鈔本就没有，而從"王溪陂養一外户"條起。至於篇章，兩個也不同。排印本所録共四篇，標題爲《詞謔》《詞套》《詞樂》《詞尾》。鈔本標題則爲《詞謔》一、《詞套》二、《詞尾》三，無《詞樂》一篇。可見兩本體例根本不同，決不是同時編次的。我疑心鈔本《詞謔》或者是中麓初稿。凡排印本没有的，是中麓刊書時認爲不必取，删去了。

　　這個鈔本每半葉八行，每行十八字（嘉靖本半頁九行，行十八字）。第一葉蓋着"傳是樓藏"四字的長方朱文印。所以知道這書是清初徐乾學藏過的。

　　説起徐乾學所藏書，與李中麓大有關係，現在也要略説一些。李中麓是明朝的大藏書家，《明史》説他"好蓄書，李氏藏書之名甲天下"。當時宗藩如趙康王等，都派人借他的書，博雅如楊昇庵,也從滇南來書托他代抄。他的名氣可想。當隆、萬之際,明宗室朱睦㮮曾購得了他一本書。《明歸諸王傳》提過此事,但說睦㮮"得章邱李氏書",不言何人。我疑心即是李中麓的書。中麓卒於隆慶二年,睦㮮卒於萬曆八年,年七十,是和中麓同時相知之人。不知他得書在中麓未卒之前,或中麓已卒之後,原因也不明。其餘經中麓後人保存,直到清初才散出。一部分歸常熟毛扆(斧季),錢曾《讀書敏求記》卷二《夢粱錄》條記其事,說:斧季從輦下回,得秘本二百餘帙,乃中麓舊藏,一大部分歸崑山徐乾學。朱彝尊《靜志居詩話》卷二"李開先"條記其事。現在把朱彝尊的話引在下面:

中麓藏書之富甲於天下。先時邊尚書華泉、劉太常西樓亦好收書。邊家失火,劉氏散佚無遺(按此據中麓詩自注),獨中麓所儲百餘年無恙。近徐尚書原一(按:原一,乾學字)得其半。

王士禎《帶經堂全集》卷九十二(《蠶尾續文》卷二十)《跋山谷精華錄》也說:

予與李中麓太常為鄉里後進,曾購其藏書目錄,累年不可得。僅於京師慈仁寺市得小冊《西漢鑒》一種,朱印宛然。後數年間,聞其書盡捆載歸崑山徐司寇矣。

王士禎說中麓遺書盡歸徐乾學,應當修正說:除毛斧季收得若干種外,餘盡歸徐乾學。有人根據王士禎這段話,說中麓書盡為徐乾學所有,是錯了。徐乾學的《傳是樓書目》"樂類"錄《詞謔》一卷,不注版本,大概就是指這部鈔本而言。但鈔本不署名,書目上却書李開先作,殊不可解。這大概是徐乾學知道這部書是李中麓所作,編目時添注的。以徐乾學書與李中麓書關係之深,這部鈔本《詞謔》卷首雖然沒有中麓印記,當時或者竟從章印李氏傳出亦未可知。

鈔本《詞謔》引楊景言《玄奘取經》第四出〔雙調〕一套,非常重要。我曾以今本《西游記》第四出校一過,其文字微有不同。現在我把鈔本《詞謔》這段原文並我校注一並抄出,引在下面。

《玄奘取經》第四出　　楊景夏作

【雙調·新水令】則俺因龍鬚有上天時,可成了俺報讎之志。寸心渾如火,兩鬢漸成絲。當日個貌似花枝,體若凝脂,今日也綉裙翻過三兩折。

【駐馬聽】怪不道鵲噪花枝,却原來報讎恨的孩兒敢來到此。龍蟠泥潭,受辛勤母娘困於此。天公不滿半米兒私,則怕閻王注定三更死,少不得一刀兩斷停街市。

【得勝令】長老便是正名師,這便是喚江流的小孩兒。今日個敗草重滴翠,殘花再發枝,不索尋思,則要恁填還俺夫婿死。

【雁兒落】神道般官吏使,虎狼般公人至。我不申口內言,你自想心間事。

【川撥棹】江上設靈祠,用三牲作祭祀。浪卷風嘶,風裊楊枝,十八年雪霜姿,我蒼顏,他似舊時。

【梅花酒】都賴着佛旨,水府內為師,旱地上當事,塵世上官司。那海龍王救報命恩,小和尚說因緣事。十八年離城市,到龍祠,住倚時,再回之。

【收江南】今日個大官司輸與小孩兒,方殺老禪師,慧眼識天時。領着這水月觀音旨,取經卷到京師。

我們把《詞謔》原文和校注(注者按:因此套已與吳作《西天取經》關係不大,故孫氏書於引文中的校注從略)比較一下,知道在七曲之中,異文並不少。這當然是李中麓改的。李中麓以詞曲自負,他曾經大改元詞,"刪繁歸約,改韻正音",選了十六種付印,名為《改定元賢傳奇》(現存在的祇有六種,這六種錢曾《述古堂書目》著錄過)。臧懋循選元曲時,人人知其改,而他不肯公然承認是改。中麓則逕稱其書為《改定元賢傳奇》。這不是中麓的坦白,而是中麓的自負。至於《詞謔》體裁本是曲話,係評論前人詞曲之書,本可以不改了,但他書中所引各套,隨時改定(書中引無名氏〔正宮〕"香塵暗翠幛帳"條,説:拗節生音,脱句誤字雖少,亦必費一番心力,前後套詞無有不經改竄者,豈但作詞爲難,選亦豈易事哉。可證。),這是明朝才子的脾氣。以現在看來,大可不必。不過這是著作問題,與現在我們的問題無關。換句話説,盡管他引楊景言的《玄奘取經》曲是改過了,但在他的書中給我們指出這曲是楊景言作的,在我們現在已經是够用了。

李中麓是明朝的古文學家,但也是詞曲家。他自稱"詞多於詩,詩多於文"。他作的曲有《登壇》《寶劍》諸記,及《國林》《午夢》等院本,又散詞小曲不可勝數,他藏的金元詞曲甚多,據他自述有一千七百五十餘種。這個數目在現在聽來是驚人的。他在《詞謔》中引楊景言的《玄奘取經》(即《西游記》),他一定見到了楊景言《玄奘取經》的原本或舊本,上面於序跋可據,如我們現在的原本劉東生《嬌紅記》一樣,所以他在書中著了楊景言之名。我們現在考元、明舊曲作者,苦於證據少,或者不知其人,或者知其人而不敢説一定是作曲的人。現在以李中麓這樣有資格的人來替我們作證見,説今名《西游記》的《玄奘取經》是楊景言作的,這是的的確確最可徵信了。

楊景言,《録鬼簿續編》作楊景賢。(此段考證作者出身,姓名,略——注者)

明初《録鬼簿續編》作者,和楊景言是五十年的老朋友,所以他知道楊景言作了一部《西游記》。正、嘉間的李中麓,不但他是弘治十五年生的,去永、宣間不過六七十年,并且他親見了楊景言《玄奘取經》(今本名《西游記》)的原本,所以他知道《玄奘取經》是楊景言作的。但到了萬曆以後就大大不同了。萬曆四十二年甲寅勾吳藴空居士得了一部鈔本的楊景賢《西游記》

(《總論》云:《西游記》僅見鈔錄秘本,未經鏤板刊行),也許鈔本沒有署名,他竟認爲是吳昌齡作的,把吳昌齡的名字代替了楊景言。不但如此,臧懋循刻《百種曲》在萬曆四十四年丙辰;在他的書卷首所引涵虛子《群英雜劇目》中(即《太和正音譜·群英所編雜劇目》),他注吳昌齡的《西天取經》,竟然説是六本(凡曲名下小注,俱是臧懋循注的,《太和正音譜》没有)。這也是認吳昌齡《西天取經》即六卷本的《西游記》了。以至於天啓六年甲子,止雲居士選《萬壑清音》,合吳昌齡曲於楊景賢曲,總稱《西游記》。再後孟稱舜選《柳枝集》,摘出今本《西游記》第四卷別行,題爲《豬八戒》,亦署吳昌齡。及至錢曾編《述古堂目》《也是園目》便不得不承認吳昌齡作了兩部玄奘取經的曲了。總之,明萬曆以後的人根本不知道楊景賢作《西游記》的事,他祇知道吳昌齡作《西天取經》,而《西天取經》也不容易見到,即以楊景賢《西游記》當之。就是見到吳昌齡《西天取經》的人,也不敢否認《西游記》是吳昌齡作。結果,沿誤承謬,直到清朝末年止,大家還是明萬曆後的見解。其所以如此之故,大概因爲:(一)原本不存,傳説多謬,抄書刻書人都不免錯標名字(如百種曲所題人名,現今考就有好幾處是錯誤的,這不見的是臧懋循捏造的。因他所誤題的人名,有時別的選本也是一樣的錯)。(二)《録鬼簿》通行無注本,現在我們見的天一閣本注題目正名的《録鬼簿》以及所附《録鬼簿續編》,當時人都不曾見到。(三)兩書都演玄奘事,名稱亦容易混淆。如《録鬼簿續編》著楊景言曲是《西游記》,而李中麓引楊曲稱《玄奘取經》。以此推之,楊曲既稱《玄奘取經》,則吳曲亦未始不可稱《西游記》。有了這種種的時代環境關係,便教他們不得不承認《西游記》是吳昌齡作的了。可是,我們現在不同了。我們見到天一閣鈔本《録鬼簿》可以由天一閣所注題目正名知道吳昌齡戲曲裏邊所演之事,并且根據這事去尋求他的遺文。我們又見到天一閣鈔本《録鬼簿續編》，可以知道楊景言在明初別有一部《西游記》。并且有傳是樓舊藏本《詞謔》作證。這是我們讀書便利比前人占便宜的地方，並不是我們的智慧勝於前人。假使臧晋叔、孟子塞、錢遵王諸公生在現在，見到我們所見到的書，我相信他們一定也能知道《西游記》不是吴昌齡作的。

至於吴昌齡的《唐三藏西天取經》，我以爲應當是幾折的短雜劇。不但劇情文章與楊景言《西游記》有別，即體格亦有分別。這看錢曾的《也是園目》便知道。錢曾當日編他的藏書目録，把吴昌齡《唐三藏西天取經》列在雜劇部，與馬致遠《漢宫秋》、王實甫的《麗春堂》等九十餘種雜劇放在一起。這些雜劇，現在我們能見到的有三分之二都是四折雜劇。《述古堂目》《續編雜劇》所載陳上言選刻本雜劇六種，除《唐三藏西天取經》外，目爲《孟浩然踏雪尋梅》《豹子和尚自還俗》《黑旋風仗義疏財》《惠禪師三度小桃紅》《瑶池會八仙慶壽》。這五種是明朝周憲王作的，也都是四折雜劇。而吴昌齡《西游記》，《也是園目》却編入傳奇部，與王實甫《西廂記》、高則誠《琵琶記》並列。可見吴昌齡曲與楊景言曲在體裁上，一個是《漢宫秋》式的北曲短劇，一個是《西廂記》式的北曲長劇，大不同了。吴昌齡曲今已不存，拿現在我們所能見到的遺文推測，《諸侯餞別》一折，因爲如上面還有戲文演唐僧的事，則此處自不必如此之詳。《回回迎僧》折，唐僧白自稱從河西國來，上面演的或者是過河西國的事。"過河西國"如果是第二折，《回回迎僧》應當是第三折。《回回迎僧》折煞尾曲老回回送唐僧行，臨別致詞，有"黑雲起昏惨惨無天日，願大唐三藏取經回，也無那（《九宫大成》《納書楹》作'再沒有'）外道妖邪近得你"之語。細揣詞意，似謂唐僧登程之際，爲何種外遭妖邪攝去。此話如不誤，則《回回迎僧》後必爲唐僧遭難、神靈相助平妖之事。又其次，當爲取經東歸等事。依我個人的意見，吴昌齡劇既係短劇，其劇中情節必不能甚多,其文字以我想至多不過五六折,如《錄鬼簿》所錄張時起《賽花月秋千記》有六折之比,決不能如王實甫《西廂記》漫延至十餘折。因爲,如此便是後人所謂傳奇,《也是園目》錄其劇斷不入雜劇部了。

關於吳昌齡與《西游記》問題,話已經說的不少了。我現在再綜合以上的意思說幾句判斷的話。今本《西游記》是明初人楊景言作的,有《錄鬼簿續編》及傳是樓舊藏本《詞謔》可證。今本《西游記》以及其他書標舉著錄,書吳昌齡,是明萬曆以後人不知曲是楊景言作,誤屬之吳昌齡的。其實吳昌齡曲情節文字體裁與今本《西游記》皆不同,萬不能認爲是一書。又吳昌齡書自明時已少見,明末的錢曾雖然藏過此曲,錄此曲於《也是園目》,但《也是園目》諸曲之存於今日者,中無此曲,恐早已不存了。其遺文可以見到的,今有《回回迎僧》一折。又今所傳《諸侯餞別》一折,似亦是吳昌齡曲之一折:這是真正的吳昌齡《唐三藏西天取經》雜劇。

臨了,關於今本《西游記》雜劇,我再補充幾句話。今本《西游記》雜劇,並不因爲他不是吳昌齡作的而減其價值。十年前日本明刊本楊東萊評吳昌齡《西游記》的發現,至今看起來,仍然是重要的發現。不過,要知道,那祗是楊景言戲曲之發現而不是吳昌齡戲曲之發現而已。

附錄　諸書稱引的《西游記》與《唐三藏西天取經》

現在所傳的《西游記》是明初楊景言作的,不是元吳昌齡作的。吳昌齡所作《唐三藏西天取經》雜劇,其本已佚,遺文現在能看到的祗有二折。我已經作了一篇文章專論此事。那篇文章,宗旨是辨證事實,不是記叙書册,所以對於諸家著錄摘選《西游記》及《唐三藏西天取經》的事尚未能排比次第,作一系統的說明。現在更爲一短文專述此事。

著録吴昌齡《唐三藏西天取經》雜劇的，以元鍾嗣成《録鬼簿》爲最早。現在我們所見的《録鬼簿》本子，大別之有二種：一種是略注本，也可以説是無注本，是每劇不注題目正名的。這一種通行的曹棟亭本可以代表。其餘的幾個傳鈔本，如説集本，尤貞起鈔本，戴光曾鈔本等雖文字與曹本間有異同，而體裁一樣，都不是特別本子。現在祇能視同曹本。第二種是詳注本，是書中諸劇十之六七注題目正名的。這一種現在所見的祇有天一閣鈔本是如此。所以現在我們談吴昌齡曲引《録鬼簿》，須得將這兩種本子分開來説。曹本《録鬼簿》録吴昌齡此劇作：

唐三藏西天取經

凡元劇標目皆是二句或四句，甚而至於有八句的。通常二句則起句叫題目，收句是正名。四句則前二句是題目，後二句是正名。八句准此。至於卷首卷尾所標大題，差不多都用收句和正名之最後一句。關於題目正名之稱，我另有解釋，現在無須説。曹本録吴昌齡此劇作《唐三藏西天取經》，是大題，即標題目中之收句。天一閣鈔本《録鬼簿》録吴昌齡此劇，原文是：

西天取經　老回回東樓叫佛，唐三藏西天取經

這所録的特別詳細。曹本例不用簡稱，天一閣本則正文大字是簡稱，小字是題目正名。天一閣本這種簡稱，並不是稀奇的。明寧獻王的《太和正音譜》所録元曲，也都是簡稱。現在所見的元刊本雜劇，如《趙氏孤兒》，標目末句是"冤報冤趙氏孤兒"。《風月紫雲亭》，標目末句是"諸宫調風月紫雲亭"。這就是簡稱。元劇有簡稱的緣故，是因爲標目多是七言長句，若直用末句稱呼起來，未免太麻煩了。但著録家若録簡稱而不著標目，如《正音譜》則未免節目不詳。天一閣本既録簡稱，又注標目，這是它的體裁好的地方。我們知道吴昌齡《西天取經》雜劇中有回回叫佛的事，也正因爲他注了標目之故。《太和正音譜》上卷《群英所編雜劇目》，録吴昌齡此劇也作《西天取經》，可見當

時簡稱是有定型的。

最奇怪的是吳昌齡《西天取經》，自從《太和正音譜》著錄以後，除了明朝的幾位著作家偶然引《錄鬼簿》《正音譜》提到外，幾乎不見於明人選曲或登錄戲曲的書，至少是我個人所知見的書。永樂的官書如《永樂大典》，嘉靖時私人藏書目如晁瑮《寶文堂目》，都錄了極豐富的戲曲（《永樂大典》劇字謄錄元雜劇九十種，見《大典目》五十四，但其中並無《西天取經》。這大概是偶然失收，偶然未見，不能說《西天取經》在當時少見，因爲明初元劇幾乎完全存在，尤其內府教坊是詞曲薈萃之地，晁瑮嘉靖時人，其時北曲尚未衰，舊本存者亦多）。明人的戲曲選集，現在看見的有七八種之多，是沒有收《西天取經》的。祇有明末錢曾編《述古堂目》，著錄了一部鈔本吳昌齡《唐三藏西天取經》（按，錢曾鈔本書直接得之於錢謙益，間接得之於趙琦美）。同書續編劇目載陳上言選刻劇六種，中有《唐三藏西天取經》。這一部鈔本，一部刻本，現在我們都不能見了。可是看他的書名，與《錄鬼簿》《正音譜》皆合。這可以證明陳上言刻書錢曾編目時根據的是原書，所以人名書名毫無參差。

但別的書就不然了。天啓中止雲居士選《萬壑清音》，竟然將兩折吳昌齡作的《西天取經》與兩折今本誤題吳昌齡作的《西游記》合併，統稱曰《西游記》（按，止雲居士此書倒不著撰人）。這是糊塗之至。所以我在《吳昌齡與雜劇〈西游記〉》文中說他是輾轉鈔錄的四折曲子。他不但沒見過完全的《西天取經》，也沒見過完全的《西游記》。到了清朝，李玉編的《北詞廣正譜》，莊親王編的《九宮大成南北詞宮譜》，葉堂編的《納書楹曲譜》都引了《唐三藏》一套（按，此三書唯《廣正譜》著撰人，《廣正譜》引《唐三藏》注無名氏撰，《納書楹》引《唐三藏》別標出名曰《回回》）。這一套，三書所據都是鈔本零折。其文與《萬壑清音》之《回回迎僧》折同，實即吳昌齡《西天取經》之一折。但標書名都作《唐三藏》,已與元、明間習慣簡稱《西天取經》不合。假使我們不能考出來這一套是吳昌齡《西天取經》遺文,一定容易誤會這裏所引的《唐三藏》與天一閣本《錄鬼簿》《正音譜》所錄的《西天取經》是兩部書。況且《九宮大成譜》因爲誤信《西游記》是吳昌齡作之故,在附注中明說此套非吳昌齡撰。這更可以令人相信:《北詞廣正譜》等三書所引的《唐三藏》,並不是《錄鬼簿》《正音譜》所錄的吳昌齡《西天取經》了。

此外《納書楹曲譜》《綴白裘》所引《北餞》,文與《萬壑清音》之《諸侯餞別》同,亦吳昌齡《西天取經》之一折,但《納書楹》標書名作《蓮花寶筏》,《綴白裘》標名作《安天會》。這大概是《蓮花寶筏》《安天會》先鈔襲了這一套,《納書楹曲譜》《綴白裘》又從這二書中引過來的。《納書楹譜》目錄附注說此套是元曲,而不能指其劇名,又說未見原本,可見是迷了出處了。

黃文暘《曲海目》所附存目,有無名氏《唐三藏》。這個目錄即據《納書楹曲譜》輯出,在此沒有討論的價值。

著錄楊景言《西游記》的,以《錄鬼簿續編》爲最早。《續編》錄楊景言曲十八種,《西游記》便是其中一種。這十八種曲,有五種是失注題目正名的。《西游記》不幸偏在此數,無題目正名可考。今所傳萬曆甲寅刊本《西游記》書"吳昌齡",其實是楊景言作的。其書六卷,每卷有正名四句,無隱括全書的總名目。這和元曲體例不合(凌濛初刊王《西廂》,四本各自獨立,各有題目正名,無總題,與今本《西游記》同。濛初自稱是舊本,其實王《西廂》是有總題的,天一閣《錄鬼簿》所注"鄭太君開宴北堂春,張君瑞待月西廂記"二句,即全書總題也)。按:《續編》"西游記"三字,是簡稱。元曲簡稱,多取本劇標題末句尾幾個字,這應當是末句正名的末三字。但也有取末句正名開首幾個字的,如馬致遠《馬丹陽》劇(此"馬丹陽"三字簡稱,據天一閣本《錄鬼簿》《元曲選》,簡稱《任風子》),末句是"馬丹陽三度任風子",即其例。李開先《詞謔》引楊景言此劇作《玄奘取經》,我疑心這是末句正名之首四字。《西游記》全書標題,末句也許就是"玄奘取經西游記"。

晁瑮《寶文堂目·樂府類》有《西游記》,不著撰人。這應當是楊景言的《西游記》。錢曾《也是園書目》有吳昌齡《西游記》四卷。目錄書記《西游記》爲吳昌齡作。據我個人所知,以此目爲最早。這大概是受了萬曆甲寅勾吳蘊空居士刻《西游記》書吳昌齡名的影響。今本《西游記》是六卷,而錢氏此目作四卷,不合。近任二北先生校《曲錄》,疑《也是園目》四卷爲四册。這是不對的。因爲,《述古堂目》録此書鈔本作"四卷一本",所云"一本",正是一册。是此書是四卷合訂一册。《也是園目》不過删去"一本"二字,並非著録時以四册爲四卷。至於書分四卷與今本不同之故,却不明白。也許錢曾所藏《西游記》鈔本偶缺二卷,也許是曲不缺而書自是四卷本。《楝亭書目》曲類也有鈔本《西游記》,注云:"元吳昌齡著,六卷,二册。"這不但作書人名與萬曆甲寅刊本合,並卷數亦合。這個本子,大概和萬曆甲寅刊本是同出一源的。今所見鈔本《傳奇彙考》(原書日本京都帝國大學藏)中有《北西游》解題一篇。所釋事與萬曆甲寅刊本《西游記》全同,但釋作者云元無名氏作,不云吳昌齡作。《傳奇彙考》有人説是黄文暘《曲海總目提要》的稿本,確否不可知,但書應當是乾隆時人作的。可見乾隆時所見《西游記》,尚有不署吳昌齡之本。

《曲海總目提要》四十二也著録了一部《西游記》。關於此書,提要釋事甚略,祇説:"劇就《西游記》小説中提出數節成編,未嘗别構爐錘……演義諸妖已具大略,可謂簡而賅矣。"據此,知劇不甚長,且情節完全與小説同,似是後出之本。又説劇"相傳夏均政撰,今此刻曰陳龍光撰,或當有二本"。夏均政是明初人,名見明寧獻王《太和正音譜》上《群英樂府·格勢篇》。《正音譜》説他的詞"如南山秋色",與楊景言等並舉目爲國朝一十六人。均政撰《西游記》劇,僅見此文,語可注意。但《西游記》明人所作除楊景言北曲外,尚有南曲《唐僧西游記》,見徐文長《南詞叙録》。此相傳夏均政撰之《西游記》,意思指的是北詞呢? 是南詞呢? 如是北詞,恐是楊景言誤傳爲夏均政。如是南詞,則《南詞叙録》所録的《唐僧西游記》,是不是夏均政作的呢? 又《曲海總目》著録的陳龍光《西游記》,是傳奇呢? 是雜劇呢? 我疑心是傳奇而無證。近友人程君告余:解放後新印的《遠山堂曲品》有陳龍光《西游》。余因程君言復閲《遠山堂曲品》,知陳龍光《西游記》確是傳奇。

以上所舉著録《西游記》的書六種,除《曲海提要》所録是陳龍光本與楊景言無涉外,《録鬼簿續編》説《西游記》是楊景言作的。《續編》作者和楊景言是五十年的老朋友,他的話當然可信。晁瑮《寶文堂目》是不著作者姓名的。目中雖有《西游記》,是非現在無從説起。錢曾《也是園目》、曹寅《棟亭書目》,《西游記》誤書吴昌齡撰,這和明萬曆後的人錯誤一樣。他們所藏的本子,至多是明萬曆後的寫本。鈔本《傳奇彙考》著録的一部《西游記》竟是不署名之本,這令我們現在看起來覺得反而近古了。

明止雲居士《萬壑清音》所收的《西游記》共四折。其實止有《擒賊雪仇》《收服行者》二折是《西游記》。其餘二折,是吴昌齡的《唐三藏西天取經》。我在上文已説過。清莊親王所修《九宫大成南北詞宫譜》選了《西游記》詞九套,又《草池春》一曲。但引書不作《西游記》而作《西天取經》,其名稱與天一閣本《録鬼簿》《太和正音譜》稱吴昌齡曲作《西天取經》。而且他處他所收的《唐三藏》後面,註明:"此套非吴昌齡曲。"(按:《九宫大成》所收《唐三藏》套是吴昌齡曲,説已見前)這是否認了吴昌齡的《唐三藏》劇,承認《西天取經》是吴昌齡作的。同時進一步把《西游記》改作《西天取經》以求合於《正音譜》吴昌齡劇目中《西天取經》之文（天一閣本《録鬼簿》，《九宫大成》作者未見）。明萬曆甲寅勾藴空居士刻《西游記》，説是吴昌齡作的，引《正音譜》爲證。他以爲這是對的，别人也相信是對的。但《正音譜》究竟作《西天取經》，不作《西游記》，尚未免啓人疑竇。到了《九宫大成》，便索性將《西游記》改作《西天取經》。這麽一來，人名書名便契合無間，如果没有他書可勘，讀者斷不敢懷疑他在這裏所引的曲，並非吴昌齡作。這是作者的聰明，但荒唐却更甚於前人了。葉堂編《納書楹曲譜》在續集中選了《西游記》六套，在《補遺曲譜》中又選了《西游記》四套，一共是十套。他引書名衹作《西游記》，不作《西天取經》，可見《西天取經》是編《九宫大成》的人改的。

清莊親王修《九宫大成》、葉堂編《納書楹曲譜》時，都見到《西游記》全書，所以書中收《西游記》詞特别多。也因爲見了《西游記》全書之故，對於當時僅見零折的《唐三藏》曲也分辨得很清楚。《九宫大成》雖誤信《西游記》是吴昌齡作的，而不曾把真正吴昌齡作的《唐三藏》一套與《西游記》諸套混爲一書。作《傳奇彙考》的人也見到了《西游記》全書，所以在他書中著録了《西游記》，且能詳述始末。這三部書都成於乾隆時（《九宫大成》成於乾隆十一年丙寅，《納書楹譜》成於乾隆五十七年壬子。《傳奇彙考》大概成於乾隆時，是在揚州設局修改曲劇的别録，其事在乾隆四十二年丁酉與四十六年之間），我們因此知道《西游記》在清乾隆時就不少見，《西游記》在中國失傳，不過清嘉慶以後百餘年之事而已。

諸選集所録吴昌齡與楊景言劇，皆不著撰人。書名、出名，亦遞有改變，今爲二表附於後。大家看了這個表，便很容易知道諸選集中所引的劇，哪個應屬吴氏，哪個應屬楊氏了。（楊景言《西游記》雜劇表略——注者）

吳昌齡《唐三藏西天取經》雜劇

《萬壑清音》引《西游記》	《北詞廣正譜》引《唐三藏》	《九宮大成》引《唐三藏》	《納書楹曲譜》引《唐三藏》	《納書楹曲譜》引《蓮花寶筏》	《綴白裘》引《安天會》
《回回迎僧》（卷四）	雙調套自胡十八犯起無煞尾（十八帙）	雙角套（六十七卷）	回回套（續集卷二）		
《諸侯餞別》（卷四）				北餞套（正集卷二）	北餞（八集卷三）

今人·嚴敦易《元明清戲曲論集》

《西游記》和古代戲曲的關係（摘要）

吳昌齡的《唐三藏西天取經》雜劇，今日已經亡佚了，過去曾經傳存於世。明初的鈔本《錄鬼簿》記載了它的題目正名，趙琦美有過鈔本，錢曾將它編入了《也是園藏書目》的《古今雜劇》，直到清初，這部戲曲仍還存在，它是在《也是園藏書目》的《古今雜劇》輾轉到了黃丕烈的手裏那一段時間內才佚失了的。明鈔本《錄鬼簿》記下了它的題目正名是："老回回東樓叫佛，唐三藏西天取經"。從這上面，我們約略能夠揣測一些它的內容，並由此能夠假定《萬壑清音》中所選的《回回迎僧》和《詔餞西行》兩折，或竟是吳的原作。《唐三藏西天取經》雜劇所存的來源，無疑的也是從內府本出，也就是經樂工們按行的本子，這與後來清中葉編刊的《九宮大成》《納書楹》等書有這兩折中曲文的曲譜，《綴白裘》並收有一出《北餞》的情況，正是可以符合的。《詔餞西行》是〔仙呂·點絳唇〕套，例應為首折，《回回迎僧》則是〔雙調·新水令〕一套，依元雜劇取套的體例，它應是第四折或第三折。我們由是可以瞭解：吳氏這本雜劇的情節，是從唐室朝臣餞送三藏西行起，以三藏在途中遇一信佛的回回為主要關目。從這兩折戲文裏,我們完全找不到和小説《西游記》繁複的題材故事相關的東西。甚至連三藏的出身家世都也毫無涉及。我們可以說吴氏的雜劇,大概祇是以唐三藏求經爲主的一部作品,剩餘的兩折,似頗難想象其竟有任何類乎小説的哪怕是極簡單的波瀾變化。

……錢曾的《也是園藏書目》有吴昌齡《西游記》四卷,它明標吴昌齡字,這部《西游記》當即楊東萊批評本《西游記》。因爲楊本是經署作者爲吴氏的,楊本係六卷,四卷字樣也許是訛舛。不過,楊東萊批評本的《西游記》雜劇,果否即係楊景言的原本,恐怕還是個問題。

……(楊景賢)《鬼子母揭鉢》一折,比較特殊,是小説中所沒有的,但這一折的被置入,似乎正是爲了攀附吴昌齡而設,因爲吴昌齡有一折《鬼子母揭鉢記》雜劇。這一點既不能作爲它是吴昌齡作品的依據,同樣也不能竟作爲它不是本諸小説的一個依據。

在這本《西游記》雜劇刻本十年後,即天啓四年(1624),止雲居士編了一部北雜劇的選本《萬壑清音》,其中收了四折《西游記》。二折是屬於這本《西游記》的(其一便是那〔雙調·新水令〕一套),二折則屬於《西天取經》的(前已述及)。這證明了這本《西游記》雜劇刻成後即已頗爲流行,但以前的(也許便是被稱爲俗伶的)也未被廢棄,所以它們倆都存在着。《萬壑清音》的凡例說:"今則元人所作,多不選入,大都取我國朝名家最善者輯而刻之。"又說:"國朝所出佳作,迨數十種,生以未暇,不能遍讀,未免令識者有遺珠之嘆。"他選輯的標準是以明代作品爲限的。雖說並不是絕對的,但也是很值得注意的話。這或許是我們對將那兩折認做是《西天取經》的推斷發生動搖,對於這本《西游記》雜劇不是吴昌齡所作,却又可爲一證。如果都另外兩折也和吴昌齡無關，亦無立異。明代的戲曲作者盡會模仿元人，並利用《西游記》小説來編寫雜劇的，我們亦無須固持這六本爲楊景言原作，及其時代應在吳承恩之前的論斷。

今人·莊一拂《古典戲曲存目彙考》

唐三藏西天取經

《録鬼簿》著録。《元人雜劇鈎沉》附録《餞送郊關開覺路》《獅蠻國直指前程》二出。賈本題目作"老回回東樓叫佛"，簡名《西天取經》。《太和正音譜》《元曲選目》俱題簡名。按《西游記》題材等此劇相當。據孫楷第氏考訂，《西游記》實爲楊景言作品。存本題吳昌齡撰，乃出明人僞托，恐誤。吳著《西天取經》長至六本，爲現存雜劇中最長之作，中國未見流傳，惟日本有影印本。則《西游記》或其改題，或爲別本。《納書楹曲譜》收〔仙吕〕套曲。《蓮花寶筏》《北餞》〔雙調〕套曲題《唐三藏》《回回》。

今人·邵曾祺《元明北雜劇總目考略》

唐三藏西天取經

簡名：《西天取經》

著録：《録鬼簿》《正音譜》

劇本：僅存曲詞二折，見《元人雜劇鈎沉》

題目：老回回東樓叫佛

正名：唐三藏西天取經

（天一閣本《録鬼簿》）

考釋：自明中葉以來，大都以楊訥所作的《西游記》雜劇爲吳昌齡作品，近年來始由孫楷第同志指出其誤，並輯出吳作的佚曲兩折,已成爲定論。但我頗有懷疑,現存《新水令》一套,內容是寫老回回迎接唐僧,而且在《北詞廣正譜》《納書楹曲譜》中都題名爲《唐三藏》劇曲,也與本劇全名相同,當是吳作,無可置疑。但另外的〔點絳脣〕一套,《納書楹曲譜》題作《蓮花寶筏·北餞》,《綴白裘》則題作《安天會·北餞》(新中國成立前尚有人能唱),說它是《西天取經》中一折,不知何故。此劇曾有名人改本,明祁彪佳《曲話》說:"曲有未葉處,已經函三館主人訂正。"函三館主人即陳汝元。此話當是指〔新水令〕套曲。此套多用番話,因此有破壞、脫離北曲曲律處。《北詞廣正譜》最後附有《北詞證謬》,對它作了一些訂正。現所見本是清代傳唱本,也可能已是陳汝元的改本。但此套早絕迹於舞臺了。劇情不見於今本《西游記》。

今人·趙景深《元人雜劇鈎沉》

唐三藏西天取經

說明,今存《西游記》劇據孫楷第先生考證,已屬楊暹作品。此二套曲文孫先生主張爲吳昌齡所作,因據鈔本《錄鬼簿》吳昌齡所作《西天取經》,題目正名是"老回回東樓叫佛,唐三藏西天取經"也。今依前《黃鶴樓》劇例同收於此。《納書楹譜》收〔仙呂〕套曲題《蓮花寶筏》《北餞》,〔雙調〕套曲題《西游記》《回回》。

附:《北詞廣正譜》附錄有此異無名氏撰《唐三藏》諸曲句,並原注"向無題"字樣。依《廣正譜》作者訂正曲名,則爲:〔胡十八犯〕〔沽美酒帶過太平令〕〔川撥棹〕〔豆葉黃犯〕(〔豆葉黃〕五句,〔小陽光〕三句)以及〔春閨怨犯〕(〔春閨怨〕三句,〔牡丹春〕三句)五曲名。如同上文《昇平寶筏》及《納書楹譜》相較下，可知：〔胡十八犯〕即〔喬木查〕曲，〔沽美酒帶過太平令〕；〔川撥棹〕同；〔豆葉黃犯〕同〔豆葉黃〕（不分〔小陽關〕），但將其末句"啞得嘞的，摩頂受記"移至〔喬牌兒〕首句號；而將〔喬牌兒〕改爲〔春閨怨犯〕。字句無甚差異（最顯著者爲回回語及經文語的譯音字差別，與意義上無涉），故不另錄。

五　關於〔正宮〕套曲的研究資料

今人·王文才《元曲紀事》引《顧曲麈談》

論北曲作法

　　〔正宮〕曲中，套數之長者至多。如元鮑吉甫《秦少遊》劇，用牌至二十支，白仁甫《梧桐雨》劇用牌至十九支。惟其中多用借宮，並非全屬本調，則亦不足依據也。今以元吳昌齡《憶妓》詞，爲長套之正格，其詞云云。此曲絕佳，亦本色，亦妍麗，直是元人真相。吳昌齡以《夜月走昭君》得名，《太和正音譜》評其詞如"庭草交翠"，信然。（《顧曲麈談》卷上一章四節）

六　吳昌齡雜劇存目彙考

狄青撲馬

　　《錄鬼簿》著錄。《太和正音譜》作《狄青搏馬》。《宋史·狄青傳》載："狄青，字漢臣，汾州西河（今山西汾陽）人。善騎射，初隸騎御馬直，選爲散直。嘗戰安遠，被創甚，聞寇至，即挺起驅赴，衆爭前爲用。臨敵披髮，帶銅面具，出入賊中，皆披靡莫敢當。"金院本有《説狄青》、元雜劇有《狄青復奪衣襖車》（《孤本元明雜劇》本），可知狄青故事爲金元時院本雜劇廣用的題材。故"撲"當與"搏"意同，此劇似爲寫狄青勇力過人事，與敬德撲馬、薛仁貴降紅鬃烈馬相近。

賞黃花

《録鬼簿》《太和正音譜》著録。天一閣本《録鬼簿》注："浪子回回賞黃花。"明初朱有燉《香囊怨》第一折〔哪吒令〕："哦，有一個風月傳奇，做一個賞黃花浪子回回。"所指應即《賞黃花》，故知其爲風情劇。《元曲選目》在《賞黃花》目下注："一作《黃花峪》。"今傳無名氏《黃花峪》，是寫水滸英雄李逵故事，故知臧晉叔此注爲臆斷。此劇情節不可考，當爲嘲戲回回的風情劇。

抱石投江

《録鬼簿》《大和正音譜》著録。曹棟亭本《録鬼簿》作"浣花女抱石投江"當爲正名。"花"應作"紗"，王國維《曲録》改之，應是。此劇述春秋時楚國名將伍員與浣紗女事。據元李壽卿《伍員吹簫》第二折載：伍員爲朝廷要臣費無忌逼出楚國，走投無路。奔吳，行路饑餒，恰遇江邊浣紗女，向其乞食。後囑其勿言此事，女即抱石投江以示其義。臨死前，囑其勿忘報恩。後伍員由吳率師入楚都郢報仇，得見楚王姬光，乞封浣紗女之母。《抱石投江》之情節當與此相近，或爲旦本雜劇。按《越絶書》云："子胥食已而去，謂女曰：'掩爾壺漿，毋令之露。'女曰：'諾。'子胥行五步，女自縱於瀨之中而死。"劉向《列女傳》又云："楚軍至，（浣紗女）恐不免辱，因抱石投水而死。"

貨郎末尼

《錄鬼簿》《太和正音譜》著錄。劇情未詳。貨郎是在街上挑擔搖鼓叫賣的商販。元雜劇中以貨郎爲脚色者很多，如《魔合羅》中的高山、《漁樵記》中的張憿古、《風雨像生貨郎旦》中的張三姑等。張三姑是"說唱貨郎兒"，可將貨郎說唱内容編成"二十四回說唱"，劇中的〔九轉貨郎調〕概即此類内容的結晶。其原始内容及形式皆來自民間說唱的貨郎。《水滸傳》中《燕青智撲擎天柱》一回"宋江道：你既然裝作貨郎兒，你且唱個〔山東貨郎轉調歌〕與我衆人聽。燕青一手捻串鼓，一手打板，唱出〔貨郎太平歌〕，與山東人分毫不差來去。"故知《貨郎末尼》乃是以貨郎藝人爲主要脚色的雜劇。

走昭君

《錄鬼簿》《太和正音譜》著錄。天一閣本《錄鬼簿》注："宮月走昭君。"曹楝亭本徑錄《夜月走昭君》。寫昭君出塞事。元雜劇寫昭君出塞事者尚有關漢卿《哭昭君》（存）、馬致遠《漢宫秋》（存）、張時起《昭君出塞》（佚）。《顧曲麈談》稱吴昌齡以此劇出名，不知何據。從其題目看，似突出昭君月夜離宫外出到匈奴的凄凉别情。

探胡洞

《錄鬼簿》著錄（曹楝亭本不錄），天一閣本注："老回回探胡洞。"《太和正音譜》錄作《搜胡洞》。古稱回教徒或回教爲回回。據吴昌齡《唐三藏西天取經》的《回回迎僧》一折看，老回回爲回民中尊者，而演出頗滑稽詼諧。此劇本事未詳，從《探（搜）胡洞》的劇目判斷，亦當演神仙鬼怪一類故事，而突出其打諢嘲諧的風格。

眼睛記

《錄鬼簿》《太和正音譜》著録。《錄鬼簿》天一閣本注："哪吒太子眼睛記。"簡名中一作"服"。哪吒之名初見《太平御覽》之"異僧類"條："宣律嘗夜後行道，臨階墜墮，忽覺有人捧承其足。宣顧視之，乃一少年也。曰：'某非常人也，乃毗沙門天王子哪吒太子也。以護法之故，擁護和尚。'"元末楊景賢《西游記》雜劇稱，"某乃毗沙天王第三子哪吒是也"，爲取經十六護法神之一；而同劇李天王又稱哪吒爲其子，則哪吒已分屬佛道二教。吳承恩《西游記》小說則逕稱哪吒爲李天王之子，是道統内神仙，與護法無關。觀其形象演變及吳昌齡另有《西天取經》的實際，《眼睛記》似與護法取經無關。元無名氏《二郎醉射鎖魔鏡》，有二郎與其弟哪吒降伏牛魔王及其弟金睛百眼鬼事，與《眼睛記》的劇目甚合，故懷疑吳昌齡《眼睛記》應爲《服睛記》，以哪吒太子服金睛百眼鬼爲主要情節。

鬼子母揭鉢記

曹棟亭本《錄鬼簿》著録。鬼子母揭鉢事乃佛家久傳故事，最早見於《佛說鬼子母經》，西晉時即有漢譯，後又收入《大藏經》密教歸部。楊景賢《西游記》雜劇第三本第四折爲《鬼母皈依》，叙唐僧爲紅孩兒捉去，孫行者求助於如來。佛曰："不知此非妖怪。這婦人收在我座下，作諸天的。緣法未到，謂鬼子母。他的小孩兒喚作愛奴兒，我已差揭帝去，拿他在個幽岩大澤之中，即日便到。恐揭帝降不下他，將老僧鉢盂拿去，蓋將來。"鬼子母聞此事，到如來處争鬥索子，不勝；揭鉢，不起。乃皈依佛如來，放出唐僧。多以爲此一情節即承吳昌齡《鬼子母揭鉢記》，似乎不盡然。因爲吳氏《西天取經》不提孫行者,則此劇多半不關唐僧取經事。其二,可斷新發現潞城《迎神賽社禮節傳簿》有〔齊天樂〕,《鬼子母揭鉢》隨舞,仍冠以宋大曲〔齊天樂〕名,所述情節古樸,定爲宋金時流傳至今的,其中也無孫行者、唐僧形象。故可斷定,吳昌齡《鬼子母揭鉢記》不關取經事。南戲有同名劇,殘存二曲(皆爲〔黃鐘過曲〕,收入錢南起的《宋元南戲輯佚》),當直承吳昌齡此劇。

附:陶朱公范蠡沉西施

此劇僅清代南海李氏鈔本《傳奇彙考標目》屬之吳昌齡。《寒山堂曲譜》稱南戲有《范蠡沉西施記》,或即此本,但不提吳昌齡撰。故附錄於此,待進一步考證。范蠡沉西施的事來源頗早,《墨子》云:"西施之沉,其美也。"概言其以美受禍。杜牧《杜秋娘詩》云:"西子下姑蘇,一舸逐鴟夷。"《西谿叢語》則曰:"吳亡後,西子被殺。"楊慎考:"《修文御覽》引《吳越春秋·逸篇》:'吳亡後,越浮西施於江,令隨鴟夷以終。'"李商隱詩亦云:"西施因網得","莫將越客千絲網,網得西施別贈人。"俱可爲浮西施之證。韋昭曰:"鴟夷,革囊也,或曰生牛皮也。"應劭曰:"取馬革爲鴟夷,榼形。"《倒浣紗》劇(見《曲海總目提要補編》)述以馬革沉西施於太湖,看來並非無據。

于伯渊·套曲

仙呂・點絳唇

憶美人①

漏盡銅龍，香消金鳳；花梢弄，斜月簾櫳②。喚醒相思夢③〔一〕。

【混江龍】綉幃春重〔二〕，趁東風培養出牡丹叢④。流蘇斗帳，龜甲屏風⑤〔三〕，七寶妝奩明彩鈿，一簾香霧裊熏籠⑥〔四〕；慢卷起金花孔雀，錦屏開綠水芙蓉⑦。鴉翅袒金蟬半妥，翠雲偏朱鳳斜鬆⑧〔五〕，眉兒掃楊柳雙彎淺碧〔六〕，口兒點櫻桃一顆嬌紅。眼如珠光搖秋水，臉如蓮花笑春風〔七〕。鶯釵插花枝蹀躞，鳳翹懸珠翠玲瓏⑨〔八〕；胭脂蠟紅膩錦犀盒⑩，薔薇露滴注玻璃瓮⑪；端詳了艷質，出落着春工⑫。

【油葫蘆】鸞鏡光函百煉銅⑬〔九〕，端詳了這玉容〔一〇〕。似嫦娥出現廣寒宮⑭〔一一〕，襯桃腮巧注鉛華瑩⑮〔一二〕，啓朱唇呵暖蘭膏凍⑯〔一三〕。着粉呵則太白〔一四〕，施朱呵則太紅。鬢蟬低嬌怯香雲重，端的是占斷綺羅叢⑰〔一五〕。

【天下樂】半點兒花鈿笑靨中，嬌紅，酒暈濃，天生下沒褒姐的可意種⑱〔一六〕。翰林才咏不成，丹青筆畫不同⑲〔一七〕，可知道漢宮畫愛寵⑳〔一八〕。

【那吒令】露春纖玉葱，掃眉尖翠峰，清香含玉容。整花枝翠叢，插金釵玉蟲㉑，褪羅衣翠絨。縷金裝七寶環㉒，玉簪挑雙珠鳳，比西施宜淡宜濃㉓。

【鵲踏枝】你是看翠玲瓏〔一九〕，玉玎玲㉔，一步一金蓮㉕，一笑一春風。梳洗罷風流有萬種，獿人嬌玉軟香融㉖〔二〇〕。

【寄生草】他生的傾城貌、絕代容〔二一〕，弄春情漏泄的秋波送，秋波送搬鬥的春山縱㉗，春山縱勾引的芳心動。鬢花腮粉可人憐，翠衾鴛枕與誰共？

【幺】情尤重，意轉濃，恰相逢似晉劉晨誤入桃源洞㉘〔二二〕，乍相交似楚巫娥暫赴陽臺夢㉙〔二三〕，害相思似庾蘭成愁賦香奩詠㉚〔二四〕。你這般玉精神花模樣賽過玉天仙㉛，我待要錦纏頭珠絡索蓋下一座花胡衕㉜〔二五〕。

【金盞兒】臉霞紅，眼波橫；見人羞推整雙頭鳳㉝，柳情花意媚東風㉞。鈿窩兒裏粘曉翠㉟，腮斗兒上暈春紅。包藏着風月約，出落着雲雨踪㊱〔二六〕。

【後庭花】綉床鋪綠剪絨，花房深紅守宮㊲；豆蔻蕊梢頭嫩，絳紗香臂上封㊳。恨匆匆尋些兒閑空〔二七〕，美甘甘兩意通〔二八〕，喜孜孜一笑中〔二九〕。

【六幺序】幾時得鴛幃裏錦帳中，願心兒折桂攀龍㊴；怎能夠魚水相逢〔三〇〕，琴瑟和同㊵，五百年姻眷交通㊶。順毛兒撲撒上丹山鳳，點春羅一點香嬌嫩㊷〔三一〕，鶯雛燕乳歡寵〔三二〕，鶯花爛熳，雲雨溟濛。

【幺篇】雲鬟髼鬆〔三三〕，惺眼朦朧〔三四〕，錦被重重，羅襪弓弓㊸，粉汗溶溶。那些兒風流受用，兀的不兩意濃。言行功容〔三五〕，四德三從㊹，孟光合配梁鴻，怎教他齊眉舉案勞尊重。俏書生別有家風㊺。金荷㊻燒盡良宵永，憐香惜玉，倚翠偎紅。

【賺煞】花月巧梳妝，脂粉嬌調弄，没亂殺看花的眼睛㊼〔三六〕，更那堪心有靈犀一點通㊽。惱春光爛熳嬌慵，莫不是蕊珠宮天上飛瓊，走向瑤臺月下逢㊾。比及他彩燈照夢〔三七〕，且看咱隔墻兒窺宋㊿〔三八〕，俊龐兒嬌怯海棠風。

【注釋】

① 仙呂·點絳唇　這是于伯淵唯一流傳至今的作品。《北宮詞紀》《詞林白雪》

稱于伯淵撰，隋樹森先生編《全元散曲》從之。《詞紀》題作《憶美人》。此套以一男子相憶的手法，不厭其煩地描述了一個美女（多半是妓女）的美麗，是一幅濃態極妍的美人圖。或許可以從此領略作者的生活態度及其文筆格調。

② "漏盡銅龍"四句　這四句寫漏盡香消，屋里人看到月已西斜，花梢之影在月光下拂弄着窗户。銅龍：古代計時器。金鳳：古代香爐的一種。

③ 喚起相思夢　謂屋里人於夜深人静時，見月思人。思人而不可見，故稱"相思夢"。

④ "綉幛"二句　這兩句明寫春時，牡丹花盛開於春風之中；暗喻主人公年盛似花，春情濃重。

⑤ "流蘇"二句　此二句寫室内裝飾華貴。流蘇：以五彩羽毛或絲綫製成的穗子，常作車馬、帷帳等的垂飾。斗帳：小帳子，以形如覆斗而名。龜甲屏風：飾有龜甲的屏風。

⑥ "七寶"二句　飾有多種寶物的妝奩映着面容，屋内的熏籠裏散出裊裊香烟。彩鈿：金片做成的花朵形飾品，常貼在女子靨窩。在此指美女面容。熏籠：罩在熏爐上的籠子，作熏香或烘乾之用。

⑦ "慢卷起"二句　隨意地卷起飾有金花孔雀的簾子，錦飾的孔雀開屏之圖附有緑水芙蓉。

⑧ "鴉翅"二句　起床後，金蟬簪掉了下來，因而顯得髮鬢斜鬆不堪。鴉翅：成翅形的烏黑的髮鬢、髮環。金蟬：當爲銅或金製的貴重髮簪。翠雲：對女子烏髮的美稱。朱鳳：紅色的鳳釵。

⑨ "鸞釵"二句　指鸞形的釵上插了春花，花枝隨着行走微微顫動，鳳翹首飾上又懸着碧翠玲瓏的珠玉。

⑩ 錦犀盒　飾以犀角錦盒。應指胭脂盒。

⑪ "薔薇露"句　在精致的玻璃小瓮裏注入薔薇露。薔薇露：薔薇花的露水，古人以此爲净手洗面的香水。

⑫ "端詳"二句　總結前數句照鏡後的感覺，自以爲如春花般豐潤華艷。春工：以春天擬人，原指生物得春而發育滋長。元好問《賦瓶中百花詩》之二："一樹百枝千萬結，更應薰染費春工。"

⑬ "鸞鏡"句　指用精銅製作的鏡子表面集聚着光澤。鸞鏡：飾有鸞鳥圖案的妝鏡。

⑭ 廣寒宫　舊傳月中嫦娥仙女所居之宫。

⑮ 鉛華　搽臉香粉，以燒鉛製成而名。

⑯ "啓朱唇"句　張口呵氣，化開凝脂。蘭膏：有蘭花香味的化妝膏。

⑰ "端的是"句　實在是在女子中間占盡了風流美貌。綺羅叢：指衆多的年輕

女子。在此應指衆多的妓女。

⑱ "天生"句　即天生麗質,勝過古代美女褒姒、妲己。没:勝過。褒姒:爲周幽王寵妃。妲己:商紂王之妃。周武王滅商,殺之。

⑲ "翰林"二句　指此女之美,即使有翰林學士李白的文才也難以形容至盡,即使有至高畫技的吳道子也描繪不真。

⑳ "可知道"句　難怪似漢宮王嬙之畫一般受人寵愛。可知道:怪不得,難怪。《京本通俗小説·菩薩蠻》:"可知道這秃驢詞内皆有'賞新荷'之句,他是害什麼心病,是害的相思病。"漢宮畫:指漢宮中王嬙之畫。王嬙爲漢元帝宮人,後戎服出朝,入匈奴,號寧胡閼氏。相傳元帝以畫選入匈奴之女,王嬙不肯賄畫師毛延壽,毛醜畫之,元帝遂使入匈奴。臨别乃見其美,大悔之,遂殺毛延壽。其事詳見馬致遠雜劇《漢宮秋》。

㉑ 玉蟲　婦女首飾之一,形似長蟲,以玉製成。

㉒ 縷金裝七寶環　穿着金縷裝,戴着多種寶飾的耳環。縷金:即金絲。

㉓ 比西施宜淡宜濃　如西施一樣,淡裝濃抹都很適宜。語出蘇軾詩《飲湖上初晴後雨》:"欲把西湖比西子,淡妝濃抹總相宜。"

㉔ "你是看"二句　你試看她身上所佩翠玉精巧玲瓏,并發出玎玲的響聲。是:同"試"。《風雲會》第三折:"又須衆將中選忠良有紀律者,方可安民,卿是定奪如何?"

㉕ 一步一金蓮　邁一步便似金蓮飄動。金蓮:宋代以後對女子小脚的美稱。

㉖ 殢人嬌玉軟香温　指女子之美使人念念不忘。殢人嬌:迷人的嬌態。玉軟香温:對美女的美稱。

㉗ 春山縱　眉毛縱立起來,即顰眉以顯美態。

㉘ "恰相逢"句　詳見《張天師》第一折注�73。

㉙ "乍相交"句　詳見《張天師》第一折注㊊。

㉚ 害相思似庾蘭成愁賦香奩咏　此句所述典故未詳所出。在此當指作者思美人而爲賦咏之。香奩咏:代指男女思春的詩詞。

㉛ 玉天仙　對上天仙女的美稱。

㉜ "我待要"句　我要爲你蓋一處華麗的居所,送你許多享用的東西。錦纏頭:意指送與女子的財物。本指古代歌舞藝人表演時以錦纏頭,演畢,看客以羅錦相送,稱纏頭。絡索:當指飾有珠寶的纏頭物。《玉臺新咏》中《日出東南隅行》:"青絲繫馬尾,黃金絡馬頭。"花胡衕:很精致的居所,常代指妓女居所。《金安壽》第一折:"顛鸞倒鳳,人在錦胡衕。"

㉝ 雙頭鳳　狀爲雙頭鳳的頭釵。

㉞ 柳情花意媚東風　指初次相會,兩相意濃,就像東風裏花柳盛發一樣。

㉟ 曉翠　指晨曉時翠鈿在晨光中閃爍。
㊱ "包藏"二句　意指透露出夜裏歡會的行踪。出落：在此指泄漏。
㊲ 紅守宮　女子臂上的紅色守宮砂，表示仍爲處女。
㊳ "豆蔻"二句　指初次歡會時，見到美女臂上封有絳紗香的守宮印，以喻正當豆蔻年華，如花似玉。
㊴ 願心兒折桂攀龍　即指望心上人早日昇官得志。折桂攀龍：舊時指高中登第爲折桂，作高官之婿爲攀龍。二者合用常泛指得官得志等如願之事。
㊵ 琴瑟和同　指夫妻情投意合，如琴瑟所奏音樂和諧悅耳。
㊶ "五百年"句　未詳。當指世世代代永爲眷宿，不再分離。
㊷ "順毛兒"兩句　描寫歡會情態，指喻未詳。丹山鳳：《呂氏春秋》："丹山之南，有鳳之丸。"
㊸ 羅襪弓弓　指呈月形的小腳如弓之彎。羅襪：在此代女子小腳。
㊹ "言行"二句　指女子具有三從四德之美。三從：幼從父兄，嫁從夫，夫死從子。四德：婦德，婦言，婦容，婦功。
㊺ "孟光"三句　指二人似孟光相配梁鴻，天生一對，但絕不要勞動她做"舉案齊眉"之事。自己是風流書生，別有待婦之道。孟光與梁鴻是東漢時夫妻，相敬如賓。孟光每進食，必舉食案齊眉，上進其夫。
㊻ 金荷　燈具，呈荷葉形而名，在此代指蠟燭。
㊼ "沒亂殺"句　險些沒撩亂惜花人欣賞美人的眼睛。
㊽ 心有靈犀一點通　出自唐李商隱情詩《無題》其一："身無彩鳳雙飛翼，心有靈犀一點通。"謂男女心心相印，情投意合。
㊾ "惱春光"三句　指美女在春光之中嬌態懶散的情狀，使人看了更美，勝如天上織女下凡，於風月之下與凡人相會。飛瓊：代指天上以瓊梭織布的仙女。蕊珠宮：舊指神仙居所。元明以來多以蕊珠宮中仙女代指思凡下世者。
㊿ "比及他"二句　此二句指作品中男子意欲在美女困態十足，懶睡未睡之時，盡情地欣賞其美。隔牆兒窺宋：宋玉《登徒子好色賦》："臣里之美者，若莫臣東家之子……然此女登牆窺臣三年，至今未許也。"後以窺宋爲女子追求所愛男子的典故。在此反其意而用，爲男子窺視女子。

【校記】

說明：記載此曲的有《盛世新聲》卯集、《詞林摘艷》四、《詞謔》、《雍熙樂府》五、《南北詞廣韵選》一、《北宮詞紀》六、《詞林白雪》二、《九宮大成》五引《鵲踏枝》。校記依隋樹森編《全元散曲》。其校之前云：《盛世新聲》重增本，內府本《詞林摘艷》及《雍熙樂府》俱無題。不注撰人。原刊本、徽藩本《詞林摘艷》題作《美麗》，注明唐初作。《詞謔》、《南北詞廣韻選》俱謂元套。兹從《北宮詞紀》《詞林白雪》屬于伯淵。《詞紀》題作"憶美人"，《詞林白雪》屬閨情類。爲使校記條理化，特將原校順序作了調整，個別字作了新校。

〔一〕喚醒　《詞林白雪》俱作"喚起"。

〔二〕幛　從内府本《摘艷》《盛世》及他本《摘艷》俱作"圍"。

〔三〕龜甲　《雍熙》作"龜背"。

〔四〕熏籠　《雍熙》作"燻蒸"。"熏"原皆作"薰"，今改之。

〔五〕"慢卷"四句　《詞謔》《雍熙》《廣韵選》《詞林白雪》諸本俱作"翠雲半嚲、朱鳳斜鬆"二句八字。

〔六〕"眉兒"句　《廣韵選》將"眉兒"作"眉"字。句末有"作的"二字。

〔七〕臉如　《詞紀》《詞林白雪》俱作"臉似"。

〔八〕鳳翹　《盛世》及重增本《摘艷》作"鳳翹"。

〔九〕光函　《詞紀》《詞林白雪》俱作"出函"。

〔一〇〕這玉容　《詞謔》《廣韵選》《雍熙》無"這"字。

〔一一〕出現　《詞謔》《廣韵選》作"出落"；《詞紀》《詞林白雪》俱作"光落"。

〔一二〕"襯桃腮"二句　《詞謔》無此二句。

〔一三〕呵暖　《詞紀》《詞林白雪》無"呵"字。

〔一四〕着粉　《詞謔》《詞紀》《詞林白雪》《雍熙》《廣韵選》俱作"傅粉"。

〔一五〕占斷　《詞紀》《詞林白雪》俱作"占斷了"。

〔一六〕没褒姐的　諸本"姐"俱作"彈"，應指紂王妃妲己，屬同音假借，改之。《詞紀》《詞林白雪》《雍熙》《詞謔》俱無"的"字。

〔一七〕丹青筆　《詞謔》《詞紀》《詞林白雪》《廣韵選》俱作"丹青手"。

〔一八〕可知道漢宫畫愛寵　《詞謔》《詞紀》《廣韵選》"畫"字俱作"最"。《詞紀》"漢宫"下有"中"字，《詞林白雪》同。

〔一九〕是看　内府本《摘艷》"是"作"試"。《詞謔》《詞紀》《詞林白雪》《廣韵選》俱同。

〔二〇〕香融　《雍熙》作"香温"，《九宫大成》作"香濃"。

〔二一〕他生的　《詞謔》《雍熙》《廣韵選》《詞紀》《詞林白雪》無此三字。

〔二二〕情尤重　《盛世》《摘艷》"尤"俱作"由"。　恰相逢　《詞謔》《詞紀》《廣韵選》《詞林白雪》俱作"乍相交"。

〔二三〕暫赴　《詞紀》《詞林白雪》俱作"登赴"。
〔二四〕庾　《盛世》《摘艷》《詞紀》《詞林白雪》俱作"瘦"。
〔二五〕待要　《詞謔》《廣韵選》《詞紀》《詞林白雪》俱作"則待"。蓋　《雍熙》作"蓋下"。　胡衕　從《雍熙》。他本俱作"衚衕"。
〔二六〕出落着　着，《廣韵選》《詞紀》《詞林白雪》俱作"的"。
〔二七〕尋些兒　《詞謔》《雍熙》《廣韵選》《詞林白雪》俱無"兒"字。
〔二八〕意通　《廣韵選》《詞紀》《詞林白雪》俱作"意濃"。
〔二九〕末句　內府本《摘艷》重疊此句。
〔三〇〕怎能够　《廣韵選》無此三字。
〔三一〕香嬌　內府本《摘艷》作"嬌紅"。《詞謔》《雍熙》《詞紀》《詞林白雪》於"嬌"下俱有"嫩"字。
〔三二〕歡寵　《詞謔》《雍熙》《詞紀》《詞林白雪》《廣韵選》俱作"共歡寵"。
〔三三〕雲鬟　《廣韵選》作"雲髻"。
〔三四〕惺眼　惺，諸本俱作"星"，改之。
〔三五〕功容　內府本《摘艷》作"容功"。
〔三六〕看花的　《廣韵選》《詞紀》《詞林白雪》俱無"的"字。
〔三七〕彩燈　《詞紀》《詞林白雪》俱作"粉燈"。
〔三八〕隔墻兒窺宋　《詞謔》《詞林白雪》《詞紀》《廣韵選》俱無"兒"字。內府本《摘艷》及《雍熙》作"窺送"。

附　　録

于伯淵及其作品研究資料彙輯

一　關於于伯淵研究資料彙輯

元·鍾嗣成《錄鬼簿》（天一閣本）

　　于伯淵　平陽人。

　　　集成《鬼簿》老鍾仙，錄上名公列眾賢。先生邊，無花寫上文華選，是平陽，于伯淵。翠紅鄉，風月無邊。花前醉，柳下眠，命掩黃泉。

　　　珍珠旗　　復奪珍珠旗
　　　斬呂布　　白門斬呂布
　　　鬼風月　　關西驛刺借通傳
　　　　　　　　丁香回回鬼風月
　　　餓劉友
　　　小秦王　　病立小秦王
　　　武三思　　狄梁公智殺武三思

元·鍾嗣成《錄鬼簿》（孟稱舜本）

　　于伯淵　平陽人。
　　　餓劉友
　　　斬呂布
　　　小秦王
　　　鬼風月

　　　　珍珠旗

　　　　武三思

元·鍾嗣成《錄鬼簿》(曹棟亭本)

　　于伯淵　平陽人

　　　白門斬呂布

　　　呂太后餓劉友

　　　丁香回回鬼風月

　　　莽和尚復奪珍珠旗

　　　尉遲恭病立小秦王

　　　狄梁公智斬武三思

明·朱權《太和正音譜》

　　群英所編雜劇

　　于伯淵

　　　餓劉友

　　　斬呂布

　　　小秦王

　　　鬼風月

　　　珍珠旗

　　　武三思

　　古今群英樂府格勢

　　　于伯淵之詞如翠柳黃鸝

明·臧晉叔《元曲選目》(同《太和正音譜》。略)

今人·莊一拂《古典戲曲存目彙考》

　　于伯淵　字號未詳，平陽（今山西省臨汾市）人。生卒年及生平事迹均無考，約元世祖中統初前後在世。所作雜劇六種，惜無傳者。《太和正音譜》稱其詞如"翠柳黃鸝"。

二　關於〔仙呂〕套曲的研究資料

明·李開先《詞謔》

至如陳大聲，亦非不高，但肥而少元人風味。放開"開"字，還須用韵。若"漏盡銅龍"，豈是不肥，豈不妝點，豈不重韵？自是元人，自是高出一着，飽滿而非後人可逮耳。可惜眼睛"睛"字出韵，也無可奈何者。

三　于伯淵雜劇存目彙考

白門斬吕布

孟稱舜本、天一閣本《錄鬼簿》《太和正音譜》皆錄簡名《斬吕布》。曹棟亭本錄作《白門斬吕布》，天一閣本則於簡名下注"白門斬吕布"，似也非正名全部。其本事據《後漢書》《三國志》。恐直承《三國志平話》。又《輟耕錄》中"搖拴艷段"有《大劉備》《罵吕布》兩種院本，當與此劇相關。于伯淵此劇述吕布在下邳城兵敗於曹操、劉備聯軍，被縛於下邳城白門樓。吕布求免一死，劉備虛諾之。操惜其勇，而又懼其反復無常，問劉備。備曰："公不見丁建陽、董卓之事乎？"吕布罵劉備"大耳兒"。《大劉備》似即"大耳兒劉備"的簡稱。又吕布臨刑前盡顯怯懦，部將張遼痛斥之非大丈夫。此當即《罵吕布》院本的由來。今京劇尚演《白門樓》，即"白門斬吕布"故事。

吕太后餓劉友

《錄鬼簿》及《太和正音譜》皆錄簡名《餓劉友》，獨曹本《錄鬼簿》錄爲《吕太后餓劉友》。本事出自《漢書·劉友傳》及《前漢書平話》。平話述吕后蓄意將吕氏十女配與諸王，而欲除之。劉友爲劉邦子，時爲趙王，不愛吕女，而吕后令其十日内休去原配妃子。妃子懼，泣求劉友匿其於後花園土穴中，以擇日遣歸娘家。一日，吕女游花園，見一幼子，自稱劉友子，且言其母在穴中。吕女遂責劉友，友怒而批其頰。吕女誣告於后，后即斬友妻，幽友於后宫，十日不與食，而後賜毒茶鴆殺之。事與《漢書·劉友傳》微異。于伯淵《餓劉友》劇當與此情節相似。

丁香回回鬼風月

《錄鬼簿》及《正音譜》皆著錄，簡名《鬼風月》。天一閣本於簡名下注題目正名："關西驛刺借通傳，丁香回回鬼風月。"本事未詳。按："驛刺"即"曳剌"，遼金語言，意即走卒。

莽和尚復奪珍珠旗

《錄鬼簿》及《正音譜》皆錄，簡名《珍珠旗》。天一閣本於簡名下注："復奪珍珠旗。"曹本題作："莽和尚復奪珍珠旗。"本事未詳。按：王國維所見《錄鬼簿》某本題作《珍珠船》，誤。

尉遲恭病立小秦王

《錄鬼簿》及《正音譜》皆著錄。曹本題作"尉遲恭病立小秦王"，他本皆錄簡名《小秦王》。天一閣本於簡名下注

"病立小秦王"。本事自史傳、話本。情節大抵爲:唐高祖李淵次子李世民被封秦王,建唐功最高。其兄建成、弟元吉妒之,欲除而後快。尉遲恭及房玄齡等勸秦王李世民急圖之,乃發動玄武門之變,射殺建成、斬元吉於臨湖殿。尉遲恭論功第一,封吳國公,實封三千户。唯"病立"之情節當出自傳説中説唐故事,有尉遲恭帶病救駕的事,按:《輟耕録》中"搐拴艷段",有《建成》一目,或與此劇相關。

武三思

《録鬼簿》(孟本、天一閣本)及《太和正音譜》録此簡名。曹棟亭本録作《狄梁公智斬武三思》。天一閣本於簡名下注:"狄梁公智殺武三思。"本事未詳。據《唐史》載,武三思乃武則天之侄,謀爲太子,被狄仁杰所阻,不能得逞。武后死,武三思得幸於中宗,與韋后勾結,擬謀害太子重俊,反被太子與李多祚起北軍殺之。按狄仁杰死於公元700年,武三思死於公元707年,故"智斬武三思"事似與史實不符,當源自傳説。